fv Fehnland-Verlag

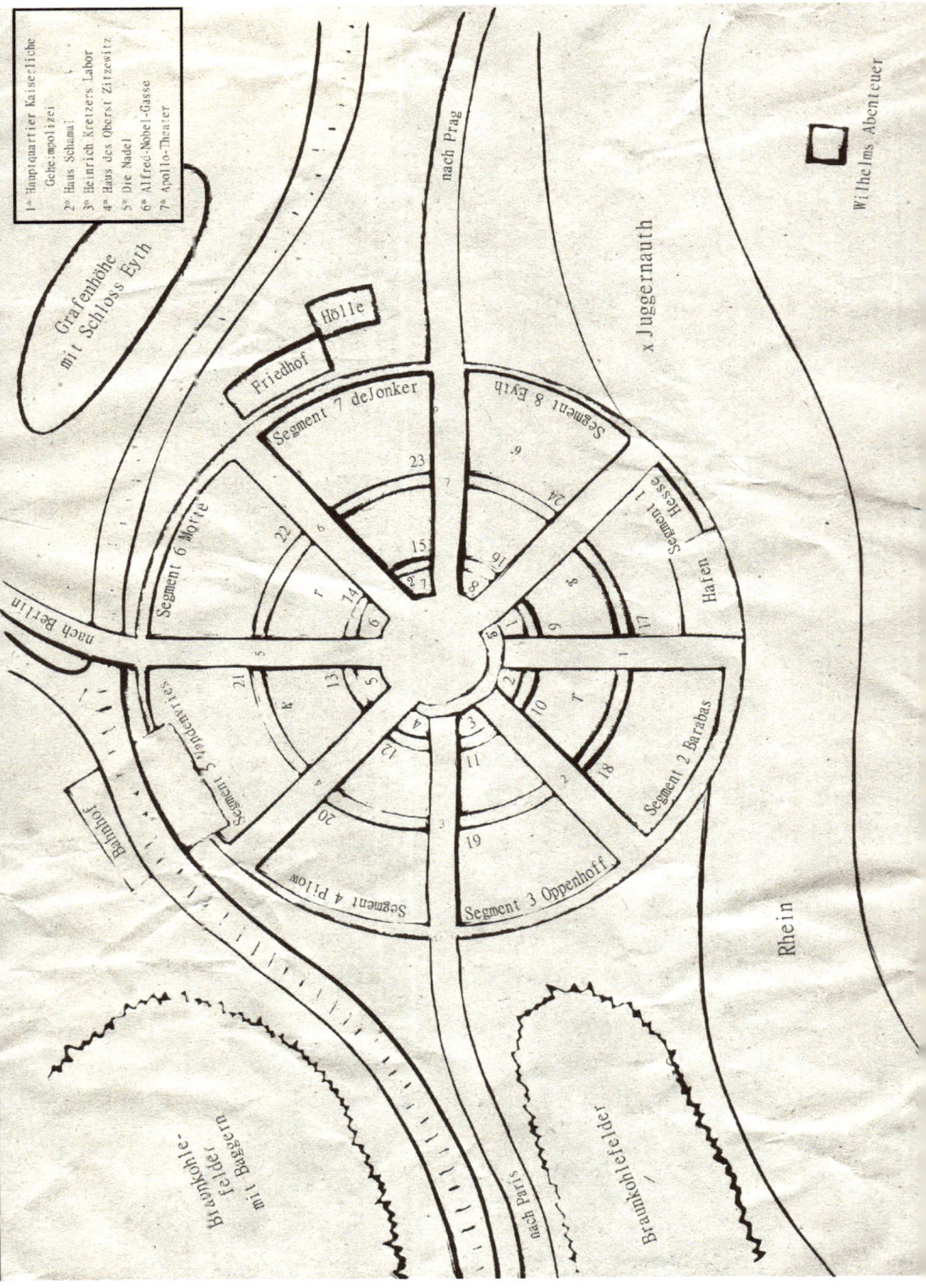

Andreas Dresen

Wilhelmstadt

Die Abenteuer der Johanne deJonker

Band 1
Die Maschinen des Saladin Sansibar

Fehnland-Verlag

Dresen, Andreas: Wilhelmstadt. Die Abenteuer der Johanne deJonker. Band 1: Die Maschinen des Saladin Sansibar. Hamburg, Fehnland Verlag 2021

1. überarbeitete Neuauflage
ISBN: 978-3-96971-071-5

Dieses Buch ist auch als eBook erhältlich und kann über den Handel oder den Verlag bezogen werden.
ePub-eBook: ISBN 978-3-86282-276-8

Lektorat: Roxanne König, acabus Verlag
Umschlaggestaltung: © Marta Czerwinski, acabus Verlag
Bildnachweise: © Kanea - Fotolia.com; © Erica Guilane-Nachez - Foto-lia.com; http://pixabay.com; Public Domain Mark and CC0 images from British Library collections: https://www.flickr.com/photos/britishlibrary/11126391165/; https://www.flickr.com/photos/britishlibrary/11220109225/

Bibliografische Information der Deutschen Nationalbibliothek: Die Deutsche Nationalbibliothek verzeichnet diese Publikation in der Deutschen Nationalbibliografie; detaillierte bibliografische Daten sind im Internet über https://dnb.d-nb.de abrufbar.

Der Fehnland Verlag ist ein Imprint der Bedey & Thoms Media GmbH, Hermannstal 119k, 22119 Hamburg.

Für Kerstin

Prolog

Dampfend und zischend fuhr der Orient-Express in den Bahnhof von Wilhelmstadt ein. Schwarzgrauer Qualm sammelte sich unter dem gewölbten Glasdach und trübte die einfallenden Sonnenstrahlen. Der prunkvolle Elefantenkopf, der die Lokomotive wie eine Galionsfigur schmückte, schob sich über die Gleise, wurde immer langsamer und blieb schließlich prustend und keuchend am Ende des Bahnsteigs stehen. Die langen, stählernen Stoßzähne fegten alles, was sich dem Zug in den Weg stellte, von den Gleisen. Alles, was diesen Zähnen entkam, prallte gegen die wuchtige Stirn des eisernen Elefantenbullen. Er war nicht nur Zierat, sondern Schutz und Abwehr gegen alle Gefahren, die auf der gefahrvollen Reise quer über die Kontinente lauern mochten.

Die Türen des Zugs sprangen auf und Menschen quollen aus den Waggons. Einige steuerten auf die großen marmornen Treppen zu, um ihren Geschäften in Wilhelmstadt nachzugehen. Andere eilten über den Bahnsteig, um ihren Anschlusszug zu erreichen. Auf dem Nachbargleis wartete bereits der Braune Bär. Dieser Zug würde seine Passagiere von Wilhelmstadt über Frankfurt nach Berlin bringen, um von dort aus nach Moskau weiterzurasen.

„Es war schön, Sie kennengelernt zu haben, Fräulein deJonker." Der junge Mann mit dem Spitzbart verbeugte sich galant vor der jungen Dame, mit der er die letzten Stunden seiner Reise verbracht hatte.

„Wenn ich nicht mein Luftschiff erreichen müsste, wäre es mir eine Freude, Sie nach Hause zu begleiten. Aber leider ruft mich die Pflicht und ich reise weiter nach London, wo man mich bereits heute Abend im Club erwartet. Dringliche Geschäfte, Sie wissen, wie das ist."

„Die Freude wäre ganz meinerseits, Herr Doktor", antwortete Johanne kokett und stellte ihre Handtasche auf den Boden, um ihm die Hand zum Kuss hinzuhalten. Der Doktor ergriff sie und hauchte den Kuss auf ihre Finger.

Plötzlich bekam Johanne einen Stoß in den Rücken und stolperte. Im nächsten Moment war ihre Handtasche verschwunden.

„Hey", rief Johanne. „Meine Papiere! Meine Handtasche! Haltet den Dieb!"

Sie zeigte auf einen kleinen, dreckigen Jungen, der sich die Beute an die Brust drückte und sofort die Beine in die Hand nahm.

„Verdammt, den kriegen Sie nicht mehr", sagte der Doktor verdrossen und schüttelte den Kopf.

„Ach, Unsinn." Johanne packte ihren Schirm. Der Griff war ein aus Ebenholz geschnitzter Leopardenkopf, bespannt war das Accessoire mit hauchdünner chinesischer Seide, die am Rand mit feinster Spitze besetzt war. Johanne rief: „Aus dem Weg!" Dann hob sie die Spitze des Schirms in Richtung des Jungen, der inzwischen den halben Bahnsteig überquert hatte. Johanne zielte, dann drückte sie auf einen versteckten Knopf im Griff des Schirms. Eine Feder entspannte sich mit einem Knacken, die Streben des Schirms lösten sich und flogen wie eine riesige Spinne durch die Luft. Kurz darauf lag der Junge auf der Erde, seine Beine im Drahtgeflecht des Schirms verheddert.

Johanne rannte zu ihm, schnappte sich die Handtasche und schaute dem Jungen in die Augen. Das Gesicht war dreckig, seine Kleidung zerrissen. Aus großen blauen Augen sah er Johanne verzweifelt an. Er wusste, was ihm nun blühte. Wenn er in die Hände der Kaiserlichen Geheimpolizei fiele, käme er erst ins Heim, dann in die Fabrik. Wenn er Glück hatte. Er würde wahrscheinlich schon lange erwachsen sein, bis er wieder frei wäre.

Johanne löste mit einem geschickten Griff die Drahtsperre von seinen Beinen.

„Hau bloß ab", zischte sie ihm zu. Der Junge grinste und war schon in der Menge verschwunden, als sich Johanne wieder ihrem Begleiter zuwandte.

„Sie sind mir ja ein Kavalier", sagte sie vorwurfsvoll, doch der Herr Doktor mit dem Bart war fort.

„Wahrscheinlich steckte er mit dem Jungen unter einer Decke", sagte ein älterer Mann, der neben Johanne aufgetaucht war. „Bitte entschuldigt meine Verspätung, Fräulein Johanne."

„Wohin bringst du mich, Joseph?" Johanne saß neben dem Hausangestellten ihrer Familie auf dem Kutschbock, während er sie durch die Stadt fuhr. Wilhelmstadt war gewachsen, seitdem sie das letzte

Mal hier gewesen war. Die Segmente schienen zum Teil neu bebaut worden zu sein. Der neue Reichtum der Stadt war unübersehbar, denn große Kaufmannshäuser reihten sich wie glänzend polierte Perlenketten entlang der Hauptstraßen. Die Männer waren elegant gekleidet mit ihren Gehröcken und steifen Hüten. An ihren Armen hingen die Damen, die die neueste Mode aus Berlin und Paris zur Schau trugen. Die Bürger Wilhelmstadts waren wohlhabend, was sie den Fabriken und den Bodenschätzen verdankten, genauso wie den Arbeitern, die unermüdlich für sie schufteten.

Auch das Warenangebot in den Schaufenstern war beeindruckend. Durch die Luftschiffroute Berlin-Bagdad, die in Wilhelmstadt einen Haltepunkt hatte, um das hier aus dem Æther raffinierte Hælium aufzunehmen, gelangten die Waren aus dem Orient zuerst in diese Stadt, bevor sie noch die Hauptstadt des deutschen Kaiserreichs erreichten. Also schienen die Kolonialwarenläden nur so überzuquellen von erstaunlichen und fremdartigen Genüssen. Bananen, Pfeilwurzelmehl und Kokosnüsse wurden ebenso feil geboten wie Tigerbeere, Gummidrops und geröstete Affenfüße.

Haushaltswarenläden wurden in letzter Zeit besonders gut besucht, denn die findigen Ingenieure der Stadt hatten ihrem Ruf alle Ehre gemacht und den heimischen Markt mit innovativen Produkten überschwemmt, wie es sie noch nicht mal im fortschrittlichsten Land der Welt, der ehemaligen britischen Kolonie auf der anderen Seite des Atlantiks, zu kaufen gab. Die dampfbetriebene Spülmaschine war da nur der Anfang gewesen. Inzwischen konnte sich die Frau des Hauses über so elegante Gerätschaften wie den selbstreinigenden Teppich, den hundert Jahre haltbaren Hefeteig sowie die vollautomatische Kochmaschine freuen. Letztere musste nur einmal in der Woche von der Küchenhilfe mit Lebensmittelvorräten befüllt werden, danach schuf sie zu jeder Tages- und Nachtzeit die herrlichsten Gerichte, die die Hausherrin sich auf ihrem Speiseplan nur vorstellen konnte. Selbst überraschende Gäste waren kein Problem und konnten bewirtet werden. Meistens jedenfalls. Es gab allerdings auch Gerüchte darüber, dass diese Maschinen so empfindlich sein konnten wie eine menschliche Köchin. So soll eines Abends ein Gast eines noblen Hauses das Essen unangetastet zurück in die Küche gegeben haben.

Am nächsten Morgen war das Haus abgebrannt und der Küchenapparat war spurlos verschwunden.

Neben diesem überbordenden Reichtum der Stadt fiel Johanne die erschreckende und unübersehbare Armut auf, die ihnen begegnete, als sie nun durch die kleineren Straßen des achten Segments fuhren. Dreckige Kinder spielten auf der Straße, dürre Frauen mit eingefallenen Gesichtern starrten sie aus dunklen Löchern an, die sie ihr Zuhause nannten.

„Das ist nicht der Weg zum Hause Schamal!", sagte sie, mit wachsender Sorge. Der Rauch der Kamine der armseligen Ziegelhäuschen, die die Wege säumten, und der Qualm der riesigen Schlote der Fabriken, die in diesem Teil der Stadt das Bild prägten, legte sich wie ein öliger Film auf alles Leben. In einem Hauseingang lag ein alter Mann in Lumpen. Sein Blick ging ins Leere, nur seine Finger zuckten, als die Droschke vorbeifuhr. Johanne drehte sich erschrocken auf dem Kutschbock um, um den Mann im Blickfeld zu behalten.

„Joseph, ich glaube, dieser Mensch dort vorne stirbt! Wir müssen etwas tun!"

Der Hausdiener schüttelte traurig den Kopf.

„In dieser Straßen wird zu jeder Stunde gestorben, Herrin. Wir können nicht alle retten. Wir müssen sehen, dass wir überleben." Johanne starrte ihren Hausdiener einige Sekunden fragend, fast fassungslos an.

„Dann bring mich weg von hier. Bring mich nach Hause."

„Das tue ich bereits, Fräulein Johanne."

„Aber ... Haus Schamal liegt im siebten Bezirk. Direkt am Park! Was wollen wir dann hier?"

„Fräulein Johanne, seitdem der Kaiser die Familie deJonker enteignet hat, leben wir hier. Graf Eyth war so freundlich, uns eine Wohnung in einem seiner Häuser zu überlassen. Als er hörte, dass das gnädige Fräulein heimkehrt, hat er sogar das ganze Haus räumen lassen."

„Räumen lassen? Aber was ist mit den Menschen, die dort gelebt haben? Und warum wohnen wir nicht im Haus Schamal?"

„Fräulein Johanne, der Kaiser hat Haus Schamal konfisziert! Euch gehören nur noch die Sachen, die Ihr auf dem Leib tragt. Und die

Vormieter unserer neuen Bleibe ... nun, ich weiß es nicht. Wahrscheinlich leben sie auf der Straße. Entweder sie oder wir."

Johanne blickte ihren Hausdiener entsetzt an. Natürlich hatte sie von der Enteignung ihres Vaters durch den Kaiser gewusst. Allerdings konnte sie all das noch nicht in vollem Ausmaß erfassen.

„Ich dachte, dass es da vielleicht nur um Vaters Vermögen gegangen wäre", sagte sie dann leise. „Als eine Art Strafe. Das allein hätte ja schon ausgereicht, um Mutters Herz zu brechen. Aber das Haus? Wie können sie uns das Haus nehmen? Vater hat es doch selbst gebaut! Es gehörte zur Familie, so wie du und Marianne. Man kann einer Familie doch nicht einfach das Haus entreißen!" Ihre Stimme wurde laut und Joseph schaute betreten zu Boden.

„Der Kaiser kann alles", sagte er vorsichtig. „Es kommt aber noch schlimmer. Das ganze Vermögen, das Eure Frau Mutter mit in die Ehe gebracht hat ..."

„Das auch? Alles weg? Auch das Landgut in Pommern?"

Joseph schüttelte nur den Kopf. „Sie hat sich bis zum Schluss geweigert, Hilfe von ihren Schwestern anzunehmen, dazu war sie viel zu stolz. Sie war fest davon überzeugt, dass der Kaiser irgendwann zur Vernunft kommen musste. Graf Eyth ..."

„Mein Patenonkel? Hat er denn nicht interveniert?" Johanne wusste, dass der Graf dem Geheimbund der Rosenwegler angehörte, in dem der Kaiser als Großmeister diente. Es hieß, die großen Köpfe dieses Landes seien dort organisiert, um dem Kaiserreich zu neuem Glanz zu verhelfen, unabhängig von Kanzler und Volksvertretern. In diesem Bund sei die wahre Macht des Kaiserreichs konzentriert, hatte ihr Vater immer gesagt. Bis zu seinem Tod hatte er seiner Tochter nicht erzählt, ob er dieser Gesellschaft angehörte oder nicht. Graf Eyth jedoch trug das Zeichen der Rose ganz offen an seinem Revers.

„Was hat der Graf getan, um Wilhelm zur Umkehr zu bewegen?"

„Ich weiß es nicht, Fräulein Johanne, aber es hat nicht ausgereicht."

Johanne versank in brütendes Schweigen, bis sie endlich vor einem kleinen Ziegelhaus hielten.

„Ich werde alles dafür tun, die Ehre unserer Familie wiederherzustellen", brach es aus Johanne heraus. „Das lasse ich nicht auf mir sitzen. Nicht dieses himmelschreiende Unrecht!"

„Der Kaiser hat durch die Schuld Eures Vaters seinen Neffen verloren", gab Joseph vorsichtig zu bedenken.

„Die Schuld meines Vaters wurde noch nicht festgestellt. Bislang gab es nur Indizien und Vorwürfe. Doch scheinbar reichte das bereits, um den Kaiser zu überzeugen. Ich werde beweisen, dass mein Vater nichts Unrechtes getan hat. Es kann gar nicht anders sein."

Joseph kicherte kurz. „Vielleicht könnte ich Euch mit den Dunklen Künsten zu Diensten sein? Der gnädige Herr Julius hat sich in diesem Bereich immer auf mich verlassen."

Johanne machte ein abfälliges Geräusch. „Lass mich damit in Ruhe! Was meinst du damit? Voodoo? Zauberkunst? Joseph, ich wünschte, du hättest deinen Aberglauben in deinem böhmischen Dorf gelassen, aus dem du mit Marianne gekommen bist. Es ist das Jahrhundert der Wissenschaften. Ich bin eine studierte Frau. Dieser Mumpitz hat von nun an keinen Platz mehr bei uns, verstanden?"

Joseph nickte enttäuscht. „Ich habe verstanden, Fräulein. Auch wenn ich glaube, dass Ihr …"

„Schluss jetzt. Ich will nichts mehr davon hören. Außerdem glaube ich einfach nicht, dass mein Vater sich damit befasst hat. Du musst dich täuschen."

Sie stiegen aus. „Hier ist es also?", fragte Johanne skeptisch.

„Hier ist es. Unser neues Zuhause."

Johanne stand einige Momente regungslos dort und betrachtete das Haus, das ihre neue Bleibe werden sollte. Das Haus hatte zwei Stockwerke und ein marodes Dach. Wenn man bedachte, dass Wilhelmstadt erst rund dreißig Jahre alt war, befand sich dieses Gebäude in einem furchtbaren Zustand. Die Fensterscheiben waren gesprungen, die Ziegel vom täglichen Ruß der nahen Schlote fast schwarz geworden.

„Wir sollten hinein gehen", sagte Joseph. „Die Straßen sind nicht sicher."

Johanne nickte nur. In diesem Moment fiel etwas aus den Wolken, landete mit einem Krachen auf dem löchrigen Dach, rutschte hinunter und knallte mit ausgestreckten Armen und einem offensichtlich zermalmten Bein auf den Bürgersteig, wo es in einer sich schnell ausbreitenden Lache aus Blut liegen blieb. Auf den zweiten Blick erkannte Johanne, dass vor ihr eine junge Frau auf der Straße lag.

Die Juggernauth

Johanne wollte nicht sterben. Nicht jetzt. Sie hatte alles dafür getan, um das zu verhindern. Und doch beschlichen sie nun Zweifel. Es war stockdunkel und sie musste schlucken. Immer schwerer ging ihr Atem, immer größer wurde der Druck, der auf ihrem zierlichen Körper lastete. Wieso hatte sie sich nur darauf eingelassen? Die ganze Aktion war verrückt. Aber sie hatte keine andere Wahl, sie musste es einfach tun. Ihre Hand verkrampfte sich um die Sicherungsleine und sie spürte, wie ihr Magen rebellierte, als die Panik erneut in ihr aufstieg.

Doch sie schluckte erneut und sank immer tiefer. Der Helm drückte auf ihre Schultern und sie merkte, dass an seinen Rändern langsam das Wasser hineintropfte. Bei aller Sorgfalt, die sie in den Bau ihrer Ausrüstung verwendet hatte, konnte man so etwas nicht ausschließen. Sie hoffte, dass die Konstruktion dem Druck standhalten würde. Rauschend kam ein Schwall Frischluft durch den langen Schlauch, der in dem metallenen Helm mündete. Langsam gewöhnten sich Johannes Augen an die Dunkelheit unter Wasser und sie begann Unterschiede wahrzunehmen. Sie sank weiter. Johanne hob den Arm vor den Helm und versuchte durch die dicken runden Glasscheiben, die als Sichtfenster dienten, den Tiefenmesser, den sie sich auf den linken Unterarm geschnallt hatte, zu erkennen. Ein großer roter Zeiger bewegte sich langsam auf der Armatur nach unten. Siebzehn Meter tief war sie nun schon in den Rhein gesunken und immer noch war kein Boden in Sicht. Zum Glück war die Strömung an dieser Stelle nicht so stark, die Felsen und die Flussschleife minderten den erbarmungslosen Sog des Wassers. Doch die Kälte war entsetzlich. Sie begann zu zittern.

Es hatte Wochen gedauert, ehe sie die nötige Ausrüstung zusammengestellt hatte. Das flüssige Gummi war extra aus Brasilien geliefert worden. Britischer Kautschuk aus den malaiischen Kolonien wäre zwar preiswerter gewesen, aber hätte auch die Aufmerksamkeit des kaiserlichen Geheimdienstes auf sie gezogen. Importe aus dem Empire waren mit Schutzzöllen und strengen Auflagen versehen. Johanne war es aber wichtig, ihre Vorbereitungen so geheim wie möglich zu halten. Daher hatte sie die Dienste des zwielichtigen Kaufmanns Dr. Victor Bovist und sein weitverzweigtes internationales Netzwerk genutzt, um an die Ware zu kommen.

Mit dem Kautschuk hatte sie einen Leinenanzug präpariert, so dass sie vor dem Schlimmsten geschützt war. Auch wollene Wäsche hatte sie sich angezogen, doch die Kälte des eisigen Flusswassers hatte ihren Körper fest im Griff. Sie hatte auf die Herstellung von Handschuhen verzichtet und sich die Finger dick mit Robbenfett eingeschmiert, damit sie im Notfall die Hände besser benutzen konnte. Besonders warm war aber auch das nicht.

Johanne spürte, dass ihr Atem nun schneller ging. Geriet sie in Panik? Fing ihr Körper an, sich selbstständig zu machen? Johanne atmete tief durch, um sich wieder unter Kontrolle zu bringen. Panik konnte sie das Leben kosten, doch das würde sie nicht zulassen. Sie durfte nicht sterben, noch nicht. Das war sie ihrem Vater schuldig. Sie atmete noch einmal tief aus und die Angst legte sich ein wenig. Plötzlich kam Bewegung ins Wasser. Eine Tiefenströmung riss nun an ihr, wollte sie mit sich fortziehen, doch die Sicherungsleine hielt sie an Ort und Stelle. Kleine weiße und graue Partikel strömten an ihrem Gesichtfeld vorbei. Der Druck auf ihrer Brust nahm immer mehr zu. Sie hatte das Gefühl, nicht weiter als einen Meter sehen zu können. Und es wurde schlagartig noch kälter.

Sie würde das Schiff niemals finden, dachte sie. Was hatte sie sich dabei gedacht? Wenn sie noch lange hier unten blieb, dann würde sie sterben, das wurde ihr plötzlich klar. Johanne hob ihre Hand, um das vereinbarte Signal zum Aufstieg zu geben, an der Reißleine zu ziehen und sich nach oben hieven zu lassen. Doch in diesem Moment schob sich aus den gründunklen Tiefen ein Schatten in ihr Sichtfeld. War das der Grund des Flusses? Oder schwanden ihr bereits die Sinne? Hatte sie noch genug Sauerstoff? Johannes Herz begann vor Aufregung zu rasen. Sie hatte doch die Aufzeichnungen von Caisson und Paul Bert über die Taucherkrankheit studiert und in ihre Arbeit einfließen lassen. Es konnte nichts schief gehen. Sie blinzelte, doch der Schatten blieb.

Auch den Tauchautomaten hatten sie ausgiebig getestet. Solange Miao den dampfbetriebenen Kompressor aufmerksam beobachtete, sollte sie hier unten mit genügend frischem Sauerstoff versorgt sein. Sie atmete noch einmal tief ein, um sich zu beruhigen und entließ die verbrauchte Luft durch ein Ventil in der Helmwand. Die Luftblasen schossen sofort hinauf zur Oberfläche und Johanne blickte ihnen sehnsüchtig hinterher.

Der Schatten kam näher. Neunzehn Meter war sie nun tief. Johanne fühlte, wie ihre Gedanken langsamer wurden. War das jetzt ein Symptom der Taucherkrankheit? Hatte nicht ein Franzose neulich ein neues Buch darüber geschrieben? Sie hätte es doch kaufen sollen! Aber es war bereits teuer genug gewesen, die Ausrüstung zu bauen, sodass Johanne sich unnötige Ausgaben nicht erlauben konnte. Sollte sie das nun ihr Leben kosten?

Sie kniff die Augen zusammen. Dann erkannte sie plötzlich, was sie dort in der grünen Dunkelheit des Flusswassers erblickte. Groß und schwarz schälte sich der düstere Schatten aus der Finsternis. Das Schiff lag auf der Seite, soviel konnte Johanne erkennen. Die gewaltige Schiffsschraube ragte in die Höhe und das Boot schien beim Aufprall auseinander gebrochen zu sein. Sie sah undeutlich die Aufbauten, erkannte die Umrisse des Rumpfes. Aber keine Leichen.

Johanne atmete erleichtert auf. Sie hatte die *Juggernauth* gefunden und würde endlich ihren Vater rächen können. Seine Unschuld beweisen. Aber etwas fehlte dazu noch. Johanne zog kurz an der Signalisierungsleine, um das vereinbarte Zeichen zu geben, dass sie erfolgreich gewesen war. Sie wartete, bis Miao das Signal erwiderte.

Sanft landete Johanne auf dem Boden des Flusses, direkt neben dem Schiff. Ihre Füße, mit schweren Bleiplatten unter den Sohlen, sanken tief in den Schlick ein. Johanne schwankte, als sich ihre Beine im festen Schlamm nicht mehr bewegen ließen. Dann kippte sie nach vorne, in Zeitlupe, doch der Helm entwickelte eine Eigendynamik, der sie sich nur mit äußerster Willenskraft entgegenstemmen konnte. Sie kämpfte und ruderte mit den Armen, aber schließlich kam sie frei.

Sie brauchte Auftrieb, dachte sie. Ihre Hand griff an den Helm und drehte einen kleinen Verschluß, was dazu führte, dass das Rauschen darin leiser wurde und schließlich gänzlich verstummte. Johanne hatte sich die Luft, die durch den Schlauch kam, abgedreht.

Schnell öffnete sie ein weiteres Ventil und spürte sofort, wie der Schlauch, den sie um ihren ganzen Körper gewickelt hatte, sich langsam aufblies. Der erhöhte Auftrieb zog sie aus dem Morast und ließ sie ein Stück über dem Boden schweben. Jetzt musste sie schnell reagieren, sonst würde sie wie eine Luftblase an die Wasseroberfläche schießen. Zügig schloss die das kleine Ventil wieder und öffnete erneut die Luftzufuhr ihres Helms. Mit ein paar kräftigen Schwimmbewegungen, die eher an einen ertrinkenden Hund als an einen Frosch erinnerten, näherte sie sich dem Wrack.

Sie konnte die Außenhülle erkennen. Die gewaltigen Stahlplatten, die mit unzähligen Nieten verschweißt worden waren. *Unsinkbar* war die Aussage der Werft in Königsberg gewesen. Johanne schwebte ein wenig in der trüben Brühe des Flusses, bis sie die großen Aufbauten an den Seiten entdeckte, die die einst neuartigen Maschinen beinhalteten. Sie war davon überzeugt, dass sie richtig funktioniert hatten. Ihr Vater hatte größte Sorgfalt und sein gesamtes Vermögen in den Bau dieses Schiffes gesetzt. Dass die *Juggernauth* auf ihrer Jungfernfahrt zusammen mit dem Neffen des Kaisers gesunken war, hatte für ihre Familie den Ruin bedeutet.

Johanne näherte sich dem Schiff. Die Maschinen schienen intakt zu sein. Auch das, was sie von der Außenhülle sehen konnte, war nicht beschädigt. Johanne runzelte die Stirn. Das konnte doch nicht sein. Die Zeitungen hatten berichtet, dass die *Juggernauth* trotz des modernen Schallwellen-Signalgebers von Julius deJonker in der Nacht auf einen Felsen aufgelaufen war und die Nachricht vom Tod des kaiserlichen Neffen, der sich ebenfalls an Bord befunden hatte, brachte das Thema im ganzen Reich in die Zeitungen. Nur ihr Vater hatte das Unglück überlebt.

Kurz nach der Katastrophe im Rhein war der Unternehmer und ewige Widersacher ihres Vaters, der Geheime Kommerzienrat Oppenhoff, mit einer Variante des Schallwellen-Signalgebers auf den Markt gekommen und hatte damit den Schiffsmarkt revolutioniert. Die Schiffe fuhren nun schneller und sicherer über und vor allem unter Wasser – mit der Erfindung ihres Vaters. Aber Johanne konnte nicht beweisen, dass Oppenhoff diese Schöpfung von Julius deJonker gestohlen hatte. Seit sie davon gehört hatte, zerbrach sie sich den

Kopf darüber, wie er das angestellt haben mochte. Man sagte, dass er in Wilhelmstadt nie einen Fuß vor die Tür setzte. Wenn er seinen Turm verließ, dann immer nur mit seinem Luftschiff, das ständig in Bereitschaft an der Spitze des dunklen, hohen Gebäudes auf ihn wartete.

Erschrocken blickte Johanne auf den Zeiger ihrer druckgesteuerten Tauchanzeige. War sie schon zu lange unter Wasser? Der Apparat berechnete durch ein ausgeklügeltes Zahnradsystem die optimale Tauchdauer. Wenn Johanne zu lange und zu tief tauchen würde, würden die kleinen Messinginstrumente Alarm schlagen. Doch die Anzeigen standen noch im grünen Bereich. Sie wusste nicht, was passieren würde, wenn sie hier unten einen Unfall hätte, wenn sie zu tief oder zu lange tauchen würde. Wahrscheinlich würde sie einfach sterben.

Sie schwebte weiter am Wrack entlang. Dann entdeckte sie das Loch im Rumpf. Ihr Herz schlug wieder schneller. Etwas stimmte nicht. Das konnte nicht sein! Mit ein paar hektischen Bewegungen schob sie ihren Körper näher an die Hülle heran, ihr Luftsack hielt sie gerade in der richtigen Höhe, so dass sie nicht abdriftete. Vorsichtig fuhr sie mit ihrer eiskalten, eingefetteten Hand über die aufgerissene, fast kreisrunde Stelle. Die Stahlplatten waren hier mit unglaublicher Gewalt wie Papier auseinander gerissen worden. Es gab keinen Zweifel!

Plötzlich ruckte die Sicherungsleine. Johanne drehte sich um, so schnell sie es in dem trüben Wasser vermochte. Instinktiv wollte sie den Kopf nach hinten beugen, doch stieß sie nur von innen gegen den Helm. So sehr sie sich auch drehte und wendete, es gelang ihr nicht, den Kopf in den Nacken zu legen, um etwas zu sehen, da der Helm fest auf ihre Schultern montiert war. Schließlich stieß sie sich vom Rumpf ab und ließ sich langsam auf den Rücken fallen, um nach oben zur Wasseroberfläche sehen zu können. Das graugrüne Wasser ließ jedoch kaum Licht bis in diese Tiefe vordringen. Doch plötzlich sah sie, wie langsam ihr Luftschlauch von oben herabsank wie eine Papiergierlande, die durch die Luft segelte. Als Johanne realisierte, was geschah, war es bereits zu spät. In diesem Moment schoss das Wasser mit unvermittelter Macht in ihren Helm. Geistesgegenwärtig pumpte sie ihre Lungen mit der verbleibenden Luft voll, so gut und so schnell es ging, bevor sie Augen und Mund schloss. Endlich schloss sich das Rückschlagventil, das weiteres Eindringen von Wasser und vor allem ein weiteres Absinken des Innendrucks verhinderte, doch der Helm war bereits soweit geflutet, dass ihre Nase und ihr Mund mit eiskaltem Rheinwasser bedeckt waren. Sie spürte, wie das Wasser in ihre Nase lief und in ihrem Hals den Reflex auslöste, atmen zu wollen. Jetzt keine Panik, dachte Johanne, sonst bist du tot. Der Gedanke schoss ihr wie ein Blitz am dunklen Nachthimmel durch den Kopf und brannte in ihrem Gehirn weiter, und half ihr, die aufsteigende Panik niederzukämpfen. Ihre Gedanken rasten.

Du hast vielleicht dreißig bis fünfzig Sekunden, um bis nach oben zu kommen, bevor du ertrinkst oder erstickst. Und du hast Blei an den Füßen. Sie war viel zu schwer, um von alleine oder mit Hilfe von Schwimmstößen an die Oberfläche zu gelangen. Der Helm, das ganze Blei, das sie benutzt hatte, um überhaupt abzusinken, drückten sie auf den Grund. Sie musste Gewicht loswerden und zwar sofort. Den Helm würde sie unter Wasser nicht alleine abgeschraubt bekommen. Blieben also die Bleischuhe. Sie zog die Beine an, um mit den Fingern die Schnallen zu erreichen, die die Stahlgamaschen an ihren Füßen hielten. Der gummierte Anzug wellte sich an ihrem Bauch, so dass sie kaum ihre Füße erreichte. Ihre Finger waren taub vor Kälte, sie fühlte kaum was sie berührte. Wertvolle Sekunden vergingen, dann hatte sie endlich die erste Schnalle aufgeklappt. Nach zwei weiteren Sekunden sank der erste Schuh zu Boden. Johanne spürte, wie der Luftsack ihrem Körper Auftrieb gab.

Doch nun setzte der Atemreflex ein. Sie schluckte, um ihre Lunge zu überlisten und fingerte panisch an dem zweiten Schuh herum. Inzwischen waren mindestens zwanzig Sekunden vergangen, seitdem der Luftschlauch, durch den die Maschine das lebensnotwendige Gas in ihren Helm gepumpt hatte, herabgesunken war.

Endlich fiel auch der zweite Schuh. Doch Johanne wurde nur wenige Zentimeter Richtung Wasseroberfläche gehoben. Der Wasserdruck war noch zu hoch, der Auftrieb zu gering. Mit der Kraft der Verzweiflung riss die junge Frau an der Sicherungsleine, zog sich daran in die Höhe, immer die eine Hand über die andere greifend. Sie öffnete die Augen, um zu sehen, wohin sie griff, doch das Wasser im Helm hinderte sie daran, etwas zu erkennen. Es schwappte durch ihre hektischen Bewegungen im Helm hin und her und brannte in ihren Augen, sobald sie diese öffnete. Das Wasser, das ihr in die Nase gelaufen war, rann ihren Rachen hinab, brannte in ihren Nebenhöhlen. Sie musste atmen! Sofort! Johanne schluckte im verzweifelten Versuch, erneut den Atemreflex auszutricksen. Doch sie wusste, es konnte sich nur noch um Sekunden handeln, bis ihr Körper die Herrschaft übernehmen würde, dann würde sie versuchen, zu atmen, ob sie wollte oder nicht. Ein tiefer Atemzug und ihre Lungen würden sich mit kaltem Wasser füllen. Dann wäre es vorbei und die Gegner ihres Vaters hätten endlich, was sie sich wünschten. Am liebsten hätte sie jetzt geschrieen.

Plötzlich begann sich die Luft im Hebesack endlich auszudehnen, da der Umgebungsdruck nachließ, je weiter sie nach oben stieg. Johanne merkte, wie ihre Auftriebsgeschwindigkeit zunahm und sie schließlich wie ein Korken an die Oberfläche schoss.

Sie musste mit aller Kraft den Wunsch unterdrücken tief einzuatmen. Das Licht flutete auf sie ein, aber Luft bekam sie immer noch nicht, ihr Kopf war noch im Helm gefangen. Sie trieb hilflos auf der Oberfläche des Rheins, der Luftsack verhinderte, dass sie sich kontrolliert bewegen konnte, und ihr Helm war immer noch voller Wasser. Wie ein Käfer dümpelte sie auf dem Rücken an der Wasseroberfläche. Verzweifelt versuchte sie, an ihrem Helm zu reißen, als ihr jemand die Hände weg schlug.

Jetzt bringen sie mich endgültig um, dachte sie.

Doch mit einem Knirschen bewegte sich der Helm, das Wasser entwich rauschend und herrlich klare Sommerluft spülte um Johannes Gesicht. Japsend keuchte sie und rang nach Atem. Sie hustete das Wasser aus und röchelte. Wieder und wieder sog sie ihre Lungen voll Luft, bis sie endlich wieder klar denken konnte.

„Nicht bewegen, Herrin. Wir haben es fast geschafft!" Eine junge Frau hatte sie am Kragen gepackt und zog sie schwimmend an Land.

„Miao!", rief Johanne. „Wie kannst du schwimmen? Dein Bein?"

„Es geht schon, Herrin."

Sie spürte, wie Miao versuchte, sie ans Ufer zu ziehen, eine Hand in Johannes Taucherkleidung gekrallt, die andere in der Sicherungsleine, an der sie sich ins flachere Wasser zog. „Wir sind da, Herrin."

Johanne fühlte die Hand ihrer Assistentin am Luftschlauch und das Gas entwich pfeifend. Endlich konnte sie sich frei bewegen. Überrascht spürte sie die warmen Finger Miaos über ihr Gesicht streichen, nur kurz, aber nach der tödlichen Kälte des Flusses war die Berührung ihrer Assistentin wie eine süße Rückkehr ins Leben. Ein Versprechen, weiterleben zu dürfen, es diesmal noch geschafft zu haben.

Sie krochen gemeinsam an das flache Ufer, an dem sich eine Handvoll Schaulustiger eingefunden hatten. Der flache Kiesstrand, der das Rheinufer am Rand von Wilhelmstadt bildete, direkt an Segment eins gelegen, war von Büschen bewachsen. Hier spielten im Sommer die Kinder der Arbeiter und auch heute lümmelte ein halbes Dutzend von ihnen in der Nähe herum. Miao hatte alle Mühe gehabt, sie von den Maschinen fernzuhalten, doch nachdem sie ihr grimmiges Gesicht und das zischende Dampfbein gezeigt hatte, waren die Kinder in respektvollem Abstand geblieben.

Die große Dampfmaschine, die den Kompressor bediente und dafür auf der Ladefläche von Johannes Wagen aufgebaut war, arbeitete laut schnaufend weiter. Dann sah sie das zischende und zuckende Bein, das neben dem Kompressor lag.

„Miao, dein Bein! Was ist passiert?", rief sie aufgeregt.

Ihre Assistentin lag auf dem Rücken und starrte in den Himmel. Ihre nassen schwarzen Haare klebten an ihrem Kopf. Das dünne, einfache Kleid hatte sich vollgesogen und triefte nur so vor Nässe. Unter dem Rock ragte ein bleicher Fuß hervor. Auf der anderen Seite endete das zweite Bein knapp unter der Hüfte in einem Stumpf, den das Kleid gnädigerweise verbarg, dessen Umrisse aber durch den nassen Stoff gut zu sehen waren.

Es war ein Wunder, dachte Johanne, dass Miao so hatte schwimmen können. Doch die Assistentin hatte breite Schultern und starke, fast männliche Oberarme, mit denen sie sich nun aufrichtete.

„Ich weiß es nicht, Herrin. In dem einen Moment stehe ich neben der Maschine. Und im nächsten liege ich ohne mein Bein am Ufer und sehe, wie der Schlauch im Wasser verschwindet."

20

Johanne ging zu Miao, packte sie unter den Schultern und stützte sie. „Du hast mir das Leben gerettet", sagte sie leise zu ihr.

„Wie du vorher mir", kam die schüchterne leise Antwort, deren Ton so gar nicht zu der kräftigen Gestalt Miaos passen wollte. Sie stützte sich dankbar auf ihre Herrin und humpelte mit ihr zurück zum Wagen.

Die Lastkraftdroschke, die Johanne selbst konzipiert hatte, war schon ein gewöhnungsbedürftiger Anblick für die umherstehende Bevölkerung. Es gab nur wenige Autos in Wilhelmstadt, obwohl dies wohl der modernste Ort im ganzen Kaiserreich war. Meist gab es lediglich Pferdekutschen und ein paar Zweisitzer für die reichen Leute.

Aber Johannes Kraftdroschke war etwas Besonderes. Die große Ladefläche war mit den lebenserhaltenden Tauchsystemen beladen, dem Dampfkessel und dem Druckregulierer. Davor befand sich eine Fahrerkabine, die Platz für vier Personen bot. Aber angetrieben wurde das Fahrzeug von vier Dampfpferden, die Julius deJonker noch eigenhändig gebaut hatten. Diese Pferde warteten nun ungeduldig und scharrten unter dem Druck ihrer Kessel mit den Hufen. Aus ihren metallenen Nüstern stob weißer Wasserdampf. Ihr Schnaufen klang fast wie das echter Pferde, die gerade kilometerweit galoppiert waren. Die Bürger von Wilhelmstadt hatten sich bereits an diesen Anblick gewöhnt. Aber die beiden nassen, kaum bekleideten Frauen, die die Maschinen bedienten, sorgten für ungläubiges Staunen.

„So etwas gehört sich nicht", kam ein Keifen aus der Menge. „Die Stadt verkommt. Als ob wir nicht genug Probleme hätten!"

Eine andere Stimme sagte: „Das ist ungehörig für Frauen. Ein solches Benehmen auf offener Straße. Dass der Kaiser nichts dagegen unternimmt!"

Ein kleiner Junge mit Zeitungen auf dem Arm tauchte auf. „Frauen verschwinden spurlos im Hafenviertel!", rief er. „Nackte Menschen laufen nachts über unsere Dächer! Warum unternimmt die Polizei nichts?"

Die umherstehenden Menschen wandten sich murrend von Johanne ab und scharrten sich nun um den Zeitungsverkäufer. Johanne hörte nicht hin. Sie fror und war völlig durchnässt und außerdem nur knapp dem Tod von der Schippe gesprungen – was interessierte es sie, was die Leute dachten? Sie war Anfeindungen gewohnt, seitdem sie sich nach dem Verlust ihres Vaters entschieden hatte, selbstständig und ohne Mann zu leben. Auch wenn eine Heirat viele Dinge einfacher gemacht hätte. Und Angebote gab es schließlich genügend. Doch sie hatte ein anderes Ziel, als eine Dame der Gesellschaft zu sein, Klavier zu spielen, technische Literatur beim Lesen hinter stumpfsinnigen Frauenromanen zu verstecken und für ihren Mann hübsch zu sein. Dafür hatte sie nicht als eine der ersten Frauen überhaupt des deutschen Kaiserreiches eine Universität besucht.

Johanne öffnete die Tür zur Droschke und legte Miao auf die Rückbank und das mechanische Bein daneben.

„Ich bin ja eine tolle Leibwächterin", sagte Miao leise. „Jetzt musst du mich schon wieder nach Hause bringen und zusammenflicken, Herrin."

„Mach dir mal keine Gedanken, Miao", sagte Johanne und versuchte, die Leute um sich herum zu ignorieren. „Wir haben jetzt ganz andere Probleme, um die wir uns Sorgen machen müssen."

Sie hustete noch etwas Wasser aus, dann ging sie hinüber zu der Dampfmaschine und schaltete die Verbindung zum Luftverdichter ab. Der Kompressor keuchte ein letztes Mal, dann war er still. Johanne nahm das übriggebliebene Schlauchende in die Hand, das aus der Maschine ragte, und runzelte die Stirn.

Dann setzte sie sich ohne ein weiteres Wort hinter das Steuer des Wagens. Mit einem alten Lappen rieb sie sich die Finger trocken und entfernte einen Großteil des Robbenfetts. Nach einem kurzen, provozierenden Blick in die Runde Schaulustiger, nahm sie aus einem trockenen Korb eine türkische Zigarette und zündete sie in aller Ruhe mit einem Streichholz an. Sie zog daran und blies den Rauch aus. Die Menschen um sie herum stöhnten entsetzt auf. „Rauchende, fast nackte Frauen", hörte sie einen Mann sagen. „Die Gesellschaft geht zu Grunde. Das ist kein Fortschritt, sage ich euch. Das ist der Untergang des Abendlandes. Ich verstehe nicht, dass der Kaiser nichts dagegen unternimmt."

Mehrere Menschen stimmten ihm murmelnd zu und rückten dem Wagen mit bösen Blicken näher. Johanne lächelte nur grimmig. Diese Leute waren ihr egal. Es kam nicht darauf an, was sie über sie dachten.

Sollten sie doch leben, wie sie wollten, und sie in Ruhe lassen. Sie hatte gefunden, was sie gesucht hatte. Und nun würde sie Rache nehmen. Sie startete den Wagen, drehte eine kleine Kurbel an der rechten Seite des Armaturenbretts und gab über ein kleines Rad etwas mehr Luft in die Verbrennungsöfen der Pferde. Sie spürte förmlich, wie die Flammen in den Bäuchen unter den Kesseln auflodern. Anhand der Bewegung des Zeigers in einer großen runden Anzeige konnte sie erkennen, wie sich langsam der Druck aufbaute. Während des Aufwärmens befand er sich in einem gelben Bereich. Erreichte er den grünen, so könnte sie losfahren und innerhalb des roten Bereichs sollte man schleunigst das Weite suchen, da einem nun aller Wahrscheinlichkeit nach der Wagen um die Ohren fliegen würde.

Die Pferde wurden unruhig, wollten bereits lostraben, aber Johanne wusste, dass sie den richtigen Zeitpunkt abwarten musste. Wenn sie den Dampfrössern zu schnell die Zügel hingab, hatten sie nicht genug Stärke, um den Wagen zu ziehen und würden den Startvorgang abwürgen. Sie mussten also noch warten, bis der Dampf in ihren Kesseln die richtige Temperatur erreichte. Langsam näherte sich das Zeigerchen dem grünen Bereich. Sie gab noch etwas Luft hinzu, die Temperatur stieg, als eines der Rösser ausscherte.

„Verdammt", fluchte Johanne und legte einen Schalter um. Pfeifend entwich der Dampf aus den Pferden. Der Zeiger fiel sofort in gelben Bereich zurück.

„Du bist zu ungeduldig, Herrin", sagte Miao von hinten. „Bist du sicher, dass ich nicht fahren soll?"

„Unsinn, ich habe den Wagen gebaut, dann werde ich ihn auch fahren können."

Sie wartete kurz, bis das Pferd sich beruhigt hatte, dann schob sie den Hebel wieder nach oben, gab vorsichtig Luft in die Kammer und wartete gespannt.

„Geduld, Herrin", flüsterte Miao, als sie sah, dass Johanne erneut an der Luftzufuhr spielte.

„Die Leute um uns herum machen mich nervös, das ist alles."

Der Zeiger schnellte plötzlich in den grünen Bereich und näherte sich unerwartet schnell dem roten Strich auf der Anzeige.

„Jetzt, Herrin, jetzt!"

Johanne stieß einen Hebel an der Seite des Sitzes nach unten, die Bremsen lösten sich und scheppernd und schnaufend setzte sich der Wagen in Bewegung. Die Pferde legten sich ins Geschirr und zogen. Laut krachend und unter starker Dampfentwicklung fuhr die Droschke los. Miao lag auf dem Rücksitz und lachte. Johanne wartete bis sie die Passanten hinter sich gelassen hatten, dann lachte auch sie.

Jedes Heim braucht eine Katze

Wilhelmstadt – kein anderer Name verkörperte den Fortschrittsglauben im Kaiserreich der bevorstehenden Jahrhundertwende so sehr wie diese Stadt. Die Zukunft schien strahlend und Wachstum ungehemmt möglich. Die qualmenden Schlote der Fabriken und das ewige Stampfen der Dampfmaschinen zeugten von der Vision des neuen Zeitalters. Wilhelmstadt war in den letzten zweiundzwanzig Jahren wie aus dem Nichts entstanden. Als Ingenieure und Geologen 1876 in der umliegenden Gegend Braunkohle entdeckt hatten, kam es zu einem richtiggehenden „Gold"rausch. Unternehmen wurden gegründet, Spieler, Arbeiter und Glücksritter strömten in den Ort. Geschäfte wurden abgeschlossen, die einem ehrgeizigen Mann an einem Tag ein Vermögen einbringen konnten. Nur um es vielleicht am nächsten Tag wieder zu verlieren. Alles war möglich.

Wie aus den amerikanischen Goldgräbersiedlungen hatte sich auch hier aus einer kleinen Ansammlung von Baracken in Windeseile eine pulsierende große und fortschrittliche Stadt entwickelt. Die Braunkohle, die mit großen Maschinen aus der Erde gerissen wurde, hatte ihre magische Anziehungskraft auf all jene Menschen und Unternehmer ausgeübt, die mutig und fortschrittsgläubig waren. In Scharen waren sie gekommen und hatten Wilhelmstadt innerhalb weniger Jahre in das verwandelt, was es heute war: eine immer noch wachsende Metropole, in der die Räder niemals stillstanden.

1877 war Wilhelmstadt offiziell vom Kaiser gegründet worden. Acht herausragende Ingenieure waren beteiligt gewesen, als die Stadt innerhalb kürzester Zeit auf dem Reißbrett entstanden war: Die Herren deJonker, Oppenhoff, Vandenvries, von Eyth, Barabas, Motte, Pilow und Hesse hatten ihre Vision eines modernen Lebens konstruiert und nach ihrem Kaiser Wilhelm, dem Großvater des heutigen Kaisers, benannt.

Zum Dank hatte man diese Ingenieure auch auf dem Stadtwappen verewigt. Acht Sterne prangten um das große „W" im linken unteren Viertel des Schilds. Die anderen Viertel zeigten den Reichsadler, den Rhein mit dem Schloß Eyth, das schon lange vor der Errichtung

Wilhelmstadts auf der Grafenhöhe gestanden hatte, sowie ein Zahnrad, das den ewigen Fortschritt in der Stadt symbolisierte.

Die ganze gewaltige Stadt, all ihre Wohnhäuser und Geschäftsgebäude und sogar die riesigen Fabriken und Manufakturen, all das ruhte auf massiven Stahlstützen. Kein Haus und keine Straße war auf den Boden der Rheinebene gebaut worden. Alles in dieser Stadt stand auf einer gigantischen Stahlplatte, die, in einzelne Segmente unterteilt, den Untergrund von Wilhelmstadt bildete. Die Konstruktion sollte dafür sorgen, dass Wilhelmstadt mobil blieb. Einzelne Segmente konnten ausgetauscht werden, ganze Stadtviertel verschoben und an die aktuellen Gegebenheiten angepasst werden. Entstand eine neue Fabrik, wurde daneben innerhalb weniger Tage eine ganze Arbeitersiedlung gesetzt, die man einfach aus einem anderen Teil der Stadt gerissen hatte, in dem vielleicht kurz zuvor eine andere Fabrik geschlossen worden war, weil sich ihr Inhaber verspekuliert oder seinen Besitz beim Glücksspiel verloren hatte. Und eines Tages, wenn das Braunkohlevorkommen aufgebraucht ist, werden kräftige Hebemaschinen Wilhelmstadt Stück für Stück forttragen, mit seinen Häusern, seinen Fabriken und seinen Menschen, dorthin, wo ein neues Flöz auf die Maschinen wartete und ein neues riesiges Geschäft gemacht werden kann. Außerdem wäre es im Kriegsfalle so viel einfacher, den verfeindeten Franzosen keine Infrastruktur zu hinterlassen, sollten sie mal wieder in das Kaiserreich einfallen. Schließlich waren sie nur einen Steinwurf voneinander entfernt.

Wilhelmstadt, das Venedig Mitteldeutschlands, ein Venedig ohne Wasser. Denn statt Wasser kochten Feuer und flüssiger Stahl in den Lebensadern dieser Metropole.

Das höchste Bauwerk von Wilhelmstadt, der Oppenhoffsche Turm, ragte hinauf in die Nacht, wie ein mahnender Zeigefinger, der die Bürger daran erinnern sollte, wer in dieser Stadt wirklich das Sagen hatte. Wie eine spindeldürre Pyramide aus Stahl, Nieten und Sandstein ragte dieser schimmernde Pylon über die anderen Gebäude. Oppenhoff hatte in den vergangenen Jahren die Segmente der Ingenieure Barabas, Pilow und Hesse übernommen. Ihre Paläste hatte er überbaut und zum Fundament dieses gewaltigen Bauwerks gemacht.

Gekrönt wurde der Turm von der so genannten *Nadel*, einer Spitze, die einzig dazu konzipiert war, seinen Zeppelin zu halten, der es ihm ermöglichte, aus der luftigen Höhe heraus zu starten, ohne seinen Turm verlassen zu müssen.

An den Rändern der Stadt, nahe bei den riesigen Maschinen, die die Kohle aus der Erde rissen und sie an die gewaltigen Förderanlagen weitergaben, drängten sich die Mietskasernen der Arbeiter. Lange Straßenreihen voll gleichartiger, ursprünglich roter, doch nun bereits rußschwarzer Backsteinbauten fanden sich in perfekt ausgemessenen Quadraten wieder. Weiter innen, näher am Zentrum änderten sich die Fassaden, wurden abgelöst durch Kaufmannshäuser, die zur Straße hin mit Stuck verziert waren, in den trostlosen Hinterhöfen jedoch ihr hässliches graues Gesicht zeigten. Am Markt allerdings standen die Paläste der Ingenieure, die Wilhelmstadt gebaut hatten. Acht Stadtväter hatte Wilhelmstadt, acht Stadtpalais waren einst am Markt von Wilhelmstadt zu sehen gewesen. Das Haus Schamal der Familie deJonker stand noch. Graf Eyth hatte ein schmuckes Haus, das aussah wie eine kleinere Variante seines Schlosses. Vandenvries hatte sich den Traum einer römischen Villa erfüllt, umgeben von Zypressen und einem kleinen Bach, der aus dem Haus auf den Markt floss und dort in einem Brunnen mündete. Der Ingenieur, dem man im Volk den Namen *der irre Motte* gegeben hatte, war in seiner Jugend zu oft mit den Genüssen des Orients und den Giften der Kolonien in Berührung gekommen. Sein Stadthaus war ein unpassender Alptraum aus gedrehten Türmen aus schwarzem Glas, in dem sich die Sonne fing und verwirrende Muster auf die umliegenden Häuser und den angrenzenden Markt warf. Ein Haus ohne Haus, nur aus Türmchen und Drehungen, aus Glas und dunklen Farben bestehend, das war das Haus des irren Motte. Die Herren Barabas, Pilow und Hesse hatten ihre Stadtbezirke und damit ihre Häuser entweder durch Spekulationen verloren, oder sie waren, nachdem einige ihrer technischen Errungenschaften unvorhersehbare Nebenwirkungen zeigten, bis aufs letzte Hemd verklagt worden. Der Geheime Kommerzienrat Oppenhoff, dessen Nadel zu Beginn auch nur auf seiner eigenen Parzelle stand, hatte die Grundstücke der Bankrotteure gekauft und seinen Palast auf diese Bereiche ausgedehnt. Im Moment stand der Oppenhoffsche Turm also auf vier Füßen, die Bürger munkelten jedoch, das der Kommerzienrat nicht ruhen würde, bis alle Häuser am Markt diesem wachsenden Koloss einverleibt worden wären. Es hieß, er habe dem Kaiser bereits ein Angebot gemacht für das Haus Schamal, dass nun unter kaiserlicher Protektion stand, doch wollte dieser sich erst bei seinem nächsten Besuch in Wilhelmstadt dazu äußern, wie mit dem Anwesen verfahren werden soll. Da Johanne nun nicht mehr in ihr Elternhaus zurück konnte, blieb ihr nichts anderes übrig, als mit der Droschke zu dem einfachen Haus im Randbezirk zu fahren, in dem sie untergekommen war. Laut schnaufend ruckelte der Wagen, als Johanne ungeschickt den Antrieb abwürgte. Die Pferde tänzelten kurz zur Seite, dann blieben sie ruhig stehen, dampften aber stetig vor sich hin.

„Das nächste Mal fährst du wieder, Miao. Das ist einfach nichts für mich", stöhnte sie.

„Ja, Herrin. Ich lasse mich auch nicht gerne kutschieren. Sobald ich mein Bein wieder habe, übernehme ich das Steuer."

„Eine interessante Gegend", sagte Miao, als sie vorsichtig aus dem Wagen stieg.

Die wenigen Bäume und Büsche, die einen kleinen Platz zwischen zwei Häusern säumten, waren grau und staubig und ließen müde die Blätter hängen, was ihnen ein kränkliches Aussehen verlieh. Die Luft war stickig und der Rauch, der ununterbrochen aus den zahllosen Kaminen quoll, legte sich dicht und schwer über die Alfred-Nobel-Gasse, eine kleine Straße im Segment 8, zwischen der siebten und achten Allee. Irgendwo schrien sich ein paar Betrunkene gegenseitig an.

Zwei alte Frauen in der traditionellen schwarzen Witwentracht der Landbevölkerung gingen auf dem Trottoir an ihnen vorbei. Die langen schwarzen Röcke waren voller unterschiedlichster Flecken, die der Haushalt mit sich brachte und die dunklen Wolljacken, in die sie sich hüllten, waren an mehreren Stellen so gut es ging geflickt, an anderen Stellen noch immer eingerissen. Unter den schwarzen Tüchern, die die Alten um ihre Köpfe geschlungen hatten, blickten sie mit runzeligen Gesichtern feindselig zu ihnen hinüber. Johanne wurde plötzlich wieder bewusst, dass sie noch in dem nassen, gummierten Anzug steckte.

In dem benachbarten Hauseingang lungerte eine Gruppe Jungs, die in kurzen Hosen und zerlumpten Schuhen auf den Stufen saß und begehrliche Blicke auf die Ladefläche des Wagens warf. Einer pfiff ihr frech hinterher. Johanne war sicher, dass sie sich sofort auf den Wagen stürzen würde, sobald sie selbst außer Sichtweite waren.

Sie stützte Miao, indem sie ihr einen Arm unter die Achsel schob. „Ich habe auf meinen Reisen schon schlimmere Gegenden erlebt", sagte sie aufmunternd. „Und du wohl auch, oder nicht? Als ich dich gefunden habe ..."

Miao zuckte mit den Schultern. „Schon. Aber das ist vorbei. Jetzt bin ich bei dir und du gehörst hier nicht her." Sie zeigte auf das Mietshaus, dessen untere zwei Etagen sie würden bewohnen dürfen. Kaum hatten sie die Haustür erreicht, als diese auch schon von innen aufgerissen wurde.

„Fräulein Johanne! Was um alles in der Welt ist passiert?" Eine dickliche Frau in einer weißen, gestärkten Bluse stürzte ihnen entgegen, das dunkelblonde, leicht angegraute Haar unter einer Haube versteckt.

„Jemand wollte sie umbringen", knurrte Miao, doch Johanne beschwichtigte die beiden besorgten Frauen.

„Alles halb so wild. Ich bin sicher, es war nur ein Unfall. Ein Schlauch ist abgerissen und hat Miao dabei an ihrem schlimmen Bein getroffen. Sie ist hingefallen, hat dabei wahrscheinlich kurz das Bewusstsein verloren. Ich hätte den Druck besser prüfen sollen." Johanne gab sich Mühe, möglichst beiläufig und unbesorgt zu klingen. Doch die Frau sah sie weiterhin mit in die Hüften gestemmten Fäusten und einem finsteren, bohrenden Blick an.

„Marianne." Johanne ignorierte diesen ihr wohlbekannten Blick und wechselte in einen geschäftigen Tonfall. „Sei doch so gut und bitte deinen Mann, den Wagen in den Hof zu fahren, bevor die Racker da draußen ihn komplett auseinander genommen haben."

„Joseph!", brüllte die Frau daraufhin durch das Treppenhaus. „Fahr den Wagen rein!"

Dann folgte sie Johanne in das kleine Zimmer, das im Erdgeschoss als Wohnzimmer hergerichtet war.

„Seid Ihr Euch sicher, dass Eure … Assistentin nicht einfach zu müde war, um eine solche Aufgabe zu übernehmen?" Marianne warf Miao einen kurzen Blick zu und betonte das Wort „Assistentin" unüberhörbar abfällig.

„Zu müde?" Johanne war überrascht, bettete Miao aber auf einen Sessel, bevor sie sich zu ihrer Haushälterin umdrehte. „Wieso zu müde?"

„Ich glaube, sie hat seit Tagen nicht geschlafen", versetzte Marianne plötzlich in einem scharfen Tonfall.

„Wieso das?" Miao sah genauso verdutzt aus, wie Johanne und beide warteten gespannt auf die Erklärung der ältern Frau, die nun doch etwas verlegen drein schaute.

„Naja", druckste Marianne, „das Bett im Gästezimmer ist seit Tagen unberührt." Und wie um sich zu entschuldigen, dass sie es bemerkt hatte, schob sie entrüstet hinterher: „Es ist meine Aufgabe die Betten zu machen. Ich kümmere mich um alles hier im Haus, auch um Gäste, ob wir sie uns nun leisten können oder nicht." Sie warf einen giftigen Blick auf Miao, die nur mit den Schultern zuckte.

„Ich habe im Sessel geschlafen. Mein Stumpf hat mir Schmerzen bereitet. Wenn ich liege, ist es, als ob ich immer wieder und wieder falle. Ich kann nachts nicht gut ruhig bleiben", murmelte sie. Das Ende ihrer Erklärung war kaum noch hörbar.

„Siehst du, Marianne, kein Grund sich Sorgen zu machen. Am besten kümmerst du dich um das Haus und die Küche, und ich kümmere mich um meine Maschinen und meine Angestellten. So tut jeder, was er am besten kann."

„Ich habe Eurer Frau Mutter am Sterbebett versprochen, mich um Euch zu kümmern. Und das werde ich auch tun. Egal, was passiert. Auch in dieser … Umgebung." Sie verzog verächtlich den Mund und blickte indigniert auf die ärmliche Einrichtung der einfachen Wohnung.

„Ich weiß", seufzte Johanne. „Du bist etwas Besseres gewohnt. Glaube mir, ich auch. Aber der Kaiser hat uns nun einmal enteignet. Und wir müssen froh sein, dass wir dank Graf Eyth nicht im Armenhaus gelandet sind. Er wäre zu solcher Hilfe für uns nicht verpflichtet gewesen, nach all dem, was vorgefallen ist." Sie streckte ihr Kinn energisch vor. „Aber ich werde uns rehabilitieren. Ich werde mein Vermögen zurückholen, koste es, was es wolle. Und dann sind wir nicht mehr auf Almosen angewiesen, dann werde ich den Spieß umdrehen und dann …"

Marianne schrie erschrocken auf.

„Was ist?", Johanne fuhr sofort herum. Miao sprang auf, wankte kurz auf einem Bein und musste sich sofort am Sessel festkrallen, um nicht umzufallen. Etwas fauchte und sofort war der Raum erfüllt von einem schwefeligen, verrauchten Gestank, der allen Anwesenden sofort unangenehm in Nase und Augen brannte.

„Diese verdammte Katze", schrie Marianne und zeigte in die Mitte des Raumes, wo sich ein seltsamer, pfeifender und gurgelnder Stahlhaufen hingeschlichen hatte. „Sie rülpst schon wieder. Das kann sie gefälligst draußen tun, sie braucht nicht das ganze Haus vollzustinken." Sie griff nach einem Besen, den sie im Flur abgestellt hatte und wollte auf das Tier losgehen, doch Johanne ging dazwischen. „Nicht, warte, ich kümmere mich darum. Vielleicht muss ich sie nur neu einstellen. Hast du sie etwa wieder mit Milch und gebratenem Speck gefüttert? Du weißt doch, dass davon ihre Ventile verstopfen."

Marianne warf gekränkt die Arme in die Höhe. „Gebratener Speck? Himmel, als ob wir es uns leisten könnten, gebratenen Speck an verrückte Maschinen zu verfüttern."

Kurz darauf waren Johanne und Miao allein mit der Katze im Wohnzimmer, während die Haushälterin sich daran machte, ein Essen auf den Tisch zu bringen und ihren Mann durch die Gegend zu scheuchen.

„Sie hasst mich, Herrin", grummelte Miao. „Vielleicht sollte ich doch woanders …"

„Unsinn", fuhr ihr Johanne über den Mund, während sie sich über die maschinelle Katze beugte. „Sie sorgt sich, das ist alles. Sie ist eine gute Seele. Wir müssen nur besser aufpassen. Es geht Marianne trotz allem nichts an, wo du deine Nächte verbringst."

Sie lächelte Miao scheu an, doch die Luftnomadin blickte sorgenvoll ins Leere.

„Und du sollst mich nicht Herrin nennen, wenn wir allein sind", versuchte Johanne sie aufzumuntern.

„Ja, Herrin", antwortete Miao gedankenverloren. „Wann ist mein Bein wieder repariert?"

„Ich schaue nur eben nach der Katze, danach mache ich mich daran."

Sie strich der Katze über den Kopf. Die Maschine fauchte und riss ihr Maul auf. Entsetzlicher Gestank entstieg ihrem Hals. Die Katze hatte die Statur eines großen Katers, war aber vollkommen aus Metall zusammengesetzt. Ihr Messingkörper war warm und glänzte. Aus den Ohren und aus der Schnauze stiegen immer wieder kleine Dampfwölkchen auf. Die Katze sah Johanne aus rotglühenden Augen an. Die kleinen Klumpen aus komprimiertem Næon verblüfften Johanne immer wieder.

„Ist sie nicht ein Wunder? So viele Jahre ist es her, dass mein Vater sie gebaut hat und sie funktioniert noch immer. Sie war sein erstes erfolgreiches Experiment mit Wellenenergie. Und er hatte vollkommen recht: Es ist eine Zukunftstechnologie. Nur", sie griff auf einen Tisch, auf dem wie üblich Werkzeug verstreut lag, und kramte nach einem Schraubenzieher sowie einer Zange, „manchmal muss man sie eben reinigen." Mit spitzen Fingern zog sie das dampfende Maul auseinander und griff vorsichtig hinein. Dann löste sie mit dem Schraubenzieher einige Schrauben im Rachen der Katze und zog vorsichtig eine kleine Röhre aus deren Schlund, gefolgt von einem Schwall Dampf. Johanne blies einmal in das Röhrchen – ein Stück Speck flog in hohem Bogen auf den Teppich.

„Ich glaube, ich muss noch einmal ein Wörtchen mit Marianne reden", lachte Johanne. „Sie lernt es einfach nicht." Plötzlich schrie sie. „Nein!"

Die Katze hatte sich umgedreht und hielt ihre Nase wieder an das Stückchen Speck, dass noch auf dem Boden lag. Doch Johanne war schneller und nahm es ihr ab, bevor die Maschine ihrer Programmierung folgen konnte und es erneut auffressen konnte. „Ich weiß nicht, was Vater sich dabei gedacht hat, als er der Katze diese Vorliebe eingebaut hat."

„Vielleicht wollte er sie realistischer gestalten", mutmaßte Miao düster.

Johanne zuckte mit den Schultern. „Sie verträgt es aber nicht." Nachdem sie die Röhre wieder eingesetzt hatte und am Bauch der Maschine zärtlich ein paar Stellschräubchen nachgedreht hatte, sprach sie leise mit der Katze. „Du bist jetzt auf Wasser und Koks. Was anderes bekommt dir nicht."

Miao lachte jetzt wieder. „Ist es wahr, was man munkelt? Dass die Katze deine Familie beschützt?"

„Aber ja!" Marianne war ins Wohnzimmer gekommen und deckte den Tisch für zwei Personen. „Die Katze saß im Hafen und hat herzzerreißend geschrien, als die *Juggernauth* in See stach. Sie hat gewusst, dass etwas nicht stimmte. Und das war nicht das erste Mal! Auch damals als Herr deJonker seinen neuen …"

„Bitte hör auf damit, Marianne!" Johanne war wütend geworden. „Das ist Hokuspokus, Esoterik – oder Schlimmeres! Das kannst du den Nachbarskindern erzählen, damit sie aufhören uns Metall und Kohlen aus dem Keller zu klauen, aber hier sei bitte vernünftig. Die Katze ist eine Maschine, eine ganz fantastische zwar, aber über beschützende Fähigkeiten oder Intuitionen verfügt sie keineswegs. Sie funktioniert nach dem ihr vorgegebenen Programm. Ich bin sicher, Vater hat eine ausgetüftelte Maschinerie entworfen, die das Geheule möglich machte."

Marianne hatte ob des Rüffels das Gesicht verzogen.

„Es gibt Essen", sagte sie spitz. Johanne hielt die Nase in die Luft. „Es riecht furchtbar. Was ist das?"

Mariannes Laune besserte sich durch die Aussage ihrer Herrin nicht. „Es ist Kohl, Fräulein Johanne. Würdet Ihr das wenige Geld nicht komplett in neue Teufelsmaschinen stecken, die Euch eines Tages noch das Leben kosten werden, könntet Ihr auch hin und wieder etwas anderes essen. Aber wenn das so weitergeht, sind wir bald pleite." Sie sah Johanne an und betrachtete den gummierten Taucheranzug. „Und ich gebe Euch erst etwas zu essen, wenn Ihr Euch wieder schicklich gekleidet habt. So kommt Ihr mir nicht an den Tisch."

Beunruhigende Nachrichten

Kurz darauf saßen Johanne und ihre Assistentin schweigend über einem Teller Kohl mit Kartoffeln und schlangen das Essen in sich hinein. Die Katze lag unter dem Tisch und dampfte schnurrend. So ein Anschlag auf das eigene Leben macht hungrig, dachte die junge Frau. Endlich kam sie dazu, ihre Gedanken zu ordnen und die Ereignisse Revue passieren zu lassen. Was war geschehen? Sie hatte mittels modernster Technik das gesunkene Boot gefunden, mit dem nicht nur der Neffe des Kaisers, sondern auch die Zukunft ihrer eigenen Familie untergegangen war. Und just in dem Moment, in dem sie den Grund für das Unglück gefunden hatte, schnitt ihr jemand die Luftzufuhr ab. Ihr erster Impuls war es gewesen, die verrückten Maschinenstürmer zu verdächtigen, die in der Stadt ihr Unwesen treiben. Ewig Gestrige, die lieber wieder so leben würden wie vor hundert Jahren. Auch in Wilhelmstadt gab es solche Revisionisten. Johanne fragte sich immer, warum diese Menschen ausgerechnet in der fortschrittlichsten Stadt des Reiches blieben und nicht einfach weggingen. Ihr öffentlicher Auftritt mit der riesigen Maschine war unter Umständen für zartbesaitete oder verwirrte Gemüter ein bisschen zu viel des Guten gewesen. Schon allein die Größe des Kompressors hatte mit Sicherheit Ressentiments seitens der Wilhelmstädter geweckt. *Teufelsmaschine* hatten die Gaffer sie genannt. Hinzu kam, dass sie von einer jungen Frau gebaut und bedient worden war. Während sie daran dachte, schnaufte Johanne einmal verächtlich und schüttelte verständnislos den Kopf.

Sie konnte die Reaktionen beim besten Willen nicht verstehen. Nur durch Technik würde die Menschheit aus dem Jammertal des Elends entkommen. Auch wenn Wilhelmstadt die wohl modernste Stadt des ganzen Reichs war, gab es auch hier noch Armut und Hunger. Wie überall im Land schufteten Menschen unter schlimmsten Bedingungen in Bergwerken und auf den Feldern. Und dabei waren sie so ineffizient, dachte Johanne. Maschinen und Technik wären in der Lage, die Arbeit der meisten Menschen besser und schneller zu erledigen. Was wiederum der Bevölkerung mehr Zeit für andere Dinge schenken würde. Aber dieser Traum konnte nur in Erfüllung gehen, wenn er nicht nur von Einzelnen geträumt würde. Fortschritt für alle war nur möglich, wenn sich alle daran beteiligten, davon war sie überzeugt.

Doch Johanne glaubte mittlerweile nicht mehr an die Maschinenstürmertheorie. Bereits als sie sich mit Miao auf den Heimweg gemacht hatte, waren ihr Zweifel an ihrer Vermutung gekommen. Maschinenstürmer wollten nicht einfach nur zerstören, sie wollten ein Zeichen setzen. Und ein solches Zeichen fehlte am Unglücksort. Nichts deutete auf einen solchen Anschlag hin. Jemand anderes hatte gezielt versucht, sie außer Gefecht zu setzen und wollte dabei unerkannt bleiben. Aber Miao war weder leicht zu überraschen noch leicht zu überwältigen. Wie konnte also jemand ungesehen an die Maschine kommen und den Schlauch durchtrennen? Eigentlich blieb nur eine Erklärung. Sie sah ihre Assistentin an.

„Hast du den Schlauch durchgeschnitten?"

Klirrend landete das Besteck auf dem Teller, als Miao sie entsetzt ansah.

„Herrin, beim Seelenheil meiner Ahnen, mögen sie zwischen den Wolken ruhen! Du hast mein Leben gerettet! Ich verdanke dir alles, was ich jetzt noch bin. Wieso sollte ich so etwas tun?"

„Du sollst mich nicht Herrin nennen, wenn wir alleine sind. Hast du oder hast du nicht?" Johanne blickte ihr fest in die Augen, bis Miao den Blick senkte und auf den Teller starrte.

„Nein", kam leise ihre Antwort. „Ich kann mich an nichts erinnern."

„An gar nichts?" Johanne konnte selber ihren ungeduldigen Tonfall hören und es tat ihr sofort leid.

„In einem Moment stand ich noch am Wagen und hatte die Kontrollanzeigen im Auge, so wie wir es wohl hundertmal geübt haben. Ich durfte mir keinen Fehler erlauben, das wusste ich, hing doch dein Leben von mir ab! Dann kamen immer mehr Leute. Sie drängten sich um den Wagen, schauten zu und begannen, zu tuscheln. Das letzte, woran ich mich erinnere, ist, dass ein Photograph mit seinem Optoskop aufgetaucht ist. Er hat umständlich seine Apparatur aufgebaut und die Leute gebeten, ihm aus dem Weg zu gehen. Aber ich habe das alles nur am Rande mitbekommen, denn ich musste ja auf den Druck und die Kesselleistung achtgeben. Der Kessel hatte plötzlich ganz schön zu kämpfen und ich war abgelenkt. Es gab einen Blitz, wahrscheinlich hat der Journalist eine Optoskopie gemacht – und danach war alles dunkel. Als ich wieder zu mir kam, lag ich auf der Erde und sah das abgeschnittene Ende des Schlauchs. Es rutsche über den Rasen und verschwand in den Fluten."

Johanne konnte sehen, wie sich die Pupillen der Luftnomadin bei diesem Bericht weiteten. Miao hielt sich verkrampft am Besteck fest und hatte den Rücken fest durchgedrückt, gerade so, als wolle sie der Wahrheit damit mehr Rückhalt geben.

„Nach einer kurzen Schrecksekunde wollte ich mich aufrichten, fiel aber sofort wieder hin. Da bemerkte ich, dass mein Bein neben mir lag. Jemand muss mir dagegen getreten oder es mir abgerissen haben, um mich kampfunfähig zu machen. Ich wusste, dass jetzt jede Sekunde kostbar war, also habe ich mich zusammen gerissen und bin zum Ufer gekrochen."

„Aber du hasst das Wasser!"

Miao ließ das Besteck fallen und lehnte sich über den Tisch.

„Herrin, du warst dabei zu ertrinken!" Ihre Stimme wurde lauter und fester.

„Was geschah dann?"

„Den Rest kennst du. Ich bin ins Wasser und habe versucht, mich zu halten, als du schon nach oben geschossen kamst. Herrin, ich wollte dich nicht umbringen, ich habe es nicht getan!" Miao sah Johanne fest in die Augen.

„Wer war es dann?", fragte Johanne.

„Ich weiß es nicht", sagte die junge Frau leise und senkte ihren Blick, der daraufhin unruhig über ihren Teller wanderte. Johanne lächelte die verunsicherte Miao plötzlich an und legte die Hand auf ihre. „Ich weiß. Ich wollte nur sicher sein."

Miao zog ihre Hand zurück. Aber jetzt weiß ich überhaupt nicht mehr weiter, dachte Johanne.

„Ich weiß, dass meinen Vater keine Schuld an dem Unglück der *Juggernauth* trifft", dachte sie laut. „Den Beweis habe ich gesehen."

„Was hast du gesehen, Herrin?"

„Du sollst mich nicht Herrin nennen, wenn wir alleine sind."

„Ja, Herrin. Was hast du im Rhein entdeckt?"

Johannes Augen bekamen einen seltsamen Glanz.

„Es war ganz eindeutig, Miao. Der Rumpf des Schiffes war aufgerissen!"

„Die *Juggernauth* soll in der Dunkelheit auf einen Felsen aufgelaufen sein", sagte Miao.

„Und das ist eine Lüge!" Johanne sprang auf. „Ich habe es gesehen. Der Rumpf ist zerrissen, aber von innen! Die Außenwand ist nach außen gebogen, was sie nicht wäre, wenn ein Fels sie aufgeschnitten hätte. Es muss eine Explosion im Inneren des Schiffes gegeben haben."

„Aber wer war das?", fragte Miao. „Wer hätte Interesse an einer solch schändlichen Tat?"

Johanne ließ sich erschöpft auf den Stuhl fallen. „Wenn ich das wüsste, Miao, dann hätte ich den Mörder meines Vaters gefunden."

„Und ich wüsste, wer dich eben umbringen wollte", sagte Miao leise und ließ ihre Fingerknöchel knacken.

„Leider habe ich überhaupt keine Idee, nach wem oder was ich suchen soll." Johanne starrte gedankenverloren auf ihr Essen. Sie hatte sämtlichen Appetit verloren.

„Herrin?"

„Ja, Miao?"

„Du hast mir doch erzählt, dass der Geheime Kommerzienrat Oppenhoff versucht, die übrigen Stadtväter aufzukaufen. Ob er auch deinem Vater ein solches Angebot unterbreitet hat?"

Johanne sah Miao verständnislos an. „Meinst du …"

„Ja, oder dein Vater hatte eine neue technische Spielerei entwickelt, die der Kommerzienrat ihm abkaufen wollte. Ihm ein Angebot gemacht hat, dass er nicht ablehnen sollte. Wenn dein Vater aber auch nur halb so stur war, wie du es bist, dann …"

„Miao!"

„Entschuldigung, ich meinte, wenn er nur halb so selbstbewusst war wie du, Herrin, dann könnte ich mir vorstellen, dass er dem Ansinnen von Oppenhoff die Stirn geboten hat."

Johanne schluckte, als ihr die Tragweite dieses Gedankens klar wurde.

Es klopfte und Joseph kam herein, ohne eine Antwort abzuwarten. Er war glattrasiert bis auf einen kleinen, elegant kurzen Backenbart. Unter seinem einfachen dunklen Frack trug er eine vornehme rote Weste und ein weißes Hemd mit Stehkragen. Die kurzen Hosen, die mit einem Knieband endeten, sowie die langen schwarzen Seidenstrümpfe, waren neu und gepflegt, ebenso wie seine glänzenden Lackschuhe. Joseph hatte ebenso wie Marianne bereits bei Julius deJonker seinen Dienst versehen, und es war für ihn selbstverständlich, dass er dem Haus die Treue hielt, auch wenn es im Moment nicht gerade rosig aussah.

„Gnädiges Fräulein, eine Taube ist für Euch gekommen." Mit ausdruckslosem Gesicht hielt er ihr ein Tablett entgegen, auf dem eine Taube saß und gurrte.

„Eine verschlüsselte Nachricht von Graf Eyth?" Johanne sprang überrascht auf und nahm die Taube vom Tablett. „Ich frage mich, wieso er nicht dieses neumodische Telephon benutzt, dass er in all seinen Häusern hat einbauen lassen. Danke, Joseph", sagte sie und der Diener verließ den Raum ebenso lautlos, wie er ihn betreten hatte.

Sie setzte die mechanische Taube auf den Esstisch. Miao sah interessiert zu, wie ihre Herrin elegant ihre Halskette löste, an der ein kleiner Messingschlüssel hing. Der Schlüssel hatte ihrem Vater gehört. Graf Eyth und Julius deJonker waren enge Freunde gewesen und so konnten sie auch über weite Entfernungen Nachrichten austauschen, die nicht für jedermann gedacht waren. Offenbar hatte ihr Vater schon früh Verrat und Industriespionage gewittert, dachte Johanne bei sich.

Sie nahm den Schlüssel und näherte sich der Taube, die interessiert den Kopf drehte. Sie hob einen Flügel an und steckte den Schlüssel dort in der Beuge in das dafür vorgesehene Loch. Die Taube gurrte leise, als es in ihrem Inneren klickte.

Johanne trat einen Schritt zurück und setzte sich wieder auf ihren Stuhl. Die Taube trippelte unruhig von einem Fuß auf den anderen, rupfte sich mit dem Schnabel kurz im Gefieder, das täuschend echt aussah. Man hörte ein paar Zahnräder ineinander greifen, ein schleifendes Geräusch im Körper des Vogels deutete darauf hin, dass etwas aufgezogen, eine Feder gespannt und ein komplexer Mechanismus vorbereitet wurde.

„Verdammt", ertönte plötzlich eine tiefe Männerstimme. „Wo ist dieser verflixte Schalter? Und wieso hält dieser Vogel nicht einen Moment still? So, jetzt. Johanne?" Die Stimme wurde etwas lauter. Die junge Frau musste schmunzeln, während sie sich den Freund ihres Vaters vorstellte, wie dieser die Taube anbrüllte, um eine Nachricht aufzunehmen. „Johanne, hier ist Graf Eyth. Der Mann deiner Patentante. Ach, verflixt, du weißt doch, wer ich bin. Ich habe von deinem ..." Ein Räuspern folgte. „Ich habe von deinem Abenteuer gehört. Bist du wirklich in diesen dreckigen Fluss gestiegen? Naja, du bist mal wieder das Stadtgespräch. So wie früher." Er kicherte belustigt, hatte seine Stimme aber umgehend wieder unter Kontrolle und klang sofort sehr ernst. „Ich möchte mit dir darüber reden. Komme morgen doch zu uns zum Mittagessen. Ich erwarte dich um Punkt halb Zwölf. Und bring deine Freundin mit. Ich habe lange keine Luftnomaden mehr gesehen und möchte deine neueste Entwicklung begutachten. Außerdem habe ich beunruhigende Neuigkeiten. Wir müssen uns wirklich dringend unterhalten. Ende. Halt still, du vermaledeiter Vo..."

Miao lächelte gequält, als die Nachricht mit einem knackenden Geräusch abbrach. „Ich schätze, morgen Mittag werden wir keinen Kohl essen, was?" Die beiden lachten. Johanne war dankbar für Miaos trockenen Humor, die damit ihre Anspannung löste. Sie wusste nicht, was sie von der Einladung halten sollte und mochte es nicht, wenn man sich in ihre Angelegenheiten einmischte. Jedoch hatte Graf Eyth es sich scheinbar zur Aufgabe gemacht, nach dem Verlust ihrer Eltern über sie zu wachen. Doch die Einladung ausschlagen konnte sie auch nicht, dazu stand sie viel zu tief in seiner Schuld. Alleine schon die kostenlose Überlassung des Hauses war Grund genug, morgen pünktlich und gut gelaunt auf Schloss Eyth zu erscheinen.

„Dann sollte ich mal anfangen, dein Bein zu reparieren", sagte sie zu Miao. „Der Graf will es sich morgen ansehen. Am besten ziehst du dann keine Hosen an."

Ein paar Stunden später lag Johanne in ihrem Bett und dachte nach. Das Licht war gelöscht und sie genoss die Dunkelheit. Gut geschlafen hatte sie bereits seit mehreren Nächten nicht mehr und so war sie es gewohnt, auf den Schlaf zu warten. Was wollte Graf Eyth von ihr? Ob er ihr endlich helfen konnte, die Unschuld ihres Vaters zu beweisen? Schließlich war er doch ein Freund der Familie. Johanne war sich sicher, dass er ebenso dachte wie sie. Ihr Herz wurde schwer, als sie an den Mann dachte, den sie ihren Onkel nannte. So viele Monate wohnte sie nun schon in diesem Haus, doch einen Besuch auf dem Schloss hatte sie bisher vermieden. Zu unsicher war sie sich ihrer Gefühle gewesen. Warum hatte der Graf ihren Vater nicht beschützt? Es hieß, er habe gute Verbindungen zum Kaiser. Wieso hatte er nicht eingegriffen, als dieser ihre Familie enteignet hatte? Wieso musste sie nun in diesem Loch wohnen, anstatt im Haus Schamal leben zu dürfen, so wie es ihr zustand?

Unmittelbar nach ihrer Ankunft hatte sie sich um ein Gespräch bei Graf Eyth bemüht, doch man hatte ihr ausrichten lassen, dass ein Treffen im Moment nicht möglich sei, der Graf sei in dringenden Geschäften unterwegs. Danach hatte sie ihre Konzentration auf ihre Arbeit, den Bau der Tauchanlage, gelenkt. Obwohl der Platz beengt war, in dem sie hausen mussten, hatte Johanne es dennoch geschafft, sich im Hinterhof eine kleine Werkstatt und im Kohlenkeller ein Labor einzurichten. Sie hatte dazu einiges von dem, was Joseph und Marianne aus Haus Schamal hatten retten können, zu einem Schleuderpreis verkaufen müssen, aber wichtig war ihr nur gewesen, das Wrack der *Juggernauth* mit eigenen Augen zu sehen.

Doch trotz aller Ablenkung, in ihrem Hinterkopf hatte immer der Zweifel genagt. Warum? Warum hielt der Graf Abstand von ihr? Warum diese Absteige? Doch all das hatte nur ihren Willen gestärkt, sich aus dieser Situation zu befreien. Aber das ging nur, wenn sie den Mörder ihres Vaters finden würde.

Sie seufzte. Aber wenn Graf Eyth nichts mit ihr zu tun haben wollte, warum hatte er ihr überhaupt geholfen? Weil er der Freund ihres Vaters war und seine Frau ihre Patentante? Und warum lud er sie gerade jetzt zu sich ein? Johanne drehte sich in ihrem Bett rastlos auf die Seite. Sie konnte sich einfach keinen Reim auf all das bilden.

Plötzlich knarrten die Dielen auf dem Flur. Johanne versteifte sich. Wer war das? Sie rutschte unter die Decke und stellte sich schlafend, behielt aber in der Dunkelheit die Augen weit geöffnet, um sofort sehen zu können, falls jemand ihr Zimmer betrat. Ihre Hand glitt auf den Nachttischschrank, an den sie ihren Schirm gelehnt hatte. Sie hatte es sich angewöhnt, sich nicht mehr unbewaffnet ins Bett zu legen.

Leise quietschend öffnete sich die Tür. Etwas zischte. Ein Schatten schob sich in den Raum. Behutsam, Millimeter für Millimeter bewegte er sich, als wolle er um jeden Preis verhindern, ein Geräusch zu machen. Doch mit jeder Bewegung dampfte und zischte etwas.

Miao?, dachte Johanne verwundert. Sie erkannte die leisen Geräusche des Dampfbeins. Die junge Frau hatte nicht bemerkt, dass Johanne noch wach war, und schloss behutsam die Tür hinter sich. Auf Zehenspitzen und so geräuschlos wie möglich schlich sie durchs Zimmer.

Johanne packte den Griff des Schirm etwas fester. Ob sie sich in ihrer Freundin so getäuscht haben sollte? Ob sie kam, um sie hinterrücks zu meucheln? Ihr im Schlaf ein Kissen aufs Gesicht zu drücken? Hatten die Feinde ihres Vaters sie bezahlt, um sie zu töten? Oder hatte Miao absichtlich das Gespräch bei Tisch auf Oppenhoff gelenkt und war sogar von ihm bezahlt worden, um ihr den Garaus zu machen? Aber warum sollte sie das tun? Konnte Miao so undankbar sein? Schließlich hatte Johanne ihr das Leben gerettet.

Sie beobachtete durch halb geschlossene Augen, wie die Luftnomadin durch den Raum glitt und sich in einer Ecke auf einen Sessel setzte. Johanne hörte die junge Frau erleichtert ausatmen.

Dann war Miao still, ihren Kopf hielt sie gesenkt und ihr Atem ging leise und gleichmäßig.

Ist sie wirklich nur gekommen, um bei mir zu sein?, fragte sich Johanne überrascht. Dann nimmt sie ihren Schwur, mein Leben zu beschützen aber sehr ernst. Oder ob da etwas anderes im Spiel war? Den Luftnomaden wurde nachgesagt, dass sich bei ihnen nicht nur Mann und Frau ineinander verliebten, sondern auch Männer in Männer und Frauen in Frauen. Kein Wunder, dass dieses fliegende Volk bei ehrbaren Bürgern nicht gern gesehen war. Johanne dachte mit einer Mischung aus Faszination und Furcht an die Gestalten zurück, die sie auf ihren Reisen durch das südliche Europa und den vorderen Orient kennen gelernt hatte. Harte Burschen, kräftig, ernst und von ihrem entbehrungsreichen Lebensstil gezeichnet. Mit fremdartigen Tätowierungen bunten Kleidern und riesigen Luftschiffen, in denen ganze Großfamilien lebten. Es war eine fremde Welt, in die man als Außenstehender nicht so leicht eindringen konnte. Und ganz sicher kam man nicht aus ihr heraus, wenn man in sie hineingeboren worden war. Johanne fragte sich, wie und wieso Miao ihr Volk verlassen hatte.

Langsam entspannte sie sich. Auch wenn sie sich der Nähe ihrer Leibwächterin in der Dunkelheit nur zu sehr bewusst war. Nun merkte sie, wie müde sie eigentlich war, und dass sie in den letzten Nächten oft aus Angst, dass jemand versuchen würde, sie aufzuhalten, wachgelegen hatte. Doch jetzt war Miao bei ihr und beschützte sie. Obwohl Johanne noch vor ein paar Augenblicken Angst vor ihr gehabt hatte, fühlte sie sich nun ihrer Gegenwart vollkommen sicher. Miao würde ihr nichts antun wollen, davon war sie nun überzeugt. Alleine der Gedanke daran war absurd. Oder etwa nicht? Sie warf noch einen kurzen prüfenden Blick auf ihre Leibwächterin. Sie nahm sich vor, trotzdem diese Nacht noch wachsam zu sein und nur mal kurz die Augen zu schließen. Wenige Augenblicke später war Johanne tief und fest eingeschlafen.

Schloss Eyth

Schnaufend und dampfend zogen die beiden mechanischen Pferde die kleine Kutsche den Hügel hinauf. Oben thronte Schloss Eyth, das sich im Gegensatz zu Wilhelmstadt bereits seit Jahrhunderten an diesem seinen Platz befand. Umgeben von weitläufigen Gärten, einem kleinen Wald und einer Teichanlage, die jener aus Versailles nachempfunden war, blickte es ruhig und gelassen hinab auf das hektische Treiben der Stadt, die in den letzten zweiundzwanzig Jahren zu seinen Füßen entstanden war. Aufgrund seiner exponierten Lage auf der sogenannten Grafenhöhe, gehörte das Schloss nicht zur Stadt und befand sich auch nicht auf der flexiblen und jederzeit umpositionierbaren Stahlplatte, die die Grundlage für Wilhelmstadt bildete, sondern hatte seine Keller wie Wurzeln tief in das hier vorherrschende Granitgestein gegraben.

Der Weg, der die Grafenhöhe mit Wilhelmstadt verband, war mit grob behauenen Steinen gepflastert und schlängelte sich den Hügel hinauf, was den beiden Maschinenpferden, die Johanne vor das zweirädrige Gefährt gespannt hatte, allerdings keinerlei Mühe zu bereiten schien, denn sie stampften und dampften eifrig in Richtung des Schlosses. Die Kraftdroschke schien ihr für die Fahrt auf Grund des Gewichts weniger angemessen. Sie selbst trug ein elegantes rotes Kleid und Marianne hatte ihr die Haare zu großen Locken gedreht. Neben ihrem Knie lehnte der leichte Seidenschirm mit dem Jaguarkopfgriff aus Ebenholz. Johanne hatte sich angewöhnt, nie mehr ohne Schirm das Haus zu verlassen. Dabei hatte sie weniger Angst, nass zu werden, anstatt dass sie hoffte, sich damit besser verteidigen zu können. Leider hatte sie noch keine Zeit gehabt, ihren ständigen Begleiter mit weiteren Waffen auszustatten. Noch konnte sie sich nicht zwischen einem versteckten Degen im Griff oder einer winzigen Schusswaffe in der Spitze entscheiden. Interessant fand sie auch den Gedanken eines Flammenwerfers, aber für Flammenöl und Treibgas war nicht genug Platz im Stock. Denn sie wollte ihn gleichzeitig stabil genug halten, um nicht darauf verzichten zu müssen, ihn auch als Schlagwaffe benutzen zu können. Johanne hatte auf ihrer Reise in den Orient einige interessante Techniken erlernt, unter anderem die ‚Acht Wege einen Mann mit einem Stock zu töten'. Leider hatte sie sie noch nie praktisch anwenden können, wollte aber für den Notfall gerüstet sein.

Sie wippte nervös mit den Füßen, wobei ihre schwarzen Lederstiefel ein knarzendes Geräusch machten. Johanne versuchte, tief Luft zu holen, scheiterte aber an dem Korsett, das ihr gegen die Rippen drückte. Mit Grausen dachte sie an die Tournüre, die manche Frauen bis heute trugen, obwohl sie bereits lange aus der Mode waren. Johanne erinnerte sich daran, wie ihre Mutter immer das Hinterteil ihres Rocks mit einem Gestell aus Stahl und Fischbein aufbauschte, um diese unbequeme und ihrer Meinung nach hässliche Beule im Kleid zu erzeugen. Immer wieder war sie darüber erstaunt, wozu Frauen für ein gutes und modisches Aussehen bereit waren.

Zu ihrer Linken lag ihre Handtasche aus gefärbtem Schlangenleder. Darin hatte sie die wichtigsten Utensilien verstaut – und ihre kleine Lebensversicherung. Bin ich froh, wenn ich wieder zu Hause und aus dieser Kleidung raus bin, dachte sie. Es fehlten nur wenige Meter bis zum Schloss, doch Johanne hielt kurz inne und ließ ihren Blick durch das Fenster über Wilhelmstadt schweifen.

Im Hintergrund, nahe am Horizont, erkannte sie undeutlich die riesigen Maschinen, die der Erde die Kohle aus dem Leib rissen. Die Fabriken und qualmenden Schlote vernebelten den Blick. Obwohl Wilhelmstadt in so kurzer Zeit so schnell gewachsen war, war alles durchstrukturiert und durchdacht. Trotzdem wurden Häuser errichtet und wieder abgerissen, wenn es eine wirtschaftlichere Nutzung für die jeweilige Fläche gab. Nur die Nadel dominierte stets den Blick, das Hochhaus des Geheimen Kommerzienrats Oppenhoff. In dem obersten Stockwerk dieser architektonischen Meisterleistung saß er wie eine Spinne in ihrem Netz. Von dort oben sah er auf sein Reich hinab. Oppenhoff war immer der stärkste Konkurrent ihres Vaters gewesen. Oft hatte er versucht, die Genialität und den Erfindungsreichtum Julius deJonkers zu kaufen, doch war stets gescheitert. Ihr Vater war ein kaisertreuer Bürger und teilte dessen Visionen einer besseren Gesellschaft durch neue Technik. Oppenhoff hingegen hatte nur sein eigenes Machtstreben im Sinn. Als er merkte, dass Julius deJonker nicht käuflich war, begann er, die Familie deJonker Schritt für Schritt zu ruinieren. Aber ob er auch vor einem Mord nicht zurückschrecken würde? Konnte es wirklich sein, dass dieser Mensch, der eine Stütze der Gesellschaft darstellte, dieser herausragende Ingenieur, der vom Kaiser mit einer Ehrenmedaille bedacht worden war, und der zusammen mit den anderen sieben Gründungsvätern dieses kleine Weltwunder Wilhelmstadt aus dem Boden gestampft hatte, ihren Vater auf dem Gewissen hatte? Kaltblütig und ohne Rücksicht auf das daraus resultierende Elend? Johanne konnte sich nicht vorstellen, dass ein Mensch überhaupt zu einer solchen Tat fähig sein konnte.

Die Pferde hielten vor Schloss Eyth und Miao sprang geschickt vom Kutschbock. Sie landete auf ihrem gesunden Bein und ging, kaum merklich humpelnd und ab und an von einem Dampfwölkchen begleitet, auf das Eingangsportal zu. Johanne war stolz auf ihr Werk. Das Bein war ihr wirklich gut gelungen, aber es war nicht ihre Erfindung. Sie blickte zu den Pferden, die keuchend und dampfend vor der Kutsche standen. Ihr Vater hatte sie konzipiert. Er war immer der Meinung gewesen, dass man am meisten lernt, wenn man die Natur kopiert. Und das hatte er ausreichend getan. Die Pferde, ebenso wie die Katze, waren mehr Spielereien gewesen, die ihm nichtsdestotrotz den Ruf eines genialen, wenn auch verschrobenen Erfinders eingebracht hatte. Doch die Familie deJonker war stets so wohlhabend und einflussreich gewesen, dass dies nie eine Rolle gespielt hatte. Im Gegenteil, der Kaiser war von Julius' Spielereien oft faszinierter gewesen, als von dessen wirklich bahnbrechenden Erfindungen. Und sein Neffe, ebenso fortschrittsbegeistert wie der Kaiser selbst, war eigens mit auf der *Juggernauth* gewesen, um das neue Schallwellengerät, das Julius konstruiert hatte, selbst auszuprobieren.

Die Tür der Kutsche wurde aufgerissen.

„Der Graf und die Gräfin lassen bitten, Hanne."

Johanne stieg aus und warf Miao einen strengen Blick zu. „Du sollst mich in der Öffentlichkeit nicht Hanne nennen." Dann setzte sie ein Lächeln auf, atmete noch einmal so tief es ihre enge Kleidung zuließ ein und stieg die wenigen Stufen zum Portal des Schlosses hinauf. Das Gebäude war beeindruckend. Bereits von Weitem konnte man erkennen, mit wie viel Liebe zum Detail die Erbauer dieser Anlage ans Werk gegangen waren. Die Front war in einem dezenten

Rotton gehalten, während die reich mit Stuck und Figuren verzierten Fenster in einem hellen Weiß abgesetzt waren. Überall gab es Türmchen und Spitzen, Säulen und kleine Figuren. Das Dach war rot und weiß gekachelt und selbst die zahlreichen Kamine hatten solch ein verziertes Dach.

Ein schüchternes Hausmädchen hielt Johanne die Tür auf und ließ sie mit einem Knicks ein. Die Halle beeindruckte sie immer wieder aufs Neue. Der große Raum mit der ausladenden Treppe an der linken Seite war dekoriert mit türkisen orientalischen Seidentapeten, die von handgemalten Blumen und Vögeln geziert wurden. Die Decke war großflächig mit verschlungenen goldenen Pflanzenornamenten übersät. Die Durchgänge zu den anderen Teilen des Schlosses waren mit Rundbögen verziert, die Treppengitter und Lüster an den Wänden waren vergoldet. Das einzige Licht fiel durch ein riesiges Dachfenster, das den Eindruck verstärkte, man sei in einen fremdartigen, phantastischen Wald geraten. Johanne erwartete geradezu, wilden und fremdartigen Kreaturen zu begegnen, wenn sie sich in den Gängen des Schlosses verlor. Nicht ohne Grund flüsterte man wohl hinter vorgehaltener Hand die wildesten Gerüchte über ihren Protegé. Man sagte ihm nach, ein führender Kopf der Rosenwegler zu sein, jener geheimen Gesellschaft, die im Hintergrund die Fäden im deutschen Kaiserreich ziehen sollte. Johanne gab nicht viel auf diese Geschichten. Verschwörungen wurden an jeder Ecke feilgeboten. Sie hatten ihre Brutstätten in den Kneipen und Weinstuben dieser Stadt, in den Kellerküchen der großen Häuser und am Fließband der großen Fabriken. Überall dort, wo zwei oder mehr Menschen zusammenkamen, wurden neue Gerüchte erfunden. Doch, und das musste Johanne zugeben, einen kleinen wahren Kern hatten die meisten dieser Legenden. So wusste sie zum Beispiel, dass Graf Eyth eine Koryphäe auf dem Gebiet der modernen Alchemie war. Dass er aber in seinen Kellern Geister beschwören konnte und sich so die Gunst des Kaisers gesichert hatte, war natürlich das reinste Ammenmärchen.

Das Hausmädchen wollte Johanne und Miao unter einem Bogen hindurch in den kleinen Salon führen, als plötzlich ein markerschütternder Schrei durch die Halle gellte. Johanne zuckte zusammen und

Miao stellte sich sofort schützend vor sie. Beide warfen hektische Blicke durch die Halle, um die mögliche Gefahr ausfindig zu machen.

Ein dumpfer Schlag ertönte, dann noch einer. Man schien auf jemanden einzuschlagen! Johanne und Miao sahen sich alarmiert an. Ich wusste es, dachte Johanne. Was habe ich da nur geweckt, als ich zur *Juggernauth* getaucht bin. Man hat mich hierher verfolgt, um mich umzubringen. Und jetzt müssen auch die dran glauben, die mir helfen wollen. Sie lief in die Richtung aus der die Geräusche kamen. Ihre Stiefel klackerten auf dem dunklen Marmorboden. Ein erneuter Schrei ließ sie schneller werden.

„Nicht da lang, gnädiges Fräulein", rief das Hausmädchen ihr hinterher, doch Miao riss eine Tür auf, die ebenso wie die Wände mit seidener Tapete beklebt war und so fast unsichtbar erschien. Hinter dieser Tür hörte man die klatschenden Schläge. Johanne zog die kleine Luftdruckpistole aus ihrer Handtasche, die über einen winzigen Schlauch mit einem mobilen Kompressor in der Tasche verbunden war. Dann stürmte sie mit vorgehaltener Waffe in den Raum.

„Hände hoch!", brüllte sie.

„Johanne!" Pauline Gräfin Eyth schrie erschrocken auf. Ein halbes Dutzend Gesichter starrten Hanne und ihre Assistentin an. Miao stand mit erhobenen Fäusten und verzerrtem Gesicht kampfbereit neben ihr. Das Bein zischte aufgeregt.

„Johanne, steck das … Ding weg. Wir brauchen so etwas nicht, d'accord?" Gräfin Eyth kam auf Johanne zugerauscht. Ihre füllige Figur war nur mit einem einfachen Leinenkleid verhüllt. Das Haar wallte ihr offen über die Schultern und sie stand barfuß in dem mit Teppichen ausgelegten Raum. Auch hier waren die Wände mit teueren Tapeten ausgekleidet, zeigten jedoch Szenen aus der Historie des Schlosses. Bilder von Adeligen und Kirchenvätern hingen an den dunklen Wänden. Die Borten waren golden, die Decke mit einem Fresko verziert. Durch große Fenster schien die Sonne aus dem Garten herein und blendete Johanne. Sie traute ihren Augen kaum: Außer ihrer Patentante standen dort sieben weitere Damen mehr oder weniger nackt mitten im Raum. Sie hatten lediglich leichte Kleider übergeworfen, zwei von ihnen trugen sogar weiße Leinenhosen.

Johanne ließ die Waffe sinken und verstaute sie irritiert und etwas beschämt in der Handtasche.

„Aber der Schrei …", setzte sie an. Sie blickte irritiert in die Runde. Ein Zimmer voller kämpfenden Frauen in Unterwäsche war selbst für das liberale Wilhelmstadt ein mehr als ungewöhnlicher Anblick. „Ich dachte, Ihr wärt in Gefahr, Tante Pauline."

„Papperlapapp! Gefahr. Doch nicht in meinem eigenen Schloss! Nein, hier droht uns keine Gefahr. Die Gefahr lauert auf der Straße!"

„Ich habe davon gehört. Es sollen Frauen verschwinden."

„Eine unserer Anhängerinnen ist wie vom Erdboden verschluckt. Direkt nach unserer öffentlichen Demonstration. Sie war noch recht neu. Erst zwei Mal dabei. Ihr Mann wollte nicht, dass sie sich uns anschließt, aber sie hat sich ihm widersetzt. Er hat sie grün und blau geschlagen." Tante Pauline schüttelte den Kopf und einige der Frauen murrten. Sie schienen für die Männer, die ein solches Verhalten an den Tag legten, kein großes Verständnis zu haben. Eine große Dame mit einem Busen wie ein Schlachtschiff, die ihre Haare zu einem Turm hochgesteckt hatte und eine weiße, knielange Leinenhose unter ihrem Hemd trug, schrie kurz auf, holte mit dem Bein aus und trat mit dem Absatz ihres Stiefels mit voller Wucht in ein von der Decke baumelndes Boxkissen. Mit einem krachenden Geräusch riss das Leder des Kissens und Sand rieselte heraus. Tante Pauline nickte zufrieden.

„Trotz der Schläge, die sie von ihrem Mann eingesteckt hatte, war sie wiedergekommen. Und nun ist sie verschwunden. Hätte sie doch mehr mit uns trainiert." Sie schüttelte wieder bedauernd den Kopf. „Ihr Mann behauptet, er hätte nichts mit ihrem Verschwinden zu tun. Vielleicht stimmt das. Vielleicht aber auch nicht. Aber wir lassen uns nicht einschüchtern, d'accord?"

Johanne seufzte mitfühlend. „Wie furchtbar." In Gedanken war sie allerdings bereits wieder bei ihrem letzten Tauchgang.

„Aber das ist nicht das Einzige, gegen das wir uns wehren müssen. Die Männer! Die Gesellschaft! Die Unterdrückung der Frauen ist allgegenwärtig. Und auf den Straßen ist sie am offensichtlichsten. Vor allem dann, wenn wir Frauen uns gegen die Ungerechtigkeit wehren." Ihre Patentante war auf sie zugekommen und hatte sie untergehakt, ohne ihren Redeschwall zu unterbrechen.

„Ich habe davon gelesen", gab Johanne zu. Sie spürte, wie sich bei der eindringlichen Berührung ihrer Tante ihre Glieder versteiften. Das ganze Thema lag ihr nicht. Sie wollte am liebsten an ihren Maschinen schrauben und ihre Rache planen. Der Rest war ihr relativ egal. Trotzdem ging sie aus Höflichkeit auf das Thema ein. „Ich habe gehört, dass man Frauen auf offener Straße verhaftet hat, weil sie demonstriert haben. Suffragetten." Johanne wusste nicht, ob das ein Schimpfwort war, aber so wie die Leute auf der Straße es aussprachen, musste es wohl eines sein.

„Ganz genau! Dann geht diese Welt ja doch nicht ganz an dir vorbei", lächelte Tante Pauline. „Wir sind verhaftet worden. Man hat Photographien von uns gemacht. Gegen unseren Willen! Graf Eyth war außer sich vor Wut und wollte die gesamte Polizeitruppe degradieren lassen." Sie lachte. „Doch damit wäre uns ja auch nicht geholfen gewesen. Man hat die Photographien vernichtet und die Akten verbrannt. Das ist ein Vorteil, den ich persönlich genieße. Aber viele meiner Mitstreiterinnen genießen diesen Schutz eben nicht. Darum habe ich den ‚Verein für angewandte Frauengymnastik‘ gegründet, nach meinem Vorbild Clara Zetkin. Überall im Kaiserreich sollte es so etwas geben. Zuerst der Sport und danach die politische Aufklärung."

Eine der Frauen, die eine Hose anhatten, schrie. Sie holte aus und schlug mit aller Macht auf ein ledernes Kissen ein, das mit einem Seil an der Decke befestigt war, dort, wo sonst der Lüster hing.

„Wir üben Selbstbewusstsein. Der Schrei, der dich wahrscheinlich eben so erschreckt hat, weckt unsere inneren Instinkte. Wir verbinden uns mit unserem Urweib. Die Frau, die in den ersten Zeitaltern über die ganze Sippe herrschte. Der Schrei bündelt unsere Kräfte. Dann schlagen oder treten wir zu. Wir merken, dass wir nicht so leicht zu besiegen sind. Wir sind zwar Frauen, aber man kann nicht alles mit uns machen. Glaub mir, Johanne, bei der nächsten Kundgebung haben wir ein ganz neues Selbstbewusstsein, wenn wir den Polizisten gegenüber stehen. So leicht werden wir es ihnen nicht mehr machen, d'accord?"

Johanne blickte zu dem gerissenen Boxsack, den die Dame mit der Turmfrisur vor wenigen Augenblicken mit ihrem Tritt zerstört hatte. Sie dachte an die Polizisten, die den Frauen bei der nächsten Demonstration gegenübertreten mussten und sie taten ihr ein wenig leid. Aber nur ein wenig.

Tante Pauline ließ Johannes Arm los und sah ihr direkt ins Gesicht. „Willst du nicht mitmachen?"

Johanne schüttelte stumm den Kopf. Das war nichts für sie. Sie war intelligent und geschickt, aber diese Art der offenen Aggression überließ sie lieber Miao. Außerdem hatte sie andere Pläne.

„Liebe Tante, ich möchte mich dafür entschuldigen, dass ich mich so lange nicht habe sehen lassen. Ich hatte es versucht, aber …"

Gräfin Eyth tätschelte Johannes Wange.

„Lass nur, mein Kind, ich verstehe das schon. Es war für uns alle keine leichte Zeit, deine Eltern standen auch mir sehr nahe. Es war ein schrecklicher Verlust für uns alle." Sie blickte kurz zu Boden und kniff ihre Augen zusammen. Dann sah sie Johanne wieder an und lächelte aufmunternd. „Aber jetzt bist du ja da."

„Graf Eyth hat nach mir geschickt. Er hat uns zum Mittagessen hierher bestellt. Wo ist er?"

„Ach, der alte Grübler. Er hat sich wahrscheinlich in die Kapelle zurückgezogen. Dort findet man ihn immer öfter. Wir werden noch etwas üben und uns gleich beim Essen weiter unterhalten, d'accord?"

Noch während Pauline ihr Patenkind zur Tür geleitete, plapperte sie munter weiter.

„Morgen ist übrigens ein interessanter Abend im Varietétheater *Apollo*. Ein Schüler von Oskar Vogt, dem berühmten Hypnotiseur, wird dort eine Vorstellung geben. Das Thema lautet ‚Wählen Sie die Freiheit'. Vielversprechend, nicht wahr? Ich werde ihn im Anschluss auf unser Schloss einladen, vielleicht gibt er mir und den Mädchen eine Privatvorstellung. Möchtest du mich begleiten?"

Johanne schluckte. Darauf hatte sie nun wirklich keine Lust. Ihr stand der Sinn nach anderen Dingen. Ihre Gedanken waren voller Rachepläne, auch wenn sie noch nicht wusste, gegen wen sie sich konkret richteten.

„Liebe Tante, die Geschehnisse auf der *Juggernauth* und das Unglück meines Vaters sind mir noch zu nah. Bitte vergebt mir, dass ich ablehnen muss."

Der Gesichtsausdruck der Gräfin wurde sofort weich und sie drückte Johanne an ihren ausladenden Busen. „Aber natürlich mein Kind. Denk nur daran, das Leben geht weiter …" Sie stockte, fuhr mit der Hand über Johannes Taille und blickte sie dann tadelnd an.

„Was ist los?", fragte Johanne ihre Patentante.

„Trägst du etwa ein Korsett?"

„Ja. Es ist modern und ich dachte, wenn ich zum Mittagessen auf euer Schloss geladen bin, sollte ich mich auch etwas … herausputzen." Sie lächelte verlegen. Aber die Gräfin schüttelte den Kopf. „Das möchte ich in meinem Haus nicht mehr sehen, d'accord? Der Kampf um Gleichberechtigung ist auch der Kampf gegen die Mode und das Korsett ist Symbol unserer Unterdrückung. Welche Frau kann frei sein, wenn sie zwischen Walfischknochen eingesperrt wird."

Johanne lächelte erleichtert. „Gerne will ich Euch diesen Gefallen tun, Patentante. Ich bekomme auch kaum Luft darin."

Als sie sich anschickte, den Raum zu verlassen, trat Miao neben sie.

„Herrin, soll ich Euch in die Kapelle begleiten? Oder kann ich hier bleiben? Ich könnte etwas Übung im Schreien und Schlagen gebrauchen. Und vielleicht kann ich den Damen noch den ein oder anderen Kniff beibringen."

„Das wäre großartig!", mischte sich Gräfin Eyth ein und nahm Miao in Beschlag. „Wir brauchen jede Frau in unseren Reihen." Johanne blieb nichts übrig, als lächelnd zu nicken. Hoffentlich setzte die Gräfin Miao keine Flausen in den Kopf.

Aber etwas Übung im … Kampf oder wie auch immer sie es nennen, kann nicht schaden, dachte Johanne. Wer weiß, was uns in naher Zukunft noch alles begegnen wird. Der Anschlag auf mein Leben war sicher erst der Anfang. Doch nun wollte sie endlich zu Graf Eyth und hören, welche beunruhigenden Neuigkeiten keinen Aufschub duldeten.

Die Kapelle

Johanne folgte den ausgetretenen Stufen ins Kellergewölbe hinab. Die gemauerte Decke des Gangs wurde niedriger, der Boden bestand aus alten Steinfliesen, die noch aus der Zeit zu stammen schienen, als das Schloss errichtet wurde. Es roch feucht und Johanne begann, in ihrem dünnen Kleid zu frösteln. Der Gang endete an einer soliden Holztür mit einem Türklopfer und einfachem Eisenbeschlag. Kurz horchte sie in die stille Atmosphäre des Kellergewölbes hinein, bevor sie klopfte. Eine leise Musik drang aus dem Raum, aber eine Antwort blieb aus.

Die Tür quietschte in den Angeln, als Johanne sie aufzog. Zusammen mit einem Schwall warmer Luft flutete die Musik wie eine Woge über sie hinweg, hüllte sie ein und zog sie in die Kapelle.

Durch große bunte Glasfenster fiel rotes und grünes Licht in den ansonsten dunklen Raum. Das kann kein Tageslicht sein, dachte Johanne. Wir sind viel zu tief unter der Erde. Sie dachte kurz nach und kam zu dem Schluß, dass hinter den Scheiben eine Lichtanlage installiert worden war. Sie vermutete, dass Graf Eyth gasförmiges Næon benutzte und vielleicht mit einem neuen Verfahren so in Schwingung versetzte, um dadurch dieses Licht zu erzeugen. Sie hatte noch nie mit eigenen Augen gesehen, dass man es in einer solchen Intensität zum Leuchten bringen konnte. Vielleicht hatte er eine Optimierung am Raffinierungsprozess vorgenommen. Die Umwandlung von Æther in das wirtschaftlich wichtige Hælium warf Næon ursprünglich nur als Abfallprodukt ab. Doch Graf Eyth und ihr Vater hatten das Potential schon vor Jahren entdeckt. Sie nahm sich vor, ihren Onkel nach den neuesten Entwicklungen zu befragen.

Hohe Säulen trugen die Decke, die in Finsternis lag. Auf der rechten Seite der Kapelle saß Graf Eyth in einem großen Sessel und blickte in die Regenbogenfarben der Fenster. Auf der linken Seite des Raumes stand die Maschine. Auf den ersten Blick wirkte sie auf Johanne wie eine gigantische Orgel, doch anstelle der Pfeifen hatte sie unzählige Trichter, wie man sie von einem Grammophon kannte, nur viel größer und in unterschiedlichsten Formen. In einigen hätte Johanne kopfüber verschwinden können, aber es gab auch solche, die sie leicht mit Daumen und Zeigefinger hätte umfassen können. Durch ein Fenster konnte sie einen Blick in das Innere der Maschine erhaschen. Große, mittlere und winzige Zahnräder griffen ineinander, dutzende von schwarzen Blasebälgen blähten sich auf, scheinbar unabhängig voneinander, und fielen wieder in sich zusammen. Die Musik, die diese kuriose Orgel erzeugte, war süß und schwermütig. Sie schwebte im Raum, legte sich auf Johanne, nicht wie ein Stein oder eine schwere Bürde, sondern hüllte sich um sie wie eine warme Decke, nahm ihr die Sorgen und beruhigte etwas tief in ihrem Inneren. Wo Verzweiflung war, breitete sich nun Entspannung aus, wo Hoffnung gewesen war, erschien die Gleichgültigkeit des Universums. Johanne wusste, dass sie nichts lieber tun würde, als sich hierhin zu setzen und für immer der Musik zu lauschen. Sie sank auf einer Bank zusammen und ließ sich treiben. Ihre Gedanken flogen hinauf in den Himmel und schickten sie in ihren liebsten Tagtraum: Sie stieg empor mit einem Luftschiff und flog damit in den Norden, weit weg von dieser Stadt, dieser Gesellschaft und allem, was sie mit ihrem Leben in Wilhelmstadt verband. Eines Tages würde sie es schaffen und mit ihrem eigenen Luftschiff den Nordpol erreichen. Als erster Mensch überhaupt würde sie dort stehen und …

„Johanne!" Eine energische Stimme drang zu ihr durch.

… sie würde zum ersten Mal frei sein. Ewige Stille um sie herum, nur das Rauschen des stetigen Windes …

„Johanne, komm zu dir!" In die Stimme hatte sich nun auch ein Hauch Besorgnis geschlichen.

Sie schlug die Augen auf, als jemand an ihrer Schulter rüttelte. Graf Eyth stand über ihr und sah sie besorgt an.

„Was ist passiert?", fragte sie.

„Du hast dich treiben lassen. Das ist sehr gefährlich! Es tut mir leid, dass ich dich unvorbereitet der Musik ausgesetzt habe, aber ich wusste ja nicht, dass du hier unten auftauchen würdest."

Johanne richtete sich auf und fasste sich an den plötzlich schmerzenden Kopf. Die Musik hatte aufgehört, die Orgel war verstummt. „Was war das?"

Graf Eyth blickte ihr prüfend in die Augen. Sein schütteres, graues Haar fiel ihm dabei in die Stirn und er wischte die Strähnen ungeduldig zur Seite. Sein Gesicht war glattrasiert, nur ein dünner, weißer Spitzbart zierte sein Kinn, was ihm einen strengen Zug verlieh. Die kleinen Fältchen um seine blauen Augen aber zeugten von einem warmherzigen und humorvollen Wesen. Er wirkte auf Johanne immer wie ein Dorfschullehrer, auch wenn sie wusste, dass er weitaus intelligenter und weitaus belesener war. Graf Eyth zog die weiten Ärmel seines dunklen Hausmantels zurück, der ihn in der kühlen Kapelle wärmen sollte und half seiner Patentochter aufzustehen.

„Komm erst einmal rüber in den Kreis. Dort sind wir ungestört." Er nahm ihren Arm und geleitete sie mitten in den Raum, wo sein Sessel stand. Aus einer dunklen Ecke zauberte er einen weiteren, kleineren Sessel hervor. Nun fiel ihr auf, dass die Sessel genau inmitten eines riesigen Pentagramms standen, das in den Boden eingelassen war. Breite Linien aus Blei waren in den Stein eingelassen worden, bildeten den fünfeckigen Stern und den die Zacken umschließenden Kreis.

Hinter Johanne knackte es und eine gut versteckte Tür in der Orgel öffnete sich. Heraus kam ein Affe in einer Dienerlivree. Er verbeugte sich vor Graf Eyth, dabei drang ein leises Zischen aus den Ohren des Tieres.

„Du kannst gehen und dich aufladen, Otto." Graf Eyth hatte seine Stimme gesenkt und sprach so liebevoll mit dem mechanischen Affen, als handelte es sich um seinen Lieblingshund. „Ich brauche dich erst heute Abend wieder."

Der Affe ließ sich auf seine Hände fallen und wackelte langsam auf allen vieren hinaus. Hin und wieder zischte es leise. Graf Eyth sah ihm hinterher, seine Gesichtszüge schienen weich zu werden und seine Augen glänzten vor Besitzerstolz.

„Ein Luftdruckaffe. Keine schlechte Idee", sagte Johanne, griff in ihre Handtasche und zeigte ihm ihre Waffe. „Ich denke, dasselbe Prinzip, oder? Aber wo ist der Druckschlauch, der ihn mit dem Kompressor verbindet?"

Graf Eyth lächelte. „Otto braucht keinen. Er besitzt in seinem Inneren einen Drucktank, der aufgeladen werden kann. Dazu muss er sich nur jede Stunde auf seinen Adapter setzen. Durch einen Einfüllstutzen im Unterleib wird die komprimierte Luft mit Hochdruck in den Körper gepresst. Den Weg zum Kompressor findet er leicht, indem ein Uhrwerk in seinem Kopf sich den Weg merkt, den er zurückgelegt hat und ihn dann einfach rückwärts ablaufen lässt. Der Rest ist Spielerei", lächelte Graf Eyth und machte eine vage, abwinkende Handbewegung. Aber Johanne konnte doch einen Hauch von Stolz in seiner Stimme hören. Das Gefühl kannte sie nur zu gut, die tiefe Zufriedenheit, wenn sie über ihre Erfindungen zu jemand sprechen konnte, der Verständnis dafür hatte. Sie musste schmunzeln.

„Ich bin beeindruckt", gestand sie. „Ich überlege, ob ich mir das Prinzip für meinen nächsten Tauchgang zunutze machen sollte."

„Ich gebe dir nachher gerne die Konstruktionszeichnungen mit. Es war ein netter Einfall deines Vaters. Aber für uns beide gibt es wichtigeres zu besprechen."

Johanne blickte misstrauisch zu der großen Maschine hinüber. „Stimmt. Ihr wolltet mir sagen, warum ich von der Musik ohnmächtig wurde."

„Die Schwingungsorgel! Ist sie nicht wunderbar? Wenn man weiß, wie man sie nutzt, dann kann sie wahre Wunder vollbringen. Sie basiert auf Julius' letzten Forschungen."

Diese Worte machten sie hellhörig. „Ach? Was wisst Ihr darüber?"

„Mehr, als mir lieb ist, fürchte ich. Dennoch weiß ich nicht genug, um dir wirklich zu helfen, da ich den Großteil nur vermute. Aber die Fakten, die ich habe, will ich dir gerne schildern."

Johanne nickte aufgeregt. Ihre Hände wurden feucht vor Aufregung und die Kälte der Kapelle war vergessen. Graf Eyth lehnte sich in seinem Sessel nach vorne und griff zu dem kleinen Tisch, der neben ihm stand.

„Kaffee? Es ist köstlicher Ceylon-Kaffee. Direktimport und von einem Meister in Hamburg geröstet. Er ist sehr selten, seitdem die Kaffeepest die meisten Plantagen auf der Insel zerstört hat, aber mir schmeckt er einfach besser als die Bohne aus den afrikanischen Kolonien. Oder trinkst du etwa Tee?"

Hanne schüttelte ungeduldig den Kopf. „Nein, Kaffee wäre mir recht."

„Das ist gut, du hast das feine Gespür deines Vaters für Besonderheiten geerbt. Tee … Pah!", spie er aus. „Dieses Spülwasser, auf das die Briten so große Stücke halten ... schimmeliges Zeug. Dafür, dass die Inselbewohner so viel auf ihr sogenanntes Empire geben ..."

Weiter sprach er nicht, sondern schüttelte nur den Kopf und goss aus einer isolierten Kanne das heiße Getränk in zwei Tassen. Als er einen ersten Schluck getrunken hatte, lehnte er sich zurück.

„Die Schwingungsorgel ist in der Lage Schwingungen zu empfangen und in Musik umzusetzen. Du weißt sicherlich, dass alles auf dieser Welt eigentlich nur aus Schwingung besteht?"

Johanne nickte. „Ihr spielt auf Hahnemanns Entdeckungen an? Homöopathie, Gleiches mit Gleichem heilen?"

„So ungefähr, ja. Jedes Wesen unterscheidet sich natürlich von seinem Nachbarn. Du siehst anders aus als ich, du bist anders gebaut und empfindest die Welt und deine Gefühle anders als ich. Also sendest du auch eine andere Schwingung aus. Die Maschine nimmt diese Schwingung auf und setzte sie in Töne und Melodien um. Denn, was bei dir von dieser Musik ankommt, ist ebenfalls Schwingung und diese wirkt auf deinen Körper und deinen Geist ein. Sie entspannt dich, das hast du gemerkt und sie gleicht deine Gedanken aus. Die Maschine ist neutral, sie kann nicht zwischen gut und böse unterscheiden. Aber sie bringt dich auf ein ausgeglichenes Maß. Wenn du nicht darauf vorbereitet bist, reißt sie dich von deinen Stiefeln. Wenn du aber weißt, was auf dich zukommt, dann ermöglicht sie dir unglaubliche Reisen in dein Innerstes und du entdeckst deine verborgenen Seiten."

Johanne betrachtete lange und gedankenverloren die Maschine. „Und was hat das mit meinem Vater zu tun?"

„Dein Vater hat diese Orgel entwickelt. Aber deshalb habe ich dich nicht kontaktiert. Ich habe dir eine verschlüsselte Taube geschickt, weil ich glaube, dass jemand hinter dir her ist."

Johanne schluckte. „Ja, das habe ich bereits gemerkt."

„Um es kurz zu machen: Jemandem hat es nicht gefallen, dass du das Wrack der *Juggernauth* entdeckt hast. Offensichtlich befürchtet dieser jemand, dass etwas ans Licht kommt, was er lieber für immer im schmutzigen Wasser des Rheins versenkt hätte."

Johanne seufzte.

„Was ich entdeckt habe ist ..."

„... nicht für meine Ohren bestimmt, mein Kind. Es ist zu gefährlich! Wenn dieser jemand erfährt, dass ich davon weiß, dann werde
auch ich zur Bedrohung. Denke nicht, dass ich Angst um meine Person habe, aber das Wissen würde auch meine Frau gefährden. Und
meinen Auftrag, den ich für den Club ausführe. Den kann ich nicht
dadurch aufs Spiel setzen, dass ich mir deine Wahrheiten anhöre."

Johanne sah Graf Eyth verdattert an. Was wollte er ihr überhaupt
sagen?

„Entschuldigt, Graf Eyth, ich wollte Euch da nicht mit hineinzie-
hen. Für welchen Club arbeitet Ihr? Für die Rosenwegler?"

Der Graf lächelte still. „So, du hast also bereits davon gehört?"

Johanne rutschte unruhig auf dem Sessel hin und her.

„Nur Gerüchte ... man erzählt viel auf den Straßen."

Der Graf nahm einen Schluck Kaffee und lehnte sich zurück.

„Die Rosenwegler sind eine Vereinigung von Männern, die sich
dem Wohl des Kaiserreiches verschrieben haben. Überall im Land
gibt es eigene Kapitel und es gibt eine Großloge, die sie alle vereint.
Der Kaiser ist natürlich der Großmeister der großen Loge. Und ich
habe die Ehre, ihr ebenfalls anzugehören."

„Es gibt eine eigene Gruppe in Wilhelmstadt, die der Vereinigung
angehört?"

„Oh ja!" Graf Eyth lachte. „Acht Gründungsväter haben Wilhelmstadt aus dem Nichts geschaffen. Dafür nahm Kaiser Wilhelm I.,
der damalige Kaiser und Großmeister der Loge, sie in die Reihen der
Rosenwegler auf und sie gründeten den Wilhelmstädter Rosenweg.
Sie verpflichteten sich, dem Reich zu dienen und im Hintergrund zu
wirken."

„Man sagt, die Rosenwegler seien die eigentlichen Herren des
Reichs."

Graf Eyth zog die Augenbrauen hoch. „Sagt man das?"

Johanne nickte, bekam aber keine Antwort auf ihre Frage.

„Was geschah dann?"

„Nun, die Ingenieure starben. Einer nach dem anderen. Barabas,
Pilow, Hesse sind nun tot oder bankrott. Motte hält sich versteckt.
Und die Macht der Rosenwegler in Wilhelmstadt verteilt sich nun
auf immer weniger Schultern. Der Kaiser ist darauf aufmerksam

geworden. Wir hatten jemanden in Verdacht, aber die Sache mit deinem Vater …"

„Er wurde ermordet! Ich kann es beweisen!"

„Kannst du? Das glaube ich nicht. Der Kaiser ist davon überzeugt, dass dein Vater seinen Neffen auf dem Gewissen hat. Und vielleicht sogar Barabas, Pilow und Hesse aus dem Weg geräumt hat.

Johanne brauste auf. „Aber das ist absurd. Das hätte Vater niemals getan! Er wurde doch selbst getötet dabei!"

„Das kann ein Unfall gewesen sein. Und dein Vater ist nicht tot."

„Ist er doch. Von meinem Vater, dem Ingenieur Julius deJonker ist nichts mehr übrig. Und jemand hat Schuld daran. Für mich ist dieser Jemand der Mörder meines Vaters."

„Vergiss nicht, Johanne, dass er auch mein Freund war."

„Dann helft mir, Graf Eyth, den Mörder zu finden und Rache an ihm zu üben!"

Graf Eyth schüttelte betrübt den Kopf.

„Wir kämpfen für dasselbe Ziel, Johanne, glaube mir. Aber du bist mit deinem unbedachten Auftritt aus der Deckung gekommen und hast dich deinem Feind gezeigt. Du hättest vorher mit mir reden sollen. Ich kann jetzt nicht mehr viel für dich tun, ohne mich dem Zorn des Kaisers und der Loge auszusetzen. Und das würde keinem von uns beiden nützen.

Verstehst du denn nicht? Ich tue bereits, was ich kann, um dich zu unterstützen. Natürlich hättest du sofort ins Schloß ziehen können, nachdem man euch Haus Schamal genommen hat. Aber wem hätte es genützt? Du hättest dich von deiner Tante einwickeln lassen und wärst vielleicht sogar von ihr verheiratet worden. Das konnte ich nicht zulassen. Johanne, ich wollte, dass das Feuer der Rache in dir auflodert, dass du dich zu dem entwickelst, was du nun bist. Ich musste dich auf eigene Füße stellen, ohne dass es nach außen den Anschein hat, ich würde dir zu sehr helfen. Der Club, der Kaiser, sie alle legen mir Fesseln an, die ich nicht ohne weiteres sprengen kann. Aber glaube mir eins, Johanne, egal wie es auch aussehen mag, ich stehe auf deiner Seite! Aber ich muss mehr im Auge behalten, als deinen Komfort, verstehst du? Dennoch, ich bin für dich da, wenn du mich brauchst. Ich ziehe im Hintergrund die Fäden und du musst dich deiner Aufgabe stellen. Gehe mit Bedacht vor, meine Liebe. Doch glaub nicht, dass ich dich ohne Schutz lasse."

Er griff in die Tasche und holte ein dünnes Lederbändchen hervor. An dem Band hing ein Rosenquarz in der Größe einer Mark-Münze. Darum herum war in feinster Manier ein Bleipentagramm gegossen, gleich dem, das in den Boden der Kapelle eingelassen war. Johanne nahm die Amulette staunend entgegen. Der Rosenquarz schimmerte, obwohl kein Licht darauf fiel. Es schien, als leuchtete er aus einer inneren Kraft heraus.

„Was ist das?", fragte sie.

„Das Pentagramm soll dich vor fremden Einflüssen schützen."

Johanne sah Graf Eyth mit großen Augen an und fragte: „Meint Ihr das ernst, Onkel? Das ist doch Esoterik. Ein Pentagramm hält vielleicht Geister fern, aber was soll es mir helfen, wenn man mich ertränken will? Oder mich hinterrücks erschießen wird?"

Graf Eyth zog erstaunt die Augenbrauen in die Höhe und Johanne biss sich auf die Lippe. Sie ärgerte sich, dass sie so frech gewesen war und ihren Gedanken freien Lauf gelassen hatte. Graf Eyth war freundlich zu ihr gewesen, er behandelte sie wie ein Mündel und kümmerte sich um sie. Da war es nicht recht, dass sie sich über seine Macken lustig machte.

„Die Alchemie", hob Graf Eyth an, „ist zu manchem in der Lage, was die Naturwissenschaft nicht vermag. Auch Mechanik, Dampf und Kompression sind nicht in der Lage, die Dinge zu bewerkstelligen, die ein aufgeschlossener Geist erreichen kann. Du magst dich über meine Ideen lustig machen, ja, das Recht gestehe ich dir zu. Aber dein Vater war da aufgeschlossener. Wie hätte er sonst so etwas wie den Schallwellen-Signalgeber oder die Schwingungsorgel erfinden können?"

Johanne schlug die Augen nieder. Sie schämte sich, so vorlaut gewesen zu sein. Sie legte sich das Amulett an den Hals und knotete das Lederbändchen zu. Dann ließ sie den Rosenquarz unter ihrer Bluse verschwinden.

„Ich habe dich aber nicht hierhergerufen, um mit dir über Alchemie zu fachsimpeln. Johanne, ich habe gute Nachrichten: Der Kaiser wird Wilhelmstadt besuchen. In wenigen Tagen wird in diesem

Schloss ein Kaiserball stattfinden. Wilhelm II. möchte sich gerne von der Entwicklung der Stadt vor Ort überzeugen. Außerdem werden im Hintergrund Verhandlungen mit den verbleibenden Ingenieuren über neue Großprojekte vorbereitet. Du siehst, Johanne, in diesen Räumen wird Weltpolitik gemacht. Und du bist mitten reingeplatzt." Er lächelte. „Ich verspreche dir, dass ich mit dem Kaiser über die Enteignung reden werde. Aber halt dich bis dahin zurück, in Ordnung?"

Johanne fühlte sich, als ob man ihr ins Gesicht geschlagen hätte. Sie sollte sich zurückhalten? Graf Eyth meinte es sicherlich nur gut mit ihr, aber …

„Wie soll ich mich zurückhalten, lieber Onkel? Mein Vater … ich kann nicht vergessen, was mit ihm geschehen ist. Ich muss etwas tun. Ihn nicht zu rächen … da könnte ich mich auch gleich zu ihm ins Grab legen. Ich habe dort unten an der *Juggernauth* gesehen, dass das Schiff nicht auf einen Felsen gefahren sein kann. Es war kein Unfall. Und ich muss herausfinden, was wirklich geschehen ist."

„Johanne, noch ist …"

„Ich weiß, was Ihr sagen wollt, dennoch … ich kann Euch nicht versprechen, dass ich tatenlos dasitze und Bücher lese, während hier, wie Ihr sagt, Weltpolitik betrieben wird. Es muss etwas geschehen."

Graf Eyth verzog missmutig das Gesicht. „Dann versprich mir wenigstens, dass du auf dich aufpasst. Versuche, nicht die ganze Stadt niederzubrennen auf deinem Rachefeldzug. Ich weiß, wie kompromisslos du sein kannst."

Johanne schluckte eine bissige Antwort hinunter und zwang sich zum Lächeln.

„Sicher, das werde ich versuchen."

„Bitte, pass auf dich auf, Johanne. Übrigens, du solltest auch mal an etwas anderes denken", murmelte Graf Eyth. „Ich habe da noch etwas für dich."

Er hielt ihr zwei Karten hin. „Geh mal wieder aus. Das Varieté ist genau das Richtige für dich. Im Apollo wird morgen Abend Saladin Sansibar auftreten und seine Hypnosekünste vorführen. Es ist eine junge Technik, die eigentlich so gar nichts mit Maschinen und Zahnrädern zu tun hat. Kein Kolben, der bewegt wird, sondern nur der

Geist. Vielleicht hilft dir das ja weiter in deinem Bemühen, deinen Vater zu verstehen und zu rächen. Deine Tante wird auch da sein."

Die junge Frau nahm die Karten. Nachdem sie eben so unverschämt gewesen war, traute sie sich nicht, Graf Eyth auch diesen einfachen Wunsch abzuschlagen. „Ich werde hingehen."

Als sie nach einem üppigen Mittagessen und mehreren Gläsern Wein Schloss Eyth verließen, ahnte Johanne nicht, dass ihr Zuhause bereits in Flammen stand.

Verschwunden

Als sie in die Alfred-Nobel-Gasse zurückkehrten, hing dichter Rauch über den Häusern. Sie hatten die Glocke der herannahenden Feuerwehr auf ihrem Weg zurück gehört, waren von den dahinrasenden Pferdewagen überholt worden, nicht ahnend, dass sich ihr eigenes Hab und Gut in Rauch auflöste.

Johanne sprang aus der Kutsche und warf sich zwischen die Menschen, die den Ort in einem großen Kreis umringten. „Du bleibst beim Wagen!", rief sie Miao zu. Sie wollte nicht, dass auch noch das letzte, was sie besaßen, gestohlen wurde. Im achten Segment ließ man nichts unbeaufsichtigt auf der Straße stehen. Wenn die Kutsche oder die mechanischen Pferde auch nur eine Minute unbeaufsichtigt gewesen wären, hätten ihn die vom Feuer angelockten Kindern und Schaulustigen in diesem Viertel der Stadt innerhalb weniger Augenblicke auseinander genommen und gestohlen.

Die Feuerwehrleute hatten inzwischen mit großen Schlüsseln einen Deckel im Boden der Straße aufgeschlossen. Ein Wehrmann kniete auf dem Pflaster und drehte mit vor Anstrengung herausgestreckter Zunge an einem großen Rad, das sich in der Vertiefung im Boden befand. Plötzlich hielt er inne. Hinter ihm schossen Wasserstrahlen aus dem Boden. Es gehörte zu den Wundern Wilhelmstadts, dass bei der Konstruktion der Bodenplatte und dem Zusammenbau der Segmente nicht nur jedes Baugrundstück an die tief unter den Stahlträgern verlegten Wasser-, Abwasser- und Gasleitungen angeschlossen worden war, sondern auch diverse Sicherungssysteme flächendeckend in die Platte eingearbeitet worden waren. Dazu gehörte die abschnittsweise kontrollierbare Löschanlage, die pro Haus und pro Straßenzug aktiviert werden konnte, selbst in einem Viertel wie dem achten Segment. Fünf verteilte Wasserfontänen schossen aus dem Boden, trafen sich über dem Haus und prasselten auf das Dach nieder. So wurde zumindest verhindert, dass das Feuer auf nebenstehende Gebäude übergriff. Trotz alledem schulterten die Feuerwehrmänner nun ihre schweren Gastanks über die bodenlangen Asbestmäntel, zogen die Vollgesichtsmasken und Helme über den Kopf und drangen, einer nach dem anderen in das qualmende Haus ein. Jeder war über einen Atemschlauch mit dem großen Kasten auf ihrem Rücken verbunden, von dem aber auch eine Leitung zu dem großen Rohr führte, das jeder der Männer mit sich trug.

Sie waren kaum im Haus verschwunden, als Johanne bereits das charakteristische Zischen hörte, mit dem die Brandherde gelöscht wurden. Sie wusste, dass die Wehr neuerdings mit einem Kohlendioxidgemisch arbeitete, das sie mit den Hochdruckwerfern in die Glut schleuderte. Da bei den ersten Einsätzen die Retter allerdings durch das Gas erstickt waren, atmeten sie gleichzeitig Pressluft aus einem zweiten Kanister, der direkt neben dem Gastank angebracht war. Sie mussten beim Aufrüsten höllisch aufpassen, die beiden Tanks nicht zu verwechseln. Johanne hatte sich vor ihrem Tauchgang überlegt, auf diese Technik umzusteigen, hatte aber befürchtet, nicht lange genug unter Wasser bleiben zu können.

Jetzt stand sie fassungslos vor dem brennenden Haus und sah, dass zwei Feuerwehrmänner einen zappelnden Mann aus dem Eingang trugen. Sie stürmte hin und erkannte Joseph, der sich mit aller Macht gegen seine Retter wehrte.

„Seien Sie vernünftig!", rief einer der Männer. „Sie können dort nicht rein, Sie werden ersticken oder verbrennen! Es ist viel zu gefährlich!"

„Aber Marianne! Wo ist sie?", schluchzte der Diener. Johanne zuckte zusammen und stürmte auf ihren Bediensteten zu. „Joseph", fuhr sie ihn an. „Was ist mit Marianne?"

„Sie ist nicht draußen", sagte er, als würde das alles erklären.

„Wo ist sie denn?"

„Ich war doch für die Herrin einkaufen. Bei Dr. Bovist, um die speziellen Waren zu besorgen." Sein Ton wurde nun schärfer, fast vorwurfsvoll. „Wenn ich doch nur zu Hause gewesen wäre!"

„Wo ist Marianne?" Johanne wollte sich nicht vorstellen, was geschehen sein mochte. Sie war bei Marianne aufgewachsen, die ihr immer wie eine zweite Mutter gewesen war. Sie hatte doch schon fast alles verloren, musste es denn so weiter gehen? Hatte sie wirklich all das Unglück heraufbeschworen, weil sie keine junge *Dame* geworden war, wie die anderen? Hatte sie, Johanne, das Unglück über das Haus deJonker gebracht, weil sie anders war? Weil sie sich nicht ihrem Schicksal fügen wollte? Zuerst der Vater, dann die Mutter und nun der Brand und Marianne? Ihr traten die Tränen in die Augen. Joseph hustete, er hatte zuviel Rauch eingeatmet.

„Was ist dann geschehen?", ließ Johanne nicht locker.

„Als ich losging, war Marianne zu Hause. Sie hatte heute ihren freien Nachmittag. Als ich zurückkam, stand das Haus in Flammen. Marianne!" Joseph ließ einen erbärmlichen Schrei los und Johanne nahm den Mann in ihre Arme. Gemeinsam standen sei vor dem Haus, aus dem nun langsam immer weniger Rauch quoll, bis er endlich versiegte und Stille einkehrte. Schließlich kamen die vermummten Feuerwehrmänner aus dem Haus heraus. Einer kam auf Johanne zu und hob seine Schutzmaske vom Gesicht. „Sind Sie die Besitzerin?"

Johanne nickte. „Ich wohne hier, ja."

„Das Erdgeschoß ist so gut wie ausgebrannt, die oberen Stockwerke sind bis auf den Rauch unbeschädigt. Wenn Sie oben ein paar Tage lüften, können Sie zurück in die Wohnung. Unten allerdings …" Er schüttelte den Kopf. Doch das war nicht, was Johanne interessierte. „Haben Sie … jemanden gefunden?"

Der Feuerwehrmann war erstaunt. „Nein, da drin war niemand. Nur eine stählerne Katze, die uns die ganze Zeit zwischen die Beine gelaufen ist."

„Keine … Leiche? Erstickt? Irgendwo?" Johanne konnte es noch nicht glauben, auch Joseph schien Hoffnung zu schöpfen, als auch er nachfragte: „Marianne?"

Der Feuerbekämpfer schüttelte energisch den Kopf. „Nein, wir haben jeden Raum im Haus gründlich durchsucht. Da ist niemand."

„Wie ist das Feuer ausgebrochen?", fragte Johanne erleichtert.

„Das ist sehr eindeutig, würde ich sagen. Wir haben im Erdgeschoß einen Haufen verbrannter Bücher gefunden, die auf einen Haufen geschichtet waren. Brandstiftung."

Diesen Schock mussten sie erst einmal verdauen. Sie betraten die Wohnung und Johanne hielt sich ein Tuch vor das Gesicht. Die Wärme und der Gestank waren unerträglich, ihre Augen brannten. Joseph stürmte voran, durchsuchte alle Räume. Als er in der Küche war, stieß er einen Schrei aus. Johanne eilte zu ihm. Auf dem unversehrten Küchentisch lag unter einem Glas, das zum Beschweren darauf gestellt worden war, eine Notiz.

„Bin zur Vereinigung der Freien Frauen. Gegen acht zurück."

Johanne schaute Joseph an. „Zu den Suffragetten? Was macht sie denn da? Ich dachte, sie kann die nicht ausstehen? Macht sie das häufiger?"

„Das ist das erste Mal, dass ich davon höre, Fräulein deJonker. Aber ich bin froh, dass es ihr gut geht."

„Da hast du recht. Komm, wir sehen uns das Obergeschoß an und räumen auf. Dabei können wir auf Marianne warten. Vieles wird sich dann aufklären."

Und Johanne und Joseph räumten auf und warteten. Sie würden alle zusammenrücken, aber es würde schon irgendwie gehen. Später stieß Miao zu ihnen, die den Wagen in den Hof gefahren und gesichert hatte. Doch Marianne kehrte nicht mehr nach Hause zurück.

Ein Einschub - Luftpost

„Gib mir eine Zeitung", murmelte der Mann und schritt auf den Zeitungsverkäufer zu. Der Zeitungsverkäuferautomat drehte sich zu ihm. Der Mann holte zehn Pfennige aus der Westentasche und wollte sie gerade in den Münzschlitz stecken, als eine mechanische Taube angeflogen kam. Sie setzte sich flatternd auf den viereckigen Kopf des Automaten und gurrte leise.

„Bitte zehn Pfennig einwerfen." Ein Schild wurde angezeigt, das den Käufer anwies, sein Geld einzuwerfen, um an eine aktuelle Zeitung zu kommen. „Letzte Meldungen von 12:33 Uhr", stand auf einem anderen Schild.

„Ich warte noch, bis die neueste Taube verarbeitet ist", murmelte der Mann und sah gebannt zu, was geschah. Die Taube ruckelte ein wenig mit dem Hinterteil, dann sah der Mann durch den gläsernen Kopf des Verkäufers, dass der Vogel ein Ei legte. Kaum war es aus dem Tier herausgequetscht, kullerte es über eine vorgesehene Bahn durch den Verkäufer und landete im Bauch der Maschine. Der Mann wusste, obwohl sich das Geschehen nicht einsehbar im Inneren des Automaten abspielte, dass nun ein Lochsteifen aus dem Ei geholt wurde, auf dem die neuesten Nachrichten kodiert waren. Der Verkäufer schüttelte sich und durch einen kleinen Schlitz an der Seite fielen die zerbrochenen Eierschalen auf die Straße. Ein weiteres Schild erschien im gläsernen Kopf des Verkäufers. „Letzte Meldungen von 14:57 Uhr." Der Mann nickte zufrieden, blickte kurz zum Himmel, ob er noch eine weitere Taube sähe, dann warf er die zehn Pfennig in den dafür vorgesehenen Schlitz. Der mechanische Verkäufer wackelte und rüttelte ein wenig. Etwas in ihm arbeitete. Man hörte ein Summen und ein Surren, ein Drehen und ein Rauschen, dann ein Stampfen und schließlich ein Brummen. Dann öffnete sich im Bauchraum ein Fach und eine frisch gedruckte und gerollte Zeitung fiel dem wartenden Leser in die bereits ausgestreckte Hand. Der Mann schlug sie auf und ging in die neuesten Nachrichten vertieft über die sechste Straße in Richtung Innenstadt.

Ein Bild auf der ersten Seite nahm seinen Blick gefangen. Undeutlich und grobkörnig, aber doch eindeutig erkennbar, war eine unbekleidete Frau zu erkennen – die auf einem Häuserdach balancierte. Die Schlagzeile darüber war eindeutig:

Dekadenz im Hafenviertel: Sittenverfall nimmt kein Ende!

Die Vorfälle der vergangenen Wochen versetzten die Menschen des 17. Bezirks in Angst und Schrecken. Die Kaiserliche Geheimpolizei sowie die Schutzstaffel mussten wiederholt in handfeste und bewaffnete Auseinandersetzungen einschreiten.

Das bodenständige Viertel am Hafen spielt verrückt: Erneut tauchten in der Nähe der Kais und Landungsplätze unbekleidete Menschen auf und trieben ihr Unwesen auf den Dächern der Stadt, heulten wie Wölfe den Mond an, um dann lautlos wie Schatten wieder in der Dunkelheit zu verschwinden. Auch die Diebstähle von Lebensmitteln nahmen weiter zu.

Hauptmann Esser von der Geheimpolizei äußerte sich nur kurz zu der Freizügigkeit. „Es ist unsittlich, sich so zu benehmen, jedoch – aktuell – nicht verboten. Also können wir nicht eingreifen. Außerdem hat noch keiner von uns einen dieser Nackten zu fassen bekommen." Er äußerte sich nicht dazu, ob ein Zusammenhang zwischen diesen Vorfällen und den vermissten Personen aus dem Viertel oder gar mit den Grabschändungen auf dem Friedhof des 23. Bezirks existieren.

Die Bewohner glauben trotz aller Fakten an Spuk, was auf die Gerüchte um den alten Friedhof zurückzuführen ist, der während des Baus des Hafenviertels gefunden und im Auftrag des Geheimen Kommerzienrates Oppenhoff mit Kies und Schutt bedeckt wurde. Darauf thront auf stählernen Pfählen das Wilhelmstädter Hafenviertel.

Der Friedhof von Wilhelmstadt

Der Friedhof von Wilhelmstadt befand sich am äußeren Rand des 23. Bezirks. Als Teil der Klosteranlage lag er sogar außerhalb des äußeren Straßenrings und wurde von den Gleisen, die Wilhelmstadt mit Berlin, Paris und Prag verbanden, umschlossen. In der *Hölle* würde Johanne ihren Vater treffen. Vorher wollte sie aber noch zu ihrer toten Mutter auf den Friedhof. Der Weg dorthin war nicht weit. Johanne hatte zusammen mit Miao die Reste des Hauses im 24. Bezirk verlassen und sich von ihr über die siebte Straße auf den Außenring fahren lassen. Von dort war es nur noch ein Katzensprung. Wir hätten auch gehen können, dachte Johanne. Das wollte sie Miao mit ihrem Dampfbein aber nicht zumuten. Für einen kurzen Moment hatte sie darüber nachgedacht, an ihrem ehemaligen Familiensitz vorbeizufahren, aber zum einen lag der am anderen Ende der Stadt, und zum anderen wollte sie sich nicht noch mehr quälen. Es war schmerzhaft zu wissen, dass nun fremde Leute in ihrem Bett im Haus Schamal schliefen, im Salon und in der Küche hausten und in Vaters Werkstatt herumschnüffelten. Zwar war das Haus nach der Enteignung in staatlichem Besitz, allerdings hieß es, ein Mittelsmann Oppenhoffs habe das Haus gemietet.

Haus Schamal war an die Spitze des deJonkerschen Segments an den Markt gebaut worden und nach dem Sommerwind benannt, der im Südosten des Osmanischen Reichs für heftige Sandstürme sorgte, ihrem Vater einst auf seiner Reise in die Kolonien jedoch das Leben rettete. Das große, elegante Gebäude mit den tiefen, bis unter die Stahlplatte reichenden Kellern lag vis-a-vis zum Oppenhoffschen Turm. Wie David, der zum übermächtigen Riesen Goliath aufschaut, war Haus Schamal für Johanne stets ein Symbol des Widerstands gegen die Widrigkeiten des Lebens und die Konkurrenten ihres Vaters gewesen. Ein Anker, der ihrem Dasein Halt und Sicherheit gegeben hatte und der nun verloren war; Haus Schamal gehörte ihr nicht mehr.

Ihre Mutter, Auguste deJonker, hatte die Schande nicht überlebt und war nur wenige Wochen nach dem Unglück der *Juggernauth* vor Gram gestorben. Johanne liebte und vermisste ihre Mutter, obwohl sie sich bewusst war, wie sehr diese sich eine standesgemäße Laufbahn für ihre Tochter gewünscht hatte, mit einer Hochzeit, einem Ehemann und Kindern. Doch sie war eine einzige Enttäuschung für ihre Mutter gewesen.

Ihre Mutter war vor fast 50 Jahren als Auguste Waldstein in Oberschlesien geboren worden. Ihr Vater Heinrich war ein enger Vertrauter des Fürsten Otto von Bismarck, die Familie bewegte sich in den höchsten Kreisen Preußens. Dennoch gab Heinrich Waldstein seine Tochter einem jungen Ingenieur zur Frau. Ihre Mutter hatte Johanne immer wieder die Geschichte erzählt, wie sie Julius zum ersten Mal in Berlin getroffen hatte. Er war damals gerade von seinen ersten Reisen im europäischen Ausland zurückgekommen und plante eine Expedition in das Herz Afrikas und die dortigen deutschen Kolonien. Seine ersten Entwicklungen in der Bergbautechnik hatten bereits für Aufsehen gesorgt und er genoss die finanzielle Gunst des Kaisers.

Auguste war begeistert von dem gutaussehenden Mann, der so voller Tatendrang und Begeisterung von seinen Erlebnissen und seinen Träumen berichtete. Sie hatte die Geschichten geliebt, die Julius ihr erzählte. Sie träumte gern und genoss den Hauch des Abenteuers, den ihr Zukünftiger verbreitete. Doch nach der Hochzeit kam alles anders: Julius war so verliebt in seine Frau gewesen, dass er sich nicht vorstellen konnte, ohne sie zu sein. Daher entschloss er sich kurzerhand, sie auf seine Reisen mitzunehmen. So wurde sie gezwungen, die schwüle Hitze Deutsch-Ostafrikas über sich ergehen zu lassen und ertrug die Expeditionen in die dunklen Tiefen der Herero Gebiete.

Auguste hatte sich nie beklagt, aber verziehen hat sie Julius diese Reisen nicht. Ihre Tortur endete erst, als sie mit Johanne schwanger wurde. Sie kehrte zu ihren Eltern zurück, wo sie auf die Geburt und ihren Ehemann wartete. Dieser erreichte die Heimat als Held. In den Zeitungen wurde über ihn berichtet, weil er die Rohstoffproduktion in den kaiserlichen Kolonien gesichert hatte. Auch der Kaiser empfing ihn erneut, es hieß, sie hätten stundenlang unter vier Augen diskutiert. Mit erheblichen Finanzmitteln ausgestattet, gründete Julius deJonker ein eigenes Bergbauunternehmen und beteiligte sich am Aufbau von Wilhelmstadt. Dort lebte er dann mit seiner Familie bis zu dem unglücklichen Tag, als die *Juggernauth* in tiefster Nacht in den Fluten des Rheins versank und Carl-Friedrich von Sachsen-Meiningen, den Lieblingsneffen des Kaisers, mit sich riss.

Johanne war noch auf der Heimreise aus dem Vorderen Orient, als ihre Mutter wegen eines gebrochenen Herzens starb. Danach hatte sie nur einmal das Grab besucht, denn seit ihrer Rückkehr hatte sie sich wie eine Besessene darauf gestürzt, die Unschuld ihres Vaters zu beweisen. Doch nach den letzten Ereignissen fühlte sie sich leer und suchte die Nähe ihrer Mutter.

Miao brachte die Pferde vor dem Friedhof zum Stehen. Johanne gab einem Friedhofswärter eine Münze, um das Gefährt zu bewachen und darauf Acht zu geben, dass das Feuer in den Pferden nicht ausging. Sie machte sich in Gedanken eine Notiz, dass sie den Versuch unternehmen wollte, die Zugpferde mit Druckluftcontainern auszustatten, ähnlich dem Affen Graf Eyths. Die Wartung wäre viel leichter.

Obwohl der Friedhof von Wilhelmstadt erst seit der Gründung der Stadt im Jahr 1877 existierte, war er schon dicht mit schattenspendenden Bäumen bewachsen. Die Konstrukteure und Architekten hatten darauf geachtet, schnellwachsende Sorten anzupflanzen, um in Parks, öffentlichen Gärten und dem Friedhof einen natürlichen Ausgleich zur konstruierten, stählernen Welt von Wilhelmstadt zu schaffen. Der Gottesacker lag auf einem künstlichen, leicht ansteigenden Hügel. Man hatte viele Kubikmeter Erde aufschütten müssen, um traditionelle Begräbnisse zu ermöglichen, da Wilhelmstadt auf einer Stahlplatte stand und somit nicht über ein natürliches Erdreich verfügte.

Johanne öffnete ihren Schirm gegen die Sonne. Dann hakte sie sich bei Miao unter und schritt mit ihr unter Pappeln und Weiden den Weg entlang. Immer wieder gewährten Hecken aus Lebensbäumen und Weißdorn private Nischen, in die sich Trauernde zurückziehen konnten. Die Wolken hingen tief an diesem Tag, mischten sich mit dem grauen und schwarzen Rauch, der aus den Fabriken emporstieg. Als die beiden Frauen den Bereich betraten, in dem Johannes Mutter begraben war, ließ Miao ihren Arm los.

„Ich lasse dich jetzt mit deiner Mutter allein, Herrin."

„Du sollst mich nicht Herrin nennen, wenn wir alleine sind."

„Ja, Herrin."

Miao stapfte zu einer nahegelegenen Bank und setzte sich, dabei streckte sie das leise dampfende Bein von sich, um es zu entlasten. Johanne ging den Kiesweg entlang, schritt die Gräberreihen ab, bis sie zu einem frisch geschmückten Grab kam. Die Blumenkränze waren noch nicht verwelkt, scheinbar war erst heute hier jemand begraben worden. Im Grab daneben lag Auguste deJonker.

Johanne wusste nicht, wie sie sich verhalten sollte. Sollte sie sich hinknien? Beten? Oder einfach reden? In ihrem Elternhaus war nie viel auf Religiosität gegeben worden. Ihr Vater war ein nüchterner, sachlicher Ingenieur, der nur deshalb in die Kirche ging, weil man es von ihm erwartete. Ihre Mutter war eine aufgeklärte preußische Protestantin gewesen, sodass der Gottesglaube in ihrem Haus schlicht und pragmatisch gehalten wurde. Nachdem im Laufe der Jahre klar wurde, dass Johanne eher nach ihrem Vater kam, hatte Auguste keine weitere Mühe in die religiöse Ausbildung ihrer Tochter gesteckt. ‚Es ist nicht so wichtig, wie du betest oder wie oft. Wichtig ist, wie du lebst und mit deinen Mitmenschen umgehst. Entweder du verhältst dich christlich, dann wird der Vater im Himmel sich deiner gnädig erweisen. Oder eben nicht, dann wirst du sehen, was du davon hast', hatte sie oft zu ihrer Tochter gesagt.

Johanne sah sich verstohlen um. Wie sollte sie mit ihrer Mutter reden? Ob man sie für verrückt halten würde, wenn sie nun vor sich hinmurmelte? Sie betrachtete das einfache Holzkreuz. Ein marmornes Grabmal hatte Johanne sich nicht leisten können, Graf Eyth hatte aber versprochen, sich um einen angemessenen Stein zu kümmern. Johanne seufzte. Noch ein Grund, Graf Eyth dankbar zu sein. Nach dem Brand hatte er ihr angeboten, ins Schloss zu ziehen, doch sie hatte abgelehnt. Sie fühlte sich bereits genug gedemütigt. Wie ein Parasit war sie von der Hilfe anderer Menschen abhängig – Johanne fand das unerträglich. Solange es ging, wollte sie autark leben können, auch wenn das bedeutete, dass sie nun nach dem Brand erst einmal enger zusammenrücken mussten. Je ungemütlicher die Situation, desto drückender war die Notwendigkeit, ihr Hab und Gut zurückzuerlangen und Haus Schamal wieder beziehen zu können. Sie hatte Angst, ihren Antrieb und Ehrgeiz zu verlieren, sobald sie mit den Annehmlichkeiten eines Lebens auf dem Schloss in Berührung gekommen war. Sie sah ein, dass Graf Eyth recht gehabt hatte. Sie ballte die Fäuste. Es wird mich nicht umbringen, dachte sie, sondern ich werde daran wachsen.

Johanne rief sich zur Ordnung. Ihre Gedanken schweiften immer wieder ab, dabei wollte sie doch mit ihrer Mutter reden. Sie hatte dieses tiefe Verlangen gehabt, sich mit ihr zu unterhalten, sich von ihrer Gegenwart trösten zu lassen. Doch hier, an diesem grauen Ort, fühlte sie gar nichts. Ihre Mutter war nicht hier und konnte sie somit auch nicht trösten.

„Ach, Mama", seufzte Johanne. „Ich habe es dir nicht leicht gemacht. Trotzdem wünschte ich, du wärest hier."

In dem Moment begann die Erde, sich zu bewegen.

Johanne erstarrte und es lief ihr eiskalt den Rücken herunter. Konnte das sein? Hatte ihre Mutter ihren Wunsch erhört? Wieder wackelte die Erde leicht, dann rutschte ein Blumenkranz vom Grab vor Johannes Füße. Sofort begriff sie und schalt sich für den Gedanken, ihre Mutter würde zurückkommen, um ihr zu helfen. Es war das benachbarte Grab, das sich bewegte. Das Grab, in dem erst vor kurzer Zeit jemand beerdigt worden war.

Das Holzkreuz erzitterte, die Blumen wackelten und der Boden schien nachzugeben. Plötzlich sackte der hintere Teil des anderen Grabes ab, Erde rutschte nach und der Fuß eines Sarges streckte sich in die Höhe.

„Paule, hilf mir mal, mir ist die ganze Erde ins Gesicht gefallen", kam eine Stimme aus dem Grab. Grabräuber! Blitzschnell reagierte Johanne und stürzte sich auf den in die Luft ragenden Sarg. Sie packte einen Griff, stemmte sich mit den Beinen in die Erde und zog.

„Miao!", brüllte sie. „Hilfe!"

Johanne versuchte mit aller Kraft, den Sarg aus dem Loch zu ziehen, doch das Gewicht zog sie nach unten, sie begann, zu rutschen.

„Was machst du da, Herrin?"

„Pack an!", ignorierte Johanne den Einwurf und spürte, wie Miao zugriff. Der Sarg wurde leichter und sie warf einen Blick in die Grube. Aus dem Dunklen starrte sie ein dreckverschmiertes Gesicht an. Der Mann, der dazu gehörte, stand neben einer Öffnung, die in das stählerne Fundament Wilhelmstadts geschnitten worden war. Er trug die einfache Uniform der Bergleute aus der Gegend. Auf dem Kopf einen Helm mit Gaslichtern an den Seiten, machte der Mann einen überraschten und verdutzten Eindruck. Dann, als er verstand, was vor sich ging, brüllte er: „Zieh, Paule!" Dabei griff der Mann den Kopf des Sarges und versuchte, ihn in die Dunkelheit hineinzuziehen. Johanne wäre vor Überraschung beinahe der Griff wieder entwichen. Sie rutschte mir ihren viel zu dünnen Stiefeln durch den Lehmboden, verlor den Halt und schlug mit voller Wucht hin. Der Sarg entglitt ihr und sackte ab.

„Weiter, Paule, wir haben ihn fast!"

„Krrchhh", keuchte Miao neben ihr. Ihre Armmuskeln spannten sich, das Gesicht war rot und verzerrt. Sie stand, mit geradem Rücken und gebeugten Knien über der Grube und klammerte sich verzweifelt an den Sarg. Dann, ganz langsam, streckte sie das stählerne Dampfbein. Es zischte. Ventile, die in der Nähe des Knies den Druck regelten, pfiffen und zitterten. Doch das Bein hielt stand und streckte sich durch. Mit einem Schrei richtete Miao sich auf und ließ sich zurück fallen. Dabei zog sie den Sarg über den Rand des Grabes, wo er mit einem lauten Krachen auf dem Rasen aufschlug. Johanne rappelte sich auf und lief zu ihr.

„Miao! Ist alles in Ordnung?" Die Luftnomadin nickte nur, so außer Atem war sie. „Die Grabräuber?", japste sie.

Johanne kroch zum Grab und starrte in die Dunkelheit. Die Männer waren spurlos verschwunden. Dort, wo eben noch die Bodenplatte der Stadt gewesen war, klebte nur noch Dreck und Erde. Die Diebe hatten den Boden wieder verschlossen.

„Haben wir euch endlich erwischt", zischte eine Stimme neben Johanne. Sie blickte auf und sah in die eisgrauen Augen eines Polizisten. Handschellen klickten um ihre Handgelenke. „Hauptmann Schleicher, Kaiserliche Geheimpolizei. Ihr seid ... festgenommen. Es hat lange genug gedauert, um euch auf die Schliche zu kommen, aber das Warten hat sich gelohnt." Er drehte sich zu den anderen Polizisten um, die versuchten, Miao zu überwältigten. Die Luftnomadin wehrte sich mit all ihrer verbliebenen Kraft. Der erste Polizist, der sich ihr näherte, landete kopfüber in der Grube. Dem zweiten rammte sie das Dampfbein in den Bauch, sodass er verdutzt und verkrampft auf dem Rasen landete, wo er sich auf einen Grabkranz übergab. Jetzt stürzten sich drei Polizisten von allen Seiten auf die Frau. Einer sprang ihr auf den Rücken, der zweite an den Bauch und der dritte versuchte, ihre Beine zu umklammern, verbrannte sich aber an dem Druckkessel schreiend die Finger.

Johanne, an Hauptmann Schleicher gekettet, schaltete sich ein: „Miao, nicht! Das ist sicher ein Missverständnis!", woraufhin Miao erschlaffte, als habe man ihr die Luft herausgelassen und sich festnehmen ließ.

„Ein Missverständnis?" Hauptmann Schleicher kam Johanne mit seinem Gesicht so nahe, dass sie seinen faulen Atem riechen konnte. Er hatte gelbe, blutunterlaufene Augen, wahrscheinlich trank er zu viel. Seine Haut war rot und grobporig, Haare wucherten ihm aus der Nase und seine Zähne waren schief und ungepflegt. „Das ist kein Missverständnis. Meine Abteilung fahndet seit Wochen nach den Grabräubern, die die Ruhe unseres Friedhofs stören. Und ich glaube, heute ist mir endlich der Kopf der Bande ins Netz gegangen." Johannes Herz sank in die Hose. Auch das noch. Zuerst die *Juggernauth*, Vater, dann der Tod der Mutter. Das Haus abgebrannt und Marianne ist verschwunden. Und jetzt sollte sie auch noch ins Gefängnis wandern? Sie merkte, wie ihre Beine zu zittern begannen.

„Aber wir sind keine Grabräuber. Wir haben den Sarg gerettet! Die Räuber kamen von unten!"

Schleicher sah sie mit Abscheu an. „Auch noch Lügen. Als ob Leichenschändung nicht schon widerlich genug sei."

„Aber da waren zwei Männer! Sie haben sich von unten …"

Hauptmann Schleicher schaute in das Grab hinab. „Ich sehe nichts. Und darunter ist nur die stählerne Bodenplatte. Die kann niemand überwinden. Abführen."

Die Kaiserliche Geheimpolizei

„Fräulein deJonker, wenn Ihr nicht kooperiert, überlasse ich Euch Leutnant Kundt. Er ist bekannt dafür, dass er jeden Widerstand bricht. Selbst wenn danach nicht mehr viel übrig ist, was überhaupt Widerstand leisten könnte."

Johanne schwieg, was Hauptmann Schleicher als vorläufiges Einverständnis wertete.

„Ich habe Euren arroganten Vater noch nie gemocht", begann er. „Aber ich kann Euch versprechen, dass er mir das Leben schwer gemacht hat. Er und seinesgleichen." Der Polizeioffizier ging langsam im Zimmer hin und her, umkreiste Johanne, die gefesselt auf einem Stuhl mitten im Verhörzimmer saß.

Die Holzdielen knarrten bei jedem seiner Schritte. Der Raum war dunkel und feucht. Von der Decke hing eine Lampe, die mit flackerndem Gas beleuchtet wurde. Die Wände waren roh verputzt, im unteren Teil gekachelt, ebenso wie der Boden. Vor ihr stand ein kleiner Apparat, der sie anzustarren schien. Ein kleiner Kasten, nicht größer als eine durchschnittliche Kommode, mit hölzernen Trichtern im oberen Bereich, die sie wie Augen ansahen. Etwas in ihm ratterte und Johanne sah, wie eine winzige Nadel kleine Rillen in eine schwarze Walze ritzte. Ein *Opschabar*, ein Oppenhoffscher Schallwellenabsorber und Archivar, den Hauptmann Schleicher ihr als Herrn Simon vorgestellt hatte. Johanne fragte sich, wem der Geheime Kommerzienrat wohl das Patent für dieses kleine Wunderwerk gestohlen hatte. Als der Opschabar Hauptmann Schleichers Frage aufgezeichnet hatte, schien er genauso gespannt auf ihre Antwort zu warten, wie der Polizist.

Johanne ließ sich mit der Antwort Zeit. Sie wusste nicht, wo Miao war und was sie mit ihr machten. Genausowenig wusste sie, was mit ihr geschehen würde. Sie hatte Angst. Doch sie streckte den Rücken durch und schluckte.

„Was meinen Sie damit? Mit *seinesgleichen*? Mein Vater hat sich hochgearbeitet! Er war ein ehrenwerter Mann und hat sich nie etwas zuschulden kommen lassen."

Hauptmann Schleicher schoss nach vorne, packte die Rückenlehne ihres Stuhls und riss sie nach hinten. Johanne schrie erschocken auf. Aber sie fiel nicht. Schleicher hielt den Stuhl auf zwei Beinen, sodass Johanne in der Luft hing. Er kam mit dem Gesicht wieder ganz nah an ihres heran.

„Euer Vater hat mehr Menschen auf dem Gewissen als Sterne am Himmel stehen!" Er ließ den Stuhl los und Johanne fiel, da sie sich mit gefesselten Händen nicht halten konnte, mit einem Knall auf den Boden. Schwer schlug ihr Kopf auf die Dielen auf. Ihr wurde schwarz vor Augen und ihr Kopf pochte. Vor Wut schossen ihr die Tränen in die Augen. Sie hatte nichts getan, sie war unschuldig und doch hatte dieser Mensch das Recht, sie zu verhören, als ob sie eine gemeine Kriminelle wäre. Wenn ihr Vater noch leben würde, würde sich dieser Schleicher eine solche Behandlung nicht erlauben. Wenn sie doch nur Graf Eyth benachrichtigen könnte. Sie schluckte ihre Tränen hinunter. Das war wohl der Preis dafür, autark und unverheiratet zu sein.

„Helfen Sie mir auf", sagte sie leise und beherrscht. „Ich bin unschuldig und möchte aufstehen."

„Pah", der Hauptmann spuckte in einen Messing-Spucknapf am Ende seines Schreibtischs. Dann kam er näher, beugte sich drohend über Johanne.

„Wieso wolltet Ihr das frische Grab schänden? Das ist sogar für eine Verrückte wie Euch ein bisschen viel. Ein satanischer Kult? Wofür braucht Ihr die Leichenteile? Hat Euch das perverse Buch dieser Engländerin Mary Shelly so inspiriert? Seid Ihr größenwahnsinnig und wollt auch Gott spielen, wie die Schriftstellerin es beschreibt? Das kommt dabei raus, wenn Frauen selbständig denken. Perversion und kranke Gedanken. Gott sei Dank haben die Männer die Kontrolle über diese Welt. Sonst wäre sie ein gottloser Ort." Er spuckte erneut aus. „Warum wolltet Ihr den Leichnam des ehrenwerten Richters Ohnesorg stehlen? War es eine infame Rache? Wolltet Ihr Euch an seinem wehrlosen Körper gütlich tun, weil er des Kaisers Erlass umgesetzt hat, Eure Familie zu enteignen?"

Johanne bekam große Augen und Schleicher sah es. „Ja, ich wusste es, Fräulein deJonker, Ihr wollt Rache, nicht wahr?"

„Ich will Gerechtigkeit. Ich wusste nicht, dass ausgerechnet der Mann, der, wenn auch nur indirekt, für den Tod meiner Mutter mitverantwortlich war, unmittelbar neben ihr beigesetzt wurde. Welch eine Geschmacklosigkeit."

„Habt Ihr ihn deshalb ausgegraben?"

„Ich habe ihn nicht ausgegraben! Ich habe ihn vor dem Diebstahl geschützt!"

„Oder wolltet Ihr Unruhe in der Bevölkerung schüren?", ereiferte sich Schleicher weiter. „Reicht es nicht, dass Nackte in der Nacht über die Dächer laufen? Habt Ihr auch damit etwas zu tun? Oder seid Ihr vielleicht eine Spionin der Franzosen, der Briten oder gar der Russen?"

„Helfen Sie mir auf", wiederholte Johanne. „Ich bin unschuldig und möchte aufstehen."

„Fräulein deJonker, Ihr verhaltet Euch nicht gerade kooperativ. Ich denke darüber nach, Leutnant Kundt zur Hilfe zu holen."

In Johanne wuchs die Angst. Durften die so mit ihr umgehen? Sie hatte nichts Verbotenes getan! Wieso tat die Kaiserliche Geheimpolizei, die doch zum Schutz der Bevölkerung vom Kaiser selbst eingerichtet worden war, ihr so etwas an?

„Warum seid Ihr zur *Juggernauth* getaucht? Was wolltet Ihr dort? Beweise vernichten?" Schleichers Fragen prasselten auf sie ein. „War Euer Vater in die Verschwörung eingeweiht? Hat er den Neffen des Kaisers kaltblütig ermordet? Wer sind die Drahtzieher? Warum haben sie den Anschlag auf die *Juggernauth* begangen? Und wieso stehlt Ihr Leichen vom Friedhof?"

„Helfen Sie mir auf", sagte Johanne ein drittes Mal, so beherrscht es ging. „Ich bin unschuldig und möchte aufstehen."

„Wer sind die Drahtzieher, Fräulein deJonker? Sagt es mir und ich lasse Euch auf der Stelle gehen. Ist es Graf Eyth, Euer Patenonkel?"

„Graf Eyth hat nichts damit zu tun!", rief Johanne, bevor ihr klar wurde, was sie da andeutete.

„Ach, er hat nichts damit zu tun? Was ist er für Euch? Mehr als ein Vater? Vielleicht sogar Euer heimlicher Geliebter? Was sagt Eure Tante dazu?"

Aus dem Nachbarbüro kamen plötzlich Schreie.

„Miao!", fuhr Johanne auf, zerrte an ihren Fesseln. „Was machen die mit ihr? Sie hat nichts damit zu tun!"

Hauptmann Schleicher lächelte und sein Gesicht verzog sich zu einer Grimasse.

„Womit hat Eure Freundin nichts zu tun? Noch jemand, der nichts damit zu tun hat? Gesteht Ihr also, etwas auf dem Gewissen haben? Sie stellen ihr die gleichen Fragen wie Euch. Nur ... ist mein Kollege etwas ungeduldiger. Aber wenn Ihr mir nicht antwortet, werde ich die Fragen ebenfalls auf seine Art stellen müssen. Also, was wolltet Ihr bei der *Juggernauth*?"

„Wer sagt denn, dass ich dort war?"

„Es gibt Zeugen!"

„Die Leute reden viel."

„Das Schiff ist der Ort eines Verbrechens! Es ist verboten, es zu betreten."

„Ich habe das Schiff nicht betreten."

„Aha, also wart Ihr doch dort!"

„Das habe ich nicht gesagt. Ich sagte, ich habe es nicht betreten."

Der Opschabar ratterte eifrig, nahm jedes Wort der jungen Frau auf.

Der Hauptmann ging zu einem Schrank, ließ Johanne auf dem Boden liegen.

„Ich muss sagen", sagte er, „ich habe nichts anderes von Euch erwartet. Wenn man bedenkt, welchem Haus Ihr entstammt, kann ich nicht nachvollziehen, dass manche eine so hohe Meinung von Euch haben." Er öffnete den Schrank, nahm ein paar grobe Lederhandschuhe heraus und zog sie sich an. Dann drückte er einen Knopf und ein weiteres Fach öffnete sich. Johanne hob den Kopf und erstarrte. In dem Wandschrank erblickte sie, was ihr wie das komplette Arsenal der Spanischen Inquisition erschien. Blitzendes Chrom, stählerne Skalpelle, Zangen und Bohrer, Daumenschrauben und andere furchteinflößende Instrumente. Aber am schlimmsten war der Anblick der Maschine, die aus der Wand gefahren kam.

„Ich habe Euch gewarnt, Fräulein deJonker. Darf ich vorstellen? Leutnant Kundt, benannt nach seinem Erfinder. Unser Verhörspezialist."

Johanne schauderte, während Schleicher sie mit Leichtigkeit hochhob und vom Stuhl losband. Leutnant Kundt bestand aus einem überdimensionalen Sessel, der unter einer gigantischen Glasglocke stand.

„Ihr werdet merken", sagte der Hauptmann, als er Johanne zu dem Sessel schleifte, „dass man danach keine Wunden feststellen kann. Die Experimente mit Schallwellen sind wirklich höchst interessant. Und durch die spezielle Beschichtung der Glasglocke wird niemand ihre Schreie hören. Nicht, dass sich hier in diesen Kellerräumen jemand dafür interessieren würde."

Er drückte Johanne auf den Stuhl, band ihre Arme fest an die Lehne und befestigte ihren Kopf mit einem Lederband an die Kopfstütze. Der Opschabar rollte geräuschvoll neben sie. „Ich lasse Euch Herrn Simon, unseren Audiostenotypisten, zur Unterstützung und Gesellschaft dabei. Er wird jedes Wort aufschreiben, das Ihr sagt, also scheut Euch nicht, von ganzem Herzen zu gestehen. Egal was."

Er trat einen Schritt zurück und drückte einen weiteren Knopf. Es klackte und klickte und irgendwo in der Wand wurde ein Mechanismus in Gang gesetzt, der langsam die große Glasglocke über ihr bewegte. Die Hülle sank zu Boden, bis sie mit einem leisen, saugenden Geräusch in den Teppich eintauchte. Johanne musste schlucken, als der Druck auf ihren Ohren zunahm. Sie sah, wie Hauptmann Schleicher die Lippen bewegte, aber sie hörte ihn nicht. Die Angst schnürte ihr die Kehle zu. Was würde dieses Gerät mit ihr anstellen? Die große Glocke hatte sie von allen Geräuschen hermetisch abgeschlossen. Nur Herr Simon stand leise schnaufend vor ihr.

„Dir sage ich gar nichts, du hässliche Blechbüchse."

Die Nadel des Opschabar flog über die Rolle, notierte jedes Wort, das Johanne von sich gab. Ein grausames Klackern und Schaben, das der Wahrheit keinen Spielraum ließ, keine Interpretation des Gesagten offen ließ.

Johanne wandte sich im Stuhl, versuchte, den Kopf zu drehen, ihren Rücken zu beugen und durchzustrecken, doch sie konnte sich nicht bewegen. Aus den Augenwinkeln sah sie Hauptmann Schleicher höhnisch grinsen. Er hob die Hand und begann wie nebenbei an einem Rad zu drehen. Jetzt geht's los, dachte Johanne. Sie biss die Zähne zusammen und erwartete den Schmerz. Sie dachte an Miaos

Schreie aus dem Nachbarbüro. Miao, dachte sie. Was haben sie mit dir gemacht? Hättest du doch die Stadt verlassen, anstatt mir wie ein Hund zu folgen. Eine Welle zärtlicher Gefühle überflutete ihr Herz, als sie an die treue Luftnomadin dachte, die nebenan ihretwegen gefoltert wurde.

Plötzlich krachte es an der Glasscheibe vor ihr. Hauptmann Schleicher stand mit großen Augen vor ihr und hämmerte gegen die Scheibe.

„Gesteht!", las sie von seinen Lippen ab.

„Wieso sollte ich?", antwortete sie, und Herr Simon erfasste laut klackernd ihre Worte. Aus Hauptmann Schleichers Gesicht war das Grinsen verschwunden und hatte unverhohlenem Ärger Platz gemacht. Er stürzte zurück an den Hebel und drehte ihn weiter nach oben. Johanne sah, wie sich der Regler entlang einer Skala bewegte. Bislang hatte er sich im grünen Bereich befunden, aber nun kletterte er langsam durch den gelben Bereich und auf den roten Abschnitt zu. Schleicher warf Johanne verwirrte Blicke zu.

Ob das ein Trick ist?, dachte Johanne. Nichts geschieht, ich empfinde keine Schmerzen. Sollte ich nicht gefoltert werden? Ob ich das Polizeipräsidium vielleicht doch lebendig verlassen werde? In ihr keimte Hoffnung auf.

„Ist wohl ein Produkt aus dem Hause Oppenhoff, was?", rief Johanne frech. Herr Simon folgte klackernd ihren Worten. „Hätte lieber was mit Qualität gekauft. Soll ich Ihnen ein Angebot machen? Ach, Moment, das Haus deJonker hat ja nichts mit illegalen Geschäften zu tun, und Folter ist illegal!", schrie sie ihn durch die Glocke an.

Mit wutverzerrtem Gesicht schob Schleicher den Hebel bis zum Anschlag. Johanne spürte ein leichtes Prickeln am Hinterkopf und ein warmes Gefühl auf der Brust. Sie sah nach unten und entdeckte unter ihrer Bluse einen kleinen Knubbel.

Der Rosenquarz, kam es ihr in den Sinn. Ich trage ihn noch immer an der Kette um den Hals. Ob er etwa …

Ihre Gedanken wurden jäh unterbrochen, als die Tür zum Verhörraum aufgerissen wurde und Miao hereinstürmte, einen Beamten im Schwitzkasten unter ihrem linken Arm. Sie sah Johanne und stampfte auf die Glaskugel zu. Johanne erschrak, als sie voraussah, was geschehen würde. Die Luftnomadin durfte auf keinen Fall die Tür öffnen. Was auch immer es war, was sie in dieser Kugel foltern sollte, auf sie wirkte es nicht. Aber wenn Miao ungeschützt die Kugel öffnen würde, würde es die junge Frau mit voller Wucht treffen – und wahrscheinlich töten.

Johanne versuchte, den Kopf zu schütteln, doch Miao sah sie nicht an. Sie ließ den Beamten los, der bewusstlos auf den Boden fiel. Dann warf sie sich auf die Glocke. Als sie keine Öffnung fand, ging sie in die Knie und versuchte, die Glaskuppel anzuheben. Hauptmann Schleicher starrte sie nur fassungslos an, dann gab er ihr einen wohlgezielten Tritt gegen das Dampfbein. Miao schwankte, fiel aber nicht hin. Mit einem lautlosen Schrei schnellte sie in die Höhe und warf Schleicher gegen die Wand. Dann drehte sie sich um, und versuchte erneut, die Glaskuppel anzuheben.

Dann geschahen mehrere Dinge gleichzeitig: Hauptmann Schleicher erhob sich, in seiner Hand eine Waffe, um deren Mündung kleine Blitze züngelten.

Teslakraft, dachte Johanne erstaunt und fühlte sich ein wenig von den Geschehnissen entrückt. Ich dachte nicht, dass diese Technologie bereits so weit entwickelt ist. Dann bemerkte sie, dass der Polizist auf Miao zielte.

„Miao! Pass auf!", rief Johanne.

„Chrrr, chrrrr", kratzte der Opschaber.

Durch die geöffnete Bürotür kam ein weiterer Mann gestürzt, der Johanne bekannt vorkam. Er rannte auf Miao zu.

Jetzt ist alles vorbei, dachte Johanne.

Doch der Mann lief an der Luftnomadin vorbei und in dem Moment, in dem Schleicher den Abzug durchdrückte, schlug ihm der Mann die Teslakanone aus der Hand. Blitze zuckten kurz durch den Raum, färbten die Luft mit blauem Licht und grünen Schatten. Johanne hörte, wie die Waffe klappernd zu Boden fiel. Sie erschrak. Ich kann wieder etwas hören, dachte sie und begriff, dass Miao die Glocke angehoben hatte. Mit einem entsetzlichen Knall entwich die angestaute Schwingung aus der Glocke und explodierte im Verhörbüro.

Hauptmann Esser

„Das war verdammt knapp", keuchte Johanne. „Er hätte uns beinahe umgebracht!"

„Es war nicht richtig von ihm. Er hatte kein Recht dazu, Euch festzuhalten. Er wird sich verantworten müssen", sagte Hauptmann Esser. „Fräulein Johanne, ich bitte Euch und Eure Assistentin, mich in mein Büro zu begleiten. Dort könnt Ihr Euch ein wenig erholen, bevor Ihr nach Hause geht."

Johanne strich sich das Kleid glatt und versuchte mit zittrigen Fingern, ihre Haare wieder zu einer Frisur zu stecken. Die Schallwellenexplosion hatte sie alle von den Füßen gehoben, aber niemand war ernstlich verletzt worden. Miao stand schweigend neben ihr. Gerne hätte Johanne sie in die Arme genommen und ihr für ihren Einsatz gedankt, aber in der Öffentlichkeit wagte sie das nicht.

Der Hauptmann führte sie durch das Gebäude. Sie stiegen die Treppen hinauf und hinab und mussten, um zu seinem Büro zu kommen, die kleine Eingangshalle der Wache durchqueren. Sie sahen schon von weitem die ärmlich gekleideten Personen, die vor dem Schalter standen und wütend durcheinander riefen. Als sie näher kamen, erkannten sie, dass es sich um drei Männer, eine Handvoll Kinder und eine alte Frau handelte. Die Männer hatten allesamt zerknautschte Hüte auf dem Kopf, aus grauem Filz gehalten, fransig und löchrig. Die Mäntel, so sie denn einen hatten, waren fadenscheinig, die Schuhe Lederlappen, die mit groben Stichen zusammengehalten waren.

„Wo sind unsere Frauen?", riefen sie, fast unisono. „Wieso kümmert sich keiner darum?" Der Größte hieb mit der Faust auf den Tresen, was den dicklichen Wachtmeister dazu veranlasste, seinen Knüppel zu lockern.

„Ruhig bleiben!"

„Ruhig? Wie soll ich Ruhe bewahren, wenn meine Lizzy fort ist? Vor drei Nächten ist sie nicht mehr von der Arbeit nach Hause gekommen. Was soll ich denn jetzt essen, wenn sie kein Geld verdient? Wer kocht? Wer sieht nach den Kindern?" Er wies auf die Kinder, die sich hinter ihm tummelten und mit ihren verrotzten und dreckigen Gesichtern den Neuankömmlingen Grimmassen schnitten. Johanne streckte ihnen die Zunge raus und lachte, als die Kleinen erschrocken zurückzuckten.

Jetzt ereiferte sich auch die alte Frau. „Meine Schwiegertochter! Das Miststück hat sich davon gemacht, da können Sie sagen, was Sie wollen, verdammt. Beschaffen Sie mir die zurück. Lässt mich mit meinem versoffenen Sohn alleine. Der Junge kann doch nicht arbeiten, der hat die Lunge kaputt, seit er fünf war. Hat im Stollen gearbeitet. Jetzt muss sie ran und was macht sie? Verschwinden! Nur weil die Schicht bei Oppenhoff vierzehn Stunden dauert? Ich hab' ihr gesagt, sie kann auch anschaffen gehen, das ist mir egal. Hauptsache, sie schafft die Kohle ran. Was ist, wenn sie entführt wurde, werde ich dann entschädigt? Wer bezahlt mir den Ausfall?"

„Ein Verrückter ist unterwegs!" Die anderen Männer begannen, in den Klagegesang mit einzustimmen.

„Und die Nackten! Das ist nicht normal."

„Keine Nacht geh' ich mehr auf die Straße, seitdem meine Frau weg ist. Konnte seit Tagen nichts mehr trinken."

„RUHE!", brüllte der Wachtmeister und sprang hinter dem Schalter hervor. Er drängte die Leute zur Seite, so dass der Hauptmann und seine Begleiterinnen passieren konnten.

Vor seinem Büro nahm Miao auf der hölzernen Bank Platz und streckte die Beine aus. „Ich bleibe hier draußen, Herrin, wenn Ihr nichts dagegen habt. Für heute habe ich genug von diesen engen Räumen." Johanne legte ihr die Hand auf die Schultern. „Danke, Miao, dass du mich schon wieder gerettet hast. Das war das zweite Mal in kurzer Zeit. Mach, was du willst, ich will mich auch beeilen."

„Wenn ich eine bessere Leibwächterin wäre, dann wäre es erst gar nicht so weit gekommen", sagte sie grimmig und streckte sich laut seufzend auf der Holzbank aus.

Johanne deJonker saß Hauptmann Esser in seinem Büro gegenüber. „Helfen Sie mir, den Mörder meines Vaters zu finden! Ich habe Beweise gefunden." Ihre Miene war undurchdringlich. Unter ihrem dunkelroten, von Erde und Staub verschmutzten Kleid blitzte hin und wieder ein wenig weiße Spitze auf, als sie ihre Beine übereinander schlug. Ungeduldig wippte sie mit den Füßen, die sie in ihre engen, unbequemen Schnürstiefel gezwungen hatte. Die Finger klammerten sich an den dünnen Schirm, der eher wie ein harmloses Accessoire wirkte, doch Hauptmann Esser ahnte, dass er in Johannes wütenden Händen zur Waffe werden konnte.

Der Hauptmann der Kaiserlichen Geheimpolizei lehnte sich in seinem Stuhl zurück, zündete sich eine lange dünne Zigarette an und ließ seinen Blick wohlwollend auf Johanne ruhen.  Seine dunkelblaue Uniform saß eng, wirkte aber bequem, die Messingknöpfe glänzten. Auf dem linken Arm war das Wappen der Kaiserlichen Geheimpolizei eingestickt: Zwei gekreuzte Degen, darunter ein wachsames Auge. Über den Waffen sah man das große „W", das von einer kaiserlichen Krone geziert wurde.

Im Gegensatz zu Johanne sah Hauptmann Esser aus wie aus dem Ei gepellt, war geschniegelt und gestriegelt. Sein kurzer Oberlippenbart zuckte, als er Johanne musterte. Dann strich er sich mit den feingliedrigen, weißen Fingern gedankenverloren das pomadisierte Haar zurück, bevor er die manikürten Fingerspitzen aneinander legte. „Ich bin froh, dass Ihr zurück nach Wilhelmstadt gekommen seid, Johanne. Auch wenn die Situation hier für Euch nicht einfach ist. Ihr wisst, dass Ihr Euch auf mich verlassen könnt, nicht wahr? Tee?" Er drehte sich zu einem kleinen Kasten um, der neben seinem Stuhl stand. „Mein neuer Samowar. Vollautomatisch durch modernste Technik. Ich habe ihn direkt aus Sankt Petersburg importiert, als ich letztes Jahr mit dem Polizeiorchester dort war. In diesem bediene ich übrigens das kleine Dampfglockenspiel." Er sprach nun den Kasten an. „Samowar! Komm her!" Der Kasten ruckelte, bewegte sich aber nicht. „Er muss sich noch am mich gewöhnen." Esser stand auf. „Man muss nur hier am Hebel ziehen …" Er drückte einen großen Hebel hinunter, woraufhin der Kasten anfing, langsam zu vibrieren, aber es geschah nichts. Dann beruhigte sich der Samowar wieder. „Oh, ja, man sollte natürlich auch Tassen darunter stellen. Moment." Hauptmann Esser stand auf, ging zu einer Kommode, die an der Wand des Büros stand und nahm zwei Tassen nebst Unterteller von einem Tablett. „Porzellan aus den Kolonien. Ich finde, Tee schmeckt nur darin wirklich gut. Es ist viel dünner, sehen Sie?" Er hielt die Tasse in das Licht, doch Hanne konnte keinen Unterschied zu normalen Tassen feststellen.

„Nun stellt man die Tassen hier her und wartet ein bisschen." Hauptmann Esser platzierte die Tassen unter einem kleinen doppelten Auslaufhahn, der an der Seite des Samowar angebracht war. „In wenigen Minuten ist der Tee fertig." Wieder drückte er den Hebel herab und schaute erwartungsvoll auf seinen Automaten. Ein Ventil öffnete sich und ein durchdringender Pfeifton ließ Johanne zusammenzucken. Hauptmann Esser runzelte die Stirn. „Was soll das denn schon wieder?" Dann erhellte sich sein Blick. „Ach ja. Der Tee." Er nahm eine kleine Holzdose vom Tisch, öffnete sie und schaufelte mit einem winzigen Silberlöffel die getrockneten schwarzen Blätter in eine Öffnung des Kastens. „So, jetzt wird es funktionieren", sagte er, nachdem er das Ventil wieder geschlossen hatte. Er schwenkte die Dose. „Es geht doch nichts über frischen Tee aus unseren Kolonien, was? Ich nehme nur den Tee von den obersten Spitzen der Pflanzen. Gute Ware kommt aus Deutsch-Ostafrika. Am besten mit dem Luftschiff; die Chargen, die über das Meer kommen sind oft vom Salzwasser verseucht." Er schmatzte kurz mit den Lippen, dann fuhr er in vertrauensvollem Ton fort: „Kürzlich habe ich vom Kaufmann Victor Bovist einen Anteil an einer besonderen Ladung erworben. Grüner Tee aus Kiautschou! Zwei Kilo für gerade mal 300 Reichsmark. Ich sage Euch, alles andere ist pures Gift, Fräulein Johanne."

Sie dachte mit Schrecken daran, dass ein Hafenarbeiter, der siebzig Stunden die Woche arbeiten musste, gerade mal sechzig Mark im Monat verdiente. Und das war bereits viel, es gab genügend andere Menschen in Wilhelmstadt, die diesen Betrag nicht zur Verfügung hatten und mit weniger als der Hälfte auskommen mussten. Und das, obwohl man für eine Mark gerade mal zwei Brote bekam. Oder vier Liter Bier, je nachdem, wer die Mark ausgab.

„Eins muss man dem Kaiser lassen", Hauptmann Esser strich sich gedankenverloren mit seiner Hand ein Stäubchen von der Uniform. „Er weiß, wie man Weltpolitik betreibt und den Deutschen den Platz auf dieser Erde sichert, der ihnen zusteht. Außerdem habe ich gehört, dass er auch ein großer Teekenner ist. Hervorragender Mann."

Just als er geendet hatte, öffnete sich ein zweites Ventil und ein weiterer tieferer Ton entfuhr der Maschine. Esser schnaubte. „Wasser! Es fehlt Wasser." Wütend ging er hinaus. Kurz darauf erschien ein Bürodiener mit einer Glaskaraffe voll kaltem Wasser, die Esser ihm ungeduldig abnahm und die Flüssigkeit mittels eines kleinen Trichters einfüllte. Wenige Minuten später sprühte eine kleine Düse tröpfchenweise braunen Tee in die bereitgestellten Tassen. Hauptmann Esser reichte eine davon Johanne.

„Das dürfte Euch gefallen, nicht wahr? Als ich ihn das erste Mal gesehen habe, musste ich sofort an Euch denken, Fräulein deJonker. Euer Vater hat so oft von Euch gesprochen, vor dem … Unfall. Aus den Gesprächen glaube ich zu wissen, dass Ihr solche Spielereien wie den vollautomatischen Teekocher schätzt." Erwartungsvoll strahlte er sie an, bevor er fortfuhr. „Und das Beste ist, er folgt mir überall hin! Seht Ihr diese kleinen Räder? Er kann fahren!"

„Scheint mir eine unnütze Erfindung zu sein", sagte Johanne kalt. „Wieso lassen Sie nicht Ihren Bürodiener den Tee machen? Das wäre viel einfacher. Sie nehmen den Leuten die Arbeit." Johanne hatte schlechte Laune und war gnadenlos. Aber sie riss sich zusammen, denn sie brauchte den Geheimpolizisten. „Also, wie sieht es aus, Hauptmann? Können wir zusammen arbeiten? Ich habe die Beweise gesehen! Außerdem ist meine Haushälterin verschwunden! Ich fürchte um ihr Leben!"

Der Hauptmann räusperte sich. „Fräulein Johanne, so einfach ist das nicht. Ihr wisst, ich habe das Verfahren gegen Euren Vater leiten müssen. Der Prozess ist abgeschlossen, der Kaiser hat sein Urteil gefällt. Solange wir keine neuen Beweise haben, die die Unschuld Eures Vaters oder die Schuld eines Dritten nachweisen …"

„Oh, ich bin dabei, diese Beweise zusammenzutragen", sagte Johanne leise. Wenn ihr der Hauptmann nicht freiwillig helfen wollte, musste sie zu anderen Mitteln greifen. Sie beugte sich zu ihm herüber und lächelte ihn an. Sie nahm seine Hand und streichelte gedankenverloren seinen Ringfinger. „In der Zwischenzeit", sagte sie leise, „könnten Sie mir, wenn Sie wollen, die Zeit vertreiben. Haben Sie heute Abend schon etwas vor?"

Nadelspitzengespräche

Der Geheime Kommerzienrat Oppenhoff stand in seinem Büro und starrte auf Wilhelmstadt herab. Seine früh ergrauten Haare schimmerten im Licht der untergehenden Sonne. Der maßgeschneiderte Anzug kaschierte seine hagere Figur, daher strahlte er selbst hier, alleine am Fenster, Autorität und Strenge aus. Dieser Eindruck wurde durch die tiefen Furchen in seinem Gesicht, aber auch durch die hellen, erbarmungslos blickenden Augen unterstrichen. Sein Blick taxierte die Gebäude der Stadt, wanderte weiter über die Fabriken, die ihm gehörten, und die Fabriken, die ihm noch nicht gehörten. Dies war wohl der einzige Platz in der ganzen Stadt, von dem aus man die großen Kohlebagger beobachten konnte, die sich in die Erde fraßen und ihm dadurch täglich neuen Reichtum bescherten.

Er sah die endlose Kette von Luftschiffen am Horizont vorbei ziehen. Schiffe, die von hier aus Städte des gesamten Kaiserreichs und Europas belieferten. Nicht mehr lange, dachte er, dann würden seine Produkte den Sprung über den Atlantik schaffen und er wäre seinem Traum, der mächtigste Mann des deutschen Kaiserreichs zu werden, einen großen Schritt näher. Vorher galt es allerdings noch, einige Probleme aus dem Weg zu räumen. Aber das hatte ihn noch nie gestört.

Kurz dachte er an seine Lehrstelle, die er vor nun über vierzig Jahren angetreten hatte. Wenn man ihm damals gesagt hätte, dass er aus dem kleinen Kolonialwarenladen einmal einen der größten Konzerne des Kaiserreichs schmieden würde, so hätte er das damals schon sofort geglaubt. Er wusste immer, was er wollte und wozu er fähig war. Der Laden dieses alten Krämers war nur der erste Schritt gewesen.

„Ist alles vorbereitet?", fragte er über die Schulter in den abgedunkelten Raum hinein. Etwas zischte. Ein schwarzer Kasten schob sich langsam aus dem Schatten des Büros ans Fenster. Auf grauen Gummireifen rollte er leise, fast unhörbar bis an die Scheibe. An allen vier Seiten war ein Schalltrichter angebracht, aus Messing und reichlich verziert mit Runen und fremdartigen Symbolen. Ansonsten war der Kasten glatt und unscheinbar.

Oppenhoff unterdrückte ein Schaudern, wie jedes Mal wenn er den *Sarg* sah. Die Trichter begannen leicht zu vibrieren, als eine Stimme aus dem Kasten drang.

„Ich hätte dich umbringen sollen, als ich es noch konnte." Die Stimme aus dem Kasten klang knarrend und knisternd. Oppenhoff erinnerte sie jedes Mal an eine Grammophonaufzeichnung. Aber das war keine Aufzeichnung. Es war die Stimme von Dr. Faustus Schneider.

„Du hast deine Chance gehabt", sagte Oppenhoff. „Und wenn dein Tod mich etwas gelehrt hat, dann, dass man seine Chancen nutzen sollte. Und das tue ich. Also hör auf zu jammern!"

„Ich jammere nicht", knarrte die Stimme. „Ich wollte das nur festhalten. Du hast mich damals in den Ruin getrieben, finanziell und moralisch. Du bist eine hinterhältige, durchtriebene Person. Bevor ich es merkte, hatte ich mich ganz in deinem Spinnennetz verloren. Was ich getan habe war falsch. Die ganzen Menschen, die wir zusammen auf dem Gewissen haben … Ich will nicht mehr daran denken. Ich war am Ende. Durch dich hatte ich mich verändert. Meine Frau hat mich deswegen verlassen, mein Geschäft habe ich an dich verloren und ich konnte mir selbst nicht mehr in die Augen sehen. Ich hätte dich umbringen sollen, statt mich."

„Zu spät." Oppenhoff konnte sich ein befriedigtes Grinsen nicht verkneifen. Dr. Schneider war mehr als ein Berater für ihn. Er war das teuflische Gehirn, das seine eigenen Pläne abrundete und ausführte. Oppenhoff würde um nichts in der Welt den Fuß in diese Stadt setzen. Das war viel zu gefährlich; zu viele Leute wollten seinen Tod. Und doch lief dort unten alles nach seinem Willen ab. Fast alles. Er trat einen Schritt vom Fenster zurück.

Ihm war nicht wohl bei dem Gedanken, Dr. Schneiders Sarg im Rücken zu haben, während er hier so hoch über der Stadt stand, nur durch eine dünne Scheibe vom Abgrund getrennt. Auch wenn er Vorkehrungen getroffen hatte, um einen solchen ‚Unfall' zu vermeiden. Die Kiste konnte sehr kräftig sein, das wusste er. Er selbst hatte sie entsprechend konzipiert.

„Wann lässt du mich gehen?", knarrte der Sarg.

„Gar nicht, wenn du nicht bald meine Fragen beantwortest."

„Ach, drohst du mir? Was soll mir schon passieren, ich bin sowieso bereits tot!", spottete die mechanisch hallende Stimme. Der Kasten fuhr ein wenig zurück. Oppenhoff war froh, dass er seinem ersten Impuls, dem Sarg ein Fenster einzubauen, widerstanden hatte. Es war schwer genug, sich mit Dr. Schneider auseinanderzusetzen, selbst wenn er ihm nicht ins Gesicht sah.

„Du bist vielleicht tot, aber du bist immer noch hier. Du bist in meiner Gewalt, und so lange ich dich nicht freilasse, werden du und dein Bewusstsein ..."

„... meine Seele!", unterbrach ihn Schneider etwas jammernd.

„Meinetwegen deine Seele, ihr werdet tun, was ich sage. Du weißt, was passiert, wenn ich sterbe, ohne dich vorher freigelassen zu haben!"

„Ich werde für immer in diesen Sarg gebannt sein. Ja, ja. Glaub mir, ich würde deinem Erben das Leben zur Hölle machen."

Das machst du mir jetzt auch schon, dachte Oppenhoff, sagte es aber nicht laut. Diese Genugtuung wollte er ihm nicht geben. „Müssen wir jedes Mal darüber diskutieren?", fragte er stattdessen. „Zuerst zierst du dich, aber dann fängst du ja doch jedes Mal Feuer."

„Ich habe ja sonst nichts mehr vom Leben. Dann kann ich auch griesgrämig und gemein sein."

„Das dürfte keine große Umstellung sein, das warst du schon zu Lebzeiten. Das war einer der Gründe, warum ich dich damals eingestellt habe."

„Eingestellt? Hah! Dass ich nicht lache. Wir waren Partner! Ich habe dich in meine Bank geholt." Die Stimme aus dem Trichter begann, zu leiern, als Dr. Schneider sich aufregte.

Oppenhoff lachte kalt. „Schon damals wolltest du mich nur übervorteilen. Mein Geld wolltest du haben. Und du hättest es beinahe geschafft. Die *Dr. Schneider & Cie. Privatbank* war fast pleite, als ich einstieg. Ich habe sie erst wieder zu dem gemacht, was sie heute ist."

„Das hättest du doch alleine nie hinbekommen."

„Stimmt." Oppenhoff ließ sich in seinen Sessel fallen und betrachtete den Sarg, den er nun schon vor so vielen Jahren erbaut hatte. „Ich war einfach noch nicht so skrupellos wie du." Er dachte an das kleine Buch mit den Formeln, das für Schneider unerreichbar im

Tresor schlummerte. Das war seine Rückversicherung, dass ihm sein Compagnon nicht in den Rücken fallen würde.

„Also", wiederholte er seine Frage. „Ist alles vorbereitet?"

„Aber ja!" Der Kasten drehte sich wieder um und rollte zum Fenster. Manchmal hatte Oppenhoff das Gefühl, Dr. Schneider könnte durch den Kasten hindurch sehen. So wie der Sarg jetzt an der Scheibe stand und auf Wilhelmstadt hinunterzustarren schien. Aber das war Unsinn. Das war nur eine der Methoden, mit denen Dr. Schneider ihn verunsichern wollte. Aber darauf fiel er nicht mehr herein.

Schneiders Stimme leierte noch immer leicht. „Alles ist vorbereitet. Ich glaube, diesmal habe ich mich selbst übertroffen. Du wirst begeistert sein, so wie ich."

„Aber das Mädchen ist zurückgekehrt!"

„Ja!" Aus den Trichtern rauschte es kurz, als sich seine Stimme überschlug. „Das ist ja das teuflische an meinem Plan. Sie wird mitten hinein laufen – und nichts dagegen tun können. Alles wird wie am Schnürchen laufen. Die Köder sind gelegt, die Beamten bestochen und alles weitere arrangiert. Der Plan könnte nicht besser laufen. Selbst Heinrich ist noch ahnungslos."

Oppenhoff lehnte sich zurück. Der Kaiserball. Das würde sein Meisterstück werden.

„Julius deJonker war das letzte Hindernis. Jetzt ist der Weg frei. Ein bisschen schade ist es schon, dass du keinen anderen Weg gefunden hast. Was für eine Verschwendung an Talent!"

Die Maschine fuhr herum. „Julius war ein Klugschwätzer. Ein arroganter Ingenieur, der sich für etwas Besseres hielt. Die Welt ist besser dran ohne ihn und ich konnte ihn noch nie leiden. Und du hast fast alle seine Patente. Ohne mich wäre dir das nie so leicht gelungen."

Oppenhoff nickte. Es war nicht seine Art, Opfer zu beklagen. Vor allem nicht dann, wenn er mal wieder siegreich aus der Schlacht mit einem Konkurrenten hervorgegangen war. „Aber ein paar Pläne fehlen mir noch. Er hat sie nicht im Haus gehabt. Und das Mädchen hat das Wrack entdeckt", gab er zu bedenken.

Dr. Schneider schwieg eine Weile. „Ja, das ist wahr. Aber sie wird die falschen Schlüsse ziehen. Sie ist eine Frau und außerdem noch

Julius' Tochter. Sie ist hochnäsig und zu selbstbewusst. Alles wird so laufen, wie ich es geplant habe. Und was den letzten Plan angeht … ich werde mich mit Heinrich auseinandersetzen."

Es schnarrte hässlich aus dem Trichter, gerade so als würde eine ertrinkende Dampfmaschine verzweifelt um Luft ringen. Oppenhoff lief es immer wieder kalt den Rücken runter, wenn Faustus auf diese Art lachte.

„Ich muss los", sagte Dr. Schneider, als er wieder zu Atem gekommen war. „Dinge erledigen. Heinrich unterstützen."

Er rollte zu einer Tür an der Innenseite des Gebäudes.

Oppenhoff rief ihm hinterher: „Wo fährst du hin? Ich will wissen, was du vorhast."

Der Sarg drehte sich ein letztes Mal um. „Vertraust du mir?"

„Auf keinen Fall! Ich kann dich quälen, wenn du mich hintergehst, ich hoffe du vergisst das nicht."

„Nie vergesse ich deine Bösartigkeit." Dr. Schneiders Stimme war schneidend geworden. „Alles was ich tue, ist darauf ausgerichtet, meinen Schmerz zu vermeiden. Dann richte ich ihn lieber auf andere. Du brauchst nicht alles zu wissen. Je weniger du weißt, desto reiner dein Gewissen."

Oppenhoff nickte. Dann wandte er sich wieder seinen Plänen zu, die er für die Zeit nach dem Kaiserball schmiedete.

Der *Sarg* hingegen wartete, bis sich die Aufzugstür öffnete. Die Kapsel, die mittels Vakuum durch die Aufzugsröhre gezogen wurde, trug ihn sanft in den Keller der Nadel, wo ein Wagen auf ihn wartete. Über eine Rampe fuhr er vorsichtig von hinten in die schwarze Kutsche hinein.

Ein Fahrer schloss die Hecktür, zog alle Vorhänge vor und setzte sich in die Fahrerkabine. „Wo soll's hingehen, Doktor?", fragte er.

„Zu den Docks", kam die Antwort aus dem Sarg. „Wir gehen Heinrich besuchen."

Varieté

„Ich werde nicht mitkommen!", sagte Miao bestimmt, als sie wieder vor der Tür standen. „Bei uns Luftnomaden gab es einen Schamanen, der alleine durch die Kraft seines Geistes fliegen konnte. Ich habe es gesehen. Mich kann nichts mehr erschüttern! Aber ich finde auch kein Vergnügen daran, einen verkleideten Mann dabei zu beobachten, wie er andere Menschen manipuliert. Ich fühle mich nicht wohl unter so vielen Menschen. Ich bleibe hier. Jemand muss auf das Haus aufpassen. Naja, oder zumindest auf das, was davon übrig geblieben ist. Joseph wird dich zum Theater fahren, bevor er sich auf seine nächtliche Suche nach Marianne begibt. Und dich erwartet beim Theater ja bereits deine ,Begleitung'."

„Was ist los, Miao? Habe ich dir etwas getan?"

Miao schüttelte den Kopf, sah Johanne dabei aber nicht an. „Nein, fahrt ruhig, Herrin. Wozu brauchst du eine Leibwächterin? Ich kann nichts, was der schnieke Offizier der Kaiserlichen Geheimpolizei nicht besser könnte. Ich wünsche einen schönen Abend." Bevor Johanne etwas erwidern konnte, hatte Miao sich umgedreht und war in der kleinen Küche verschwunden. Was passiert hier, fragte sich Johanne, wusste aber keine Antwort darauf.

Das Varietétheater Apollo lag am Ende eines großen Parks, der von einem langen Weg durchzogen war. Diesen Weg säumten exotische Bäume und Sträucher, die man aus den kaiserlichen Kolonien importiert hatte und seitdem hingebungsvoll hegte und pflegte. Als Johanne ihren Blick schweifen ließ, sah sie hoch gewachsene Palmen, dunkelgrüne Nadelbäume und rotbelaubten Ahorn. Daneben lagen ausgedehnte, kurzgeschnittene saftig grüne Wiesen, von hellen, glitzernden Steinen begrenzt, die sogar das wenige Licht der Sterne und des Mondes reflektierten, sodass die Wege, die durch den Park führten auch des Nachts gut sichtbar waren.

Johanne war in einer Mietdroschke gefahren, die sie am Rande des Parks abgesetzt hatte. Sie wollte noch kurz ihre Gedanken ordnen, bevor der Trubel des Theaters über sie hereinbrach. Sie hätte auch ihren eigenen Wagen nehmen können, allerdings wollte sie nicht, dass Joseph zu viel Zeit darauf verwendete, sie umher zu kutschieren, während Marianne dort draußen ganz allein auf seine Hilfe wartete. Komisch, dachte sie, ich sorge mich mehr um das Wohl meiner Mitmenschen, als um meine eigene Sicherheit. Ich komme schon irgendwie durch, aber meine Familie – und Marianne, Joseph und Miao sind wohl das, was einer Familie am nächsten kommt – muss ich beschützen. Ich könnte es nicht ertragen, noch jemanden zu verlieren.

Unter den Bäumen standen zahlreiche Aufsteller voller bunter und spektakulärer Abbildungen der Attraktionen des Apollo-Theaters. Johanne blieb einen Augenblick stehen und betrachtete die Bilder: orientalisch anmutende Personen, abgebildet in scheinbar unmöglichen Körperhaltungen, die nur noch mehr ihre Exotik und ihr Talent zum Ausdruck brachten. Ein Mädchen, das auf Zehenspitzen auf einer Pyramide aus gefüllten Sektgläsern stand; ein Mann, einhändig balancierend auf einem Seil, das in schwindelerregender Höhe zwischen zwei Schornsteinen gespannt war. Ein anderes Plakat zeigte blutjunge Mädchen, die in der Lage waren, ein Rudel Löwen in Schach zu halten. Auch moderne Unterhaltung wie das Astromachinarium wurden beworben – eine Maschine, die den Zuschauern, nur anhand ihres Geburtsdatums, die Zukunft hervorsagen, ein auf sie zugeschnittenes Musikstück komponieren und es – gegen die Zahlung von drei Mark – auf eine Grammophonrolle schreiben konnte. Ein Plakat warb für eine cinematographische Reise in einem Luftschiff von der Sahara bis zu den Quellen des Nils – inklusive Originalaufnahmen von einem Stammestanz.

Hauptmann Esser erwartete Johanne vor dem Eingang des Varietétheaters. Er trug seine Gala-Uniform und rauchte eine lange türkische Zigarette. Sein fein gestutzter Oberlippenbart zuckte, als er die junge Frau entdeckte. Neben ihm stand still sein automatischer Samowar. Scheinbar konnte oder wollte der Hauptmann, auch wenn er unterwegs war, nicht auf frisch aufgebrühten Tee aus den Kolonien verzichten.

„Wie wunderschön Ihr heute Abend seid, Fräulein deJonker." Er schlug die Hacken zusammen und verbeugte sich etwas linkisch.

Dann griff er ihre Hand und hauchte einen Kuss auf ihren Handrücken. „Vielen Dank für die Einladung. Ich freue mich, Euch wiederzusehen. Erlaubt mir, Euch nochmal mein Bedauern über den Verlust Eurer Mutter auszusprechen. Und dann die Sache mit Eurem Vater ... furchtbar."

Johanne nickte nur. „Darüber möchte ich gerne mit Euch sprechen, Hauptmann."

Esser atmete tief ein. „Ihr müsst wissen, Johanne, ich bin mit den Untersuchungen betraut ... gewesen. Ich kann und darf Euch nicht viel sagen."

Johanne nahm den Hauptmann am Arm und zog ihn schlendernd in das Apollo. Sie lächelte ihn an, obwohl sich alles in ihrem Inneren zusammenzog. Sie mochte Hauptmann Esser. Schon damals, als sie als Kinder durch die Hinterhöfe gezogen waren, hatte sie diese ungleiche Freundschaft verbunden; die Erinnerung an eine gemeinsame Kindheit in den neu entstandenen Vierteln in Wilhelmstadt. Eine Zeit, in der noch so vieles in Ordnung gewesen war. Es war eine heile Welt gewesen. Im Gegensatz zu heute. Johanne musste sich zurückhalten, um nicht zu schreien. Heute war nichts mehr in Ordnung. Ihre Mutter tot, ihre Familie ruiniert und ihr Ruf in den Schmutz gezogen. Und der Junge, der ihr früher auf der Straße erzählt hatte, sein Traum sei es, für Gerechtigkeit zu sorgen, dieser Junge war nun ein Hauptmann der kaiserlichen Geheimpolizei und durfte nicht richtig ermitteln, weil seine Vorgesetzten einen Skandal befürchteten.

„Lieber Hauptmann, Hermann, wenn ich das noch sagen darf ..."

„Natürlich, Johanne. Ich hoffe doch, dass wir weiterhin Freunde sind. Auch wenn Euer Vater sich so schändlich verhalten hat."

Johanne blieb stehen und ihr Gesicht lief puterrot an. Die Menschen hinter ihr rempelten sie an, fluchten leise, warfen dann einen Blick auf den verdutzten Hauptmann und stahlen sich stumm davon. Mit einem Geheimpolizisten wollte sich niemand anlegen.

„Hauptmann Esser!", presste sie durch ihre zusammengebissenen Zähne. „Wie können Sie es wagen! Wenn Sie das noch einmal in meiner Gegenwart auch nur denkt, dann ist unsere Freundschaft gestorben! Mein Vater war kein Verräter und er hat sich nicht schändlich verhalten! Und ich kann es beweisen!"

Wütend und verletzt stand sie in ihrem roten Kleid vor Hauptmann Esser, dem alle Farbe aus dem Gesicht gewichen war.

„Fräulein Johanne", versuchte er, die Fassung wiederzugewinnen. „Ich wollte Euch nicht zu nahe treten. Seid versichert, dass ich weder Euch noch Euren Vater beleidigen wollte. Aber meine Ermittlungen haben nun mal ergeben, dass die Schuld für das Unglück der *Juggernauth* wahrscheinlich auf ein Versagen des Apparates zurückzuführen ist, den Julius an Bord hatte. Bei ihm lag die Verantwortung, bei Nacht und bei Nebel mit dem Neffen des Kaisers den Rhein bei Wilhelmstadt hinunterzufahren. Das war Wahnsinn! Der Rhein ist an dieser Stelle bei Tag schon tückisch genug. Viele Schiffer nehmen hier immer noch die Hilfe von Lotsen in Anspruch, selbst erfahrene Seeleute wie Kapitän Olsen, der Eurem Vater die *Juggernauth* von Königsberg bis Wilhelmstadt überführt hat, teilt diese Meinung. Das Schiff ist in jener Nacht gesunken. Es gibt keine andere Erklärung für den Tod des kaiserlichen Neffen, als das Versagen des Schallwellen-Signalgebers. Wenn man alle Tatsachen bedenkt, könnte man sogar zu dem Schluss kommen, dass Euer Vater Carl Anton von Sachsen-Meiningen absichtlich …"

Die Augen seiner Begleitung hatten sich zu schmalen Schlitzen verengt. „Sparen Sie sich das Herunterleiern der offiziellen Stellungnahme, Hauptmann. Als ob ich diese Begründung nicht schon oft genug gehört hätte. Der Kaiser selbst hat meinem Vater Fahrlässigkeit vorgeworfen und ihn des Mordes bezichtigt. Glauben Sie mir, dass ich jede gottverdammte Nacht im Bett liege und mir diese Sätze durch den Kopf schwirren."

In ihren Augen schimmerten Tränen, verletzter Stolz und der Schmerz um ihren Vater spiegelten sich darin. Und die Entschlossenheit, sich nicht davon unterkriegen zu lassen. Johanne straffte die Schultern und schniefte kurz ganz undamenhaft. Dann atmete sie tief ein und blickte sich um. „Aber wir sind hier, um uns zu amüsieren, nicht wahr, Herr Hauptmann?" Ihr Gesicht strafte ihre Aussage Lügen, dennoch ergriff Hauptmann Esser dankbar den Strohhalm, den sie ihm bat und nahm Johanne wieder beim Arm.

„Ja, gehen wir hinein. Die Vorstellung hat bereits begonnen. Aber das vollautomatische Dampforchester ist mir bekannt und ich muss sagen, da haben wir nicht viel verpasst. Ich wage zu behaupten, dass die Polizeikapelle, in der ich übrigens den Kompressorschellenbaum führe, weniger schief spielt." Er lachte und führte Johanne zu einer Tür, durch die das pfeifende und schnarrende Geräusch einer Maschine klang, die versuchte, Wagners Walkürenritt auf Presslufthörnern zu spielen, dabei aber scheinbar immer wieder in Atemnot geriet. So kam es Johanne vor, als würde ein asthmatischer Luftballon mit einem liebestollen Schwein um die Wette kreischen. Sie dachte, dass die Maschine die Erhabenheit und die Eleganz eines eingespielten Orchesters vermissen ließ und machte sich bei dem Betreten des Saals selbstsicher eine geistige Notiz, die Maschine nachzubauen und zu verbessern. Wenn das alles einmal vorbei war, wenn ihr Vater gerächt war, dann würde sie eine Maschine bauen, die selbst Julius' Schwingungsorgel in den Schatten stellen würde. Doch bis dahin hatte sie noch viel zu tun.

„Meine Damen und Herren, wählen Sie ... *die Freiheit!*" Saladin Sansibar stand mit weit ausgebreiteten Armen auf der Bühne und nahm den Applaus des Publikums entgegen. Das kleine Orchester am Rand des Saales spielte einen Tusch.

„Fräulein deJonker", begrüßte sie der Platzanweiser und deutete eine Verbeugung an. Die ganze Stadt schien sie inzwischen zu kennen. Der schwarze Frack des Mannes saß tadellos, wie auch sein pomadisiert nach hinten gekämmtes Haar. Er trug einen modischen Schnurrbart und strahlte eine berufsbedingt neutrale, verbindliche Freundlichkeit aus. „Darf ich Euch und Hauptmann Esser zu Eurem Tisch begleiten?"

Johanne war überrascht, folgte ihm aber in den Saal, in dem schon jeder Platz besetzt war. Fast jeder Platz. „Wir haben einen eigenen Tisch?", fragte sie.

„Graf Eyth war so freundlich und hat uns eine seiner Tauben geschickt. Sie haben einen Tisch für sich allein, nah an der Bühne, nicht zu nah am Orchester."

Er hielt ihr einen Stuhl hin und rückte ihn ihr nach, als sie sich setzte.

„Johanne!" Eine Stimme gellte durch den Saal und die meisten Gäste des Theaters drehten ihre Köpfe danach um. Johanne ließ ihren Blick schweifen, bis sie die Hand sah, die wild winkend am anderen Ende des Varietés ihre Aufmerksamkeit zu erhaschen suchte. Johanne winkte kurz zurück und lächelte. Dann wandte sie sich dem Hauptmann zu.

„Eine Bekannte?", fragte er zurückhaltend. Sein Ton verdeutlichte, was er von einem solchen Verhalten hielt, selbst an einem Ort wie diesem. Der Sittenverfall in der Gesellschaft schien nur noch durch seine Bügelfalte zurückzudrängen zu sein.

„Das war meine Patentante", antwortete Johanne kühl. „Die Gräfin Eyth."

„Oh!" Hauptmann Esser stand hastig auf und verbeugte sich knapp in die Richtung, in der er die Gräfin vermutete.

„Lassen Sie das", sagte Johanne und zog ihn am Arm zurück auf den Sitz. „Sie schaut schon gar nicht mehr herüber. Sie wartet voller Vorfreude auf die Vorstellung."

Das Orchester spielte einen weiteren Tusch und Saladin Sansibar verbeugte sich.

„Und nun, meine Damen und Herren, kommen wir zum Hauptteil unserer kleinen Veranstaltung."

Johanne sah sich interessiert um. Wie schaffte Saladin es, mit einer so gewöhnlichen Stimme, sich im ganzen Saal verständlich zu machen? Es schien, als würde seine Stimme von überall gleichzeitig kommen.

„Ob das ein Zaubertrick ist?", fragte Hauptmann Esser vorsichtig. Johanne konnte sehen, dass er dem Künstler auf der Bühne nicht über den Weg traute.

„Nein, ich denke, es ist moderne Wissenschaft. Seht doch an den Wänden." Johanne lenkte den Blick des Hauptmanns. „Dort und dort, eigentlich überall im Saal hängen diese großen Messingfrösche an den Wänden, kopfüber und mit geöffnetem Maul!"

„Ich dachte, das wäre eine moderne Art der Dekoration."

Johanne lachte. „Vielleicht ist es das auch. Aber ich wette, die Stimme Saladin Sansibars kommt aus diesen Froschmäulern."

„Aber Fräulein Johanne, wie ist das möglich? Ich sehe keine Röhren oder Schläuche, die die Stimme dorthin tragen könnten. Ich glaube, Ihr irrt Euch."

„Nein, ich irre mich nicht. Nur weil ich eine Frau bin, heißt das nicht, dass ich keine Ahnung habe. Hauptmann Esser, Sie sind ein konservativer Mann. Ich hätte mehr von Ihnen erwartet."

Der Hauptmann bekam rote Ohren. „So habe ich das doch gar nicht gemeint. Ich fragte mich nur, wie das möglich ist."

„Fortschrittliche Schwingungsalchemie. Mein Vater war Experte auf diesem Gebiet und Graf Eyth, glaube ich, auch. An der Universität in Aachen wurde das Thema als Esoterik abgetan und ignoriert. Aber ich habe funktionierende Beweise gesehen."

Der Saal lachte und die beiden konzentrierten sich wieder auf die Bühne, auf der Saladin Sansibar sein Konzept erläuterte.

„Ich kann verloren gegangene Gedanken wiederfinden, Ihre Laster bekämpfen oder …", seine Stimme bekam einen gruseligen Unterton, „… Ihr Bewusstsein manipulieren."

Die Leute im Saal stöhnten auf. Saladin Sansibar lächelte. Er trug den schwarzen Anzug eines Unterhaltungskünstlers, mit weißem Hemd, Fliege und weißen Handschuhen. Auf seinem Kopf saß ein kurzer Zylinder und im Knopfloch steckte eine gelbe Blüte. Der dunkle Bart verbarg das meiste seines Gesichts, nur seine hellen Augen blitzten schelmisch unter der Hutkrempe hervor.

„Das ist kein Hokuspokus! Keine Zauberei! Das ist pure Wissenschaft. Und das alles mithilfe dieser kleinen Maschine hier." Saladin drehte sich um und enthüllte, begleitet von einem erneuten Tusch ein metallenes Gebilde. Johanne beugte sich neugierig weiter vor, um besser sehen zu können. Sie erkannte ein einfaches Messinggestell, an dem mehrere Trichter angebracht waren. Das Innere des Gerätes war durch einen stählernen Kasten vor den Augen der Zuschauer verborgen, zischte und dampfte jedoch geheimnisvoll. An den beiden Seiten schwangen kleine Kolben auf und nieder, bewegten eine unsichtbare Mechanik im Inneren. Auf dem oberen Teil des Gerätes war eine gläserne Kugel angebracht, die jedoch leer und dunkel war. Saladin Sansibar näherte sich dem Gerät.

„Meine sehr verehrten Damen und Herren, darf ich Ihnen vorstellen, der *Mento-Kraft-Osziliator!*"

Er strich mit der Hand sanft über die Kugel, die in diesem Moment zu leuchten begann. Kleine weiße Blitze tanzten nun in der gläsernen Sphäre, zuckten der Hand hinterher. Das Publikum stöhnte erstaunt auf. Doch dann schnippte Saladin Sansibar mit den Fingern und der Mento-Kraft-Osziliator begann sich zu bewegen. Nicht nur an den vier Seiten, sondern auch an allen Ecken entfalteten sich lange, metallene Beine, tasteten suchend über den Boden und hoben dann, in einer einzigen koordinierten Bewegung, den Apparat nach oben.

„Eine Dampf-Spinne", kommentierte Hauptmann Esser trocken. „Wie abstoßend. Dieser Mann hat keinen guten Geschmack." Er tätschelte gedankenverloren seinen Samowar, der leise und ängstlich vor sich hin pfiff.

Doch Johanne war begeistert. Die Bedienelemente, Anzeigen und Leuchten bildeten ein furchteinflößendes, glühendes Gesicht und die Trichter des Gerätes hingen wie zwei mächtige Beißzangen davor. Die leuchtende Glaskugel formte auf eine faszinierend abstoßende Art den Körper der Spinne. Die Mechanik glich den Apparaten ihres Vaters. Und auch wenn für ihr geschultes Ingenieursauge nichts Neues zu sehen war, faszinierten sie die Zusammensetzung und vor allem die Verwendung.

Saladin hatte sich wieder dem Publikum zugewandt. „Mit Hilfe des Mento-Kraft-Osziliators werde ich, wenn Sie es zulassen, nun in Ihre Gedanken vorstoßen, Ihre Laster löschen und verborgene Gedanken aufstöbern. Wer von Ihnen möchte gerne etwas wissen, was er bereits seit langem vergessen hat?"

„Ich will gern wissen, warum ich damals geheiratet habe!", kam eine Stimme aus den hinteren Reihen. Es war kurz still im Saal. Dann brach ein donnerndes Gelächter los, die Anspannung, die sich im Publikum beim Anblick der Spinne gebildet hatte, war verschwunden. Saladin lachte und verbeugte sich. „Wenn ich Sie dann zu mir auf die Bühne bitten dürfte?"

Zigaretten!

„Das ist beeindruckend", sagte Johanne deJonker leise. Die Vorstellung des Saladin Sansibar war inzwischen in vollem Gange. Jedes Mal, wenn ein neuer Zuschauer auf die Bühne kam, schaffte der Künstler es erneut, das Publikum zu überraschen. Doch langsam wurden die Menschen misstrauisch.

„Das ist doch ein Trick!", riefen einige Stimmen immer lauter und es wurde gemurrt.

„Abgekartetes Spiel", riefen andere, auch wenn die Menschen, die gerade von der Bühne kamen, heftig widersprachen. Die Ordner wurden unruhig und begannen, auf einzelne Personen einzureden. Doch Saladin blieb gänzlich entspannt.

„Meine sehr verehrten Damen und Herren. Die Freiheit kostet oft einen großen Preis, aber nie den der Wahrheit. Ich werde Ihnen beweisen, dass hier nicht mit Tricks und doppeltem Boden gearbeitet wird." Er holte weitere Menschen aus dem Publikum auf die Bühne.

„Ich frage mich, ob er uns vielleicht helfen könnte", sagte Johanne.

„Inwiefern helfen?" Hauptmann Esser hatte sich eine weitere türkische Zigarette angezündet und ließ den blaugrauen Qualm über den Tisch wabern.

„Mein Vater konnte sich nie zu dem Vorfall äußern. Er konnte sich nie verteidigen, nie darstellen, was wirklich geschehen ist."

„Johanne, das war auch nicht möglich. Das wisst Ihr doch", sagte Hauptmann Esser mitfühlend, allerdings klang es, als spreche er zu einem kleinen Kind.

„Aber hat im neuen deutschen Rechtssystem denn ein Angeklagter nicht das Recht, sich zu verteidigen? Darf er nicht gehört werden? Wieso kann der Kaiser uns enteignen, obwohl mein Vater mit keinem Wort angehört wurde? Ist das das Recht?"

„Johanne, Ihr wisst genauso gut wie ich, dass es nicht mehr möglich ist, Euren Vater zu befragen."

„Es *war* nicht möglich!" Johanne lehnte sich zurück und zeigte auf die Bühne. „Er könnte uns helfen."

Hauptmann Esser sank in sich zusammen. „Ich weiß nicht … ich traue ihm nicht. Was ist, wenn er nur ein Scharlatan ist? Ich meine, wir befinden uns in einem Varieté! Das ist nur eine Show." Er drückte die Zigarette im Aschenbecher aus und griff nach einer neuen. Dann drehte er sich zu seinem Samowar und ließ sich eine Tasse Tee aufbrühen. Was ihm nicht ohne erheblichen Lärm, reichliche Flüche und Drohungen gelang.

Saladin Sansibar beendete sein Kunststück und breitete die Arme aus. „Meine sehr verehrten Damen und Herren. Für die folgende Darstellung brauche ich einen Freiwilligen. Am besten jemanden, der von einem Laster geplagt ist, dessen er sich entledigen möchte."

Johanne warf einen kurzen Seitenblick auf Hauptmann Esser, der gerade im Begriff war, sich mit einem Streichholz die nächste Zigarette anzuzünden. Blitzschnell sprang sie auf, griff dabei nach seiner Hand und riss sie in die Höhe. „Hier!", rief sie laut und deutlich. „Er möchte gern!"

„Ein Hauptmann der Kaiserlichen Geheimpolizei!", rief Saladin verblüfft. Sein Gesicht aber hellte sich auf, schien er doch die Möglichkeit zu erkennen, sich vor aller Augen beweisen zu können. Ein hoher Beamter, den er erlösen würde, würde ihm sicherlich einiges an Reputation einbringen.

Hauptmann Esser hingegen sah gar nicht glücklich aus. „Johanne", flüsterte er. „Was soll das? Ich habe doch gar keine Laster!"

Doch die Menge johlte und forderte ihn auf, nach vorne zu gehen.

Er warf Johanne noch einen verzweifelten Blick zu, dann erhob er sich und ging militärisch diszipliniert nach vorne. Stocksteif erklomm er die Stufen zur Bühne, in der Hand seine Zigarette. Saladin Sansibar empfing ihn mit offenen Armen.

„Es ist mir eine große Ehre, Ihnen zu helfen. Dürfte ich Ihren Namen erfahren, Hauptmann?"

„Hauptmann Esser ist mein Name und ich wüsste wirklich nicht, was Sie mit mir anfangen wollen. Ich bin Mitglied der Kaiserlichen Geheimpolizei, ich bin frei von Lastern."

Saladin akzeptierte die Antwort mit einer knappen Verbeugung.

„Welchen Tabak rauchen Sie? Amerikanischen?"

„Pah!" Hauptmann Esser wich irritiert zurück. „Amerikanischen? Da könnte ich ja gleich getrockneten Weißkohl rauchen. Türkischer, nichts anderes kommt in meine Zigaretten. Sonst könnte ich kaum vierzig Stück am Tag davon genießen."

Die Menge vor der Bühne kicherte, was der Hauptmann mit einem Stirnrunzeln quittierte.

„Nun gut, Hauptmann. Ich sehe, ich habe einen Mann vor mir mit festem Charakter und einem starken Willen. Ihre Arbeit bei der Polizei ist sicherlich sehr anstrengend und nur für einen sehr gesunden und vitalen Mann überhaupt zu ertragen, nicht wahr? Wenn ich Sie mir so anschaue …"

Hauptmann Esser streckte sich. „Ich habe mich seit meiner Militärzeit fit gehalten und befolge die Grundsätze von Friedrich Ludwig Jahn. Ja, die Arbeit bei der Kaiserlichen Geheimpolizei ist nur etwas für starke Persönlichkeiten, viele an meiner Stelle würden körperlich und seelisch scheitern. Von den moralischen Eigenschaften mal ganz abgesehen."

„Wie wäre es", sagte Saladin Sansibar schmeichelnd, „wenn ich Sie schon nicht von einem Laster befreien kann, wenn ich Sie dann mit meinem Mento-Kraft-Osziliator in einen nicht gekannten Zustand körperlicher Gesundheit versetzen würde? Sie werden mehr schmecken, mehr riechen, Diebe und Nichtsnutze können Ihnen nie mehr davonlaufen, und wenn sie die Stufen aus den Verliesen der Kaiserlichen Wache hinaufsteigen, werden Sie nie mehr außer Atem sein."

„Ich glaube zwar nicht, dass ich das nötig habe, schließlich ist mir noch kein Bursche entwischt!" Er drehte sich drohend zum Publikum und ließ den Finger in die Höhe schnellen. „Niemand entkommt Hauptmann Esser! Das ist bereits ein geflügeltes Wort auf unserer Wache." Er runzelte die Stirn, als das Publikum lachte. „Aber dennoch bin ich gewillt, mich Ihrer Prozedur zu unterziehen, denn ich zweifle an Ihren Fähigkeiten. Überzeugen Sie mich!"

Saladin Sansibar verbeugte sich erneut. Er machte eine Bewegung mit der Hand und die Spinne kam näher gekrochen. Blitze durchzuckten die Glaskugel des Körpers und leise entwich ein wenig weißer Dampf aus dem Ventil. Sie drehte ihre Augen zu Hauptmann Esser, der die Maschine zweifelnd anstarrte.

„Entspannen Sie sich", sagte Saladin Sansibar. Und dann begann die Maschine ihr Werk.

Die Hölle von Wilhelmstadt

„Ist es nicht wunderbar?", fragte Johanne, als sie am nächsten Morgen neben dem Friedhof standen. Vor den Toren der Hölle warteten sie auf den Hypnosekünstler. „Saladin Sansibar hilft uns, meinem Vater Recht und Gehör zu verschaffen. Und das habe ich einzig und allein Ihnen zu verdanken", schmeichelte sie, denn sie wusste, dass sie tief in seiner Schuld stand.

„Ich habe gedroht, ihn einzusperren und wegen Körperverletzung anzuzeigen, wenn er uns nicht begleitet", grummelte Hauptmann Esser, steckte sich eine Zigarette in den Mund und zündete sie trotzig an. Er nahm einen tiefen Zug, musste aber sogleich husten und spuckte den Tabak im hohen Bogen von seinen Lippen.

„Bah!", machte er. „Das schmeckt widerlich. Wenn ich es mir so recht überlege, dann sollte ich diesen Hochstapler vielleicht trotzdem einbuchten. Das ist ja gemeingefährlich, was der mit einem macht."

„Seien Sie doch nicht so!", sagte Johanne versöhnlich, denn sie hatte ein schlechtes Gewissen. „Jetzt sparen Sie Geld und gesünder ist es allemal. Tabak stinkt doch. Jetzt brauchen Sie nicht mehr zu rauchen!"

„Ich will aber rauchen! Und ich kann es nicht mehr. Das ist Folter, glaubt mir, Fräulein Johanne!" Brüsk drehte er sich um und schnauzte den vollautomatischen Samowar an, der es sich auf dem Bürgersteig bequem gemacht hatte. „Tee!" Der Samowar schüttelte sich kurz, verstummte aber sofort wieder. Hauptmann Esser fluchte und machte sich daran, selbst die Hebel an der Maschine in Bewegung zu setzen, sodass nach wenigen Minuten der kleine Strahl brauner Flüssigkeit in die dünne Porzellantasse tröpfelte, die Hauptmann Esser aus einer Seitenklappe des Samowars herausgenommen hatte. Als er einen vorsichtigen Schluck genommen hatte, seufzte er erleichtert auf.

„Bin ich froh, dass Ihr Sansibar nichts über den Tee erzählt habt", sagte er versöhnlich. „Tee ist schließlich gesund. Er erfrischt und macht wach."

Johanne nickte geistesabwesend. „Hoffentlich kommt Sansibar bald."

Er schaute Johanne mitleidig an. „Ich befürchte nur, Ihr macht Euch zu viel Hoffnung. Versteht mich nicht falsch, ich begleite Euch gerne. Aber ich möchte nicht, dass Ihr enttäuscht werdet."

Johanne straffte sich. „Wenn man in meiner Situation ist, Hauptmann, dann klammert man sich an jeden Strohhalm, den man in die Finger kriegen kann. Und manchmal auch an einen, der gar nicht da ist. Ich stehe mit dem Rücken zur Wand. Meine Familie ist enteignet. Als ich in den Rhein gestiegen bin, um dem Geheimnis des Untergangs der *Juggernauth* auf die Spur zu kommen, hat man versucht, mich umzubringen. Dann wurde mein Haus in Brand gesetzt und meine Köchin wahrscheinlich entführt. Finden Sie nicht, dass ich das Recht, nein, die Pflicht habe, jeden noch so kleinen Versuch zu starten, das Geheimnis des Untergangs der *Juggernauth* zu lüften? Ich muss wissen, was geschehen ist. Ich muss wissen, warum man versucht, das Ansehen meiner Familie in den Schmutz zu ziehen. War das Schicksal meines Vaters denn nicht genug? Der Tod meiner Mutter? Warum soll ich denn auch noch sterben? Was hat Marianne verbrochen, außer meiner Familie weiterhin die Treue zu halten? Versucht jemand, mir Angst zu machen? Möchte man mich aus Wilhelmstadt vertreiben? Warum? Wer fühlt sich durch eine junge Frau so bedroht, dass er zu solchen Mitteln greift? Ich bin die einzige, die das herausfinden kann und weder Tod noch Teufel können mich davon abhalten." Sie seufzte. „Weiß Saladin Sansibar, worauf er sich hier einlässt?"

„Er hat keine Ahnung. Aber er soll es nicht wagen, sich zu wehren, sonst bekommt er die Spezialbehandlung meiner Abteilung zu spüren. Der Kaiser hat eine ausgeprägte Abneigung gegen Hokuspokus. Aber diese Maschine könnte ihm gefallen. Ich werde Sansibar drohen, ihn zu enteignen, sollte er sich wehren."

Johanne schnaubte entrüstet. „Sie sind nicht besser als der Kaiser, Hauptmann Esser. Kaum kommt Ihnen jemand in die Quere, wird er unterdrückt oder enteignet. Es wundert mich langsam nicht mehr, dass es meinem Vater so ergangen ist." Brüsk wandte sie sich ab und ging in Richtung Kloster.

„Aber Fräulein Johanne, ich meinte doch nur … ich wollte doch … nur zu Eurem Wohl! Ich wollte doch niemals … wenn es nach mir gegangen wäre …"

„Da kommt er!" Miao unterbrach nüchtern das Lamento des Hauptmanns und zeigte die Straße hinunter. Saladin Sansibar hatte seinen Frack gegen einfache Straßenkleidung und einen kleinen runden Hut eingetauscht. Er zog einen schweren Koffer hinter sich her und machte auf Johanne eher den Eindruck eines ordinären Handelsvertreters denn eines Hypnosekünstlers und Heilers.

Miao ging hinkend zu ihrer Herrin und stellte sich schützend neben sie. Sie hatte Johanne erklärt, dass sie nun nicht mehr von ihrer Seite weichen würde.

Saladin Sansibar stellte den Koffer auf dem Bürgersteig ab und wischte sich mit einem weißen Taschentuch den Schweiß von der Stirn.

„Ich dachte, Ihre Maschine kann alleine laufen? Warum schleppen Sie sie dann in einem Koffer mit sich herum?", fragte Hauptmann Esser schnippisch.

Saladin Sansibar grinste. „Mein lieber Hauptmann, hätte ich die Maschine laufen lassen, wäre ich kaum rechtzeitig zu unserer Verabredung gekommen. Was glauben Sie, was dann passiert wäre? Die Leute wären laut schreiend entweder vor mir davon oder hinter mir her gelaufen. Die Polizei hätte mich wegen Erregung öffentlicher Aufruhr festgesetzt und meinen spazierenden Mento-Kraft-Osziliator beschlagnahmt. Und da ich Sie, als meinen liebsten Kunden, nicht warten lassen wollte, blieb mir nichts anderes übrig, als mein Maschinchen selbst zu tragen."

„Sie hätten eine Droschke nehmen können." Hauptmann Esser blickte kurz zu seinem vollautomatischen Samowar, den der Kutscher nur mit Mühe in sein Gefährt bekommen hatte.

„Das konnte ich mir nicht leisten", antwortete Sansibar. „Vielleicht auf dem Rückweg, wenn Sie mich für meine Mühen entsprechend entlohnt haben."

Der Hautmann lief rot an. „Gar nichts werde ich, Sie Flegel! Sie sind es, der hier Unheil wieder gut zu machen hat! Überhaupt, kann man Ihre ‚Therapie' nicht rückgängig machen? Die Nebenwirkungen sagen mir gar nicht zu. Ich kann nicht mehr rauchen!"

Saladin Sansibar grinste noch breiter. „Wenn Sie wollen, lieber Hauptmann Esser. Aber das wird nicht billig."

„Sie sind ein Halsabschneider! Ich werde Sie jetzt verhaften und …"

Johanne fiel dem Hauptmann ins Wort: „Lieber Herr Sansibar. Ich kann Ihnen gar nicht sagen, wie sehr ich mich freue, dass Sie unserer Bitte nachgekommen sind. Sie sind unsere letzte Hoffnung. Umso mehr freue ich mich, dass Sie sich bereit erklärt haben, uns in dieser delikaten Situation sogar unentgeltlich zu unterstützen. Ich kann Ihnen versichern, dass ich mich bei Ihnen dafür erkenntlich zeigen werde. Wenn auch nicht monetär, denn das Schicksal wollte es, dass ich nicht mehr besitze, als meine Hoffung und das Kleid, das ich am Leibe trage."

Saladin Sansibar ergriff ihre Hand, führte sie zu seinem Mund und hauchte einen Kuss auf Johannes Finger.

„Mein Fräulein, es ist mir ein Anliegen, den Schwachen und den Armen zu helfen. Mein ganzes Streben ist danach ausgerichtet, diese Welt ein wenig besser zu machen. Wie könnte ich da Eure Bitte ausschlagen?"

„Wie charmant", flüsterte Johanne Miao lächelnd zu, als sie das Kloster betraten.

„Ich kann ihn nicht leiden", grummelte die Luftnomadin. „Er hat etwas Falsches. Niemand will die Welt verbessern, jeder denkt nur an sich. Pass auf dich auf, Johanne."

„Du sollst mich in der Öffentlichkeit ‚Herrin' nennen", murmelte Johanne abwesend. Ihre Aufmerksamkeit galt dem Künstler, der den Koffer vor ihnen mühsam die Treppen hochschleppte.

Die *Schwestern der neuen Liebe Gottes* waren ein kleiner Zweig einer modernen christlichen Abspaltung der großen Religion. Sie waren der festen Überzeugung, dass Gott in allen Dingen ist. Daher behandelten sie nicht nur ihre Patienten mit dem größten Respekt, sondern waren auch begeisterte Anhänger des Wirtschaftswachstums und der neuesten technischen Errungenschaften. Sie waren davon überzeugt, dass diese ihnen von Gott geschenkt worden waren und daher entsprechend zu nutzen und zu preisen seien.

„Wir unterstützen den Fortschritt auch in unseren Behandlungs- und Pflegemethoden", sagte Schwester Justicia, die für die Einweisung der Patienten in die Apparate zuständig war.

Die alte Klosteranlage ruhte nicht auf den Stahlplatten von Wilhelmstadt, sondern gehörte zu den wenigen Gebäuden der Stadt, die schon vor der Montage der großen Segmente existiert hatten. Der Legende nach gab es sogar einen geheimen Verbindungsgang zwischen Schloss Eyth und dem Kloster, aber das wurde inzwischen beinahe allen alten Gebäude der Stadt nachgesagt. Das Haupthaus, ein viereckiger, mehrstöckiger Klotz aus roten Ziegeln, war entkernt und der Boden bis in mehrere Metern Tiefe entfernt worden. Übrig geblieben waren nur noch die rohen Mauern und das Dach, dessen Holzgebälk man aus Sicherheitsgründen gegen dünne Stahlträger ausgetauscht hatte. Dieses Skelett beherbergte nun die Pflege- und Heilanstalt der Schwestern des Ordens, die im Volksmund die ‚Hölle' genannt wurde.

Johanne kannte das Kloster nur vom Hörensagen und erschrak, als sie die Halle nun zum ersten Mal betrat. Ihre Augen brauchten eine kurze Weile, um sich an das Dämmerlicht zu gewöhnen, denn die Fenster der Hölle waren zugemauert worden. Am anderen Ende des Gebäudes stand eine riesige Maschine. Der gewaltige Stahlkessel saß wie ein fetter Baal auf einem Ofen, in dem ein weißrot glühendes Feuer brannte. Aus dem Körper des Kessels ragten Rohre in alle Richtungen, wie die Arme der indischen Göttin Kali. Auf dem Deckel des Kessels thronte ein riesiges Zahnrad. Angetrieben durch einen doppelten Kolben, der rhythmisch aus dem Kessel herausgestoßen wurde, drehte es sich bedächtig und stetig um sich selbst. Doch auf das Rad geflochten, wie in einer Folterszene der heiligen römischen Inquisition, war eine Christusfigur samt Kreuz. Zweimal am Tag drehte das Kreuz sich wie der Stundenzeiger einer Uhr um sich selbst, im Einklang mit der ewigen Rhythmus der Natur der Maschine.

„Gott ist in allen Dingen", sagte Schwester Justicia. „Der Herr zeigt uns an, wann es Zeit für die täglichen Verrichtungen ist." Als das lange Ende des Kreuzes eine bestimmte Stelle erreicht hatte, stieß der Kessel Dampf in die Rohre. Kleinere Kolben begannen zu hämmern, eine gewaltige eiserne Kette rasselte und an der Decke bewegte sich etwas. Johanne hatte zuerst gar nicht auf die anderen Elemente in der Halle geachtet, viel zu sehr war sie vom Anblick der riesigen Dampfmaschine gefesselt. Und plötzlich war alles in Bewegung. Ketten quietschten und ratterten, Betten schwebten an stählernen Bügeln durch die Luft und es herrschte ein Kreischen und Schreien.

„Natürlich hat das ein oder andere unserer Schäfchen immer noch Angst. Aber die hätte es auch, wenn sich eine Schwester ihm mit dem weichen Schwamm nähern würde. Dr. Morphius, der ausführende Ingenieur der Oppenhoffschen Werke, hat uns versichert, dass die Patienten keinen Schaden nehmen, weder körperlich noch psychisch. Und da die meisten sowieso nicht mehr wirklich von dieser Welt sind ... es ist Gottes Wille und wir respektieren ihn.“

Die Betten mit den Patienten schwebten wie die Gondeln einer Seilbahn unter der Decke. Hintereinander, wie Schweinehälften in einem Schlachthof, dachte Johanne schaudernd. Dann sah sie, wie die ersten Betten in einem Kasten verschwanden.

„Was ist das?“, fragte sie die Schwester. „Was wird dort mit ihnen gemacht?“ Mit Grausen dachte sie an ihren Vater. Ob er in einem dieser Betten lag? War er, seitdem er hierher gekommen war, jeden Tag dieser Folter unterzogen worden? Schuldgefühle fluteten Johannes Denken und ihr Kopf wurde rot. Sie hätte früher kommen sollen und ihn hier herausholen. Aber man hatte ihr versichert, dass es sinnlos sei ... und die *Juggernauth* ... sie musste doch ihren Vater rächen! Gerechtigkeit! So langsam fragte sie sich, ob sie ihrem Vater nicht mehr geholfen hätte, wenn sie ihn in ihr Häuschen in die Alfred-Nobel-Gasse geholt hätte. Viel Unglück wäre vielleicht dadurch vermieden worden.

Aber jetzt zu zweifeln, half niemandem etwas, dachte sie. Du hast dich entschieden, also zieh es jetzt auch durch, verdammt noch mal!

„Ahhh, das ist unsere Waschmaschine. Die Patienten werden vollautomatisch entkleidet. Da sie nur ein Hemdchen tragen ist das kein Problem. Dann kommen die Schwämme. Sie sind mit speziellen Sensoren ausgestattet, die es ermöglichen, die Waschung an die Größe des Klienten anzupassen. Und da unsere Schäfchen an die Betten geschnallt sind, ist es auch noch nie zu Verletzungen gekommen. Dr. Morphius sagt, das sei auch unmöglich. Bettdecken und Matratzen sind wasserabweisend eingeschweißt und nach der folgenden Heißlufttrocknung sind die Schäfchen wieder vollkommen sauber und gesund trocken."

Johanne betrachtete die Prozedur immer noch mit Grauen. Auch wenn die meisten Menschen in dieser Anstalt in ewiger Umnachtung lebten, sie schienen doch mehr zu spüren, als die Schwester ihnen weismachen wollte. Die Schreie, die von der Decke und den Wänden hallten, sprachen eine eigene Sprache. Sie war tatsächlich in der Hölle gelandet.

„Was geschieht nach der Waschung?"

„Jeder Patient bekommt siebzehn Minuten Frischluft im Hof. Dort wird die Kette durch den Boden geführt. Das Bett gleitet also langsam einmal über den Außenbereich, genau siebzehn Minuten, bis es durch diese Wand wieder nach drinnen geführt wird."

„Und was ist, wenn es regnet?"

„Ich sagte doch, die Bettwäsche ist wasserabweisend."

„Und das Essen?"

„Oh, das ist einfach. Jeder Patient hat einen Zugang gelegt bekommen. Die flüssige Nahrung aus dem Hause Oppenhoff ist genau an die Bedürfnisse der Patienten angepasst. Dreimal täglich wird das Bett an die Fütterung angeschlossen."

Johanne zitterte. Mit krächzender Stimme stellte sie die Frage, die sie nun am meisten beschäftigte: „Wo ist mein Vater?"

Das Gesicht der Schwester wurde lang und traurig.

„Es tut mir leid, Euch das sagen zu müssen, aber Euer Vater ist nicht hier."

Johannes hatte das Gefühl, dass ihr der Magen in die Kniekehlen sackte. „Wieso nicht?"

„Man hat uns verboten, ihn dieser neuen Liebe Gottes zuzuwenden." Sie zeigte auf die Maschine. „Euer Vater wird in einem Nebengebäude von einer Schwester gepflegt. Ich weiß", sagte sie mit Nachdruck. „Das ist unhygienisch und für Patient und Schwester würdelos, aber lasst mich Euch versichern, wir haben spezielles Pflegepersonal, das auf diese Situation angemessen vorbereitet wurde. Ich habe versucht, die Situation zu ändern, aber der Herr, der für die Pflege Eures Vaters aufkommt, war in seinen Anweisungen eindeutig."

Johanne war überrascht. Sie wusste nicht, dass jemand für die Pflege ihres Vaters zahlte. „Ich dachte, die Schwestern des Ordens pflegen für Gotteslohn, also kostenlos?"

Die Schwester zog die Brauen hoch. „Ja, aber doch nicht in einem solchen Fall!"

„Wer zahlt für meinen Vater?"

„Ich weiß nicht, ob ich Euch das …"

„Er ist mein Vater!" Johanne wurde laut. Miao kam näher und richtete sich drohend auf.

„Naja", sagte Schwester Justicia schnippig. „Es ist Eure Entscheidung."

„Nun? Wer zahlt?" Ob das vielleicht sogar eine Spur war, fragte sich Johanne? Ob jemand für ihren Vater zahlte aus schlechtem Gewissen? Oder weil er dafür sorgen wollte, dass er nie wieder reden konnte? Wer auch immer es war, er hatte die Finger tief in den miesen Machenschaften um die *Juggernauth*.

„Also?"

Die Schwester holte tief Luft. „Die Finanzierung Eures Vaters wurde übernommen durch Graf Eyth."

Julius deJonker

Auf dem Weg zum Nebengebäude rasten Johannes Gedanken wild durcheinander. Schon wieder Graf Eyth. Wieso hatte er ihr nichts davon gesagt, dass er den Pflegeplatz ihres Vaters finanziert? Sie schämte sich, da Graf Eyth sich augenscheinlich mehr um ihren Vater kümmerte, als sie selbst. Doch als sie von dem Unglück erfahren hatte, war sie umgehend nach Wilhelmstadt zurückgekehrt. Als sie auf der Reise erfuhr, dass außerdem ihre Mutter verstorben war, hatte sie das endgültig aus der Bahn geworfen. Es hatte so viel zu klären gegeben, so viel Arbeit. Und sie hatte gewusst, dass sie ihrem Vater nicht mehr helfen konnte. Sie wusste, wo er war und dass sich um ihn gekümmert wurde. Das einzige, was sie noch tun konnte, war, denjenigen zu finden, der ihrem Vater all das angetan hatte. Denn auch wenn Julius deJonker physisch noch lebte, sein Geist hatte den Körper verlassen. Für Johanne war ihr Vater bereits tot. Was sie nun zu sehen bekommen sollte, war nicht mehr als die Hülle, die einmal Julius' Seele getragen hatte. Außerdem hatte sie Angst gehabt. Angst vor dem Anblick, der sich ihr nun bot. Angst davor, sich einzugestehen, dass ihr Vater wirklich tot war. Vielleicht hatte sie sich auch deshalb so verzweifelt auf die Suche nach Indizien für einen Anschlag begeben, um sich vor diesem Moment zu drücken. Und nun war sie freiwillig hier und der Moment war gekommen.

Schwester Justicia führte sie über eine schmale Treppe in das Nebengebäude. Dunkle Korridore folgten auf enge kalte Flure. Fliesen auf dem Boden warfen das Echo ihrer Schritte an die blassen Wände. Schließlich blieben sie vor einer schweren Eichentür stehen. Schwester Justicia klopfte dreimal langsam, dann viermal kurz hintereinander, bevor sie den Schlüssel in das Schloss steckte und geräuschvoll umdrehte.

„Mein Vater ist mit der Schwester eingeschlossen?", fragte Johanne irritiert.

„Nur zu seinem eigenen Schutz", antwortete Justicia knapp und trat mit weit ausgebreiteten Armen einen Schritt zurück, um die Besucher zurückzudrängen.

Es rappelte hinter der Tür, etwas knackte und ein Zahnrad schien sich zu drehen. Ketten rasselten. Schließlich knarrte die Tür, begann, zu vibrieren und fiel dann mit einem lauten Krachen aus ihren Angeln und vor Johannes Füße. Dort wo eben noch die Tür gestanden hatte, war nun eine nackte Wand. Es gab keinen Durchgang. „In Ordnung", sagte eine dunkle Stimme hinter ihnen. „Dann alle bitte mal die Hände hoch über den Kopf, dort, wo ich sie sehen kann."

Johanne drehte sich blitzschnell um. Eine Falle, dachte sie. Hinter ihnen im Flur stand ein Mann, großgewachsen, mit einem dichten dunklen Bart. Seine Augen waren kalt, sein Gesicht ausdruckslos. Dicke Muskeln spannten sich unter seinem weißen Hemd. Die graue Leinenhose hörte kurz über seinen Knöcheln auf und offenbarte, dass ihr Träger keine Strümpfe in den leichten Leinenschuhen trug. In seiner linken Hand hielt er einen kurzen Stab, in der rechten ein gefährlich aussehendes Messer. Er musste sich an sie herangeschlichen haben, als sie alle wie gebannt auf das Schauspiel der Tür gestarrt hatten.

Wie hatte ich nur so blind sein können, dachte Johanne. Wenn ich noch daran gezweifelt hätte, dass jemand meinen Vater auf dem Gewissen hat, dann wäre ich nun überzeugt. Scheinbar soll mit aller Macht verhindert werden, dass ich meinem Vater seine letzten Geheimnisse entreiße.

Johanne sah eine schnelle Bewegung aus ihren Augenwinkeln. Schwester Justicia rief noch entsetzt: „Nicht! Hören Sie auf, es ist doch ...", doch Miao hatte sich bereits einen der Stühle geschnappt, die an der Wand aufgereiht waren und warf ihn mit aller Kraft gegen den Angreifer. Dieser bückte sich zur Seite, um dem Wurfgeschoss zu entgehen und Miao stürzte sich auf ihn. Jeder andere Mann wäre jetzt unter dem Angriff ihrer Beschützerin zusammengebrochen, doch dieser Mann schien darauf vorbereitet gewesen zu sein. Anstatt von dem Wurf abgelenkt zu sein, landete der Bärtige auf einem Knie, riss die linke Hand hoch und zielte auf Miao. Ein blauer Blitz schoss auf dem Rohr in seinen Finger, züngelte durch den Flur und traf Miao an ihrem Dampfbein. Das Metall zischte, Miao zuckte und sank auf dem Boden zusammen.

„Miao!", schrie Johanne und stürzte nach vorne, doch Schwester Justicia hielt sie mit eisernem Griff fest, als der Bärtige mit dem Rohr auf sie zeigte.

„Das hätte nicht sein müssen", sagte er mit tiefer Stimme. „Hätten Sie mich ausreden lassen, wäre niemandem etwas geschehen. Außerdem ist sie nur bewusstlos. Mein Name ist Martyn Alset, Pfleger von Julius deJonker. Darüber hinaus bin ich sein Leibwächter. Ich bitte Sie alle nun die Hände nach oben zu nehmen und sich einer Leibesvisitation zu unterziehen."

Schwester Justicia sah Johanne entschuldigend an. „Ich durfte nichts sagen. Das ist Teil des Prozedere, auf das Graf Eyth bestanden hatte. Niemand darf Herrn deJonker Leid zufügen." Johanne riss sich los und stürzte zu ihrer Freundin, tätschelte ihr die Wange und strich ihr durchs dunkle Haar, bis sich die junge Frau stöhnend wieder regte.

„Aber das ist eine Unverschämtheit!", ereiferte sich Hauptmann Esser. „Ich bin Hauptmann der Kaiserlichen Geheimpolizei. Natürlich werde ich meine Waffe behalten! Und ich werde mich keiner Untersuchung unterziehen. Das ist absurd!"

„Das ist natürlich Ihr gutes Recht, Hauptmann", sagte Martyn Alset. Esser sah zufrieden in die Runde und zupfte an seiner Krawatte. „Ich habe nichts anderes erwartet", murmelte er. Doch Alset war noch nicht fertig. „Sie haben das Recht, Ihre Waffe zu behalten und sich der Untersuchung zu widersetzen. Aber dann werden Sie Julius deJonker nicht besuchen. Es tut mir leid, so sind nun mal die Bedingungen."

Hauptmann Esser starrte Alset finster an und schien zu überlegen, ob er explodieren oder diesen unverschämten Kerl einfach verhaften sollte. Doch bevor die Situation eskalieren konnte, war Johanne bei ihm. „Lieber Hauptmann. Wir sollten froh sein, dass meinem Vater ein solcher Schutz gewährt wird. Das ist sicher ungewöhnlich. Aber ich bin sehr froh darüber, auch wenn die Methoden unorthodox sind. Sind es nicht diese Überraschungen, die jemanden davon abhalten könnten, meinen Vater endgültig zu meucheln? Ich wäre ohne Eure Hilfe nie so weit gekommen und ich kann auf Euren Beistand und Sachverstand auch im Krankenzimmer meines Vaters nicht verzichten. Ihr seid doch nicht nur intelligent, sondern auch in den Kampfkünsten geschult, nicht wahr? Die Waffe tragt Ihr doch nur, weil es Vorschrift ist. Ihr bräuchtet doch keine Pistole, um einen Aggressor auszuschalten, nicht wahr?"

Hauptmann Esser sah Johanne verdutzt an, dann stahl sich ein Lächeln auf seine Lippen. „Ihr habt natürlich recht, Fräulein Johanne." Mit einem überheblichen Lächeln zog er die Pistole aus seiner Tasche, nahm die Patronen heraus und reichte sie Alset, ohne ihn eines Blickes zu würdigen.

Schwester Justicia tastete Johanne mit flinken Fingern ab und entschuldigte sich dabei am laufenden Band. Hauptmann Esser ließ sich mit stoischer Miene von Martyn Alset überprüfen, der sich danach noch einmal an Johanne wandte. Er streckte fordernd die Hand aus. „Ihren Schirm, bitte."

„Meinen Schirm? Aber warum?"

„Bitte."

Johanne reichte ihm den Schirm. Alset sah ihn sich genau an. Er drehte am Stiel, zog daran, dann öffnete er ihn. Mit den Fingern überprüfte er die Speichen des Schirms, die aus Walknochen gemacht waren.

„Scheint mir in Ordnung zu sein", sagte er und gab ihn Johanne zurück.

„Was haben Sie denn erwartet?", fragte Johanne überrascht. „Der war teuer! Natürlich ist er ‚in Ordnung‘." Innerlich jedoch hatte sie gezittert, ob Alset den versteckten Mechanismus finden würde. Alset lächelte, sagte aber nichts.

„Lassen Sie die Finger von mir!", schrie Miao, als sich Schwester Justicia ihr näherte. Johanne seufzte und wandte sich ihrer Leibwächterin zu.

„Ich kann verstehen, dass du das jetzt nicht möchtest …"

„Möchtest?" Miao wurde laut. „Herrin, mein ganzer Körper brennt. Mein Bein kribbelt, als sei es ein Ameisenhaufen. Ich habe Angst, mit einem Blitz zu explodieren, wenn mich jemand berührt! Lasst mich einfach von außen die Tür bewachen, Herrin, ich bitte Euch."

Auf Johannes fragenden Blick hin, nickte Justicia, auch Alset gab sein Einverständnis.

„Nun zu Ihnen", sagte Alset und trat an Saladin Sansibar heran, der die ganze Prozedur schweigend an sich hatte vorbeiziehen lassen. Er tastete ihn ab, dann zeigte er stumm auf den Kasten. Sansibar zögerte. Johanne begann zu schwitzen. Der Magier würde sich doch nicht in die Karten schauen lassen? Es war bestimmt ein gut gehütetes Geheimnis, wie die Maschine funktionierte. Aber würde er damit nicht alles zerstören? Sie brauchte Sansibar doch, um ihren Vater zum Reden zu bringen! Sie krallte ihre Finger in ihren Rock.

Hauptmann Esser räusperte sich und wollte gerade einschreiten, als Sansibar nickte. Er öffnete den Kasten. Ein goldener Glanz strahlte aus dem Behälter und erhellte die Gesichter der Anwesenden. Alset schaute hinein, sein Gesicht leuchtete im Glanz des Metalls.

„Ist das …?", fragte er.

Sansibar nickte.

„In Ordnung", sagte Alset. „Sie können alle hinein."

Was mochte Sansibar in dem Kasten haben? Was mochte sein Geheimnis sein? Ob sie ihn einfach bitten sollte, ihr auch einen Blick zu gewähren? Doch bevor sie reagieren konnte, hatte Sansibar den Kasten bereits wieder geschlossen und Alset und Schwester Justicia gingen schnellen Schrittes den Flur entlang. Johanne folgte ihnen.

Julius deJonker lag alleine in einem weiß gekalkten Zimmer und starrte an die Decke. Sein schütteres Haar fiel ihm über die Ohren, seine Haut wirkte dünn und wächsern und seine Augen trübe. Die Hände lagen gefaltet auf der glatt gestrichenen Bettdecke. An der Wand über ihm hing ein Kreuz in einem stählernen Zahnradkranz an der Wand – das Zeichen des liebevollen Gottes, der den Menschen in Wilhelmstadt die Zukunft geschenkt hat. Julius deJonker war ein Teil dieser Zukunft gewesen. Und nun war er tot. Oder so gut wie.

„Seit dem Unfall hat Euer Herr Vater kein Wort mehr gesprochen. Er scheint auch uns nicht mehr zu bemerken. Er starrt nur noch vor sich hin, reagiert auf nichts mehr. Kein Reiz ist stark genug, um ihn aus dem Koma zurückzuholen. Dr. Weißenhaupt ist der festen Überzeugung, dass von Eurem Vater nur noch eine leblose Hülle vorhanden ist. Wir werden ihn so lange pflegen, bis der Vater im Himmel seiner Künste bedarf und ihn zu sich ruft."

Oder bis Graf Eyth seine Zahlungen einstellt, dachte Johanne bitter. Ihr Mund war trocken und ihre Augen brannten. So hatte sie ihren Vater noch nie gesehen. Kurz bereute sie, hier hergekommen zu sein. Diesen Anblick zu ertragen, das hatte Johanne gewusst, würde schwierig werden. Aber dass es so werden würde … Sie hatte ihren Vater als einen energiegeladenen Mann in Erinnerung gehabt. Jedes Abenteuer war ihm recht gewesen, für ihn gab es keine Grenzen. Er wollte das Unmögliche möglich machen, das Unbegreifliche verstehen und immer dort einen Schritt weiter gehen, wo andere stehen blieben und zweifelten.

Sie hatten ein großes gemeinsames Ziel gehabt. Er wollte mir ihr, seiner Tochter, in einem Luftschiff zum Nordpol fliegen. Sie sollte die erste Frau sein, die diesen Ort erreichen würde. Und nun lag Julius hier vor ihr und würde nirgendwohin fliegen. Johanne krampfte ihre Faust zusammen. Sie würde sich ihm würdig erweisen, schwor sie sich. Ich werde den Schuldigen finden, dachte sie. Und wenn ich ihn zur Strecke gebracht habe, dann fliegen wir beide gemeinsam zum Nordpol. Dabei störte sie es nicht, dass sie weder ein Luftschiff besaß noch eins fliegen konnte, außerdem wusste sie nicht, wie man navigierte. Mit diesen Problemen würde sie sich befassen, wenn es so weit war.

Die Anderen traten nacheinander langsam in den Raum. Johanne trat zur Seite und ließ Saladin Sansibar hinein. Dieser öffnete vor Entsetzen weit die Augen, als er Julius deJonker sah. Johanne konnte es ihm nachfühlen. Doch der Künstler fasste sich und schaute sich verstohlen im Raum um, ob jemand seine Schwäche bemerkt hatte. Johanne blickte weg, um ihn nicht zu beschämen.

„Ich würde jetzt gerne eine rauchen", sagte Hauptmann Esser, als er den Raum betrat und warf einen giftigen Blick hinüber zu Saladin Sansibar.

„Rauchen ist hier verboten", fuhr ihn Alset an.

„Das macht nichts", knirschte Hauptmann Esser. „Ich kann eh nicht rauchen. Ich würde es nur gerne. Danke, Herr Sansibar!"

Der Künstler verneigte sich leicht, dann ignorierte er den Hauptmann und wandte sich Johanne zu. „Was wünscht Ihr nun von mir?

Meine Maschinen sind ausgefeilt und können scheinbar Wunder vollbringen. Die Toten zurück ins Leben holen, können sie allerdings noch nicht."

Johanne setzte sich auf das Bett und nahm die kalten Hände ihres Vaters in ihre.

„Mein Vater ist nicht tot", sagte sie. „Er schläft. Und auch wenn er nie wieder erwacht, seine Gedanken leben. Lassen Sie uns an diesen Gedanken teilhaben. Sie haben im Theater eindruckvoll bewiesen, dass Sie verschüttete Erinnerungen zurückholen können. Oder war das alles nur Betrug?" Sie sah Saladin Sansibar herausfordernd an. Dieser warf einen kurzen Blick auf den Hauptmann, der zu seiner Waffe griff, die sich jedoch nicht an ihrem Platz befand. Allen Beteiligten war klar, wie gerne der Hauptmann Sansibar auf der Stelle festnehmen würde. Doch der Künstler schüttelte den Kopf. „Nein, das war kein Theater. Meine Maschinen funktionieren."

„Dann beweisen Sie es. Zeigen Sie uns die letzten Gedanken meines Vaters vor dem Unfall! Was hat er gesehen, was hat er gesagt oder gedacht? Was ist geschehen in jener Nacht, als die *Juggernauth* in die eiskalten Fluten des Rheins versank?"

„Ich habe die Maschine noch nie an einem Komapatienten getestet", sagte Saladin Sansibar zurückhaltend.

„Wollen Sie kneifen? Dann wartet eine Zelle auf Sie und Ihre Maschine", grollte Hauptmann Esser drohend.

„Nein, will ich nicht. Ich will nur sagen, dass ich für das Ergebnis nicht garantieren kann. Es müsste funktionieren, aber es kann sein …"

„Was kann sein?" Johanne stand auf und starrte ihn an. Am liebsten hätte sie ihn am Kragen gepackt und geschüttelt. „Was kann sein, Herr Sansibar? Wollen Sie mich für dumm verkaufen?"

„Nein, mein Fräulein." Sansibar zog die Schultern zurück und straffte sich. „Ich habe noch nie mit Komapatienten gearbeitet. Es kann sein, dass sich der Zustand durch die Behandlung ändert."

„Dann wird mein Vater aufwachen? Worauf warten Sie noch?", fragte Johanne erfreut.

„Er könnte aufwachen", nickte Sansibar, „oder für immer in den dunklen Fluten des Vergessens versinken. Wir haben wahrscheinlich nur einen Versuch."

Eiskalte Stille legte sich über den Raum. Damit hatte keiner gerechnet. Johannes Gedanken rasten. Hatte Sansibar gerade wirklich gesagt, dass sie das Leben ihres Vaters in der Hand hatte? Musste sie entscheiden über Leben und Tod? Leben? War das wirklich ein Leben? Seit Monaten lag er dort und die Ärzte hatten ihn bereits aufgegeben. War da nicht jeder Versuch richtig und wichtig? Auch wenn die Chance auf Erfolg noch so klein war? Es war schließlich ihr Vater, von dem sie da redeten. Aber was war, wenn ihr Vater tiefer ins Koma sank? Oder gar starb? Konnte sie mit diesem Wissen leben? Dass sie ihn über die Brüstung in den Tod gestoßen hatte? Johanne sank zurück auf das Bett. Was wäre, wenn das Experiment schief lief? Und ihr Vater nicht nur starb, sondern …

„Unmöglich. Ich verbiete diese Prozedur." Alset stellte sich mit verschränkten Armen vor das Bett.

„Was soll das?", fragte Johanne erstaunt.

„Ich kann nicht zulassen, dass mit dem gnädigen Herrn Experimente veranstaltet werden, die sein Leben riskieren! Ich wurde von Graf Eyth dafür bezahlt, Herrn deJonker zu beschützen. Deshalb werde ich es nicht zulassen, dass mit einer Maschine im Kopf meines Patienten rumgewühlt wird." Groß und drohend stand er über Johanne und starrte sie an. Seine Augen funkelten. Mit dem war nicht zu spaßen, das wusste Johanne. Darum schlug sie einen versöhnlichen Ton an: „Es ist doch gar nicht gesagt, dass er wirklich Schaden nimmt. Er musste das doch nur sagen, um sich abzusichern. Vielmehr kann es genauso gut sein, dass die Situation meines Vaters sich verbessert! Ja, jetzt wo ich darüber nachdenke, bin ich sogar sehr sicher, dass es so sein wird."

Doch Alset schüttelte vehement den Kopf. „Nein, das kann ich nicht zulassen!"

„Ich baue dann schon mal auf", hörte Johanne Sansibar aus dem Hintergrund. Alset fuhr herum. „Nein, Sie brauchen nicht aufzubauen, ich erlaube es nicht."

Sansibar ließ den Koffer, den er gerade geöffnet hatte, wieder zuschnappen.

„Sansibar, bauen Sie auf! Es ist mein Vater, also bestimme ich auch, was zu tun ist." In Johanne braute sich eine Wut zusammen, die sie mutig machte. Alset mochte groß und beeindruckend sein, aber sie war Johanne deJonker! Sie ließ sich nicht einschüchtern. Sie hatte den arroganten Professoren an der Aachener Universität getrotzt, sich gegen missgünstige und frauenfeindliche Studenten durchgesetzt. Sie hatte auf eigene Faust einen Teil der Welt erkundet und hatte sich weder von Seeleuten noch von grimmigen Karawanenführern einschüchtern lassen. Sie hatte den Rhein betaucht, was kaum ein Mann in dieser Stadt je geschafft hatte – da würde sie sich doch am Krankenbett ihres eigenen Vaters nicht das Heft aus der Hand nehmen lassen.

„Mein lieber Alset, ich verstehe Ihren Standpunkt. Sie fürchten nicht nur um Ihre Arbeit, sondern auch den Zorn von Graf Eyth. Ich kann das nachvollziehen, denn auch ich möchte mich mit diesem mächtigen Mann nicht anlegen. Doch mein Patenonkel …", Johanne betonte das letzte Wort absichtlich, um Alset zu zeigen, mit wem er sich anlegte, „hat Sie zur Sicherheit meines Vaters hierherbeordert. Wie wäre es, wenn wir einen Kompromiss eingehen? Während Herr Sansibar aufbaut, und ich denke, das wird seine gute Weile dauern, schreiben Sie eine Nachricht und schicken eine Taube an meinen Onkel. Ich glaube, ich habe im Haupthaus einen Kasten mit einer mechanischen Taube gesehen, nicht wahr, Schwester?"

Doch bevor Justicia auch nur in Erwägung ziehen konnte zu antworten, fuhr Alset dazwischen. „Auf keinen Fall. Ich habe Euch gestattet, Euren Vater zu besuchen. Also besucht ihn. Wollt Ihr mehr, so kommt mit Graf Eyth zurück."

„Aber soviel Zeit haben wir nicht!" Johanne wurde ungeduldig. „Es muss heute sein."

„Ich baue dann schon mal auf", maulte Saladin Sansibar dazwischen, doch diesmal beachtete ihn Alset nicht. „Ich sage es zum letzten Mal: Julius deJonker wird nicht maschinell bearbeitet. Sonst kracht es hier!"

Doch Johanne war nun ihrerseits dickköpfig. „Ich bleibe hier an der Seite meines Vaters, bis wir haben, was wir wollen!"

„Fräulein deJonker, ich fordere Euch auf zu gehen. Ihr hattet Eure Zeit."

„Ich bleibe!"

„Ihr geht!"

„Nein!"

„Ich habe schon fast alles fertig, noch ein paar Minuten, dann können wir."

„Bauen Sie das Ding ab!", brüllte Alset, dessen Halsschlagadern nun gefährlich anschwollen. Doch die Situation eskalierte erst, als Hauptmann Esser in das Geschehen eingriff. Johanne stand Alset gegenüber und funkelte ihn an. Alset hatte eine Hand drohend in die Tasche gesteckt. Johanne konnte sehen, wie sich seine Blitzpistole unter dem Stoff der Jacke abzeichnete. Wie zwei Kampfhähne, die nur noch darauf warteten, aufeinander losgelassen zu werden, die Köpfe vorgereckt, die Hände zu Fäusten geballt, stierten sie einander an.

Da entschied sich Hauptmann Esser zu schlichten. Mit einer Geste, die beruhigend wirken sollte, fasste er Alset an den Arm. „Hören Sie, mein Guter. Die Situation …" Alset, auf Johanne fixiert, fuhr erschrocken herum, zog seine Pistole aus der Jacke und schoss einen Blitz auf Hauptmann Esser. Dieser schrie erschrocken auf, wankte einen Schritt zurück und hielt sich entsetzt den Arm. Johanne schnellte nach vorne, griff Alset an und versuchte, ihm die Pistole aus der Hand zu treten. Doch dieser wich zurück, stieß Schwester Justicia zur Seite und schob sich mit dem Rücken zum Ausgang der Zelle. Dann richtete er die Pistole auf Johanne. „Also, Fräulein deJonker. Ich werde jetzt in das Verwaltungsgebäude gehen und Graf Eyth informieren, wie Ihr gesagt habt. Aber damit Sie nichts anstellen …", er drehte einen kleinen Schalter an der Pistole mit einem deutlichen Klicken auf einen höheren Wert, „werde ich Sie alle betäuben müssen."

Er hob die Pistole, zielte auf Hauptmann Esser und drückte ohne weiteres Federlesen ab. Hauptmann Esser stöhnte unter dem Blitz, dann sackte er in sich zusammen. Johanne schrie auf. „Sie Wahnsinniger, wie können Sie …"

„Es tut mir leid", sagte Alset noch, dann drückte er erneut ab und Schwester Justicia fiel zuckend zu Boden.

„Noch eine Sekunde, dann habe ich die Maschine soweit", sagte Sansibar. Johanne drehte verwundert den Kopf, denn der Künstler schien weit ab von jeglicher Realität zu sein. Sansibar ließ mit dem Zeigefinger einen kleinen Hebel hochschnellen, woraufhin ein grün flackerndes Licht in einem kleinen gläsernen Kolben auf der Maschine aufleuchtete. „Jetzt kann sie jeder Depp bedienen." Er drehte sich um und sah Alset erstaunt an. „Oh", sagte er noch, dann zuckte er unter den Blitzen, und sank bewusstlos auf den Boden.

„Jetzt zu Euch, Fräulein."

„Das kann nicht Ihr Ernst sein. Warum tun Sie das? Das ist doch unmöglich, dass Sie sich so aufführen, nur um meinen Vater zu beschützen."

Alset grinste. Er drehte den Schalter an seiner Maschine noch etwas weiter nach vorne. Er klickte und klickte, dann klickte es nicht mehr. Er hatte das Rad bis zum Anschlag nach vorne gedreht. Die Pistole stand auf nun auf der tödlichen Maximalleistung.

„Mein Auftraggeber war eindeutig. Keine Zeugen, sagte er. Nun, die Zeugen sind alle bewusstlos."

„Aber sie werden irgendwann wieder aufwachen! Und wenn ich dann tot bin, dann werden sie wissen, wer es getan hat."

„Na und? Sie werden verschwunden sein und Euer Vater tot. Der Ruf der Familie deJonker wird ruiniert sein. Ich werde es so aussehen lassen, als hättet Ihr Euren Vater auf dem Gewissen."

„Aber warum die ganze Maskerade? Warum haben Sie meinen Vater nicht sofort getötet? Warum haben Sie uns erst hier herein gelassen?"

„Wie ich schon sagte, ist Euer Vater lediglich eine leere Hülle. Er kann keinen Schaden mehr anrichten. Mein Auftraggeber hat für alles gesorgt. Wenn Ihr Eure Nase nicht hineingesteckt hätten … hattet Ihr denn nicht genügend Warnungen?"

„Der Anschlag am Fluss, das brennende Haus, das waren Sie?"

„Nein, natürlich nicht. Ich war hier bei Eurem Vater und habe gewartet. Hättet Ihr Euren Vater nur besucht, ihm wie eine leidende Tochter das Händchen gehalten, hätte ich Euch einfach ziehen lassen dürfen. Aber so …", er zeigte auf die Maschine und schüttelte den Kopf, dann zielte er auf Johanne.

„Aber wer hat etwas davon, mich umzubringen?", rief Johanne verzweifelt. Alset grinste und beugte den Finger.

„Wer bezahlt Sie, Alset?" Johanne brüllte ihn jetzt an. Ihre Wut war in Angst übergegangen und hatte sich wieder in Wut gewandelt. Sie wollte nicht sterben ohne dieses Geheimnis gelüftet zu haben.

„Wer mich bezahlt? Graf Eyth natürlich", lachte Alset, dann krachte es.

Johanne zuckte zusammen und ließ sich auf den Boden fallen. Alles war schwarz. Doch nichts blitzte. Johanne zuckte kurz, doch kein Strahl traf sie, keine Nerven überluden sich, und ihr Blut kochte nicht in den Adern.

„Bist du in Ordnung, Herrin?"

Johanne öffnete die Augen und erblickte Miao. Sie stand mit einer Hand am Türrahmen abgestützt und kam auf Johanne zugehüpft. Neben dem bewusstlosen Alset auf dem Boden lag ihr dampfendes Bein. Miao blickte schuldig darauf, dann sah sie Johanne an. „Es tut mir so leid", sagte sie. „Ich bin auf der Bank eingeschlafen und hatte wegen der Schmerzen das Bein abgeschnallt. Der Blitz hatte mich so benommen gemacht. Ich befürchte, du musst mir das Bein erneut reparieren, Herrin. Es ist ganz verbeult, nachdem ich es diesem Rüpel über den Schädel gezogen habe."

Johanne erhob sich stöhnend und nahm Alset die Blitzpistole aus den verkrampften Fingern. Die drehte den Regler auf die mittlere Stufe, dann schoss sie ihm in die Brust. Miao schreckte zurück, als die Blitze sich um Alset kringelten.

„Ich wollte nur sichergehen, dass er auch wirklich schläft", sagte Johanne. „Und du sollst mich nicht ‚Herrin' nennen, wenn wir allein sind. Komm, wir haben noch viel zu tun, bevor die anderen wieder aufwachen."

Johanne schob die Maschine an Julius' Bett heran, während Miao versuchte, auf einem Bein die Bewusstlosen zur Seite zu schieben.

„Ich denke, ich muss diesen Trichter hier auf ihn richten", sagte Johanne. „So hat Saladin es auch auf der Bühne gemacht. Und dieses

Rädchen hier dosiert die Stärke der Schwingung, klar, es ist ja beschriftet …"

Miao humpelte hinüber zu ihr und schaute ihr über die Schulter. „Kann auch nichts schief gehen?"

Johanne seufzte, dann drehte sie sich um und bevor sie es wusste, hatte sie die Arme um Miao geschlungen. Sie schluchzte und vergrub ihr Gesicht in der Schulter der Luftnomadin, die verzweifelt versuchte, das Gleichgewicht zu halten. Miao fühlte sich warm und weich an.

„Ich weiß es nicht", schniefte Johanne. „Aber habe ich eine andere Wahl? Er ist tot, so oder so. Ihn hier zu sehen, hat mir die Augen geöffnet." Wieder schluchzte sie und ihr Körper bebte. Miao nahm sie vorsichtig in den Arm und tröstete sie. Als sie Johanne über das Haar strich, richtete diese sich abrupt auf und sah Miao verstört in die Augen. „Es tut mir leid, Miao", sagte sie und drehte sich weg. „Ich hätte mich nicht so gehen lassen dürfen. Wir haben keine Zeit für Sentimentalitäten. Mein Vater stirbt, Marianne ist verschwunden und Alset kann jeden Moment aufwachen. Wieso hast du zugelassen, dass ich mich so gehen lasse?"

„Es tut mir leid, Herrin", sagte Miao niedergeschlagen.

„Du warst mir bislang keine große Hilfe."

Miao schluckte und Johanne widmete sich wieder der Maschine des Saladin Sansibar. „So", Johanne holte tief Luft. „Wer wagt, gewinnt. Los geht's!" Sie drückte den Hebel nach unten. Ein leises Summen ertönte, die Maschine vibrierte leicht, doch nichts geschah. Johanne fühlte sich an den vollautomatischen Samowar erinnert, der noch draußen auf dem Flur wartete. Der funktionierte auch nie so, wie man es von ihm erwartete.

„Soll ich es mal versuchen?", sagte Miao leise. „Ihr habt es doch nicht so mit der Steuerung von Maschinen, Herrin."

„Unsinn, es müsste doch eigentlich …"

Mit einem Schrei erwachte Julius deJonker in seinem Bett. Er riss die Lider auf, drückte seinen steifen Oberkörper durch. Sein trockener Mund stand offen, seine mit Bartstoppeln übersäten Wangen zitterten.

„Er ist wach!", entfuhr es Johanne und sie ging auf ihn zu, nahm seine Hand und setzte sich auf die Bettkante.

„Vater?", fragte sie. „Hörst du mich?"

„Isambard! Es funktioniert!", keuchte Julius. Seine Augen schwirrten umher wie suchende kleine Insekten.

„Ich bin es, Johanne."

„Isambard, du hattest recht. Es funktioniert! Aber ... was ist das?" Er riss die Augen auf und starrte an die Decke. Johanne folgte seinem Blick, konnte aber nichts entdecken.

„Nein", schrie Julius. „NEIN! Nicht! Das ist ... Verräter! NEEE-EIIIINNNN!"

Dann sackte Julius wieder in sich zusammen. Sein Oberkörper fiel zurück in die Kissen, seine Haut wurde fahl und bleich und seine Augen schlossen sich.

„Vater!" Johanne rüttelte ihn. „Vater, nicht! Ich muss doch mit dir reden! Du musst mir sagen, wer daran schuld ist. Die *Juggernauth*. Das Unglück, Vater!" Sie nahm ihn an den Schultern und schüttelte ihn. Wie eine Puppe ließ sich Julis deJonker in ihren Armen hin und her werfen, jedoch ohne Reaktion.

„Ist er tot?", fragte Miao nach einer Weile, nachdem Johanne ihn endlich zurückgelegt hatte.

„Nein", antwortete Johanne. Ihre Augen waren gerötet, ihre Lippen blutleer. Sie strich sich die Haare glatt und atmete tief durch, um sich zu sammeln. „Nein, er lebt noch. Auf jeden Fall schlägt sein Herz. Langsam und kaum spürbar. Aber ich befürchte ... diese Maschine hat ihn tiefer ins Koma geschickt, als er es vorher gewesen ist." Wütend holte sie aus und begann die Maschine mit kräftigen Tritten zu bearbeiten.

Als sie sich ausgetobt hatte und der Mento-Kraft-Oszliator in Einzelteilen auf dem Boden lag, fasste sie sich wieder. „Komm", sagte sie zu Miao, blickte sich um und schien sich an die ganzen bewusstlosen Menschen zu erinnern. „Ich denke, wir sollten hier mal aufräumen. Und dann suchen wir diesen Isambard."

Gedanken der Nacht

„Wieso habt Ihr mich nicht mitgenommen, Fräulein Johanne? Da wäre ich zu gerne dabei gewesen. Endlich noch einmal dunkle Künste erleben … Aber ich freue mich, dass Ihr nun Zugang dazu gefunden habt." Joseph servierte Johanne und Miao ein einfaches Abendessen aus Brot, Käse und Butter, dazu hatte er eine Kanne auf den Tisch gestellt. Johanne lehnte sich im Stuhl zurück.

„Ich wollte dich nicht zusätzlich belasten, Joseph. Du hast doch mit Marianne mehr als genug Sorgen. Gibt es etwas Neues?"

„Nein, mein Fräulein. So langsam befürchte ich, dass sie vielleicht in die Hände von Kriminellen gefallen ist. Es soll ja Etablissements geben, in denen alle Wünsche erfüllt werden. Sollte sie entführt worden und in einer solchen Einrichtung festgehalten werden … ich glaube, ich würde sterben. Sobald Ihr mich nicht mehr braucht, werde ich mich wieder auf die Suche machen."

„Ich würde dir gerne helfen, Joseph, aber …"

„Jeder hat seine eigene Aufgabe, Fräulein Johanne. Ich suche meine Frau und Ihr werdet unser Leben wiederherstellen und den Mörder Eures Vaters finden."

„Herr deJonker ist nicht tot", unterbrach Miao grimmig. Sie hatte die Ellenbogen auf den Tisch gestützt und den Kopf gesenkt, so dass ihre kurzen Haare vor ihre Augen fielen.

„Nein", sagte Joseph. „Er ist tot. Das was Ihr heute in der Hölle gesehen habt, hat nichts mehr mit Julius deJonker zu tun. Das ist nur noch seine Hülle. Glaubt es mir. Ich kannte ihn sehr gut. Aber ich hoffe, dass er in unserem Fräulein Johanne weiterleben wird. Macht Euren Vater stolz! Ich weiß, dass Ihr das könnt."

Johanne nickte und griff zur Kanne. Als sie sich eingoss, verzog sie das Gesicht. „Was ist das denn?"

„Kräutertee. Aus dem Vorrat meiner lieben Frau. Sie braute ihn immer auf, wenn ich mit Eurem Herrn Vater eine lange Nacht vor mir hatte. Wir haben ihn sehr gerne getrunken."

Johanne machte ein abfälliges Geräusch. „Nein, Joseph, heute brauche ich was Stärkeres. Hat Marianne nicht noch eine Flasche von ihrem Aufgesetzten in der Küche?"

Joseph zögerte. „Ja, Fräulein, das hat sie. Aber sie möchte nicht, dass ich da dran gehe. Ihr wisst ja, was passiert, wenn ich …"

Johanne sprang auf. „Dann hole ich ihn mir selbst. Du kannst gehen, Joseph. Viel Erfolg bei der Jagd heute Nacht."

Der Hausdiener verbeugte sich steif. „Heute Nacht suche ich nach meiner Frau, aber wenn ich etwas finde, was Euch behilflich sein könnte, werde ich es töten und mitbringen." Er kicherte, dann zog er sich zurück.

Als Johanne mit dem Schnaps aus der Küche zurückkam, klapperte die Hintertür und Joseph war in der Nacht verschwunden.

„Ein komischer Kerl", sagte Miao. Sie hatte sich eine dicke Scheibe Brot abgeschnitten und noch dicker mit Käse belegt. Johanne trank ihren Tee mit einem Schluck aus, dann füllte sie beiden die Tassen bis zum Rand voll mit dem rötlichen Schnaps. Sie hob die Tasse und Miao tat es ihr gleich.

„Zum Wohl", sagte Johanne.

„Auf die Toten und die, die nicht bei uns sind. Mögen die Lüfte sich bewegen und sie zu uns bringen, denn keiner soll alleine trinken!" Miao lächelte. „Ein alter Trinkspruch meines Volkes. Wir trinken und feiern gerne. Selbst wenn wir allein sind." Sie hob die Tasse an die Lippen und kippte die Flüssigkeit in den Mund, ohne mit der Wimper zu zucken.

Johanne betrachtete Miaos Gesicht. Die gebräunte Haut war glatt und makellos, doch ihr Ausdruck war verkniffen, ihre Züge hart. Johanne fragte sich, wie hübsch sie wohl sein mochte, wenn sie lächelte. Die kleinen Falten an ihren Augen sprachen dafür, dass sie es in einem früheren Leben gerne und oft getan hatte. Ob sie wohl jemals mehr aus Miao herausbekommen würde? Die Luftnomadin war verschlossen, was ihre Vergangenheit anbetraf. Seitdem sie ihr wie aus dem Nichts buchstäblich vor die Füße gefallen war, hatte die Luftnomadin kaum mehr über sich bekannt gegeben als ihren Namen. Sie hatte sich bei dem Sturz das Bein mehrmals gebrochen, sich aber vehement geweigert, ins Krankenhaus zu fahren. Sie schien zu große Angst vor etwas zu haben. Also hatte Johanne sie kurzentschlossen mit nach Hause genommen, wo sich Joseph um sie gekümmert hatte. Er war in mehreren Kriegen Sanitäter gewesen und kannte sich mit der Kunst der Feldschererei aus. Das Bein wäre sowieso nicht mehr zu retten gewesen.

Johanne nahm den Schnaps und kippte ihn genauso hinunter, wie ihre Leibwächterin es vorgemacht hatte. Sofort musste sie keuchen und husten. Der Schnaps schien ihr den Magen zu verbrennen, doch kurz danach breitete sich eine wohlige Wärme in ihrem Bauch aus. Ihre schmerzenden Beine entspannten sich sofort. Alles würde gut werden, dachte sie plötzlich. Und weil ihr dieser Gedanke gefiel, schenkte sie sich und Miao nach und kippte den Inhalt ihrer Tasse wiederum herunter. Dann seufzte sie und lehnte sich zurück. Jetzt mussten sie nur noch Isambard finden und ihn zur Strecke bringen. Johanne war sich sicher, dass dieser Isambard Licht ins Dunkel bringen würde.

„Ich habe nachgedacht", sagte Miao leise. Johanne horchte auf. Die Leibwächterin war auf dem Stuhl zusammengesunken. Ihre breite Gestalt wirkte plötzlich gebrechlich. Sie hatte ihre breiten, kräftigen Hände ineinander verschlungen und schien mit sich zu ringen, die nächsten Worte herauszupressen.

„Worüber hast du nachgedacht?", fragte sie Miao sanft, fast zärtlich. Sie wollte sie nicht drängen, am liebsten hätte sie sie sogar in den Arm genommen.

„Ich bin Euch sehr zu Dank verpflichtet, Herrin. Ihr habt mir mein Leben gerettet."

„Du sollst mich nicht so nennen, wenn wir allein sind, Miao."

„Ja, Herrin. Du hast mich gepflegt und aufgenommen. Ich darf an deiner Seite sein und will dir aus Dankbarkeit, so gut ich es kann, dienen und helfen. Ich werde dein Leben schützen."

„Das hast du mir schon öfter gesagt, und du hast mein Leben bereits mehr als einmal gerettet. Eigentlich sind wir quitt."

Miao schüttelte den Kopf. „Nein, so geht das nicht. Ich gehöre dir, Hanne. Ich würde auch gerne zu dir gehören, denn ich habe keine Familie mehr."

Jetzt stand Johanne auf und kniete sich neben Miao. Sie legte ihren Arm um ihre Schultern. „Du kannst so lange bei mir bleiben, wie du willst. Ich habe dich sehr gern." Vorsichtig küsste sie Miaos Haar und drückte sie.

Die Luftnomadin nickte nur, schien Johannes Nähe kaum zu merken.

„Das weiß ich, und doch fällt es mir schwer, dir alles zu sagen."

„Dann sag es nicht. Jeder kann seine Geheimnisse behalten."

Miao schüttelte wieder den Kopf. „Ich kann nicht. Ich will nicht. Aber ..." Jetzt blickte sie Johanne in die Augen. „Ich will dich nicht verlieren, Hanne."

Johanne erwiderte den Blick. Ihr Herz raste. „Das wirst du nicht! Wir können zusammenbleiben."

Miao schüttelte den Kopf. „Ich möchte ehrlich zu dir sein. Aber der Preis ist hoch."

„Nun?"

Miao holte tief Luft. „Ich weiß, wer Isambard ist."

Johanne wich vor Schreck einen Schritt zurück. „Was? Wieso sagst du mir das erst jetzt? Du musst mich zu ihm bringen!"

„Das kann ich nicht."

„Wieso? Er wird uns helfen können, das Rätsel um den Anschlag zu lösen. Er ist vielleicht der Schlüssel für alles! Du musst mich zu ihm bringen."

„Dann wird man mich töten."

Johanne hatte sich auf ihr Zimmer zurückgezogen und in ihr Bett gelegt. Ihr war schwindlig. Der Tag war anstrengend gewesen und Miaos Aussagen hatten sie endgültig verwirrt. Plötzlich war die Luftnomadin wieder verstockt gewesen und hatte keinen Ton mehr heraus bekommen. Johanne nahm sich vor, gut nachzudenken, was als nächstes getan werden musste, doch da war sie bereits eingeschlafen.

Mitten in der Nacht erwachte sie und hob erschrocken den Kopf. Hatte sie da etwas gehört? Sie versuchte so leise zu atmen, wie nur möglich.

Ob man nun auch sie holen wollte? Joseph war nicht im Haus, Miao war wahrscheinlich nebenan und schlief. Ein Mörder würde vermutlich denken, dass er ein leichtes Spiel hätte. Aber so einfach wollte sie es ihm nicht machen. Vorsichtig tastete sie zur Handtasche, die sie neben dem Bett fallen gelassen hatte. Die Druckluftpistole würde reichen, um jeden, der durch diese Tür kam, aufzuhalten.

Sie nahm die Waffe und zielte in der Dunkelheit auf die Tür. Jetzt hörte sie deutliche Schritte. Sie kamen durch den Flur, langsam aber deutlich. Jemand wartete vor ihrer Tür. Johannes Herz klopfte wie wild und ihre Nackenhaare stellten sich auf. Sie hatte furchtbare Angst. Das war kein Grund hysterisch zu werden, dachte sie. Sie packte den Griff der Pistole fester. Plötzlich entfernten sich die Schritte wieder, schienen vor Miaos Tür anzuhalten. Sie hörte, wie der Eingang zum Schlafzimmer ihrer Leibwächterin geöffnet wurde. Ob sie nachsehen sollte, ob Miao schläft? Oder … ein furchtbarer Gedanke schoss ihr durch den Kopf. Ob sie Miao zuerst ausschalten würden?

Johanne blieb keine Zeit für Überlegungen. Sie sprang aus dem Bett, riss die Tür auf und warf sich in den Flur. Im Licht, das von der Straße hereinfiel sah sie einen großen Schatten am anderen Ende. Johanne fragte nicht, Johanne schoss. Einmal, zweimal, dreimal drückte sie ab. Ein Schrei, der Schatten warf die Hände nach oben und fiel auf den Boden.

Mit zitternden Händen entzündete Johanne eine Lampe. Auf dem Boden lag Miao.

„Ich wollte zu Euch kommen, Herrin", sagte Miao kleinlaut, als sie in Johannes Zimmer auf dem Bett saß. Sie verzog kurz das Gesicht, als Johanne mit einem Wattebausch und Jod die Wunde reinigte, die das linke Ohr in zwei Hälften zerrissen hatte. Auch der Kratzer auf der Wange wurde bedacht, was nur noch ein kurzes Zucken zur Folge hatte.

„Warum wolltest du mitten in der Nacht zu mir?"

„Ich komme jede Nacht. Um Euch zu beschützen. Um bei Euch zu sein."

Johanne seufzte und sah Miao in die Augen. „Ich weiß." Und doch habe ich auf sie geschossen, dachte sie. Es steht schlimmer um meine Nerven, als ich zugeben will. Aber es hätte ja auch wirklich wieder ein Attentäter sein können.

Miao blickte betreten auf den Boden. „Es gibt nur einen Weg zu Isambard."

„Und du kennst ihn?"

Miao nickte. „Es gibt keinen anderen Weg. Es sind die Drab-Masi, die wir suchen müssen", sagte Miao.

Johanne war überrascht. „*Die* Drab-Masi? Aber … das sind Verbrecher! Kriminelle und Halsabschneider. Zuhälter und brutale Schläger."

Miao nickte wieder. „Ja. Ohne die Drab-Masi geschieht nichts in bestimmten Vierteln von Wilhelmstadt. Sie haben die Gewerkschaften fest in ihrer Hand. Und es heißt sogar, ohne die Drab-Masi gäbe es keine Kohle für die Fabriken."

„Ich dachte, die großen Bagger gehören Oppenhoff?", fragte Johanne.

„Nein, er hat es oft versucht, aber die großen Maschinen sind autark. Ihre Besitzer kamen zeitgleich mit den anderen Gründern der Stadt. Doch einen Kontakt mit ihnen gibt es ebenfalls nur über die Drab-Masi."

„Und warum glaubst du, dass Isambard etwas mit ihnen zu tun hat?" Johanne kam es seltsam vor, dass ihr Vater mit solchen Leuten verkehren sollte. „Bist du sicher, dass du den richtigen Isambard meinst?"

„Es gibt nur einen Isambard. Und der Weg führt über die Drab-Masi."

Johanne legte sich aufs Bett und zog Miao neben sich. Die beiden Frauen starrten an die Decke. Sie nahm Miao in den Arm.

„Was hast du mit den Drab-Masi zu tun? Wieso werden sie dich töten, wenn du zu ihnen gehst?" Sie hatte nicht vergessen, was Miao am Abendbrottisch gesagt hatte.

Miao wandte sich ab. „Das ist meine Geschichte. Sie ist nicht wichtig."

„Dann werde ich mitkommen, wenn du morgen zu ihnen gehst."

„Nein, Herrin. Es reicht, wenn ich gehe."

„Und wenn dir etwas zustößt? Auf keinen Fall gehst du alleine. Es geht um meinen Vater. Wenn es wirklich so gefährlich ist, dann werde ich mitkommen und dich beschützen, Miao. Ich werde nicht zulassen, dass dir etwas geschieht."

„Nein, Herrin!"

„Doch, Miao. Ich passe auf meine Familie auf."

Die Luftnomadin kauerte sich auf der Seite zusammen und drückte sich gegen Johanne. Diese genoss die Wärme ihrer Leibwächterin und schloss die Augen. Sie dachte nach. Wer steckte hinter dem Anschlag auf den Neffen des Kaisers? Es wurde immer verworrener, immer mehr Akteure betraten die Bühne. Steckten die kriminellen Drab-Masi hinter dem Verbrechen? Johanne schwirrte der Kopf. Rosenwegler, Drab-Masi, das britische Empire, das russische Kaiserreich und die französische Republik. Alle schienen einen Grund gehabt zu haben, die *Juggernauth* zu versenken. Doch wer war es wirklich?

Als der Morgen graute, klopfte es an die Tür. Johanne schreckte hoch und blickte sich um. Miao war verschwunden.

„Es ist Zeit, Fräulein Johanne."

„Ja, Joseph, ich komme." Sie richtete sich im Bett auf. Wann war Miao verschwunden? Sie musste tief und fest geschlafen haben. Aber als sie daran dachte, wie sie mit Miao im Arm eingeschlafen war, schien ihr Magen zu glühen. Was geschah hier nur mit ihnen?

Die Tür öffnete sich vorsichtig und Joseph steckte den Kopf hinein.

„Das Frühstück ist bereits fertig, mein Fräulein. Fräulein Miao wartet unten."

„Danke." Als der Hausdiener sich wieder abwenden wollte, fragte Johanne: „Wie war die Nacht, Joseph? Hast du etwas über Marianne herausgefunden?"

Das Gesicht des Dieners wurde traurig und faltig. „Ich habe Dinge gesehen, die ich nicht sehen wollte. Ich habe Geschichten gehört, die mich in meinen Träumen begleiten werden. Aber Marianne habe ich nicht gefunden."

„Das tut mir leid."

Joseph nickte.

Johanne beschloss, ihren treuen Freund aufzumuntern. „Joseph, pack mir ein paar Sachen zusammen, ich werde mich in Gefahr begeben."

Da begann das Gesicht des Dieners zu strahlen und er kicherte. „Das ist eine wunderbare Idee, mein Fräulein."

Wilhelms Abenteuer

„Bist du sicher, dass du mitkommen willst, Johanne? Frauen sind dort nicht gern gesehen."

„Ach. Du meinst wahrscheinlich, *bekleidete* Frauen sind dort nicht gern gesehen. Denn ganz ohne Frauen hätte ein solches Etablissement wohl keinen Sinn, oder?"

„Ja, Johanne, du hast recht. Doch es wird schon für mich schwierig genug werden, zu Jessamyn durchzukommen. Überlege es dir gut. Ich möchte dich nicht in Gefahr bringen."

Johanne blickte aus dem Fenster der Kutsche. Miao hatte die mechanischen Rösser aus Wilhelmstadt über den Rhein und hinaus auf die Ebene gelenkt. Dort, in einem kleinen Dorf, nahe genug an der Metropole, um sie bequem innerhalb einer Stunde zu erreichen, aber weit genug entfernt, um keine ständige Aufmerksamkeit zu erregen, hing die *Wilhelms Abenteuer* unbeweglich in der Luft. Ursprünglich für den Einsatz in den Kolonien konzipiert, war das, was Johanne dort am Himmel sah, mehr als ein einfaches Luftschiff. Ursprünglich sollte es ein Prototyp einer Wolkenfestung werden. Erhaben und uneinnehmbar schwebte es über dem Dorf und den sanften Hügeln. Johanne konnte sich gut vorstellen, wie eine solche Festung auf feindliche Truppen wirken musste.

„Die Außenhaut ist mit einer dünnen Schicht überzogen, die gewöhnliche Geschosse, die von einem Flugzeug abgefeuert werden, im Normalfall ablenkt", sagte Miao. „Der Auftriebskörper ist unterteilt in verschiedene parallel liegende, unabhängige Kammern, sodass ein Loch in der Hülle und ein Austreten des Gases nicht zu einem Totalverlust führen, sondern nur ein Absacken und einen geringen Höhenverlust zur Folge hat. Um die Wolkenfestung zum Absturz zu bringen, müssen erst alle Hüllen durchschossen werden. Dann aber können Hilfskörper gestartet werden, die wiederum einen Ausgleich schaffen."

Johannes starrte die *Wilhelms Abenteuer* an. Unter den konischen, zigarrenförmigen Körpern, die parallel in der Luft lagen, hing ein verschachtelter Würfel. Kleine Auswüchse stülpten sich daraus hervor. Das gesamte Schiff, oder die Festung, wie Miao sie nannte, wirkte weniger wie ein massiver Körper und vielmehr wie eine Ansammlung vieler eigenständiger Elemente. Aus einzelnen Luken ragten Geschütze hervor.

„Ich sehe gar keine Maschinen und keine Antriebe", sagte Johanne.

„Weil es eine Festung ist. Eine Burg fährt auch nicht, oder? Sie ist dafür konzipiert, ein festgelegtes Gebiet zu überwachen. Gut bewachte und geschützte Stahltrossen halten sie an Ort und Stelle. Mit ihren Geschützen haben sie den gesamten Bereich unter Kontrolle."

„Und warum wird sie nicht eingesetzt?"

„Ich weiß es nicht. Vielleicht weil ihr Konstrukteur in Ungnade gefallen ist. Ich habe gehört, dass Oppenhoff ein günstigeres Angebot unterbreitet hat und er den Zuschlag erhalten hat. Die eingesetzten fliegenden Festungen sind bereits unterwegs in die Kolonien. Die Überführung dauert lange und es soll schon erste Probleme gegeben haben. Wenn du mich fragst, tut der Kaiser nicht gut daran, sich ausschließlich auf Oppenhoffs Produkte zu verlassen. Das kann uns irgendwann die Kolonien kosten."

Johanne sprach nicht weiter. Die Geschichte erinnerte sie zu sehr an ihren Vater. Auch seine Ideen und Patente waren von Oppenhoff übernommen worden, nachdem Julius deJonker in Ungnade gefallen war. Ob Oppenhoff hinter dem ‚Unfall' ihres Vaters steckte? Möglich wäre es, zuzutrauen wäre es ihm ebenfalls. Aber Johanne hatte keinerlei Beweise. Das einzige, was sie wusste, war, dass die *Juggernauth* nicht untergegangen war, weil sie in der Dunkelheit auf einen Felsen aufgelaufen war. Die Geschichten, die die Zeitungen und die Polizei verbreiteten, waren falsch. Julius hatte das Leben des kaiserlichen Neffen nicht fahrlässig aufs Spiel gesetzt. Das hätte er nie getan. Etwas anderes war mit dem Schiff geschehen. Sie hatte sich selbst davon überzeugen können. Bei dem Tauchgang hatte sie mit eigenen Augen gesehen, dass der Rumpf von innen heraus zerrissen war und hätte beinahe mit ihrem Leben für diese Erkenntnis bezahlt. So eine Zerstörung konnte nicht durch einen Felsen entstanden sein, sondern war der Beweis einer Explosion im Inneren des Schiffes. Bisher hatten alle von einer unverantwortlichen Handlung ihres Vaters gesprochen. Das Schiff hatte den Neffen des Kaisers mit in die Tiefen des Rheins gezogen. Seine Leiche war bisher nicht gefunden worden, nur ihren Vater hatte man am Ufer des Flusses gefunden.

Aber vielleicht war es gar kein Unfall. Was wäre, wenn es ein gezielter Anschlag gewesen war? Ein Anschlag auf den Neffen des Kaisers? Wer könnte davon profitieren? Kein Wunder, dass die Polizei alles tat, um die Zusammenhänge zu vertuschen. Ein solcher Akt bedeutete Krieg, wenn es an die Öffentlichkeit käme. Doch wer hätte ein Interesse an einem Krieg? Die Franzosen? Die Russen? Oder gar Österreich-Ungarn? Johanne schauderte, als ihr bewusst wurde, in welchen Gewässern sie fischte.

Vielleicht hatte ihr Vater etwas mehr gewusst, als sie heraus bekommen hatte. Ob Graf Eyth ihn deshalb hatte bewachen lassen? Aber Alset war ein Verräter! Warum hatte er Vater nicht vorher getötet, wenn er zu viel wusste? Das ergab keinen Sinn.

Sie würde Graf Eyth dazu befragen müssen. Aber zuerst folgte sie der Spur Isambards auf die *Wilhelms Abenteuer*.

„Ein komischer Name für ein Bordell", sagte sie.

„Es ist ja auch kein gewöhnliches Freudenhaus", antwortete Miao. „Kaiser Wilhelm II. träumte von neuen Kolonien und einer neuen Vormachtstellung seines Reichs in der Welt. Seine Politiker allerdings nannten die Eroberung von Kolonien ein unsinniges Abenteuer, kostspielig und gefährlich. Da Wilhelm die Länder am Äquator mit seinen neuen fliegenden Festungen erobern und verwalten wollte, hatte man dem Prototypen den Namen ‚Wilhelms Abenteuer' gegeben. Außerdem ist es bekannt, dass der Kaiser auch gerne für amouröse Abenteuer zu haben ist." Miao lächelte kalt, dann ließ sie die dampfenden Pferde schnaufend und zischend zum Stehen kommen. Sie befanden sich nun direkt unter der Luftfestung, die den Großteil des Himmels verdeckte. Die Seiltrossen, die es hielten, sahen verhältnismäßig dünn aus und endeten am Boden in einem einfachen, viereckigen Gebäude, das die Verankerungen im Boden verbarg. Johanne fragte sich, wie diese Seile eine solche Festung bei Sturm halten konnten.

Miao sprang aus der Kutsche und öffnete Johanne die Tür. Gemeinsam betraten sie das Gebäude. Doch kaum hatte Miao die Pforte geöffnet, trat ihnen ein Mann entgegen. Seine Gesichtszüge ließen auf ein simples Gemüt schließen. Dunkle, buschige Augenbrauen gaben ihm einen wilden und verwegenen Ausdruck. Seine Haare waren kurzgeschoren und schwarz, ein dicker, goldener Ohrring hing an seinem rechten Ohr. Mit Erstaunen stellte Johanne fest, dass sich der Wächter ein Tuch um den nackten Bauch geschlungen hatte, unter dem zwei krumme Dolche steckten. Sein nackter Oberkörper strotzte vor Muskeln. Eine blauschwarze Tätowierung prangte an seinem Hals. Seine hellblauen Augen musterten Johanne wachsam.

Wenn ich dem in einer dunklen Gasse begegnet wäre, wüsste ich, dass ich definitiv in die falsche Gegend geraten bin, dachte Johanne, hütete sich aber, etwas zu sagen.

Der Wächter starrte Miao an. „Was willst du hier?" Dann blickte er wieder zu Johanne und ergänzte, etwas freundlicher aber nicht weniger bedrohlich: „Frauen kommen nicht hier rein!"

Miao hinkte auf den Wächter zu. „Mikesch, lass uns hoch, ich will zu Jessamyn."

„Jessamyn wird dich nicht sehen wollen, nicht? *Du* bist gegangen. Jessamyn vergisst nicht. Jessamyn vergibt nicht. Aber wenn ich dich so sehe", er blickte auf Miaos Bein, „dann passt du besser hier hinein als jemals zuvor, nicht? Vielleicht macht Jessamyn eine Ausnahme? Vielleicht auch nicht, nicht?" Er knackte mit den Fingern. „Ist auch egal, nicht? Denn ich werde euch nicht zu ihr lassen. Keine Frauen kommen hier nicht rein, nicht?"

Miao humpelte noch näher an den Wächter heran. Sie beugte sich zu ihm herüber und streckte ihren Kopf ganz nahe an sein Ohr. Sie flüsterte. Der Wächter hörte zu, dann zog er den Kopf zurück und sah Johanne lange an. Sein Blick wanderte von ihrem Kopf über ihren Hals und ihre Brüste, wo er lange verweilte. Dann betrachtete er stirnrunzelnd Johannes dünne Arme und schmale Hüfte.

„Wenn du meinst. Aber ich glaube nicht, dass *das* Jessamyn gefallen wird, nicht?"

„Versteckte Qualitäten", grinste Miao und blickte Johanne lüstern an. Johanne fragte sich, welche Untiefen in ihrer Leibwächterin verborgen sein mochten.

Der Wächter lachte jetzt. „Aber ihr geht zum Hintereingang, klar?" Damit gab er den Weg frei und ging den dunklen Gang entlang, der in den hinteren Teil des Gebäudes führte. Plötzlich versperrte eine Stahltür den Weg.

„Der Dienstboteneingang, nicht?" sagte er und trat die Tür auf. Miao ging voran, Johanne folgte überrascht. Was sollte das alles? Was hatte Miao dem Wächter gesagt? Was hatte sie vor? Ob sie doch nicht ehrlich zu ihr gewesen war? Es hatte fast den Anschein, als wäre Miao mit dem Wächter befreundet, zumindest bekannt gewesen.

Der Raum, den sie betreten hatten, entpuppte sich als klein, ausgekleidet mit stählernen Wänden, jede von ihnen nicht mehr als einen oder zwei Meter breit. Krachend fiel die Tür hinter ihnen ins Schloss und sie konnten hören, wie ein Riegel vorgeschoben wurde.

„Miao", keuchte Johanne. „Was soll das? Das ist eine Zelle! Wir sind gefangen!"

Die Luftnomadin lehnte sich an die Wand. „Beruhige dich, Johanne. Alles unter Kontrolle."

„Aber wie … was soll das alles …?"

„Gleich." Sie zeigte auf eine Stelle hinter Johannes Rücken.

Johanne drehte sich um und bemerkte, dass in der Tür ein Fenster eingelassen war. Die Fratze des Wächters drückte sich an die Scheibe. Er bleckte seine gelben Zähne und schob seine Zunge vor. Dabei lachte er, als er mit der Spitze über das kalte Glas fuhr und eine feuchte Spur hinterließ. Angewidert wandte Johanne sich ab. Wo war sie nur hier rein geraten? Kurz dachte sie daran, wie behütet sie aufgewachsen war. Wieviel Mühe sich ihre Mutter immer gegeben hatte, sie zu einer jungen Dame zu erziehen. Klavierunterricht, Literaturstudium und Unterweisungen in gepflegter Konversation. Doch sie hatte das alles nicht interessiert, sie hatte ja ihren eigenen Kopf durchsetzen müssen. Das hatte sie nun davon.

„Viel Spaß, mein Täubchen", hörte sie die Stimme des Wächters. „Dort oben wirst du fliegen lernen." Das keuchende Lachen ging in einen ekelerregenden Husten über, als die Fratze aus dem Fenster verschwand.

Johanne wurden die Knie weich. Sie wankte. Was passiert mit mir?, dachte sie.

136

„Halt dich fest, Herrin", riet Miao, deren Stimme plötzlich wieder weicher geworden war. Etwas rappelte an den Wänden, ein leises Rauschen begann und Johanne sah, wie etwas an dem Fenster vorbeiglitt. Dann verlor sie das Gleichgewicht. Sie prallte gegen die Wand, wurde aber sofort von Miaos festem Griff gehalten. Wieder bemerkte sie, wie warm und weich Miaos Hände waren. Wieso fiel ihr das ausgerechnet in diesem Augenblick auf? Sie blickte der Luftnomadin kurz in die Augen und ihr Blick wurde erwidert. Miao lächelte unsicher und Johannes Magen schien in bodenlose Tiefen zu sinken.

„Wir fliegen, Herrin", sagte Miao leise und ihr Lächeln wurde gequält.

„Was?" Johanne riss sich zusammen und entzog sich dem Griff ihrer Leibwächterin.

„Schau aus dem Fenster!"

Johanne trat an die Scheibe und sah hinaus. Unter ihnen entschwand das viereckige Betongebäude, in dessen Inneren die Halteseile der fliegenden Festung verankert waren. Am Horizont erschien Wilhelmstadt unter dem blauen Himmel der Rheinebene. Sie flogen. Johanne drehte sich zu Miao um. „Was soll das alles? Wo sind wir?"

Miao hielt sich an der Wand fest, ihre Fingerknöchel traten weiß aus ihrer Hand hervor, so fest hatte sie ihre Faust um einen Griff geklammert. Ihre Stirn war schweißnass. „Wir sind in einem der Aufzüge, die zur Festung *Wilhelms Abenteuer* hinaufführen. Es gibt zwei Gondeln, die an den Führungsseilen hinauf- und hinabfahren können. Eigentlich sind es eher kleine Luftschiffe. Große gasgefüllte Ballons an der Außenseite ziehen uns in die Höhe, gehalten werden wir durch die Seile. Hörst du das Rauschen? Das ist der Stahldraht, der durch die Führungsöse treibt. Nur wenige Minuten, dann sind wir oben."

Johanne sah Miao überrascht an. „Miao, bist du krank?"

Miao schüttelte den Kopf. „Ich denke, wenn wir oben sind, wird es wieder besser."

„Du bist doch nicht höhenkrank, oder?", neckte Johanne, um ihre Freundin aufzumuntern. „Eine Luftnomadin, die Höhenangst hat …", begann sie, doch als sie Miaos abgewandtes Gesicht sah, wurde sie still. „Wie kann das sein?"

Miao schüttelte den Kopf. „Ich glaube, seit dem Sturz ...", sie befühlte wie in Gedanken ihr stählernes Dampfbein, „bin ich etwas
vorsichtiger als früher." Sie lächelte gequält. „Ah, wir sind fast da",
sagte sie erleichtert, als ihr Blick auf das Fenster fiel.

Johanne drehte sich um. Sie sah die Berge, auf denen Schloß Eyth
stand, aus einer vollkommen neuen Perspektive. Wilhelmstadt selbst
verbarg sich zum Teil unter einer braunen Dunstwolke. Die riesigen
Maschinen, die im Tagebau die Erde aufrissen und die Kohle in die
gigantischen Feuer der Kraftwerke und Fabriken beförderten, ragten
am Horizont auf. Unter ihnen floss der Rhein, blau und glitzernd in
der Sonne, über ihnen schien sich die Farbe des Flusses in den Wolken zu spiegeln. Und zwischen den Wolken erschien die fliegende
Festung *Wilhelms Abenteuer*. Johanne konnte sofort nachvollziehen,
warum der Kaiser ein solches Fluggerät haben wollte. Von nahem
sah die Luftfestung noch viel beeindruckender und abweisender aus
als vom Boden. Dicke Stahlplatten schützten den Boden, lange Ge-
schützläufe ragten aus den zahllosen Schlitzen. Die wenigen Fenster
wirkten dick und undurchdringlich und glichen eher einer Platte aus
mehreren Schichten durchsichtigen Stahls als gewöhnlichen Sicht-
fenstern. Johanne erkannte die Genialität der Anlage. Sie war begeistert. Selbst wenn ein Aggressor den Versuch wagen sollte, die Anlage zu stürmen, würde er auf der Außenhaut der Festung keinen Halt
finden. Glatt wie die Haut eines Walfischs und so undurchdringlich
wie ein Panzer, musste jeder Versuch fehlschlagen, sich an dieser
Festung festzuklammern. Und sollte es doch gelingen, wäre es für
die Verteidiger ein leichtes, die Angreifer aus dem Schutz der Ge-
schützkugeln heraus mit den modernen Maschinengewehren nieder-
zumähen.

Die Luftkissen, die die Festung in der Schwebe hielten, waren so
unverwüstlich, wie Miao es beschrieben hatte. Metallisch schim-
mernd wirkten sie fast surreal, denn nichts, was so solide wirkte,
sollte in der Lage sein, sich selbstständig in der Luft zu halten.

Ein Schatten legte sich über das Fenster, als sich die Gondel dem
fliegenden Bordell näherte. Das Rauschen wurde lauter, das Licht
fahler und plötzlich wurde es dunkel um sie herum. „Was passiert

hier?", fragte Johanne. Sie hatte noch so viele Fragen an Miao, doch der Blick aus dem Fenster ließ sie verstummen.

„Wir sind durch eine Einstiegsluke in die Festung gefahren. Hinter uns werden nun die Schotten wieder geschlossen. In wenigen Sekunden wird man uns in Empfang nehmen. Herrin, am besten tust du, was ich sage, auch wenn es dir komisch vorkommen mag. Aber mit diesen Leuten ist nicht zu spaßen. Du musst mir vertrauen!"

Bevor Johanne antworten konnte, wurde die Luke aufgerissen und ein Schwall süßlich riechender, warmer Luft strömte in die Gondel. Eine Hand kam von außen hineingeschossen und packte Johanne am Kragen ihres Kleides. Ein Ruck und sie wurde aus der Kabine gerissen.

„Jetzt bist du dran! Du bist tot!"

Die ewigen Feuer von Wilhelmstadt

Man hatte sie beide aus der Gondel gerissen und ihnen die Hände auf den Rücken gebunden. Johanne hatte protestiert, doch die Männer waren kräftig und unnachgiebig gewesen. Dunkle Gestalten in dunklen Anzügen. Ihre Hemden waren weiß, aber prunklos, die Hosen und Jacken einfach geschnitten, die Schuhe sauber, aber abgelaufen. Hinter den dunklen, bärtigen Gesichtern verbargen sich grellgrüne Augen, die Johanne und Miao düster musterten.

Mit festem Griff führte man sie durch lange Korridore und stieß sie eiserne Treppen hinauf. Hin und wieder konnten sie einen Blick aus einem Fenster werfen, doch meist war hier drinnen alles düster und nur dürftig durch die gelbgrünen Gasflammen der Notbeleuchtung erhellt. Der Boden hallte metallen bei jedem Schritt. Plötzlich flog eine Tür auf und eine halbnackte Frau kam laut schreiend herausgetorkelt. An ihren Beinen hing ein beleibter Mann, der schwitzend versuchte, sich an den nackten Waden festzuhalten. Sein Hemd war offen, die roten Hosenträger rutschten ihm über die Schultern und die graue Stoffhose war zerknittert. Johanne drehte sich um, und erhaschte einen Blick in den Raum dahinter.

Scheinbar war dies ursprünglich als Geschützraum gedacht gewesen. Doch jetzt kleidete roter Samt den Boden und die Wände aus. Dominiert wurde der Raum durch die lange, schmale Kanone in seiner Mitte. Zuerst dachte Johanne, dass dort eine Frau aus dem hinteren Teil des Geschützes wachsen würde. Der nackte Oberkörper wand sich extatisch auf dem glänzenden Metall. Ein Mann kniete vor ihr und streichelte langsam und zärtlich ein hölzernes Rad, dass die Geschützklappe schloss. Mit der anderen strich er über ein doppeltes Paar schwerer Munition, deren spitze Enden in die Höhe zeigten. Jetzt erst erkannte Johanne, dass die Frau keine Beine mehr hatte und mit ihrem nackten Rumpf auf der Artillerie festgezurrt worden war. Andere Männer standen um sie herum und starrten sie an, ein Glas Sekt oder gleich eine ganze Flasche davon in der Hand. Ein junge barbusige Frau stolzierte durch den Raum, auf dem kurzgeschorenen Kopf eine Pickelhaube, die Beine in einer grauen Uniformhose mit einem roten Streifen an der Seite und die Füße in hohen, glänzend schwarzen Stiefeln. Als sie einen bärtigen Mann erreichte, der sich auf einem weichen Ledersessel fläzte und mit verträumten Augen Rauch aus einem funkelnden, dampfenden Kasten saugte, zog sie den Säbel und hieb ihm mit einem einzigen Streich den Kasten aus den Händen. Dann warf sie sich mit einem Schrei auf ihn. Die Wächter drängten die junge Frau, die eben zur Tür hinausgestürmt war und sich nun mit ihrem Verfolger auf dem Boden wälzte, wieder zurück in den Raum und schlossen die Tür.

Auf dem weiteren Weg hinauf konnte Johanne immer wieder den Blick in andere Räume werfen. Sie alle waren der Wirklichkeit gewordene Traum der modernen Männer, die sich mit Leib und Seele dem Fortschritt verschrieben hatten. In einem Raum waren die Wände verziert mit modernen schwarz-weiß Reprographien aus den Kolonien. Darauf waren nackte Eingeborene und schnittige Soldaten zu sehen. Tote Raubtiere, die von stolzen Großwildjägern erlegt worden waren, wurden ebenso gezeigt wie Hinweise auf die verborgenen Mysterien des dunklen Kontinents. Ruinen, vom Dschungel überwachsen, rituelle Tänze in der Dunkelheit. In der Mitte des Raums loderte ein Feuer und aus einer unsichtbaren Ecke dröhnten Trommeln. Die Luft war geschwängert von süßlichem Duft, während sich zwei alte hagere Männer mit entblößtem Oberkörper einen Faustkampf lieferten. Die Siegtrophäe lag gefesselt neben ihnen auf dem Boden. Die Fesseln schnitten ihr in die dunkle Haut. Der Kampf schien sich zu entscheiden, als der ältere der beiden, mit seinen faltigen Händen ein Messer aus dem Stiefel zog und sich mit dem Schrei eines Wahnsinnigen auf seinen Kontrahenten stürzte.

„Was für ein furchtbarer Ort", flüsterte Johanne zu Miao. „Die armen Frauen, die diese Demütigung über sich ergehen lassen müssen."

„Es sind nicht nur Frauen, Herrin …"

„Ruhe", brüllte ein Wächter und schlug Johanne von hinten auf den Kopf. „Ihr werdet noch schnell genug die Räume in aller Ruhe betrachten können. Die Frau, die einmal die Festung betreten hat, verlässt sie lebendig nicht wieder. Freut Euch auf endlose Stunden in der Gesellschaft der reichsten Herren des Landes." Er lachte und seine grünen Augen funkelten.

Johanne kam plötzlich ein furchtbarer Gedanke. Was hatte Joseph vermutet? Sagte er nicht, er befürchtete, dass Marianne in einem dieser Etablissements gelandet wäre? Johanne schluckte bei der Vorstellung, ihre alte liebe Haushälterin wäre hinter einer dieser Türen gefangen und müsste Dinge tun, von denen sie sich nie wieder erholen würde. Johanne begann zu zweifeln. War sie wirklich auf dem richtigen Weg? Wie konnte sie es nur zulassen, dass alle, die ihr wichtig waren, in Gefahr gerieten? Sie betrachtete die Luftnomadin. Miao würde sie nicht verlieren. Das würde sie einfach nicht zulassen.

Weiter und weiter stiegen sie hinauf. Von außen hatte die Festung nicht so riesig gewirkt, doch schien es Johanne nun, als wären sie schon seit Ewigkeiten unterwegs. Als sie an einem der wenigen Fenster vorbeikamen, sah Johanne, wie draußen etwas vorbei segelte. Sie sah genauer hin und erkannte eine metallene Kugel, die frei an einem kleineren Ballon hing und ohne Seil und ohne Führung von der Festung fortschwebte.

„Da fliegt eine Kapsel ohne Seil!", sagte sie zu Miao. „Was ist das?"

„Das", sagte Miao mit Grabesstimme, „sind die Einzelkammern. Niemand sieht, wer die Kapsel betritt. Weder das Mädchen noch der Herr, der dafür bezahlt, werden gesehen. Was dort drin geschieht, wird man nie erfahren. Und wenn danach das Mädchen verschwunden ist …", sie zuckte die Achseln, „wird niemand jemandem etwas nachweisen können."

Mit Grauen sah Johanne der Kapsel hinterher. Als der Wächter sie vorwärtsstieß, fiel ihr Blick auf Miaos Dampfbein und sie erinnerte sich daran, wie ihre Leibwächterin ihr vom Himmel vor die Füße gefallen war. „Miao", flüsterte sie entsetzt, „bist du etwa …?"

„Ja, Herrin. Ich war eines der fliegenden Mädchen."

Jessamyn schien eine freundliche Frau zu sein. Sie trug einen elegant geschnittenen Herrenanzug, dazu kurze Haare und eine Brille, die ihren wachen Blick und ihren aufmerksamen Gesichtsausdruck unterstrichen. An ihrer rechten Hand trug sie einen stählernen Ring, der aussah wie ein Zahnrad oder ein brennendes Rad. Sie lächelte, als die Wächter Johanne und Miao hineinführten. Das soll die Chefin dieses grausamen Bordells sein?, dachte Johanne ungläubig. Als sie sich näherten sah sie jedoch, wie Jessamyns Blick hart wurde. Ihre Augen waren vom selben kalten Grün, wie die der Wächter.

„Raus mit euch!", bellte sie die zwei Männer an. „Vorher löst ihr ihre Fesseln." Als die Frauen unter sich waren, wurden ihre Gesichtszüge wieder weich. Sie setzte sich auf den Rand ihres Schreibtischs. Das Büro war zweckmäßig eingerichtet, die Wände kahl, der Boden nackt bis auf die bloßen Stahlplatten, aus denen die Festung zusammengefügt war. Hinter dem Schreibtisch stand ein einfacher Stuhl. In einem Glaskasten in einer Ecke sah Johanne ein Tier sitzen. Auf einem Bett aus Sand stand ein Wesen, dass sie noch nie gesehen hatte. Zuerst dachte sie, es handle sich lediglich um ein Spielzeug, so unwirklich sah es aus. Obwohl es nicht größer als ein durchschnittlicher Hase war, hatte es einen Kopf, der an einen Löwen erinnerte. Der Körper war mit Stahlplatten gepanzert, auf dem Rücken streckte sich ein Kamm aus messerscharfen Metallspitzen in die Höhe. An den Seiten befanden sich zwei ledrige Flügel. Die Hinterbeine waren die einer Katze, die Vorderfüße jedoch erinnerten Johanne an die Klauen eines Greifvogels.

„Ist er nicht schön?", sagte Jessamyn sanft. Sie öffnete den Deckel und strich sanft dem Wesen über den Kopf. Es schien zu schnurren und flatterte leicht mit den Flügeln.

„Ist das ein *Mantikor*?", fragte Johanne beeindruckt, sich ihrer klassischen Schulbildung erinnernd.

„Fast", sagte Jessamyn. „Es ist ein *Mantichora Julianus*. Meine Mutter hat ihn mir geschenkt."

„Woher kommt er?"

„Ich weiß es nicht. Ein Verehrer hat ihn ihr überlassen. Abends, wenn ich mich entspannen möchte, setze ich manchmal einen ausgehungerten Kampfhund, eine Rotte Skorpione oder ein Nest Schlangen im Büro aus. Dann lasse ich ihn frei und erfreue mich an ihm. Es sind unterhaltsame Abende. Und das Büro ist ja auch leicht zu reinigen."

Dann drehte sie sich zur Luftnomadin. „Du ...", sagte sie leise. „Dass ich dich wiedersehe ... damit hätte ich nicht gerechnet." Sie lächelte immer noch, doch ihre Augen hatten die Freundlichkeit verloren. „Wir hatten eine andere Vereinbarung, nicht wahr?"

Miao nickte. „Ja. Wer tot ist, kann nicht wiederkehren. Ich weiß. Aber ich bin nicht tot."

„Doch, du bist es. Dein altes Ich ist gestorben, als du in die Kapsel gestiegen bist. Es wurde alles arrangiert. Du wurdest beerdigt und deine Probleme mit deiner Familie sind von uns geregelt worden. Sie sind der Überzeugung, dass du tot bist. Und ich war es auch. Du hast scheinbar überlebt und ein neues Leben begonnen. Wieso brichst du unsere Vereinbarung? Du weißt, dass ich das nicht dulden kann? Du bist tot, Devia. Oder wie ist dein neuer Name?"

„Miao."

„Ein passender Name. Schade, dass du ihn nicht lange tragen kannst. Man hat dich gesehen, wie du hierher kamst. Du bist nun erpressbar. Der Name des Herrn, mit dem du die Kapsel betreten hast, ist erst wieder sicher, wenn du tot bist. Warum also setzt du das alles aufs Spiel? Wobei ich sagen muss: Mit dem Metallbein würdest du wieder ausgezeichnet in unser Sortiment passen."

„Weil ich eine neue Herrin habe."

Jessamyn musterte Johanne. „Fräulein deJonker. Ich habe schon viel von Ihnen gehört", sagte Jessamyn freundlich. Sie stand auf und kam auf Johanne zu, der das Herz vor Aufregung bis zum Halse schlug. Was tat sie hier eigentlich? Ob Jessamyn sie nun packen und fesseln würde? Ob sie in einem dieser Keller landen und als Lustobjekt für betagte reiche Männer enden würde? Sie bekam vor Angst feuchte Finger. Doch dann dachte sie an ihren Vater, der in der Hölle vor sich hindämmerte, an ihre Mutter, die aus Gram gestorben war und an ihre Verantwortung Joseph und Marianne gegenüber. Sie musste stark sein. Also streckte sie sich und nickte. „Ja, ich bin Johanne deJonker, Tochter von Julius deJonker, Ingenieurin und Entwicklerin! Ja, die bin ich!"

Jessamyn berührte sie leicht am Arm und führte sie zum Fenster. Dort standen sie nebeneinander und sahen hinaus. Johanne fühlte die Nähe der anderen Frau neben sich. Was wollte sie? Und wie um alles in der Welt konnte diese Frau ihr helfen, den Mörder ihres Vaters zu finden? Es war alles purer Wahnsinn.

„Eine Ingenieurin, nicht wahr?", fragte Jessamyn. „Studiert in Aachen. Reisen ins Ausland, in den Orient. Und nun, ganz alleine nach diesem Schicksalsschlag. Enteignet und verarmt. Von Almosen abhängig, kleben Sie am Rockzipfel von Graf Eyth."

„Graf Eyth …", brauste Johanne auf, doch Jessamyn fuhr dazwischen.

„Machen Sie uns doch nichts vor. Natürlich hilft er Ihnen, sonst wären Sie doch bereits tot. Eine alleinstehende Frau ohne Familie ist schneller im Sumpf dieser Stadt untergegangen, als Sie es sich in Ihren Klein-Mädchen-Träumen vorstellen können."

Sie drehte sich zu Johanne um und sah sie an. „Ich könnte Ihnen helfen, eigenes Geld zu verdienen. Eine Ingenieurin, eine Frau mit Sachverstand und Grips, so etwas ist in bestimmten Kreisen gefragt. Nicht jeder Mann bevorzugt eine dumme Gans im Bett, die alles tut, was er sagt."

Johanne lief rot an. Bot Jessamyn ihr wirklich eine Stelle in ihrem Bordell an? Als Freudenmädchen?

„Verstehen Sie mich nicht falsch", fuhr Jessamyn fort. „Das ist nur ein Angebot. Ich bin gutmütig und kann nicht mit ansehen, wie junge Frauen auf der Straße landen, denn das ist dann wirklich das Ende. Dort werden sie zu willenlosen Objekten der Männer, die ihnen körperlich überlegen sind. Aber hier …", sie fuhr mit dem Arm herum und schloss damit die ganze fliegende Festung mit ein, „hier stehen sie unter meinem Schutz. Alle! Nichts geschieht gegen den Willen der Mädchen. Sie sind immer einverstanden."

„Auch einverstanden zu sterben?"

„Sterben ist ein Teil des Lebens. Manchmal ist es eben nicht eine Frage von Leben und Tod, sondern eine Frage des Preises. Jedes Mädchen, jedes Leben hat seinen Preis."

Johanne schüttelte den Kopf und zwang sich, höflich zu bleiben. „Nein", antwortete sie. „Das ist nicht der Grund, weshalb ich zu Ihnen komme."

„Überlegen Sie es sich. Das Angebot besteht allerdings nicht unbegrenzt! Sobald Sie die fliegende Festung verlassen, erlischt es."

Johanne schüttelte den Kopf. „Nein, auf keinen Fall. Ich bin hier, um meinen Vater zu rächen. Ich muss mit Isambard sprechen."

Jessamyn sah Johanne still an. „Ist das Ihr letztes Wort?"

„Ja, das ist es."

„Nun gut. Wachen!"

Die Tür wurde aufgestoßen und die beiden Wärter kamen erneut herein gestürmt.

„Sie hatten die Wahl, Fräulein deJonker. Miao hatte sie nicht." Und zu den Wächtern gewandt sagte sie: „Bringt die Luftnomadin weg. Sie wird noch heute Nacht begraben."

Johanne brauste auf. „Was soll das? Wieso soll sie sterben? Weil ich mich nicht in eurem Bordell verkaufen will?"

„Miao hat ihren Vertrag gebrochen, als sie in die Festung zurückkehrte. Sie wusste, was ihr blüht. Sie hat ihre Sicherheit für Sie aufs Spiel gesetzt. Die Regeln sind eindeutig, ein Leben kostet ein anderes. Ich habe Ihnen ein beschütztes Leben in unseren Reihen geboten, dafür hätte ich vielleicht Miao verschont. Doch Sie haben sich für Isambard entschieden. Das ist das Todesurteil für euch beide. Miao stirbt den Verrätertod und Sie werden früher oder später in der Gosse landen. Aber mir ist es dann egal."

Die Wächter zerrten an Miao, während Johanne sie nur entsetzt anstarrte. Was hatte sie getan? Doch Miao riss sich los und humpelte auf Johanne zu. Die Luftnomadin nahm sie bei den Händen. Ihre großen braunen Augen sahen sie traurig an. „Ich habe damit gerechnet, Herrin. Ich war Euch sowieso nur eine Last und kein wirklich guter Leibwächter. Wenn Ihr Rache an dem Mörder Eurer Familie nehmt, dann ist das auch meine Rache. Ich hatte nie eine Chance. Nutzt die Eure!"

Dann küsste sie die verdutzte Johanne auf den Mund. Es schien, als würde die Zeit stehen bleiben.

„Nein", rief Johanne und löste sich von ihr. „So nicht!" War sie wirklich bereit, alles um sie herum zu opfern, nur um die Unschuld ihres Vaters zu beweisen? Sie wusste doch, dass er unschuldig war. Musste sie es der ganzen Welt beweisen und damit alle um sich herum in den Tod treiben?

„Nein ", sie drehte sich zu Jessamyn um. „Vergessen wir das mit Isambard. Ich nehme Miao und wir verschwinden. Wir waren nie hier."

Jessamyn lächelte verständnisvoll und schüttelte den Kopf. „Vertag ist Vertrag. Bringt sie weg."

Die Wachen ergriffen Miao und zerrten sie hinaus. Johanne wollte hinterher stürmen, doch Jessamyn packte sie mit einem solch festen Griff, den Johanne der jungen Frau gar nicht zugetraut hätte.

„Das ist nicht fair!", rief Johanne. „Ich habe von dem Vertrag nichts gewusst!"

„Das ist doch nicht meine Schuld", sagte Jessamyn. „So ist das nun mal. Derjenige, der sich nicht genug informiert, wird untergehen. Es ist das Jahr 1899, meine Liebe. Es ist das Zeitalter der Informationsgesellschaft! Neue Techniken machen vieles möglich. Nachrichten sind innerhalb von Tagen, manchmal sogar nur Stunden rund um den Erdball verschickt. Wer schnell ist und den Vorteil zu nutzen weiß, wird überleben. Niemand hat je gesagt, dass man dabei fair sein muss." Sie kam näher und beugte sich zu ihr. „Nehmen Sie es als kostenlosen Rat mit auf den Weg! Fairness wird Ihnen nie den Sieg bringen. Ihre Gegner werden auch nicht fair sein. Sie werden Sie täuschen und betrügen, wo es nur geht. Niemand, niemand wird restlos ehrlich sein. Jeder hat seine eigenen Gründe für sein Handeln. Und diese wird er Ihnen nie ganz offenbaren."

Johanne dachte nach. Ihr Herz fühlte sich an wie ein tiefes schwarzes Loch, in das nie mehr ein Sonnenstrahl fallen würde. Noch schäbiger konnte sie sich nicht mehr fühlen. Sie hatte Miao versprochen, sie zu beschützen. Die Luftnomadin hatte sich auf sie verlassen und sie zur Festung der Drab-Masi geführt. Und jetzt hatte Johanne sie im Stich gelassen. Hatte noch nicht mal richtig gekämpft. Aber es wäre aussichtslos gewesen. Sie wären beide gestorben. Miao musste das vorher gewusst haben. Trotzdem war sie hierher gekommen. Wieso?

Jessamyn riss sie aus ihren Gedanken, indem sie sie fest am Ellenbogen packte und sie vor sich aus dem Büro schob. Sie führte sie die Treppe hinunter.

„Wir warten noch, bis es dunkel ist. Dann bringt Sie ein Faultier zu Isambard." Sie öffnete eine Tür und stieß Johanne hinein. Bevor sie sich versah, knallte die Tür hinter ihr zu und Johanne war eingesperrt. Im dämmrigen Zwielicht des hereinbrechenden Abends sah sie sich in dem Raum um. Eine Hitzewelle schlug ihr entgegen. Irgendwo flackerte ein Feuer und es roch verbrannt. Dunkel und drohend erkannte sie den hinteren Teil eines Geschützes. An den Wänden hingen zwei weiße Anzüge, ähnlich denen, die Johanne bereits in Nervenheilanstalten gesehen hatte, mit Schnüren und Lederriemen. Jetzt erkannte sie, dass man das Feuer durch ein vergittertes Fenster in einem gewaltigen Kessel flackern sehen konnte. Mit unzähligen Hebeln und Rädern, Handläufen und Anzeigen schien man eine gewaltige Anlage steuern zu können. Johanne wurde bewusst, dass dies der Maschinenraum des Luftschiffs sein musste. Dann sah sie den riesigen, halbnackten Mann, der bedrohlich aus den Schatten des Raumes auf sie zukam.

Nantucket

Johannes Herz schlug erneut bis zum Hals. Angst machte sich in ihr breit. Der riesige Mann kam langsam näher. Ob man sie nun doch zu einem Freier gesteckt hatte? Ob Jessamyn sie einfach verraten und verkauft hatte? Niemand wusste, dass sie hier war. Noch nicht einmal Joseph hatten sie genau eingeweiht. Niemand würde hier nach ihr suchen. Hätte sie doch ihren Schirm mitgenommen, schimpfte sie mit sich. Es war Wahnsinn gewesen, sich überhaupt auf die Drab-Masi einzulassen.

Johanne wich einen Schritt zurück, die Augen starr auf den dunklen Riesen gerichtet, noch einen Schritt, dann stieß sie gegen die Wand. Sie dachte an die Druckluftpistole, die in ihrem Ausschnitt steckte. Schnell griff sie sich an den Busen, doch der Mann schnellte vor und packte ihre Hand. Jetzt war er ganz nah und Johanne konnte zum ersten Mal in der Dämmerung sein Gesicht richtig sehen. Unter dichten Augenbrauen wölbte sich in einem scharfen Bogen eine Nase, seine dunklen Augen fixierten sie. Seine Haut war von einem bronzenen Ton und der Körpergeruch war streng, aber nicht unangenehm. Über seine Stirn und seine Wangen rankten sich tätowierte Muster, Schlangen und Symbole. Ebenso war sein gesamter Oberkörper mit Bildern bedeckt, die große Fische, Seeungeheuer und gewaltige Schlachten zeigten, immer wieder unterbrochen von langen, tiefen Narben.

Johanne zitterte. Unter diesen Pranken würde sie zerbrechen. Das war das Ende, und wenn sie heute nicht sterben würde, würde sie in unendlichem Leid den Rest ihres Lebens verbringen, eingesperrt in dieser Festung, die Tod und Verderben in die Kolonien bringen sollte und nun zum Käfig für so viele Mädchen und Frauen geworden war.

„Ich Nantucket", grollte der Riese. Er zwang Johannes Hand an ihre Hüfte, wo er sie losließ. „Nantucket dich bringt Isambard. Später."

Johanne starrte auf Nantuckets Rücken, als sie ihren Ausschnitt richtete. Hatte er gerade gesagt, dass er sie zu Isambard bringen würde? Erleichtert rutschte sie an der Tür hinab und sah dem Riesen hinterher. Auf seinem Rücken war nur ein Bild zu sehen. Ein gewaltiger Kraken, der seine Fangarme hoch in die Luft schleudert, wo ein einzelner Mann mit Flügeln und einer Harpune auf ihn wartete.

Quer über dieses Bild verliefen in einer Reihe, wie eine Perlenschnur, runde Narben, die von Saugnäpfen zu stammen schienen.

„Ich bin Johanne", sagte sie zitternd. „Johanne deJonker." Es konnte nicht schaden, sich vorzustellen. Wenn dieser wilde Kerl sie zu Isambard bringen würde, schien er in die Geheimnisse der Drab-Masi eingeweiht zu sein. Wer weiß, dachte Johanne, vielleicht kann ich ihn überreden, mir etwas über Miao zu sagen, oder sie gar zu retten, bevor sie lebendig begraben wird? Wie hatte Jessamyn es ausgedrückt? Jedes Leben hat einen Preis. Und wenn es der Preis dafür ist, das Leben eines anderen zu retten.

Schnell bedachte sie ihre Optionen. Sie musste zu Isambard. Aber sie musste auch Miao retten. Ihre Erfolgswahrscheinlichkeit, mit einer kleinen Druckluftpistole bewaffnet, die gesamte Festung zu stürmen, war verschwindend gering. Sie konnte sich noch nicht mal durch die Gänge schleichen, da sie diesen Raum nicht verlassen konnte. Ihr war aufgefallen, dass Jessamyn die Tür zwar von außen verschlossen hatte, aber es von innen keine Möglichkeit gab, sie zu öffnen. Sie war mit Nantucket eingesperrt. Er konnte mir ihr machen, was er wollte.

Aber wie sollte er sie denn zu Isambard bringen, wenn es hier nur die Geschützpforte gab? Sie bemerkte eine kleine Tür, die offensichtlich nach draußen ging, aber durch das Fenster sah sie, dass dort nichts außer der kalten Außenluft war. Wahrscheinlich ein Wartungsausgang. Vielleicht würde der ganze Raum ja auch von der Festung loskoppeln und dann zu Isambard schweben, so wie die Liebeskapseln, die sie zusammen mit Miao beobachtet hatte …

Miao, dachte sie traurig. Wie es ihr wohl ging? Sie wollte es sich gar nicht ausmalen. Doch sie schwor sich, alles daran zu setzen, ihr das Leben zu retten. Noch war sie nicht am Ende. Vielleicht würde Nantucket ihr helfen. Und wenn nicht … schließlich war sie auf dem Weg zu Isambard. Das Oberhaupt der Drab-Masi hatte doch bestimmt die Möglichkeit ein Todesurteil aufzuheben? So weit war sie schon gekommen. Sie war kurz davor, die geheimnisvollste Person in Wilhelmstadt kennen zu lernen. Ganz wohl war ihr nicht bei dem

Gedanken. Ihr Vater soll mit einem der berüchtigtsten Kriminellen Wilhelmstadts gemeinsame Sache gemacht haben? Im Stillen hoffte sie um seinetwegen, dass es sich hier um ein Missverständnis handeln würde. Aber tief in ihrem Inneren wusste sie bereits, dass dem nicht so war. Dazu hatte sie in letzter Zeit zu viel Neues über ihren Vater erfahren. Dunkle Künste und seine Bekanntschaft mit Isambard waren da nur Teilchen, die sich in das neue Bild, das sie von Julius deJonker hatte, einfügten.

Johanne sah sich um. Nantucket begann, das Geschütz zu öffnen und drehte dabei an einem Rad, um den Verschluss zu bewegen. Neben ihm lag Munition, wie sie Johanne noch nie gesehen hatte. Es schienen doppelte Projektile zu sein, von denen jedes einzelne aussah wie eine stählerne Flasche. Doch sie waren über Ketten miteinander verbunden. Johanne registrierte außerdem ein Gewirr aus Stahlseilen und Kabeln. An der Wand hing ein Stadtplan von Wilhelmstadt. Johanne erkannte sofort die typische Form und die einzelnen Segmente. Aber über das Bild war engmaschig ein Raster gelegt worden. Johanne stand auf und sah sich das Bild genauer an.

„Sind das Koordinaten?", fragte sie. Sie sah auf das Geschütz und auf Nantucket, der begann, dass Geschütz zu befüllen. Plötzlich begriff sie. Der Kaiser! Es fiel ihr wie Schuppen von den Augen: Der Wilde war dabei, Wilhelmstadt zu beschießen! Der Kaiser! Sollte er ermordet werden? Wilhelm II. war sicher bereits in der Stadt, um an dem geplanten Kaiserball am nächsten Tag teilzunehmen, den der Polizeipräsident ausrichtete. Wilhelmstadt war kaum gegen Angriffe aus der Luft geschützt; keiner erwartete einen solchen Angriff. Aber war man dafür nicht zu weit von der Stadt entfernt? Oder konnten die Geschütze tatsächlich auch aus dieser Entfernung ihr Ziel treffen?

Sie spann ihre Gedanken weiter. Mit wem arbeiteten die Drab-Masi zusammen? Hatten die Franzosen ein ausreichendes Interesse an einem toten deutschen Kaiser? Oder der russische Zar nach den Vorkommnissen um die Gräfin Organoff? War ihr Vater einer internationalen Verschwörung auf die Schliche gekommen und musste deshalb aus dem Weg geräumt werden? Oder war er gar daran beteiligt gewesen? Und war eine Abneigung gegen den Kaiser wirklich Grund genug sich durch einen Angriff öffentlich gegen das Kaiserreich zu stellen? Das glich einer Kriegserklärung.

Langsam dämmerte es Johanne, dass sie vielleicht das Schicksal Europas in den Händen hatte. Johannes Gedanken rasten. Sie musste etwas tun, aber was? Nantucket schloss mit einem Knall die Luke und schob das Geschütz allein durch Muskelkraft zurück an seinen Platz. Dann kam er auf Johanne zu. Er stellte sich vor sie, schob sie sanft zur Seite, legte einen Finger auf die Karte der Stadt, kniff die Augen zusammen und las die Zahlen von dem Raster ab. Dabei bewegten sich seine Lippen leicht.

Dann ging er zurück zum Geschütz. An einer Skala drehte er ein weiteres Rad, woraufhin das Rohr so federleicht zur Seite schwang, als sei es nicht aus tonnenschwerem Stahl, sondern aus Papier. Johanne hörte unter dem Rohr leise ein Ventil zischen. Dampfkraft! Ein weiteres Rädchen justierte die Höhe des Geschützes. Nantucket warf einen weiteren Blick auf die Karte, um sich zu vergewissern, dass er die richtigen Zahlen abgelesen hatte. Dann nickte er und trat einen Schritt zurück.

Johanne wusste, dass nun der Zeitpunkt gekommen war, zu handeln. Sie durfte nicht zulassen, dass Kriminelle ihre Heimat in Schutt und Asche legten! Wer auch immer hinter diesem Angriff steckte, Johanne würde es vereiteln. Ihr Vater, ihre Familientragödie, ihre Rache, sogar Miaos Schicksal waren plötzlich in den Hintergrund getreten.

Doch warum hatte Jessamyn sie ausgerechnet jetzt hier herein gesteckt? Siedend heiß wurde ihr klar, dass man ihre Anwesenheit ausnutzen würde. Sie würde getötet und bei dem Geschütz gefunden werden. Niemand würde daran zweifeln, dass die Tochter eines verurteilten Verräters in der Lage war, ein Attentat auf den Kaiser durchzuführen.

Nantucket streckte die Hand aus und berührte einen Hebel, der den Schuss auslösen würde. Johanne griff erneut an ihren Ausschnitt und zog ihre Waffe hervor.

„Nicht mit mir, Verräter!", brüllte sie und schoss.

Das Projektil verfehlte Nantucket nur um Millimeter. Mit lautem Getöse prallte die Kugel von der Stahlwand ab und pfiff als Querschläger durch den Raum. Kleine Blitze leuchteten dort auf, wo sie abprallte, viel zu schnell für das menschliche Auge. Erschrocken warf sich Johanne auf den Boden und hob ihre Arme schützend über ihren Kopf.

Als schließlich der Krach aufhörte, stand Nantucket schon über ihr, zog sie auf die Beine und entwand ihr die Pistole, die sie immer noch in den Fingern hielt. Mit einem Ruck riss er den Hochdruckschlauch aus der Waffe und warf sie ihr wieder zu.

Er baute sich vor ihr auf, seine Augen funkelten. Ich hab's versaut, dachte Johanne und kauerte sich zusammen. Jetzt würde er sie einfach umbringen und dann mit dem Anschlag fortfahren.

„Warum?", fragte Nantucket. „Nantucket bringt Johanne Isambard. Warum Waffe?"

Johanne lachte auf und nahm ihren ganzen Mut zusammen. „Hah!", rief sie. „Von wegen Isambard. Du willst mich einlullen! Den Kaiser werdet ihr ermorden und mich als Täterin hinstellen! Wer bezahlt dich dafür? Sind es Spione? Die Franzosen? Oder gar die Engländer?"

Nantucket legte den Kopf schief. Dann lachte er. „Kaiser? Nein, Isambard. Johanne zu Isambard."

Johanne glaubte ihm nicht. „Und das Geschütz? Die Koordinaten? Ich weiß, dass der Kaiser in der Stadt ist. Wieso willst du die Stadt beschießen? Eine Erpressung?"

Nantucket schüttelte den Kopf und ging zum Hebel. „Ohren zu", riet er ihr, dann drückte er den langen Metallstab hinab. Die Welt um Johanne wurde erschüttert, sie wurde wieder zu Boden geworfen. Ihr Trommelfell schmerzte und die Ohren rauschten. Als sie wieder aufsah, bemerkte sie, wie von der Spule ein Kabel abgerollt wurde und durch die Geschützpforte im Himmel verschwand.

„Kein Kaiser", sagte Nantucket und zeigte zum dunklen Himmel. „Weg zu Isambard."

Johanne starrte hinaus. Sie sah das Kabel in der Luft hängen und weiter oben das Projektil, das plötzlich größer wurde und sich zu einem Ballon formte.

„Luftboje", sagte Nantucket. „Weg zu Isambard. Noch fünf." Damit bückte er sich und belud das Geschütz mit den nächsten Geschossen.

Johanne blieb sprachlos liegen. Dann dämmerte es ihr. Was bin ich für ein Narr, dachte sie. Luftbojen! Was aber wollten sie damit? Ob sie damit einen Weg markierten, dem ein Luftschiff folgen konnte? Eine geheime Markierung, die vom Boden aus im Dunkeln nicht zu sehen ist? Wird damit ein Himmelsweg erzeugt, über den ich ans Ziel gebracht werden kann?

Fünfmal erschütterten die Explosionen noch die Geschützkammer und füllten sie mit Qualm und Rauch. Es stank entsetzlich nach Pulver und Feuer. Doch schließlich hatte Nantucket fünf weitere Bojen am Himmel über Wilhelmstadt platziert. Dann nahm er einen der großen Anzüge von der Wand und stellte ihn mit Schwung vor Johanne auf die Beine. Johanne hatte die Anzüge beinahe schon wieder vergessen gehabt.

Dieses Ding ging ihr bis über den Kopf, war bestimmt zwei Meter hoch und sah aus wie ein überdimensionaler Tauchanzug. Der Anzug selber bestand aus dickem Leinen und war über einen Reißverschluss an der Vorderseite zu öffnen. Arme, Beine, Bauch und der Kopf waren aber mit Manschetten an ein Messingskelett gebunden, das die Konstruktion aufrecht hielt. Außerdem ragten in Kopf- und Fußhöhe noch jeweils zwei weitere Metallarme aus dem Skelett. Auf dem Rücken war in einem Käfig eine Zahnradkonstruktion angebracht, die wiederum mit den Zusatzarmen verknüpft war. Darunter, ebenfalls auf dem Rücken, befand sich ein stählerner Zylinder mit einem kleinen Ventil. An dieses Ventil schloss Nantucket nun einen Schlauch an, der aus der Wand kam, direkt aus dem Dampfkessel, der das Geschütz bewegt hatte.

„Langer Weg bis Isambard. Johanne viel Druck."

Johanne verstand nicht wirklich, was der Schütze meinte, aber sie glaubte, zu erkennen, dass er den Zylinder mit Druck befüllte. Was Nantucket wohl damit vorhatte?

Johanne versuchte, ihre Gedanken zu fokussieren. Nantucket schien sie von der Festung herunter bringen zu wollen. Doch der Gedanke an Miao ließ sie nicht los. Sie konnte nicht einfach so weitermachen, als sei nichts geschehen. Vielleicht war Miao ja noch gar nicht tot! Vielleicht konnte sie ihr noch helfen, sie retten! Sie musste es versuchen. Die Tür war zwar abgeschlossen, aber Nantucket musste doch sicherlich einen Schlüssel haben. Oder wissen, was mit der Luftnomadin geschehen würde. Wenn sie wüsste, wo sie ihre Leibwächterin hinbrachten, könnte sie vielleicht wieder kommen, vielleicht mit der Polizei, und sie retten! Ja, Hauptmann Esser würde ihr sicherlich helfen. Aber dazu musste sie wissen, wo Miao nun war.

„Nantucket?", fragte sie den Wilden.

„Hmmm…"

„Wo kommst du her?"

„Nantucket."

„Nein, wo du herkommst, nicht wie du heißt!"

„Nantucket. Insel vor Küste Amerika. Walfang. Große Stadt. Viele Schiffe. Viel Blut, viel Kampf."

Johanne blieb kurz still, als sie sich den Hafen dieser amerikanischen Stadt vorstellte. Riesige Schiffe, deren Masten und Schornsteine in den Himmel ragten, der Gestank von Meer, totem Fisch, und Lebertran. Ungewaschene Männer, die sich betranken und in der Gosse lagen.

„Heute Nantucket kein Walfang. Nantucket jetzt Wilhelmstadt."

„Warum bist du bei den Drab-Masi? Du bist doch kein Krimineller!"

„Johanne jetzt Isambard."

„Nein, warte. Du musst mir helfen. Bitte! Sag mir, was mit Miao geschieht. Du weißt das doch bestimmt."

„Nantucket schüttelte den Kopf. „Kenne nicht Miao."

Stimmt, dachte Johanne. Und sie erzählte ihm, was geschehen war.

„Schlimm", sagte Nantucket. „Miao tot. Wird heute noch begraben."

Johanne wollte ihren Ohren nicht trauen. „Wie meinst du das?"

„Drab-Masi nicht töten Miao. Miao schon tot. Drab-Masi begraben nur Tote."

„Woher weißt du, dass Miao schon tot ist?"

„Mädchen schon tot, als kam auf Luftschiff. Brechen Vertrag, Mädchen sterben."

155

„Also ist sie vielleicht noch am Leben?"

„Mädchen noch leben. Körper noch atmen. Aber wird begraben. Dann sterben. Nantucket nichts können tun. Johanne nichts können tun. Miao tot. Johanne Isambard."

Johanne lief es eiskalt über den Rücken: Miao würde heute noch lebendig begraben. Sie würde qualvoll ersticken. Johanne wollte es sich gar nicht so genau vorstellen. Die Dunkelheit, die Enge des Sarges. Sie musste ihr helfen! Unbedingt. Aber wie?

„Du jetzt Isambard. Himmel dunkel."

„Nantucket, wo wird sie begraben?"

„In Grab."

„Ja, aber welches?"

„Miao Grab."

Jetzt wurde Johanne fuchsteufelswild und schlug mit ihren Fäusten auf Nantucket ein. „Du musst mir helfen, verdammt, und mich nicht verhöhnen! Sag mir sofort, was du weißt!"

Nantucket stand bewegungslos vor ihr und war von ihren Schlägen unbeeindruckt.

„Nantucket alles sagen. Johanne jetzt Isambard."

„Hilf mir, sie zu retten! Ich gebe dir alles was du willst", zog Johanne ihre letzte Karte. „Ich besitze nicht viel, aber vielleicht …"

Sie schluckte. Der Gedanke, sich diesem Riesen anzubieten, war zu demütigend. Aber ihr Körper, war alles, was sie hatte.

Sie griff an ihren Rücken und begann, ihr Kleid aufzuknöpfen, doch Nantucket schüttelte den Kopf.

„Johanne jetzt Isambard."

„Nein!", rief sie verzweifelt. „Wir müssen Miao retten, sie darf doch nicht sterben!" Nantuckets Blick fiel auf Johannes Ausschnitt und blieb dort hängen. Ob ich ihn doch verführen kann?, fragte sich Johanne schaudernd, als sie seinen Blick auf ihrem Busen spürte. Sie wollte das nicht tun, jeder Faser in ihr widerstrebte es, sich diesem groben Riesen hinzugeben. Ihr Magen verkrampfte sich, als sie bemerkte, dass Nantuckets Blick an ihrem Hals klebte.

„Du mir geben Preis, wenn ich Hilfe?" Nantucket sah ihr nicht in die Augen. Seine Haut glänzte vor Schweiß und Fett. Er war eine dunkle, bedrückende Erscheinung, allein schon seine Gegenwart reichte, um Johanne vor Furcht erschaudern zu lassen. Nur seine hellen blauen Augen strahlten wie zwei Kerzen in der finsteren Nacht.

„Ja", hauchte Johanne. „Ich zahle den Preis."

„Ich will das", sagte Nantucket und griff ihr an den Hals. Johanne keuchte auf, als er an ihrer Halskette riss. Sie hatte das Gefühl, als wollte er sie erwürgen, aber mit einem kurzen Riss, hatte er ihr den Rosenquarz abgerissen und trat einen Schritt zurück.

Johanne rieb sich erschrocken die Kehle. Sie war verstört, aber auch erleichtert.

„Wozu brauchst du den Stein?"

Nantucket kauerte sich auf den Boden und betrachtete fasziniert den Rosenquarz, bevor er leise flüsterte: „Jessamyn hören meine Gedanken. Wenn Nantucket träumen von Flucht, denken an Meer und den großen Wal, wenn Nantucket nimmt den Mut zusammen, Drab-Masi zu verlassen ... Jessamyn weiß. Und sie bestrafen Nantucket." Gedankenverloren fuhr er sich über eine große Narbe, die seine linke Schulter in zwei Hälften teilte. „Aber jetzt ... Nantucket frei."

Johanne ahnte nur, wovon Nantucket sprach. Ob die Drab-Masi ebenfalls eine hochmoderne Technologie besaßen, ebenso wie die Kaiserliche Geheimpolizei? Ob Jessamyn die Gedanken ihrer ‚Mitarbeiter' kontrollieren konnte? Wenn das so war, wäre das eine furchtbare Entwicklung. Eine solche Technologie in solch skrupellosen Händen. Das war sicherlich nicht der Grund, warum ihr Vater oder andere Ingenieure ihre Erfindungen machten. Aber, wurde ihr klar, wenn man aus einer Technik Profit schlagen konnte, dann würde sich jemand finden, der das auch tat. Zu welchem Preis auch immer. Jede Erfindung konnte zum höheren Wohl eingesetzt werden oder zur Befriedigung von niederen Instinkten. Es ist nie die Maschine, die böse ist, sondern stets der Mensch, der sie bedient.

„Du bist mir etwas schuldig", sagte sie Nantucket.

Der Walfänger sah sie von unten aus seinen blauen Augen aus an. Abrupt stand er auf. Er griff Johanne, hob sie hoch und steckte sie in den Anzug. Mit sanfter Gewalt schob er ihre Arme durch die Ärmel des Anzugs, hob ihren Rock, um ihre Beine in das Leinen zu schieben und schien dabei noch nicht mal einen Blick auf die weiße Haut ihrer Schenkel zu werfen. Mit einem Ruck zog er den Reißverschluss hoch. Johanne hing nun in dem Anzug wie ein nasser Sack an dem Metallgestell. Sie konnte mit ihren Händen gerade so den Reißverschluß packen und wollte ihn wieder aufziehen, doch Nantucket verhinderte das.

„Hey!", rief sie. „Wir hatten eine Abmachung! Ich bekomme noch deine Hilfe, um Miao zu retten!"

Er blickte sie an. „Jessamyn sagt, *die Göttin der Toten erhört nur die Drab-Masi. Nur die Sonne der Drab-Masi findet den Weg in die ewige Dunkelheit.* Vierhundertdreizehn! Vierhundertdreizehn!"

Johanne starrte ihn fassungslos an. Was sollte sie denn damit anfangen? War das sein Ernst? Sollte das seine Hilfe sein? Als sie noch überlegte, ob sie lachen oder weinen sollte, ging plötzlich alles ganz schnell. Nantucket hob sie hoch, schleppte sie zu der Stahltür, die zur Außenseite des Raums führte und öffnete diese mit einer Hand. Eisige Luft strömte in den Raum. Johanne konnte unten in der Dunkelheit die Lichter auf dem Rhein und in der Ferne den Schein Wilhelmstadts sehen. Die Höhe machte sie schwindelig. Dann warf Nantucket sie einfach aus der Tür.

Das vollmechanische Faultier

Johanne blieb die Luft weg. Sie fiel in die Dunkelheit. Dann ging ein Ruck durch ihren Körper und das Fallen hörte auf. Hilflos hing sie in der Luft, unter sich in dunkler Tiefe die Lichter des Dorfes, um sie herum brauste der Sturm. Regentropfen schlugen ihr ins Gesicht und Böen zerrten an ihr. Sie drehte den Kopf nach oben und sah, dass die Klauen ihres Exoskeletts sich in dem Kabel eingehakt hatten. Johanne baumelte wie ein Blatt an einem Ast unter diesen dünnen Haken. Wie sollte sie so zu Isambard kommen? Etwa fliegen? Sie ruderte leicht mit den Armen, doch dadurch geriet sie noch mehr ins Schaukeln, was dazu führte, dass ihr schwindelig wurde. Eigentlich hatte sie keine Höhenangst. Wenn das Kabel, das vom Geschützraum zur ersten Luftboje gespannt war, reißen würde, oder eines der dünnen Ärmchen, diese winzigen Lebensfäden …

Plötzlich spürte sie, wie es in dem Kasten auf ihrem Rücken zu arbeiten begann, das Vibrieren der Zahnräder, hörte das metallische Klacken und glaubte, die Schläge kleiner Kolben zu spüren, die durch die Druckluft in Bewegung gesetzt worden waren und nun einen Mechanismus ausgelöst hatten. Vorsichtig drehte sie wieder den Kopf – und erstarrte. Zu ihrem großen Schrecken sah sie, wie sich einer der vier Arme von dem Kabel löste und in die Luft streckte. Dann ließ ein zweiter los. Johanne wagte nicht zu atmen. Jede Bewegung, so glaubte sie, hätte in dieser Situation den unweigerlichen Absturz zur Folge.

Als der dritte Arm sich streckte, begann der Apparat sich fortzubewegen. Der erste Arm landete sanft ein Stück weiter vorne und zog Johanne hinter sich her. Dann folgte der zweite Arm, griff sich das Kabel wiederum ein Stück weiter vorne, während der letzte Arm losließ.

Es bewegt sich, dachte Johanne. Es klettert über das Kabel, wie eine Spinne an einem Faden, nur dass es vier statt acht Beine hatte. Und jetzt erst erkannte sie die Bedeutung des Namens, den Jessamyn genannt hatte. Diese sonderbare Konstruktion musste das Faultier sein. Gemütlich und sorgfältig bewegte sich der Apparat und erinnerte Johanne an die Beschreibungen, die sie von diesem wunderlichen

Tier aus dem Regenwald gelesen und gehört hatte. Es zischte auf Johannes Rücken und gleichmäßig, wie bei einer Dampfmaschine, drehten sich die Räder. Langsam, bedächtig und vorsichtig hangelten sie sich an dem Kabel entlang, nicht mehr als zehn, fünfzehn Meter pro Minute.

Johanne starrte hinaus in die Dunkelheit. Sie war vollkommen hilflos, sie hing wie eine Maus in den Klauen eines Adlers an diesem Ding und konnte nichts dagegen unternehmen. Plötzlich bekam sie Angst. Denn das Faultier bewegte sich nicht besonders schnell. Angenommen, Isambard befand sich irgendwo in Wilhelmstadt, so war der Weg, den sie bis dahin zurücklegen müsste, bestimmt fünf bis zehn Kilometer lang. Wenn er sich außerhalb der Stadt aufhielt, konnte es auch noch weiter sein. Bei der Geschwindigkeit würde sie mehrere Stunden dafür brauchen, vielleicht sogar die ganze Nacht. Bis dahin war sie entweder erfroren, oder im strömenden Regen ertrunken.

Eigentlich war diese Konstruktion eine gelungene Sache, dachte sie anerkennend. Die Drab-Masi waren eine kriminelle Gemeinschaft, eine Familie von Verbrechern, Dieben, Einbrechern und wahrscheinlich sogar Mördern. Die kühnsten Verbrechen waren ihnen nachgesagt worden. Sie waren in Gebäude eingedrungen, die von allen Seiten schwer bewacht gewesen waren. Und Johanne ahnte nun, wie sie das angestellt hatten. Mittels der Luftbojen und dem Faultier waren sie im Schutz der Nacht bis zu dem Ort des Geschehens gekrochen, hatten sich von dort abgeseilt und waren dann, ungesehen mit Diebesgut, Beute oder gar den entführten Personen wieder verschwunden. Aber das Faultier war so langsam! Das sollte so gar nicht zu dieser agilen und vorsichtigen Gruppe passen.

Plötzlich wurde ihr Köper durchgeschüttelt, als sei das Faultier gegen eine Mauer gelaufen. Hektisch versuchte Johanne, sich zu drehen, um zu sehen, was geschehen war. Ob man sie entdeckt hatte? Ob jemand mit einem Luftschiff ... doch ein Blick nach oben ließ sie erleichtert und gleichzeitig besorgt ausatmen. Sie hatten die erste Luftboje erreicht. Irgendwie war Johanne davon ausgegangen, dass sie einfach unter den Bojen entlang laufen konnten, doch das erste Kabel endete hier und das Faultier musste umgreifen. Der Apparat schien durch den Widerstand animiert worden zu sein, ein anderes

Programm zu starten, denn die Zahnräder klackten und begannen automatisch, den Armen eine andere Bewegung zu vermitteln. Die Kolben schlugen schneller, die Schläge der Ventile tönten heller.

Doch bevor sich Johanne erneut fragen konnte, wie die Luftbojen sich überhaupt in der Luft hielten, hatten sie das Hindernis überwunden – und begann zu rutschen. Johanne hatte das Gefühl, im freien Fall ungebremst auf Wilhelmstadt zuzustürzen. Das Faultier bewegte sich nicht mehr, sondern seine Klauen hatten sich leicht auf das Kabel gelegt, das nun in einem steilen Abwärtswinkel zur nächsten Luftboje hin gespannt war. Johanne fühlte sich wie auf einer Rutschbahn. Sie entspannte sich und begann, den Flug zu genießen. Unter ihr rauschte das Land hinweg. Sie überquerten den Rhein und näherten sich dem zweiten Segment von Wilhelmstadt. Dies war das Segment des Ingenieurs Barabas. Man konnte deutlich seine Handschrift in der Bebauung erkennen. Weitläufige Straßen, viele freistehende Häuser und Parks. Aber auch erste Visionen eines gemeinsamen Zusammenlebens waren in diesem Segment verwirklicht worden. Ursprünglich waren die Häuser der Arbeiter um einen gemeinsamen Garten herum konzipiert worden, sodass sich eine zusammenwohnende Gemeinschaft in ihrer Freizeit ebenfalls aus dem Garten ernähren konnte. Künstliche Wasserläufe bewässerten die Anlagen und verbesserten zusammen mit Bäumen, Sträuchern und Grünanlagen die durch die Abgase der Fabriken mit Ruß geschwängerte Luft. Barabas war Verfechter der Theorie, dass gesundes Essen einen gesunden Arbeiter erschuf. Luft, Erde, Wasser und Liebe, das stellte sich der Ingenieur vor, waren die Grundpfeiler einer funktionierenden, modernen Gesellschaft.

Nachdem Oppenhoff Barabas aufgekauft, sein Haus dem Turm einverleibt und das Segment übernommen hatte, veränderte sich das Gesicht dieses Achtels von Wilhelmstadt. Die Gärten wurden von neuen Häuser verdrängt, die Wohnungen mit immer mehr Menschen befüllt und die Wasserläufe versiegten. Die Vision des Herrn Barabas gab es nicht mehr in Wilhelmstadt.

Kurz vor der nächsten Luftboje veränderte sich das Programm des Faultiers erneut und es begann, zu zischen. Plötzlich standen alle Räder still und Johannes Flug wurde gemächlicher. Das Faultier bremste. Sie wurden immer langsamer und erreichten die zweite Luftboje schließlich wieder im langsamen Faultiermodus. Die Maschine überquerte auch diese Boje und begann, den nächsten Abschnitt entlang zu rutschen.

Sie flogen über die Fabriken, die Gussbahnen und die großen Förderbänder. Johanne konnte in die großen Tiegel sehen und spürte die Hitze aus den Schmelzöfen bis in die eisigen Höhen, in denen sie sich befand. Wenn das Kabel jetzt reißen würde, dachte sie, dann würde ich in den ewigen Feuern von Wilhelmstadt verglühen.

Aber das Kabel hielt und sie sah am Rand der Stadt die Eisenbahnlinie, die man auch den eisernen Rhein nannte. Über sie wurde Wilhelmstadt täglich beliefert und die Waren und Güter, die in der Stadt produziert wurden, wurden hinaus in die Welt gebracht. Eine unserer Lebensadern, dachte Johanne. Bisher reichte die Warenversorgung über den Luftweg noch nicht aus, um sich als einziger Transportweg zu etablieren. Noch kamen und gingen jeden Tag die Schiffe auf dem Wasser des gewaltigen Flusses, Eisenbahnen rauschten hin und her und Fuhrwerke reihten sich aneinander, um Wilhelmstadt zu erreichen oder zu verlassen. Johanne war sich allerdings sicher, dass mit dem Siegeszug der Luftschiffe das ganze Transportwesen revolutioniert werden würde. Schon jetzt waren bei Tag Dutzende davon zu sehen, wie sie über den Fabriken schwebten und punktgenau die Waren, die sie in sich trugen, ablieferten. Damit zu fliegen war einer der großen Träume von Julius deJonker gewesen. Er hatte Johanne versprochen, mit ihr eines Tages bis zum Nordpol zu reisen, in ihrem eigenen Luftschiff. Wie bitter, dachte sie, dass er ausgerechnet in einem stinknormalen Schiff sein Leben verlieren sollte.

Schließlich näherte sie sich einem hohen Gebäude. Die *Nadel*, dachte Johanne und das Faultier hielt genau darauf zu. Sie sah auf der rechten Seite der Spitze das bekannte Luftschiff hängen, das dort seinen ganz privaten Anlegeplatz hatte.

Oppenhoff thronte dort über der Stadt und fühlte sich als heimlicher Herrscher der Stadt. Ob das Faultier sie zu ihm bringen sollte? Oppenhoff als Isambard, dem Kopf der Drab-Masi? Passen würde es, dachte sie. Er hat einen miesen Charakter und ist ein Krimineller.

Aber würde er sich tatsächlich auf diese Art die Finger schmutzig machen? Und außerdem schienen die Drab-Masi doch eine Art Ehre zu haben, einen Kodex und Verhaltensregeln. Das schien nicht zu Oppenhoff zu passen. Er zog aus allem seinen Vorteil und hielt sich nicht mit Vorgaben oder Regeln anderer Menschen auf. Ehre und Versprechen, Verträge und Vereinbarungen galten nicht für ihn.

Und tatsächlich führte das Kabel an der Nadel vorbei, wenige Meter nur, aber es tangierte die Spitze nicht und verlief sich in der Dunkelheit. Johanne konnte Nantucket nur dafür bewundern, dass er diesen Weg geschossen hatte, ohne eines der großen Gebäude mit dem Kabel zu treffen und auch keine Luftschiffe, von denen es nun ja immer mehr gab. Das Faultier bewegte sich langsam auf diesem Abschnitt der Strecke, sodass Johanne ein paar Minuten von außen in das hell erleuchtete Büro Oppenhoffs sehen konnte.

Der alte, grauhaarige Mann saß an seinem Schreibtisch und schrieb. Er trug einen dunklen Anzug und saß mit dem Rücken zu einem großen Ölgemälde. Es zeigte natürlich ihn selbst, denn er war sein größtes Vorbild, hieß es. Hätte er jetzt nur einen Augenblick aufgesehen, so hätte er Johanne vielleicht dort draußen erblickt. Doch sein Kopf blieb gesenkt.

Johanne verkrampfte sich, als sie ihn so anstarrte. Sie wusste immer noch nicht, wer ihren Vater auf dem Gewissen hatte. Es gab so viele Möglichkeiten. War es jemand aus Wilhelmstadt? Jemand der ihren Vater gekannt hatte, vielleicht sogar jemand, der sich ihm als Freund ausgegeben hatte? Oder musste sie gar einen unbekannten ausländischen Spion suchen? Graf Eyths Rolle in der Angelegenheit hatte sie immer noch nicht durchschaut und durch den Tod des Carl Anton von Sachsen-Meiningen war eine internationale Verwicklung nicht unwahrscheinlich. Vielleicht war ihr Vater nur zufälliges Opfer einer viel größeren Intrige? Aber vielleicht lag die Antwort auch viel näher. Oppenhoff hatte Julius schon häufiger Steine in den Weg gelegt. Andere Ingenieure, Erfinder, ganze Unternehmen hatte Oppenhoff aufgekauft, erpresst oder einfach aus dem Weg geräumt, um sie und ihre Ideen in sein Vermögen einzuverleiben.

„Ich schwöre", rief sie in die Dunkelheit hinaus, „wenn du irgendetwas mit dem Tod meines Vaters zu tun hast, dann bringe ich dich zur Strecke! Selbst wenn du dich für immer in diesem Elfenbeinturm versteckt hältst, wenn du mit deinem Luftschiff fliehst – ich werde dich finden und deine Schuld beweisen. Das schwöre ich!"

Damit ließ sie die Nadel hinter sich und flog weiter durch den Nachthimmel über Wilhelmstadt. Irgendwo dort unten war die Hölle, wo ihr Vater lag, irgendwo dort unten war der Friedhof mit ihrer Mutter. Irgendwo dort unten befanden sich auch die verschwundene Marianne und Joseph, der nach ihr jagte, krank vor Liebe und Sehnsucht. Was für eine verfluchte Stadt!

Isambard

Schließlich hatten Johanne und das Faultier die Stadt überquert und zu guter Letzt erkannte Johanne, wohin das Kabel sie führte. Hell erleuchtet in der Dunkelheit sah sie ihr Ziel groß und mächtig vor sich: Tief in einer riesigen Grube und trotzdem alle anderen Gebäude der Stadt überragend, standen die gewaltigen Bagger, die Wunderwerke der modernen Technik und fraßen sich, ungeachtet des Wechsels zwischen Tag und Nacht, durch die Erde, förderten die Kohle und schütteten sie auf die wartenden, gierigen Förderbänder, die sie in die Stadt tragen würden, wo die hungrigen, nie erlöschenden Schmelzfeuer und Kraftwerke, die Kessel der Dampfmaschinen und die Maschinen der Fabriken auf diese schwarze Kostbarkeit warteten. Über dem größten dieser Bagger erkannte Johanne die letzte Luftboje. Wenige Augenblicke später hielt das vollmechanische Faultier über einer Plattform des riesigen Baggers. Obwohl diese bereits den höchsten Punkt der Anlage bildete, hing Johanne noch zehn Meter höher. Nachdem das Faultier gegen die letzte Boje gestoßen war, schien es in Stille abzuwarten.

Johanne befürchtete bereits, dass es sie nun einfach loslassen würde, als sich ein Mechanismus auf ihrem Rücken aktivierte. Langsam und mit einem leisen Schnurren, begann ihr Körper sich in die Tiefe zu bewegen. Es klackte leise, als sie mit den Füßen auf das stählerne Dach des Baggers aufsetzte. Der Wind pfiff ihr erbarmungslos um die Ohren. Johannes Beine wackelten noch vor Aufregung, sie war aber unglaublich erleichtert, wieder festen Boden unter den Füßen zu haben, auch wenn dieser Boden noch über hundert Meter von der Erde entfernt war. Mit zitternden Fingern schälte sie sich aus dem Anzug, zuerst die Arme, dann zog sie die Beine heraus. Nach dem ersten Schritt fiel sie auf die Knie, weil ihre Beine sie noch nicht tragen wollten. Hinter ihr erklang wieder ein Surren. Johanne blickte auf, und sah, dass das Exoskelett weiterhin am Kabel hing, aber den Anzug abgeseilt hatte. Sie fragte sich, mit welchem ausgefeilten Mechanismus wohl das Gerät erkannte, welche Länge das Seil haben musste, und wann der Pilot das Gefährt verlassen hatte. Wahrscheinlich hatte es etwas mit Gewicht, Druck und Gegendruck zu tun. Sie nahm sich vor, darüber nachzudenken, wenn sie wieder zu Hause war.

Johanne öffnete den Anzug und stieg aus ihm heraus. Dann sah sie dem Faultier hinterher, das den Anzug hochzog und sich danach langsam und gemächlich auf den Heimweg machte. Nun war sie auf sich allein gestellt. Selbst wenn sie gewollt hätte, gäbe es jetzt kein Zurück mehr – sie würde Isambard treffen. Aber wo war er?

Johanne sah sich um. Sie stand auf einer Plattform, über hundert Meter über der Erde. Die mit Nieten befestigten Platten und Gitter, die Absperrungen und Treppen waren einheitlich in einem rostbraunen Ton gestrichen, wirkten aber stabil und langlebig. Von hier oben konnte sie auf der einen Seite Wilhelmstadt sehen, auf der anderen Seite das riesige Loch, das die Bagger in die Erde gerissen hatten. Gewaltige Schaufeln gruben sich ununterbrochen in die Erde, warfen sie auf, lieferten sie weiter. Schwere, dornenbespickte Walzen zermalmten, was ihnen unter die Rollen kam. Schließlich wurde die Kohle weiter geführt, verschwand in den Tiefen der Röhren und Lieferbänder, die den Rand des Förderlochs bewuchsen. Wie einsame, uralte Dinosaurier thronten die drei Bagger in diesem Loch, der Quelle allen Reichtums in Wilhelmstadt. Wenn die Eisenbahnen, die Schiffswege und die Luftschiffe die Lebensadern waren, dann war dies hier das Herz der Stadt. Ohne die unablässige Arbeit der Maschinen stünde alles still in Johannes Heimatstadt. Keine Fabrik, kein Kraftwerk, keine Dampfmaschine würde noch laufen. Das Licht würde ausgehen, die Häuser erkalten und die Menschen abwandern. Johanne erschauderte, als sie sich bewusst wurde, welche Macht die Besitzer dieser Maschinen innehatten.

Sie erschrak, als sie sich umdrehte. Hinter ihr stand ihre mechanische Katze und starrte sie an. Wie kommt die denn hierher, fragte sie sich. Ob sie ihr gefolgt war? Sie versuchte, sich an Josephs Worte zu erinnern. Die Katze folgte ihrem Herrn, wenn er in Gefahr war? Ob sie in Gefahr war? Hatte die Katze ihr natürliches Gespür – insofern die Maschine überhaupt über so etwas verfügte, was Johanne bezweifelte – genutzt, um ihre Herrin zu finden?

Sie ging auf sie zu und ging in die Knie, um sie genauer zu betrachten. Sie streckte die Hand aus und wollte sie zu berühren, doch die Maschine wich zurück. Da erst erkannte Johanne, dass das gar nicht ihre Katze war. Jetzt war sie wirklich überrascht. Vor ihr stand eine beinahe identische Nachbildung der Familienkatze von Julius deJonker. Das konnte eigentlich nicht sein. Ihr Vater hatte sie doch selbst entwickelt! Man konnte schließlich nicht einfach in Victor Bovists ‚Kaufmannsladen für spezielle Interessen' gehen und einfach eine kaufen.

Jetzt erkannte sie auch die Unterschiede. Die Augen waren etwas anders geformt, der Blick wirkte nicht so entspannt wie der ihrer Katze, sondern eher neugierig und aufmerksam. Der Körper war schmaler, drahtiger, das Metall hatte einen matteren Glanz. Fast könnte man meinen, dass dies keine Katze, sondern ein mechanischer Kater war. Johanne streckte die Hand noch einmal aus, um das Tier zu streicheln. Sie wollte wissen, ob es sich genauso warm anfühlte wie ihre Katze. Doch da sprang der Kater auf und lief zur Treppe. Seine metallenen Pfoten machten ein klackendes Geräusch auf der Plattform. Am Abgang blieb er kurz stehen und fauchte. Johanne konnte die Glut des Feuers in seinem Körper sehen, Dampf stieg aus den Nasenlöchern. Nein, das war eine andere Maschine, dachte sie. Und sie will, dass ich ihr folge.

Die Metallstufen der Treppe erklangen scheppernd, als der Kater hinab stieg. Johanne folgte ihm, denn das Tier blieb nun nicht mehr stehen, um zu warten. Stufe um Stufe, Treppe um Treppe stiegen sie hinab, doch schien der Erdboden nicht signifikant näher zu kommen. Eine Plattform folgte der nächsten. Sie liefen an gigantischen Ketten vorbei, die irgendwo tief unter ihnen etwas sehr Schweres bewegten. Endlose Röhren standen in rechteckigen Winkeln vom Hauptkörper des Baggers ab, kamen aus der Außenhaut wie unzählige Haare, nur um dann etwas weiter unten wieder im Gebäude zu verschwinden. Überall zischte es, wenn Dampf durch die Pipelines gepresst wurde. Je tiefer sie stiegen, desto lauter wurde der Lärm. Stampfend, unablässig malmend, wie eine Welle, die immer wieder an die Felsen schlägt, hörten sich die Maschinen an.

Der Kater führte sie weiter an der Außenseite hinab. In regelmäßigen Abständen konnte Johanne Notventile erkennen, und auf jeder Etage gab es Pumpen, die Kühlwasser aus dem nahe gelegenen Fluss pumpten, um zu verhindern, dass die Maschinen sich zu sehr aufheizten.

Plötzlich wurde es taghell. Johanne drückte sich schutzsuchend unter eine Treppe. Eine gigantische Flamme stieg aus dem nächstgelegenen Bagger in die Höhe. Und im nächsten Moment war sie wieder verschwunden. Dort, wo gerade noch eine riesige Feuersäule gestanden hatte, waren nur noch ein kleiner Kamin und die dunkle Nacht zurückgeblieben. Als sie sich von dem Schrecken erholt hatte, wurde ihr klar, dass es sich wohl um ein Überdruckventil handeln musste, über das Gas oder ein Übermaß an Feuer abgeführt wurden. Sie bewunderte die Konstruktion, denn hier war mehr am Werk als Dampf und Druck.

Schließlich blieb der Kater vor einer Tür in der stählernen Außenwand stehen, die sich in nichts von den Türen unterschied, an denen sie bislang vorbeigegangen waren. Das mechanische Tier setzte sich hin und wartete. Johanne fragte sich, ob sie etwas machen musste. Ob sie die Tür öffnen sollte? Gerade trat sie nach vorne, um der Tür einen Stoß zu geben, als der Kater aufsprang und sie anfauchte. Johanne trat einen Schritt zurück. „'Tschuldigung", murmelte sie, als sich der Dampfkater wieder setzte. Langsam ließ das Adrenalin der Faultierfahrt nach. Sie merkte, wie kalt ihr geworden war, dass sie müde und inzwischen auch ziemlich durstig war. Nicht die besten Voraussetzungen, um mit dem Kopf der großen Verbrecherorganisation der Drab-Masi zu verhandeln, dachte sie ernüchtert. Dann erinnerte sie sich an Miao. Ob sie versuchen sollte, mit Isambard darüber zu sprechen? Auf jeden Fall, denn wenn er doch das Familienoberhaupt war, dann konnte er doch ihren Tod verhindern. Wenn es noch nicht zu spät war! Warum ging diese verdammte Tür denn nicht auf? Ihr rannte die Zeit davon. Als ob die Tür ihren Gedanken gelesen hätte, öffnete sie sich. Niemand stand dahinter, doch der Kater spazierte wie selbstverständlich hindurch. Johanne folgte ihm in Isambards Reich.

Johanne hätte nicht überraschter sein können, als sie den Raum betrat. Alles erinnerte sie an ein gemütliches Wohnzimmer. An der gegenüberliegenden Wand war ein großer Kamin in die Wand eingelassen worden, darin brannte ein Feuer aus Torf, Kohle und Holzscheiten. Die Wände waren mit Stofftapeten ausgeschmückt, von der Decke hing ein Kristallleuchter. Ein Sofa und mehrere Sessel standen auf einem dicken, orientalischen Teppich. An der Wand trug ein Regal dutzende Bücher in bunten Einbänden, daneben stand ein kleines silbernes Tischchen mit Karaffen, gefüllt mit Wein, Whiskey und Wasser. Stiche an den Wänden zeigten Jagdszenen, wahrscheinlich aus Afrika, auf dem Kaminsims standen in goldenen Rahmen ein halbes Dutzend schwarz-weißer Fotografien. Ein Geräusch veranlasste Johanne, sich umzudrehen. Im hinteren Teil des Raumes stand ein großer Lehnsessel. Darin saß eine dicke Frau. Sie trug ein leichtes Leinenkleid, ihre geschwollenen Füße verschwanden in warmen Hausschuhen. Über ihre Knie lag eine Wolldecke. Sie hatte die Hände auf die Armlehnen gelegt und saß aufrecht. Am rechten Ringfinger steckte der gleiche Ring, den auch Jessamyn trug – Stahl mit Zacken oder stilisierten Flammen. Zwischen ihren dunklen, schulterlangen Haaren fanden sich dicke graue Strähnen, ihr Gesicht war fahl und aufgedunsen. Sie hatte die Augen geschlossen. Ein dünnes Kabel kam aus der Wand hinter ihr und verschwand in einer kleinen Narbe in ihrer Schläfe.

Neben ihr stand ein Glaszylinder, gefüllt mit einer durchsichtigen, grünlichen Flüssigkeit. Mit Rauch gefüllte Blasen stiegen daraus hervor und strebten als Qualm in einen dünnen Schlauch. Dieser endete im Mundwinkel der Frau, die hin und wieder kleine Rauchschwaden aus ihrer Nase entließ. Die Lippen um das Mundstück herum waren bereits fleckig braun. Plötzlich hoben sich ihre Lider und aus dunklen, trüben Augen begann die Frau, sie anzustarren.

Johanne fürchtete sich. So etwas hatte sie noch nie gesehen. „Willkommen, Johanne. Ich habe dich erwartet."

Die Stimme schien aus dem Nichts zu kommen, die Lippen der Frau hatten sich jedenfalls nicht bewegt. Ob die dicke Frau eine Bauchrednerin war? Von ihrem Äußeren würde sie auf einen Jahrmarkt passen. Doch das glaubte sie nicht, denn es schien Johanne, als seien die Worte direkt aus den Wänden gekommen.

„Wer bist du?", fragte sie und sah sich um. „Und wo bist du? Ich höre dich, aber ich sehe dich nicht. Komm raus, wenn du dich traust!"

„Aber ich bin doch da. Ich sitze vor dir", sprach die Stimme.

Johanne drehte sich voller Grausen wieder um und sah der Frau ins Gesicht. Nichts ließ erkennen, dass sie wirklich geredet hatte. Es gab keine Regung im Gesicht, weder Augen noch Mund hatten sich bewegt. Nur der Brustkorb hob und senkte sich langsam mit jedem Atemzug. Ob sie wirklich gesprochen hatte, ohne die Lippen zu bewegen? Also doch ein Taschenspielertrick, um sie zu beeindrucken? Oder hochmoderne Technik? Hörbare Sprache sollte ja angeblich auch nur aus Schwingung bestehen, wie beim Grammophon. Sogar Saladin Sansibar nutzte den Mento-Kraft-Osziliator, um mit Schwingungen zu arbeiten. Und die Messingfrösche an den Wänden des Apollo hatten die Stimme des Moderators verstärkt. Warum sollte also nicht auch hier eine entsprechende Technik möglich sein?

„Wer sind Sie?", fragte Johanne leise.

„Ich bin Isambard. Du hast mich gesucht."

„*Sie* sind Isambard? Aber ich dachte …"

„Du dachtest, Isambard sei ein Mann? Tja, falsch gedacht!" Die Wände knarrten leise, gerade so, als würden sie über einen uralten Witz lachen. Johanne wusste nichts zu sagen und starrte die Frau weiter an.

„Johanne, wieso bist du nicht früher gekommen? Aber, ach, ich bin unhöflich. So sehr freue ich mich, dass du da bist, dass ich die angemessenen Umgangsformen vergessen habe. Entschuldige, dass ich dich nicht bedienen kann! Bitte, setze dich! Schenk dir ein Glas ein und komme erst einmal an! Nimm dir auch ein Stück Kuchen! Bis dahin werde ich schweigen und warten."

Johanne fuhr auf. „Was? Ich bin nicht hungrig und trinken will ich auch nichts", sagte sie, obwohl das gelogen war. „Ich brauche Antworten, keinen Kuchen!"

Doch die Stimme war verstummt. Die Frau in dem Sessel regte sich nicht, nur von draußen kam der Wind durch den Kamin gezogen und ließ die Flammen flackern. Der Kater fauchte.

„Hey, Isambard, ich rede mit Ihnen! Ich brauche Informationen!"
Doch die Wände schwiegen weiterhin. Also riss sich Johanne zusammen. Sie dachte an Miao, die unter Umständen bereits tot war. Sie dachte an ihren Vater, der langsam starb und sie dachte an Marianne, die wer weiß wo steckte. Sie hatte geschworen, den Mörder ihres Vaters zu finden und Miaos Leben zu retten. Und das konnte sie nur mit Isambards Hilfe. Daher blieb ihr nichts anderes übrig, als das Spiel mitzuspielen. Sie ging zu einem der Sessel, nahm ein Glas mit Whiskey in die eine und ein Stück Kuchen in die andere Hand. Dann setzte sie sich und nahm einen Schluck. Sie entspannte sich, biss in den Kuchen. Lecker! Ungewöhnliche Gewürze, dachte sie und nahm einen zweiten Bissen, dann einen dritten. Dann war das Kuchenstück bereits aufgegessen und Johanne spülte mit dem Rest des Whiskeys nach. Sie lehnte sich im Sessel zurück. Ihr schlechtes Gewissen schob sie zur Seite. Es gab keinen anderen Weg als diesen. Sie sah die dicke Frau mit der dunklen Haut im Sessel gegenüber an.

„Ich bin fertig", sagte Johanne. „Getrunken, Kuchen gegessen."

„Ich weiß, Johanne", sprachen die Wände. „Ich bin nicht blind."
Wieder knarzten die Wände ein unheimliches Lachen. „Also, was führt dich her zu mir?"

Wo sollte sie anfangen? Sie hatte sich die ganze Zeit über nicht gefragt, ob sie dieser Frau trauen konnte. Sie war einfach losgestürmt und hatte versucht, Isambard zu finden. Jetzt war sie endlich hier und wusste nichts zu sagen.

„Wieso haben Sie mich gefragt, warum ich nicht früher gekommen bin, Isambard? Das Faultier war nicht meine Idee, außerdem war es zwischenzeitlich ziemlich schnell!"

„Das meine ich nicht, Johanne. Wenn du früher gekommen wärst, hätte ich dir vielleicht besser helfen können. Wieso bist du nicht direkt zu mir gekommen, als du nach Wilhelmstadt zurückgekehrt bist?"

„Bis vor kurzem kannte ich noch nicht einmal Ihren Namen."

„Hat dein Vater mich nie erwähnt?"

Johanne schüttelte den Kopf. „Erst gestern, in der Behandlung. Vorher nie."

Die Wände seufzten leise. „Ich kann es ihm nicht verdenken. Aber glaub mir, er tat es nur zu deinem Schutz. Dein Vater und ich, wir ...", die Stimme stockte, „sind sehr lange befreundet. Komm her, Tom!", rief sie. Der metallene Kater streckte sich und sprang der dicken Frau auf den Schoß. Diese rührte sich nicht, bewegte weder ihre Beine noch begann sie das Tier zu streicheln.

„Ich mag seine innere Hitze", sagte sie. „Das Feuer in ihm wärmt mich und ich fühle mich wieder wie damals in den Kolonien."

„Sie waren in Afrika?", fragte Johanne interessiert. Sie wusste nicht warum, aber der Gedanke, dass diese dicke Frau mit der Wolldecke über den Knien und den Füßen in den Hausschuhen sich durch den schwarzen Dschungel der Kolonien geschlagen haben sollte, amüsierte und interessierte sie gleichermaßen. Noch mehr allerdings überraschte sie, dass Isambard mit ihrem Vater befreundet gewesen sein sollte. Er und sie? Niemals, dachte Johanne. Ihr Vater war ein gebildeter Mann, ein Ingenieur und Gentleman. Rechtschaffend und treu, ein Vorbild für alle. Ein bisschen exzentrisch vielleicht, aber nicht kriminell. Und er sollte mit dieser Frau, die sich das Oberhaupt der Drab-Masi schimpfte, befreundet gewesen sein?

Isambard ließ eine größere Rauchschwade aus ihrer Nase entgleiten, bevor die Wände antworteten.

„Ich habe deinen Vater 1872 in den Niederlanden kennengelernt. Genauer gesagt, in einer der Staatsminen in Limburg. Er war dort damals nach seinem Studium angestellt worden, als deutscher Fachmann für Steinkohlebergbau. Ich hatte gerade London verlassen, weil ich ... nun ja, Probleme hatte, denen ich auf dem Kontinent aus dem Weg zu gehen versuchte. Der Name meines Vaters öffnete mir Türen, die mir sonst verschlossen gewesen wären, und so kam es, dass ich die Assistentin deines Vaters wurde."

Johanne starrte Isambard mit großen Augen an und versuchte, sich das Bild vorzustellen. Ihr Vater, dieser dünne, fast asketische Mann, hochkonzentriert auf seine Arbeit, und neben ihm diese dickliche Frau. Gut, sie war damals jünger gewesen. Aber wie konnte sie ihm schon geholfen haben? Isambard schien ihre Gedanken zu lesen.

„Wie bei dir, Johanne, lag auch in unserer Familie Erfindungsgeist und Unternehmertum im Blut. Vielleicht ist das der Geist dieses

Jahrhunderts, ich weiß es nicht. Mein Großvater, Kingdom Isambard Brunel, hat Großartiges geleistet. Du hast sicher vom Themsetunnel gehört oder von der Great-Western-Eisenbahn. Das war die Leistung meines Großvaters. Mein Vater war ebenso begeisterungsfähig, vor allem für meine Mutter, die er schwängerte, ohne sie zu heiraten. Mit meiner Geburt fingen die Probleme für mich an. Eine alleinerziehende Mutter mit einer Tochter, die mehr Ideen hatte, als das ärmliche Viertel, in dem wir lebten, verkraften konnte. Ich war brillant, keine Tür war vor mir sicher, kein Tresor konnte meinen selbstgebauten Apparaten standhalten. Auch wenn ich den Jungs in der Straße körperlich nicht gewachsen war, ich wusste, wie ich sie an der Stange halten konnte – und sie begannen, Angst vor mir zu haben. Ich hatte meine Methoden, Johanne. Angst ist ein starker Verbündeter, wenn du sie zu nutzen weißt.

Was soll ich dir meine Geschichte erzählen, Johanne … Es endete damit, dass ich London verlassen musste. Mein Gesicht war auf Steckbriefen zu sehen, die man im ganzen Land aufhängen ließ. Ich hatte mich köstlich mit der Queen unterhalten, als sie mich in ihrem Schlafzimmer entdeckt hatte. Sie ist wirklich eine beeindruckende Persönlichkeit, auch wenn ich glaube, dass sie damals etwas einsam war. Bevor ich mit ihren Juwelen wieder aus dem Fenster verschwand, hatten wir ein wirklich nettes Gespräch. Es ist natürlich verständlich, dass sie mir das nicht durchgehen lassen konnte. Man hat versucht, es herunter zu spielen und mir einen Einbruch bei der Bank of England anzuhängen. Naja, ich verließ das Empire mit einem Rucksack und einer Tasche voll unverkäuflicher Kronjuwelen, die ich bis zum heutigen Tag nicht losgeworden bin.

Julius, dein Vater, hat mir sozusagen ein neues Leben ermöglicht. Er erkannte und respektierte meine Fähigkeiten. In seinem Unternehmen hat er mir den Raum gegeben, mich auszuleben, und dafür bin ich ihm bis heute dankbar. Als der niederländische König entschied, die Minen doch nicht in Betrieb zu nehmen und Julius' Entwicklungen nicht umzusetzen, ist er weiter gezogen. Ich folgte ihm ins Königreich Belgien, wo wir Johann Heinrich Kretzer kennenlernten. Er war ein Einheimischer aus Charleroi, der mit seiner Frau und seinem kleinen Sohn in einer nahen Siedlung wohnte. Er leitete eine

Mine und kam ein Jahr nach unserer Ankunft bei einem Grubenunglück ums Leben.

Julius gab sich die Schuld für die Katastrophe, weil gesagt wurde, sie wäre durch seinen modernen Bohrer ausgelöst worden. Er wusste, dass das nicht stimmte, seine Maschinen funktionierten einwandfrei, doch suchte man einen Schuldigen und fand ihn im deutschen Ingenieur, den man kurzerhand rauswarf. Julius sorgte dafür, dass die Witwe Johann Kretzers ins Deutsche Kaiserreich übersiedeln konnte, sie war eine gebürtige Rheinländerin und verfolgte auch den Werdegang ihres Jungen. Soweit ich weiß, hat er ihm sogar später das Studium bezahlt."

Die Wände verstummten und Isambard entließ nach einem kurzen Schmatzen etwas Rauch aus ihrem Mund. Johanne schien es, als wäre sie in Gedanken versunken. Ihr Vater hatte ihr nie von dem Grubenunglück erzählt und sie begann, sich zu fragen, wie viel sie von ihrem Vater noch nicht wusste. Je länger sie in dieser Geschichte grub, desto mehr Ungereimtheiten kamen ans Licht. Joseph hatte von dunklen Künsten gesprochen, denen ihr Vater nachgehangen haben sollte. Isambard eröffnete ihr die Geschichte von dem Unglück und einer Art Mündel, um das Julius sich gekümmert hatte. Was mochte noch alles kommen?

„Julius' Karriere in Deutschland schien nach dem Unglück zu Ende, bevor sie richtig angefangen hatte. Die Wende kam, als wir gemeinsam nach Afrika gingen. Wilhelm I., der Großvater des heutigen Kaisers, hatte damals einen Wettbewerb ausgeschrieben. ‚Rettet die Rohstoffe für das Reich' hatte man ihn genannt. Denn das war es, was der Kaiser von den Abenteurern verlangte. Die Erkundung der ‚Terra Inkognita' und Inanspruchnahme größtmöglicher Landstriche. Viele junge Köpfe machten sich auf eigene Faust auf und erforschten den Kontinent, der damals zu großen Teilen wirklich noch unbekannt war. Natürlich war dieser Wettbewerb geheim, denn Wilhelm konnte es sich nicht erlauben, die europäischen Nachbarn vor den Kopf zu stoßen. Also zogen wir los, bezahlten mit den letzten Ersparnissen die Passage. Julius fiel es nicht leicht, deine Mutter zurückzulassen. Er liebte Auguste. Doch blieb ihm nichts anderes übrig, er musste gehen. Hier hieß es für ihn entweder in Armut zu leben oder bei

Augustes Familie um Beistand betteln zu müssen. Beides kam für Julius nicht in Frage. Denn dein Vater wollte unbedingt die Kontrolle über sein Leben behalten.

Afrika war ein voller Erfolg für ihn. Durch seinen Mut und meine Skrupellosigkeit erreichten wir mehr, als wir uns hätten träumen lassen. Natürlich, der Kaiser war begeistert von den Rohstoffen, die wir lokalisieren und zum Teil auch für das junge Reich beanspruchen konnten. Wir hätten nach einem Jahr schon wieder zurückgekonnt, ausreichend saniert und in der Ehre wieder hergestellt.

Doch Julius wollte bleiben, er holte sogar seine Frau nach. Wenn auch diese der Bitte nicht ganz freiwillig nachkam, glaube ich. Auguste hatte wohl Angst um die Seele ihres Mannes in meiner ständigen Gegenwart. Viele Nächte waren wir alleine zu zweit, in einem kleinen Zelt in der Wildnis, ohne jemals zu wissen, ob wir den nächsten Morgen noch erleben würden. So etwas schweißt zusammen, Johanne. Was zwischen deinem Vater und mir war, bleibt auf immer zwischen uns, ich werde dich mit Details nicht langweilen. Aber die Liebe deines Vaters galt nur deiner Mutter Auguste – und den unglaublichen Entdeckungen, die er in Afrika machte."

Johanne traute ihren Ohren nicht. Ihr Vater sollte mit dieser ... Frau die Nächte verbracht haben?

„Denk nicht zu viel darüber nach, Johanne", sagten die Wände. „Es ist Vergangenheit und hat nichts mit deinem Leben zu tun."

Johanne schluckte. „Was hat Vater in Afrika entdeckt?"

Isambard schwieg wieder und ließ kleine Rauchwölkchen aufsteigen, bevor sie antwortete.

„Wir waren zu der Zeit im Hinterland der Goldküste unterwegs. Ich meine mich zu erinnern, dass das Dorf, das wir besuchten, zu den Kwahu gehörte, ich kann mich aber auch täuschen, es ist schon so lange her. Jedenfalls lag es in der Nachbarschaft des Königreichs der Ashanti, einem Volk, das wegen seines Goldreichtums bekannt und durch den Sklavenhandel berüchtigt geworden war. Es war also keine ungefährliche Gegend, doch das Deutsche Reich brauchte dringend neue Goldvorräte.

Julius war kein gieriger Mensch; ihn interessierten eher die Methoden, wie die Völker an das Gold kamen, das sie so reich machte.

Obwohl man schon Kontakt mit Europäern gehabt hatte, nahm man uns freundlich auf und zeigte uns bereitwillig, was wir sehen wollten. Julius untersuchte die Minen und Felder, die Herden und die Transportwege. Mohoto, der Älteste und Weise des Dorfes, war eine Art Schamane. Er begleitete uns und half uns, alles zu verstehen. Das Dorf war reich, doch schien kaum jemand zu arbeiten! Die Menschen saßen herum, spielten, aßen und schliefen die meiste Zeit.

Wir durften die Mine selber nicht betreten. Vor ihrem Eingang hockten ein halbes Dutzend Männer in safrangelben Kitteln im Schatten eines Affenbrotbaumes und hatten die Augen geschlossen. Obwohl sie nicht wachsam wirkten, trauten wir uns nicht, uns Mohotos Bitte zu widersetzen und in die Goldmine einzudringen. Also untersuchten wir den Rest des Dorfes. Die Herden waren eingezäunt, es gab keine Hirten, gehandelt wurde direkt am Fluss mit den Besuchern anderer Stämme. Doch nie sahen wir jemanden wirklich arbeiten.

Eines Nachts wurden wir von lautem Geschrei geweckt. Aufgeschreckt bewaffneten wir uns und stürmten aus der Hütte. Die Nacht in Afrika ist dunkel, Johanne, und mit nichts zu vergleichen, was du im Deutschen Reich erlebt hast. Oft hatten wir zusammen mit Mohoto vor der Hütte gesessen, Pfeifen mit wildem Kraut geraucht, uns in der Unendlichkeit des Sternenhimmels verloren und uns Geschichten erzählt. Geschichten, die aus dem Urgedächtnis unserer Völker zu stammen schienen. Doch dieses Mal war alles anders. Der Dorfplatz war hell erleuchtet. Fackeln lagen auf dem Boden und brannten, einige Hütten hatten Feuer gefangen. Man hörte Schreie und laute Rufe vom Rand des Dorfes. Erstaunlicherweise blieben die Bewohner ganz still. Sie stellten sich hinter Mohoto und warteten. Plötzlich stürmten schwarze Gestalten auf den Platz. Es waren großgewachsene Krieger, die sich ihre Gesichter mit grässlichen Fratzen bemalt hatten. Ihre Schreie waren furchterregend, ihre muskulösen Oberkörper nackt und glänzend.

„Sklavenjäger", sagte Julius damals nur und lud seine Waffe durch. Er rannte auf den Platz und stellte sich mit seinem Gewehr zwischen die Bewohner und die Jäger. Ich blieb zurück und sicherte ihn von der Seite der Geschehnisse. Die Jäger waren am Rand des Platzes stehen geblieben und hielten vorsichtig nach ihren Opfern

Ausschau. Dann kamen sie näher, geduckt und vorsichtig. Im Widerschein des Feuers konnte ich ihre Gesichter sehen. Johanne, glaub mir, die Sklavenjäger hatten Angst.

Damals freute ich mich, dachte ich doch, dass Julius sie mit seinem Gewehr beeindruckt hatte. Ich wusste, die Sklavenjäger hatten Kontakt zu den Europäern, verkauften sie ihnen doch ihre menschliche Ware, die ins Britische Königreich und in die Vereinigten Staaten verschifft wurde. Aber ich stellte mir die Frage nicht, warum sie Angst hatten. Sie kamen näher und Julius hob drohend sein Gewehr. Die Jäger hielten inne und ihre Augen weiteten sich vor Schreck. Sie begannen hektisch zu reden und wichen zurück, als ein Schatten auf sie fiel. Julius ließ zufrieden das Gewehr sinken und rief ihnen etwas hinterher.

Ich konnte sehen, was hinter seinem Rücken aufgetaucht war. Langsam aber stetig näherte sich etwas aus der Dunkelheit. Konnte etwas schwärzer sein als die Nacht? Bis dahin wusste ich es nicht, aber als die vier Riesen über den Hütten erschienen, wurden mir zum ersten Mal während unseres Abenteuers meine Knie weich vor Angst. Ich bekam zu spüren, wie es ist, wenn die Angst nicht dein Verbündeter ist, sondern dein Gegner.

Die Bewohner des Dorfes entspannten sich, lachten aber nicht. Die Riesen kamen näher, der erste stieg über die Hütte und setzte seine gewaltigen Füße auf den Dorfplatz. Die Sklavenjäger begannen nun, zu schreien und versuchten, sich zurückzuziehen. Ein mutiger junger Mann warf noch einen Speer auf den Schatten, dann versuchte auch er zu fliehen. Doch die Schatten waren plötzlich überall. Der Boden erzitterte unter ihren Schritten, sie hatten das Dorf umstellt und drängten die Angreifer zusammen, wie Wölfe die Schafe zusammentrieben, die sie fressen wollten. Der Riese, der auf den Dorfplatz getreten war, nahm mir die Sicht, so dass ich nicht gesehen habe, was mit ihnen passierte. Aber ihre Schreie, Johanne, werde ich nicht vergessen, genauso wenig wie die plötzliche Stille, die auf ihre Schreie folgte."

Auch in dem Zimmer wurde es nun still. Johanne konnte das leise Blubbern der Wasserpfeife hören, das Feuer im Kamin knackte. Ob diese alte verrückte Frau sich das alles nur ausdachte? Riesen im afrikanischen Dschungel? Sklavenjäger? Goldminen? All das hörte sich doch eher an, wie in einem dieser modernen Abenteuerromane von Jules Verne.

„Dämonen", sagte Isambard dann leise. „Das war es, was dein Vater später zu mir sagte. Es müssen Dämonen gewesen sein. ‚Ich glaube nicht an Geister', sagte ich zu ihm. ‚Hast du es denn nicht bemerkt?', fragte ich. ‚Die Männer in den safrangelben Kitteln, die immer vor der Mine saßen – sie tauchten erst auf, als die dunklen Riesen erschienen. Und ebenso schnell verschwanden sie wieder. Ich habe fünf Riesen gezählt – und fünf safrangelbe Kittelträger.'"

Isambard schwieg wieder und zog an ihrer Pfeife.

„Wie ging es weiter?", fragte Johanne. Ihre Neugier war geweckt.

„Wir haben Mohoto gefragt. Zuerst hat er abgestritten, dass es überhaupt Riesen gegeben hatte. Doch Julius blieb hartnäckig, er hat ihn befragt und ihn immer wieder darauf angesprochen. Schließlich und weil Julius sich in der besagten Nacht so todesmutig vor sein Volk gestellt hatte, um es zu beschützen, gab er nach und führte uns zu den Minen. Wieder saßen die safrangelb gekleideten Männer im Schatten des Affenbrotbaumes. Gut versteckt hinter Felsen und Büschen lag der Eingang zur Mine. Der Gang war nur spärlich beleuchtet, die Wände von hölzernen Balken gestützt. Insgesamt war der Tunnel viel zu groß für die Menschen, die wir darin vermuteten. Doch wir folgten Mohoto tiefer hinein und trafen keine Menschenseele. Bis wir irgendwann die Geräusche hörten. Es war, als würde eine Lawine immer wieder über einen Abhang rutschen, gleichmäßig, ununterbrochen. Wir folgten dem Geräusch und als wir die Riesen dann sahen, blieb uns fast der Atem stehen.

Der Schacht war zu einer regelrechten Höhle ausgebaut worden. Die Wände schimmerten gelbgold, der Boden war bedeckt mit glitzerndem Staub. Und am Ende der Höhle standen die Riesen und gruben sich mit ihren gewaltigen Händen tiefer in die Erde. Millimeter für Millimeter brachen sie den Stein aus dem Felsen, zertrümmerten ihn mit ihren Fäusten und warfen das Gold auf wachsende Haufen.

‚Maschinen', rief Julius damals, als er endlich begriff, was ich schon lange vermutet hatte. Er lief auf die Riesen zu, um sie zu untersuchen. In der Dunkelheit der Nacht des Überfalls war es uns nicht aufgefallen, aber hier im Schein so vieler Fackeln sah man es genau: Jeder einzelne Riese war ein Konstrukt aus Erde, Stein und Holz, zusammengefügt mit Seilen, beweglich gehalten mit Tierfetten. Keulen und Schaufeln zierten ihre groben Arme, die Beine waren nicht mehr als einfache Baumstämme. Doch was ihnen allen gemeinsam war, war der fehlende Antrieb. Nichts deutete auf eine Energiequelle hin, kein Feuer, kein Kessel, kein Dampf. Julius fragte danach, doch Mohoto zeigte nur auf seine Stirn und sagte: ‚Somata.‘ Als Julius ihn nicht verstand, erklärte ich es ihm: ‚Sie benutzen ihre Gedanken! Die Menschen in diesem Dorf arbeiten nicht körperlich. Sie benutzen ihren Geist, um die Riesen zu bewegen!‘“

Johanne stand auf. „Danke, das reicht mir jetzt!“, sagte sie. „Ich habe nicht in Aachen Ingenieurswissenschaften studiert, um mir hier solche Märchen anzuhören. Ist das der Grund, warum ich hier bin? Schauermärchen aus Afrika? Für wie beschränkt halten Sie mich? Schwingung, wie Graf Eyth sie nutzt, da mag man dran glauben, aber Gedankenkontrolle von Maschinen … nein, Isambard, es tut mir leid. Ich glaube Ihnen nicht. Wenn ich bedenke, dass Miao ihr Leben geopfert hat, damit ich zu Ihnen kann … ich kann Ihnen gar nicht sagen, wie wütend ich gerade darüber bin.“
Johanne stapfte wütend durch das Zimmer.
„Warum bist du denn zu mir gekommen, Johanne, wenn du nicht die Wahrheit hören willst?“
Johanne schnaubte. „Die Wahrheit. Dass ich nicht lache. Mein Vater liegt im Sterben, seine letzten Worte waren: Isambard, es funktioniert. Das ist der Grund, warum ich hier bin. Aber ich frage mich langsam, ob ich dadurch dem Mörder meines Vaters auch nur einen Schritt näher gekommen bin, oder ob Sie mich nur ablenken wollen. Vielleicht kannten Sie meinen Vater gar nicht. Oder Sie denken sich das alles nur aus. Sie können mir ja viel erzählen“, sagte sie.
„Bilder lügen nicht, oder?“, antwortete Isambard amüsiert. „Geh hinüber zum Kamin.“
Johanne drehte sich um und tat, worum Isambard sie gebeten hatte. Auf dem Kaminsims standen eingerahmte Fotografien.

„Das große Foto zeigt mich mit deinem Vater, als wir gerade in Afrika angekommen sind. Das kleine daneben, zeigt uns bei unserer Rückkehr. Dort ist sogar eins von deinem Vater mit Mohoto."

Mit Staunen betrachtete Johanne die bräunlich dunklen Fotografien. Sie nahm sie in die Hand. Es stimmte, sie sah dort ihren Vater neben einer Frau, die Isambard einmal gewesen sein konnte. Auf dem anderen Foto sah sie ihn neben einem kleinen, dunklen Mann, der sich mit Knochenstücken und Goldklumpen schmückte. Dann fiel ihr Blick auf eine weitere Fotografie und ihr Herz blieb stehen.

„Wer ist das auf dieser Fotografie?", fragte sie. Sie sah einen Förderturm und davor ihren Vater, noch sehr jung. Neben ihm stand ein Mann mit einem eindrucksvollen Gesicht in Bergmanns-Uniform.

„Ich sehe, du beginnst, zu verstehen", sagte Isambard. „Ich denke, dass ist der Grund, warum du gekommen bist. Der Mann auf diesem Foto ist Johann Heinrich Kretzer."

„Ich kenne diesen Mann!", keuchte Johanne.

„Nein", antwortete Isambard. „Du kennst seinen Sohn."

Die dunklen Straßen der Stadt

Kurze Zeit später saß Johanne neben Joseph im Führerhaus der Pferdekutsche und starrte auf die Rücken der dampfenden Pferde. Hier, in den Straßen von Wilhelmstadt, kam ihr das gerade Erlebte schon so unwirklich vor. Wie sollte sie wissen, ob das alles wirklich geschehen war? Vielleicht wurde sie ja auch manipuliert? Sie fasste sich an die Brust, wo der Rosenquarz an einer Kette um ihren Hals gehangen hatte. Dieser Stein hätte sie beschützt, das war ihr jetzt klar. Sie wünschte, sie hätte ihn niemals Nantucket gegeben. Isambard hatte ihr erzählt, dass ihr Vater wie besessen davon gewesen war, Somata zu erlernen. Dafür hatte er sogar darauf bestanden, dass seine Frau Auguste aus der Heimat zu ihm zog, damit er länger im dunklen Herzen Afrikas verweilen konnte. Isambard schien es zumindest gelungen zu sein, die Geheimnisse von Somata zu entschlüsseln.

Johanne blickte über ihre Schulter zurück und sah in der Dunkelheit die riesigen Bagger. Sie würde diese Maschinen nie wieder mit den gleichen Augen sehen können – jetzt wo sie wusste, dass Isambard und die Maschine eins waren und die anderen Bagger von ihren Söhnen ebenfalls nur mit deren Bewusstsein gesteuert wurden.

Und es schien ihrem Vater ebenfalls gelungen zu sein. Seine Aussage „Isambard, es funktioniert", und die Berichte über das Unglück ergaben nun einen vollkommen neuen Sinn. Aber Johanne begriff auch die Gefahren, die sich aus dieser Methode ergaben. Sich mit der Maschine zu verbinden, sie zu steuern, ihr seinen Willen aufzuzwingen, war nur eine Seite der Medaille. Sich von ihr wieder zu lösen, eine ganz andere. Isambard war gefangen, sie hatte es nie geschafft, ihren Geist wieder von dem stählernen Ungetüm zu lösen, war untrennbar mit ihr verbunden. Auch ihre Söhne hatten dieses Schicksal auf sich genommen, im Austausch für die gewaltige Macht, die die Familie Drab-Masi dafür erhielt. Nichts und niemand konnte bestehen in Wilhelmstadt, ohne die Kohle aus dem Tagebau. Kein Wunder, dass sich Isambard so verschanzte.

Johanne griff in die Tasche und holte den Ring heraus, den Isambard ihr zum Abschied gegeben hatte. Sie hielt ihn vors Gesicht und betrachtete ihn. Es war der Ring, den Jessamyn und Isambard ebenfalls trugen. Ein stählernes Rad, mit Flammen, die wie eine Sonne im Kreis abstanden. Der Ring der Drab-Masi.

„Was soll ich damit?", hatte Johanne gefragt.

„Der Ring weist dich als das aus, was du bist: Du bist eine von uns", hatte Isambard gesagt. Johanne lief immer noch ein Schauer über den Rücken, wenn sie daran dachte. Einem kurzen Impuls folgend, hätte sie ihn beinahe hinaus geschmissen, auf die Straße, einfach nur um ihn loszuwerden. Sie fühlte sich besudelt, ihn zu besitzen. Die Drab-Masi waren Kriminelle, Mörder und Zuhälter. Gesindel der schlimmsten Art.

„Ich soll zu euch gehören? Niemals. Ich bin nicht so wie ihr", hatte Johanne ihr ins Gesicht gesagt. Doch die alte Frau hatte nur gelacht.

„Was heißt denn schon *ihr*? Jeder von uns verdient sein Geld auf seine Weise. Für jede unserer Dienstleistungen gibt es Abnehmer, für jede unserer Arbeiten gibt es einen Grund. *Wir* sind auch nur Teil einer größeren Struktur. Wir leben von Angebot und Nachfrage. Und doch sind *wir* etwas mehr als eine einfache Organisation oder eine Firma, ein Unternehmen. *Wir* sind eine Familie!"

„Ich gehöre nicht zu dieser Familie", hatte Johanne entsetzt erwidert.

„Natürlich." Isambard hatte gelacht, so dass die Wände dröhnten. „Jessamyn ist deine Halbschwester. Damit gehörst du zur Familie."

Johanne schlug das Herz bis zum Hals. „Jessamyn ist meine Schwester? Das heißt ja, dass mein Vater ... Weiß Jessamyn davon?"

„Glaubst du, sie hätte dich sonst einfach so zu mir durchgelassen?"

Johanne wurde schlecht, als ihr etwas bewusst wurde. Eiskalt lief es ihr den Rücken herunter.

„Aber ... wenn Jessamyn mich sowieso zu dir durchgelassen hätte, Isambard, dann war Miaos Opfer ..."

„... voller Liebe, selbstlos und komplett sinnlos! Sie ist umsonst gestorben. Ich habe dir doch gesagt, du hättest früher zu mir kommen sollen."

Nach diesen Worten hatte sich Johanne umgedreht und die Wohnung im Inneren des riesigen Baggers Hals über Kopf verlassen.

Sie lehnte sich ins Polster der Kutsche zurück und seufzte.

„Gibt es etwas, was ich für das Fräulein tun kann?", fragte Joseph.

„Ob du es glaubst oder nicht", sagte Johanne und steckte den Ring wieder in die Handtasche, „ich bin jetzt eine Drab-Masi."

Joseph kicherte. „Ich habe immer gewusst, dass aus Euch einmal etwas wird. Ihr schlagt nach Eurem Vater. Glückwunsch!"

Die Eisenhufe der Pferde klapperten auf der Straße, als die Kutsche durch die düsteren Straßen der Stadt glitt. Joseph neben ihr schwieg nun, überließ sie ihren eigenen Gedanken und fragte nicht weiter nach. Sein Blick wanderte durch den dichter werdenden Nebel.

Julius hatte dem Neffen des Kaisers nicht nur den neuen Radar, diese Schwingungsmaschine, mit der man besser navigieren konnte, vorstellen wollen. Das war nur eine Finte gewesen, um allzu neugierige Konkurrenten auf eine falsche Fährte zu locken. Ihr Vater wollte dem Kaiser vielmehr demonstrieren, wie man als Mensch die Kontrolle über eine Maschine übernimmt. Der Geist herrscht über die Materie – nie war dieser Spruch so wahr gewesen, wie auf der Fahrt der *Juggernauth*.

Was hätte der Kaiser nicht alles mit dieser Technik anstellen können, dachte Johanne. Das Deutsche Reich wäre unweigerlich einen großen Schritt in der technischen und gesellschaftlichen Entwicklung nach vorne gesprungen. Wer weiß, vielleicht hätte *Somata* das Kaiserreich sogar an die Spitze der Weltmächte katapultiert. Armut, Arbeitslosigkeit, Hunger hätten irgendwann der Vergangenheit angehört. Aber es wären wohl auch schreckliche Waffen entwickelt worden. Niemand hätte sich dem Kaiser mehr entgegenstellen können. Johanne fröstelte bei dem Gedanken.

Ob ihr Vater bei dem Versuch, sich wieder von dem Schiff zu lösen, den Verstand verloren hatte? Oder ob er gewaltsam getrennt wurde? Das Loch in der *Juggernauth* deutete auf eine Explosion im Inneren des Schiffes hin. Was mochte wohl mit dem Geist ihres Vaters passiert sein, während er mit dem Rheinschiff verbunden war? Ob sein Bewusstsein ebenso explodierte, wie der Maschinenraum? Sie hatte noch keine Antwort auf diese Fragen, darum wandte sie sich ihrem dringendsten Problem zu. Wie geht es weiter, fragte sich Johanne.

Als sie das Gesicht von Heinrich Kretzer gesehen hatte, war ihr plötzlich einiges klar geworden und viel mehr war ihr entglitten. Wieso hatte Heinrich Kretzer das getan? Ihr Vater war doch so gut zu ihm gewesen. Wenn sie das alles früher gewusst hätte ... Doch nun war es zu spät.

Ohne Frage, sie würde ihn stellen müssen, und zwar schnell, bevor er die Stadt verlassen würde. Jetzt, wo Isambard sie über seine Identität aufgeklärt hatte, würde Kretzer sich sicherlich nicht mehr zurückhalten. Entweder er würde fliehen, oder er würde auch Johanne umbringen. Aber das würde sie nicht zulassen. Zusammen mit der Kaiserlichen Geheimpolizei und Miao, würde sie Kretzer zu Leibe rücken. Sie würde ihn fertig machen, für all das büßen lassen, was er ihr und ihrer Familie angetan hatte.

Aber das würde warten müssen, denn es gab etwas Wichtigeres zu tun. Miao, dachte Johanne traurig. Das kleine Fünkchen Hoffnung, dass ihre Freundin noch am Leben sein könnte, wurde immer schwächer. Sie musste etwas tun.

Aber was?, fragte sie sich. Was kann ich nur tun? Wo bist du nur, Miao? ∠13 – die Zahl, die Nantucket ihr genannt hatte. Wie konnte sie Miao damit retten? Sie sank in ihr Polster zurück und seufzte.

Joseph räusperte sich.

„Ich habe Euch übrigens Euren Schirm mitgebracht. Ihr solltet nicht mehr ohne ihn aus dem Haus gehen."

Johanne nahm ihre Allzweckwaffe entgegen und fühlte sich direkt ein bisschen sicherer.

„Bitte entschuldigt meine Offenheit, Fräulein Johanne, aber was bedrückt Euch?" Joseph blickte sie fragend an. „Wollt Ihr es mir nicht sagen? Könnten Euch nicht die Dunklen Künste weiterhelfen?"

„Ach Joseph", seufzte Johanne. „Guter, alter Joseph. Du bist alles, was mir geblieben ist, und doch hast du genug eigene Sorgen. Du musst doch verrückt werden aus Angst um Marianne. Was soll ich dich mit meinen Problemen zusätzlich belasten?"

„Fräulein Johanne, ich habe alles für Marianne getan, was ich tun konnte. Die Dinge laufen nun ohne mich. Doch jetzt bin ich hier und wenn ich Euch helfen kann, dann werde ich das tun. In meiner Jugend war ich dem Hause Waldstein verpflichtet. Dort hat man mich aufgenommen und ich habe meine Pflicht erfüllt. Eure Frau Mutter hat mich dann mitgenommen in ihre Ehe, zusammen mit Marianne. Meine Frau und ich hatten nie Kinder, umso mehr war es für uns eine Erfüllung, Teil Eures Hauses zu sein. Eure Mutter war manchmal wie eine Tochter für uns, Euer Vater wie ein Schwiegersohn. Glaubt Ihr nicht, dass wir genauso leiden unter dem Unglück, das die Familie deJonker befallen hat? Ich werde alles in meiner Macht stehende tun, um den Ruf der Familie und unser Heim wieder herzustellen."

„Ach Joseph." Johanne lehnte sich an die Schulter des alten Mannes und erinnerte sich daran, wie sie früher mit ihm gespielt hatte. Wenn Julius zu viel zu tun hatte, oder auf seinen Reisen war und Auguste krank danieder lag, waren es Joseph und Marianne gewesen, die sich um sie gekümmert hatten. Sie hatte bei ihnen in der Küche gesessen und ofenwarmen Kuchen gegessen. Oder sie war mit Joseph in die Werkstatt gerannt und er hatte sie unter seiner Aufsicht die Dampfpferde füttern lassen. Mit ihm zusammen hatte sie ihr Zimmer in eine Abenteuerlandschaft verwandelt. Statt mit Puppen spielte sie ‚Die Entdeckung des Amazonas' oder ‚Der erste Flug der *Preussens Gloria*. Joseph stand ihr dabei zu Seite und schmückte das Zimmer mit den richtigen Accessoires aus. Er schien immer zu wissen, was man gerade brauchte. Nachts half er oft ihrem Vater im Labor. In diesen Nächten war das Haus erfüllt von unheimlichen Geräuschen. Aber während ihr Vater am nächsten Morgen aussah wie der lebendige Tod, war Joseph schon vor allen anderen aufgestanden und bereitete das Haus für den Tag vor. Johanne konnte sich kein Familienleben ohne Joseph und Marianne vorstellen.

„Es tut mir so leid", sagte Johanne. „Ich renne meiner Rache hinterher und habe dir bei der Suche nach Marianne kaum geholfen."

„Was hättet Ihr auch tun können, mein Fräulein? Ich habe sie gesucht und auch die Kaiserliche Geheimpolizei hat sie auf der Vermisstenliste. Aber die haben durch den Besuch Kaiser Wilhelm II. und den nackten Dachläufern genug zu tun. Sie werden sich kaum auf die Suche nach einer verschwundenen Haushälterin mittleren Alters machen. Warum sollten sie auch? Sie vermuten, sie sei einfach durchgebrannt. Weggelaufen. Also, was hättet Ihr tun können?"

„Ich hätte nachts mit dir durch die Straßen laufen und sie suchen können."

„Die nächtlichen Straßen von Wilhelmstadt sind kein Ort für junge Damen."

„Ich habe schlimmere Gefahren durchgestanden in den letzten Tagen."

„Eben. Jeder hat seine Aufgabe. Heute Nacht ist mein Platz an Eurer Seite."

Johanne dachte darüber nach. Sie war zu müde, um zu diskutieren. Sie wollte Miao retten. Mariannes Spur verlor sich in den trüben Gassen der Stadt. Bei Miao hatte sie wenigstens einen Anhaltspunkt.

Sie erzählte Joseph, was in den letzten Stunden passiert war. Sie begann beim Tauchgang zur *Juggernauth*, ihrem Besuch des Friedhofs, dem Varieté und Saladin Sansibar. Die Erinnerung an die *Hölle* und ihren Vater ließ sie kurz stocken, aber sie merkte, wie gut es ihr tat, mit einem alten Verbündeten über all das zu reden. Warum hatte sie sich eigentlich so verschlossen vor ihm? Aus Rücksicht vor dem Schicksal seiner Frau? Aber sie ahnte, dass es einen anderen Grund gab, den sie sich noch nicht eingestehen wollte. Aber sie musste nun reden, ihn ins Vertrauen ziehen, denn sie war ganz allein.

„Und dann stand ich am Rande des Tagebaus und du hast mit deiner Kutsche bereits auf mich gewartet."

„Ich bekam eine Nachricht, wo Ihr abzuholen seid, mein Fräulein. Eine Taube, wie sie Graf Eyth benutzt."

Jetzt war Johanne überrascht. Schon wieder Graf Eyth! Seine Rolle wurde immer rätselhafter. Wie gerne sie zu seinem Schloss fahren und ihn mit all ihren Fragen konfrontieren wollte. Doch die Zeit raste, der Tod wartete nicht.

„Was sagt dir die Zahl 413?", fragte sie Joseph. Als dieser schwieg und erstmal nur die Schultern zuckte, fuhr sie fort. „Nantucket hat mir die Zahl genannt, im Austausch für den Rosenquarz."

„Ihr hättet ihn nie aus der Hand geben dürfen", sagte Joseph. „Er war Euer einziger Schutz."

„Aber es ging um Miao! Die Drab-Masi werden sie umbringen!" Und dann, kam Johanne die eiskalte Gewissheit, habe ich niemanden mehr, für den ich weiterleben möchte. Sie erinnerte sich an die Nächte, in denen sie Miao heimlich beobachtet hatte, während diese in ihrem Zimmer Wache hielt. Sie erinnerte sich an den Schauder, der sie überfuhr, wenn die Luftnomadin sie berührte. Wie ihr Herz anfing zu rasen, wenn sie ihre wettergegerbte Haut riechen konnte, dieser würzige Duft, der nicht abzuwaschen war. Der Geruch von Weite, Abenteuer und Geborgenheit. Miao war eine lausige Leibwächterin. Aber Johanne wollte nie mehr ohne sie sein. Hätte sie den Preis gekannt, den Miao bereit war, für Johannes Rache zu bezahlen, hätte sie niemals zugestimmt, mit ihr zu den Drab-Masi zu gehen. Oder doch? Johanne war sich plötzlich unsicher. Wie weit bin ich bereit, zu gehen? Über wie viele Leichen muss ich gehen, um denjenigen zu finden, der meine Familie zerstört hat? Erschrocken hielt sie sich die Hand vor Augen, als sie sich bewusst wurde, dass sie bereit war, auch das Leben der ihr Anvertrauten aufs Spiel zu setzen, um ihr Ziel zu erreichen. Sie schämte sich dafür.

„Ich muss Miao finden, Joseph! Es gibt keinen anderen Weg."

„413, sagt Ihr? Lebendig begraben? Ich kenne eine 413. Sie liegt auf dem Friedhof von Wilhelmstadt."

Johanne ergriff Josephs Arm. „Was bedeutet das?"

„Auf dem Friedhof von Wilhelmstadt hat jedes Grab eine Nummer. Das Grab Eurer Mutter hat die Nummer 3012."

„Wieso haben die Gräber Nummern?"

„Wilhelmstadt wurde von deutschen Ingenieuren entwickelt. Euer Vater war nur einer davon. Da Wilhelmstadt eine mobile Siedlung ist, kann ein Friedhof nicht funktionieren, wie in jeder beliebigen anderen Stadt. Wenn in Berlin mehr Leute sterben, als ein Friedhof fassen kann, dann sucht man sich einen neuen Acker und baut eine Friedhofsmauer darum. Dort können die Toten dann 20 Jahre oder länger liegen. Wilhelmstadt hat weder den Platz noch die Zeit zu warten. Dennoch wollte man den hier lebenden Menschen das Gefühl geben, dass alles ganz normal läuft. Die Plätze auf dem Friedhof sind begrenzt und werden nach einem Jahr neu vergeben. Solange hat man Zeit, zu trauern."

„Und die Leichen?"

„Die sind dann längst nicht mehr da."

„Wieso? Wo sind sie denn hin?"

„Wie Ihr wisst, mein Fräulein Johanne, liegen die Segmente der Stadt nicht auf der Erde auf, sondern ruhen auf hunderten, wahrscheinlich tausenden Stelzen. Darum ist es in Wilhelmstadt auch überall flach. Doch dieser Zwischenraum zwischen dem Erdboden und der stählernen Bodenplatte der Stadt wird natürlich genutzt."

„Ja, ich weiß. Rohre, Abwasser, Frischwasser, Gas. Alles, was die Menschen benötigen. Wilhelmstadt ist ein Wunderwerk der modernen Technik und Infrastruktur."

„Auch der Friedhof ist strukturiert. Unter der Anlage verläuft ein ausgeklügeltes vollautomatisches Transportsystem. Effizient und unsichtbar für die meisten Menschen. Wenn ich mich recht entsinne, war es die Idee eines russischen Immigranten. Er hatte alle Skizzen und Berechnungen dafür beim Kaiserlichen Bauamt eingereicht, später aber sein Angebot zurückgezogen. Die Anlage ist dann von Oppenhoff gebaut worden, wie das meiste in Wilhelmstadt."

Immer wieder Oppenhoff, dachte Johanne. Vor wenigen Stunden noch hatte sie den alten Mann durch sein Fenster in der Spitze der Nadel gesehen. Sie begann, seinen Namen zu fürchten, oder vielmehr zu hassen. Immer wenn es Unregelmäßigkeiten gab, tauchte dieser Name auf. Ein Erfinder hatte eine Idee, dann verschwand dieser Mensch und Oppenhoff setzte wenig später genau diese Idee um. Oder ein Unternehmen brachte ein neues Produkt auf den Markt, das die Menschen ihm aus der Hand rissen, kurz darauf geriet der Unternehmer in eine persönliche Krise und musste alles verkaufen - an Oppenhoff. Die Oppenhoff Aktiengesellschaft dominierte das Wirtschaftsleben in Wilhelmstadt und begann ihre Tentakel auch nach dem Rest des Kaiserreichs auszustrecken, wie ein Krake.

„Und wozu ist dort unter dem Friedhof jetzt dieses System?", fragte Johanne.

„Es holt die Toten."

„Wie, es holt die Toten? Die sind doch begraben!"

„Es ist der Platzmangel. Und die Effizienz. Während die Menschen oben an den Gräbern trauern können, fährt unten ein Schlitten vorbei und holt die Särge ab. Eine Sauerstoffsonde überprüft den Zustand des Toten, indem ein Loch in den Sarg gebohrt wird. Wenn der Sauerstoffgehalt sich nicht ändert, atmet nichts mehr in dem Sarg und der Tote ist wirklich tot. Dann wird der Sarg von unten dem Grab entnommen und der Verwertung zugeführt."

Johanne bekam es mit der Angst zu tun. „Verwertung? Was meinst du damit Joseph?"

„Der Sarg wird verbrannt! Mitsamt Leiche. Zusammen hat das einen ganz interessanten Brennwert und unterstützt so die technische und wirtschaftliche Entwicklung der Stadt. Das Vollautomatische Leichenverwertungssystem führt die Toten dem Oppenhoffschen Kraftwerk zu."

„Du meinst ... auch Mutter?"

Joseph nickte und starrte hinaus in den dichter werdenden Nebel.

„Aber wieso weiß das denn keiner? Das ist doch abstoßend!"

Johanne standen die Haare zu Berge. Ihr Magen brannte. Sie musste Miao finden, bevor sie auch verbrannt wurde. Irgendwann würde Miao im Sarg ersticken. Und wenn nicht ... wenn die Sonde keinen Sauerstoffabfall bemerkte ... würde Miao bei lebendigem Leibe verbrannt.

„... und 413 ist das Familiengrab der Drab-Masi."

„Los, Joseph, wir müssen Miao finden. Auf zum Friedhof!"

„Das hat Euer Vater auch immer gesagt. ... Ach, es war eine herrliche Zeit, mit ihm und den Dunklen Künsten. Also, auf zum Friedhof!"

Joseph ließ die Zügel knallen und die dampfbetriebenen Pferde reagierten, indem sie einen Gang höher schalteten. Doch in diesem Moment sprang ein Schatten aus dem Nebel auf die Straße und ihnen in den Weg. Joseph riss die Lenkung herum, zog die Pferde nach links und wäre beinah mit einer der Gaslaternen am Straßenrand kollidiert, doch die Kutsche kam kurz darauf schnaufend zum Stehen. Joseph und Johanne starrten sich an, dann blickten sie hinaus auf die Straße, wo der Schatten aufgetaucht war. Auf dem Kopfsteinpflaster der siebten Hauptstraße stand, mit vom Nebel feuchten Haaren, eine nackte Frau und starrte sie an.

Joseph schrie erschrocken auf. „Marianne!"

Die Gruft der Drab-Masi

Der Nebel war inzwischen so dicht geworden, dass Johanne kaum noch sehen konnte, wohin sie ging. Die Geräusche der Stadt drangen nur noch gedämpft zu ihr durch. Der Friedhof von Wilhelmstadt hatte sich verwandelt. Als sie vorgestern noch hier entlang gegangen war, um ihre Mutter zu besuchen, hatte sie den Wind in den Bäumen genossen, die Vögel in den Ästen singen gehört und sich so wohl gefühlt wie in einem Park. Nun aber hingen die Trauerweiden tief über den Wegen, warfen Tropfen durch den Dunst auf den Rasen. Jedes Geräusch wurde durch den Nebel gedämpft, nur ihre eigenen Geräusche kamen Johanne viel zu laut vor. Sie würde sich noch verraten.

Das letzte Mal hatte sie Glück gehabt. Wenn man sie aber heute, mitten in der Nacht wieder auf dem Friedhof entdecken würde, würde Hauptmann Schleicher sie festnageln und nie wieder aus den Kerkern der Stadt entlassen. Aber sie musste es riskieren, Miao starb vielleicht gerade jetzt einen qualvollen Erstickungstod in einem dieser Gräber. Und wenn nicht, dann konnte sie jeden Moment abgeholt werden, um im Kraftwerk von Wilhelmstadt verbrannt zu werden.

Johanne begann zu laufen. 413, dachte sie. Die Gruft der Drab-Masi. Dort, wo die Familie der Isambard ihre Toten begrub, und die, die nie wieder leben sollten.

Isambards Söhne wuchsen schnell heran, nachdem sie sich in Wilhelmstadt niedergelassen hatte. Den Instinkt für ein gutes Geschäft und das Geschick in technischen Angelegenheiten hatten sie von ihrer Mutter geerbt. So wurde aus einer kleinen Familie bald eine geachtete Bande, dann ein kleines Unternehmen, das langsam aber sicher in alle Bereiche Wilhelmstadts expandierte. Aber nicht auf der Ebene der Ingenieure, sondern auf der des kleinen Mannes, denn sie waren es, die Wilhelmstadt zu dem machten, was es war. Jeder der Söhne spezialisierte sich auf ein anderes Gebiet. Die Braunkohlebagger waren nur der Anfang. Danach folgten die Gewerkschaften, die Gemeinschaft der Luft- und Wasserschiffer, die Prostitution, das Glücksspiel und der neu aufkeimende Zweig der Drogenbeschaffung. Aber auch Restaurants und Kneipen waren Teil des Einflussbereichs der Drab-Masi, die einfach den invertierten

Namen ihrer Mutter zu ihrem Markenzeichen gemacht hatten. Die Menschen in Wilhelmstadt fürchteten die Drab-Masi, aber achteten sie gleichzeitig. Wenn man ihnen nicht in die Quere kam oder gar versuchte, sich ihnen in den Weg zu stellen, hatte niemand etwas vor ihnen zu befürchten. Im Gegenteil, sie waren ein Teil der sozialen Struktur in dieser Stadt und taten ebensoviel Gutes, wie sie auf der anderen Seite skrupellos Schaden anrichteten. Kein Mädchen wurde in ihre Bordelle gezwungen, aber sie scheuten sich auch nicht, aus ihnen Profit zu schlagen. Wenn man sich aber einmal mit ihnen angelegt oder ihren fragwürdigen Kodex verletzt hatte, wenn man vertragsbrüchig wurde oder es an Respekt mangeln ließ, dann konnte man von den Drab-Masi keine Gnade erwarten. Und Miao hatte ganz klar gegen die vereinbarten Regeln verstoßen.

Johanne kam an eine Kreuzung. Wenn Sie geradeaus ging, käme sie irgendwann an das Grab ihrer Mutter. Aber sie hatte eine viel höhere Nummer. Die Gruft der Drab-Masi musste viel näher am Eingang liegen. Sie entdeckte im Rasen ein Hinweisschild, konnte es aber durch den Nebel nicht lesen. Also ging sie auf die Knie. Doch bevor sie sich vorbeugte, blickte sie sich noch einmal um. Hatte sie da etwas gehört? Waren das Schritte? Hatte da jemand gehustet?

Ich wünschte, Joseph wäre bei mir, dachte sie plötzlich. Aber er war nicht hier, sie war ganz alleine. Sie hatte keine andere Wahl gehabt.

„Marianne", hatte Joseph wiederholt, als er zum ersten Mal seit Tagen seine Frau sah. Die Haushälterin hatte sie angestarrt, ihr nackter Körper zitterte in der Kälte, ihr Gesicht war ausdruckslos. Die Augen aber zuckten unruhig in ihren Höhlen hin und her. Als sie Joseph ansahen, hatte Johanne ganz kurz das Gefühl gehabt, das Marianne einen flehenden Blick bekam. Bevor Joseph oder Johanne hatten reagieren können, hatte sich Marianne plötzlich wieder umgedreht und war im Nebel verschwunden.

„Marianne!", rief Joseph auf dem Kutschbock. Er war verstört und seine Finger hatten sich um die Zügel verkrampft. Dann, ohne Johanne eines weiteren Blickes zu würdigen, war Joseph abgesprungen und hinter Marianne hergelaufen.

Johanne konnte es nicht glauben. Marianne war splitterfasernackt aus dem Nebel aufgetaucht. Ob sie eine von den Frauen war, die nackt durchs Hafenviertel liefen und dort auf den Dächern lebten? Ausgerechnet Marianne? Nie und nimmer. Und jetzt hatte Joseph sie einfach hier im Dunkeln zurückgelassen. Was sollte sie nun tun? Ebenfalls hinterherlaufen? Sie würde die beiden im Nebel und Dickicht der Seitengassen jetzt niemals finden. Sollte sie hier warten? Aber was war mit Miao? Wenn sie sie nicht aus dem Grab befreien würde, würde sie ersticken! Oder verbrennen. Schweren Herzens hatte sie sich entschieden, alleine zum Friedhof zu fahren.

Johanne kniete sich in das feuchte Gras und beugte sich vor. Auf dem Schild standen die Nummern der Gräber, die in der Seitengasse aufgereiht waren.

„400 bis 425", las sie. Schnell stand sie wieder auf und strich ihr Kleid glatt. Hatte sie da wieder etwas gehört? Oder waren das nur ihre Schritte auf dem Kies? Die Kälte kroch ihr in die Knochen. Sie wünschte sich, sie wäre für ein solches Abenteuer richtig gekleidet, denn der Nieselregen rann ihr langsam den Nacken hinunter und Johanne begann zu frösteln. Immerhin hatte sie ihren Schirm dabei, den sie nun etwas fester umklammerte. Auf den Gedanken, ihn aufzuspannen, kam sie nicht.

Weiter jetzt, dachte sie. Hier ist nichts, wovor ich mich fürchten muss. Wenn es stimmt, was Joseph sagt, gibt es hier sogar kaum noch Tote, die aus ihren Gräbern aufstehen könnten. Die sind bereits alle verbrannt.

Sie rieb sich kurz die Oberarme, um etwas Wärme in ihre Glieder zu bekommen, dann schritt sie entschlossen den Weg entlang, auf das Grab der Drab-Masi zu.

Ein haushoher Schatten löste sich aus dem milchgrauen Nebel und wurde größer, als Johanne ihm näherte. Die Gräber links und rechts des Weges beachtete sie nicht, es waren kleine Einzelstätten, für eine oder zwei Personen, mit steinernen Grabsteinen. Die Drab-Masi aber hatten ein Familiengrab und eine verdammt große Familie.

Aus dem unförmigen Schatten wurden scharfe Formen und plötzlich stand Johanne vor der Gruft der Drab-Masi. Es war kein einfaches Steinhäuschen, wie sie es an anderer Stelle auf dem Friedhof gesehen hatte. Vor ihr aus dem Boden ragte ein riesiger Kopf. Es ist das Gesicht einer Frau, dachte Johanne. Und sie weint.

Das längliche, weiße Gesicht hatte den leidenden Ausdrucks eines Engels in einem romantischen Gemälde. Der steinerne Kopf war von einem steinernen Tuch bedeckt, doch dahinter, einem Strahlenkranz gleich, ragte ein Zahnrad in die Höhe. Was ist das? Eine Marienfigur, die bis zur Oberlippe in der Erde steckt? Aber das kann nicht sein, denn der Boden ist hier unmöglich so tief. Den Kopf schätzte sie auf fünf bis sieben Meter in seiner Höhe, dann müsste ein ganzer Körper das Vielfache davon sein, vielleicht dreißig Meter oder mehr. Das linke Auge war geschlossen, eine steinerne Träne lief über die glatte Wange. Das rechte Auge aber war geöffnet, die Augenhöhle war leer und blind. Hier waren keine Tränen zu sehen, nur Dunkelheit. Der Mund schien wohlgeformt und geschlossen, obwohl nur der obere Teil zu sehen war. Die Nase war gerade. Sie sieht aus wie Isambard, dachte Johanne plötzlich und begann, zu verstehen. Ein Auge, das nicht hinsehen will, die Wahrheit nicht wahrhaben will, sie aber trotzdem kennt. Die Träne bewies es. Das andere Auge ... hatte sie sich vielleicht ausgerissen? Oder war ihr ausgehackt worden. Oder ...

Johanne dachte daran, wie Isambard lebte, dass sie in der Maschine lebte, durch sie fühlte, wahrnahm, hörte und auch sah. Isambard brauchte keine eigenen Augen mehr.

Sie trat einen Schritt zurück. Das war also das Grabmal der Drab-Masi. Verstörend – und verschlossen. Aber wie kam sie hinein? Es gab keinen sichtbaren Eingang. Hatte sie wirklich gedacht, eine kriminelle Vereinigung, eine Familie wie die Isambards, würde ihre Toten nicht schützen. Und erst recht nicht den Ort, an dem sie ihre noch lebenden Toten entsorgte. Niemand außerhalb der Familie durfte dort hinein – oder hinaus.

Sie hatte keine Zeit. Johanne sah sich um. Hatte sie da Schritte gehört? Hatte da jemand gehustet? Es war zum verrückt werden, sie war so nah und kam nicht hinein. Vielleicht erstickte Miao gerade in diesem Augenblick! Sie ging ganz nah an das Grabmal heran und befühlte es, suchte verzweifelt und hektisch nach Nischen oder versteckten Hebeln. Doch es gab nichts. Nur glatter Stein. Johanne ging einmal um das Grabmal herum, suchte einen Hintereingang, doch alles was sie fand, waren ein paar Hasenköttel im Gras. Schließlich stand sie wieder vor dem Gesicht und raufte sich die Haare. Es musste doch einen Weg hinein geben. Sie nahm Anlauf und trat vor lauter Verzweiflung gegen die dicke Oberlippe des Engelsgesichts. Es knirschte und Johanne kippte um.

„Au!", fluchte sie, als sie sich im nassen Gras erhob. Ihr Fuß pochte. Sie hatte sich den kleinen Zeh verstaucht. Hoffnungsvoll schaute sie auf das Gesicht, doch alles, was sich geändert hatte, war, dass nun auf dem Mund des Engels eine dicke Matschspur von Johannes Schuhen zu sehen war.

Die junge Frau ging noch einmal um den Kopf herum. Sie sah sich die Augen und das Gesicht an, ging zur rechten Seite, fühlte über die Haare, die über das Ohr fielen, ging zur Rückseite des Kopfes und starrte auf das Zahnrad, das aus der Erde ragte. Dann ging sie weiter, strich auch über das linke Ohr, das ohne marmorne Haare der Witterung ausgesetzt war. Moos und Regen hatte eine grüne Schicht auf dem Ohr gebildet, nur dort, wo der Gehörgang begann, war es etwas heller. Johanne ging wieder nach vorne und starrte auf den Fleck, den sie auf der Unterlippe hinterlassen hatte.

Es musste einen Hebel geben, oder einen Zugang. Sie hatte schon an den Augen gedrückt, hatte alle Vorstülpungen gedreht und an den Haaren gezogen. Sie hatte sogar in die Nase gegriffen, doch dort war sie nicht weit gekommen. Aber irgendwo musste sie doch etwas finden!

Sie blieb eine Minute still stehen, ganz in Gedanken versunken. Plötzlich hörte sie etwas. Ein scharrendes Geräusch, so als ob kleine Krallen über einen rutschigen Untergrund ratschten. Sie hielt den Atem an – und sah, wie aus dem Ohr der Marmorstatue eine kleine Nase hinausschaute. Kurz darauf folgte der Kopf und zwei lange Ohren. Das braune Kaninchen schnupperte kurz, blickte sie an, dann sprang es überrascht aus dem Ohr, hüpfte über die Wiese und versteckte sich im Gebüsch, das die Gräber voneinander trennte.

Johanne schlug sich mit der Hand vor die Stirn. Wie hatte sie nur so blind sein können, dachte sie. Der Gehörgang! Das war die einzige Stelle, an der sie noch nicht nachgeschaut hatte.

Die Göttin der Toten erhört nur die Drab-Masi. Nur die Sonne der Drab-Masi findet den Weg in die ewige Dunkelheit. Johanne schaute sich das Loch im Ohr der Statue an. Selbst wenn sie ganz nah heran ging, konnte sie noch nicht viel entdecken. Ihr blieb nur eine Möglichkeit, auch wenn es ihr gegen den Strich ging dass zu tun. Sie krempelte den Ärmel hoch und biss die Zähne zusammen. Sie musste das tun.

Vorsichtig tasteten sich ihre Finger an der Öffnung des Gehöhrgangs entlang. Als ihre Hand in der Dunkelheit verschwand, schluckte Johanne. Wieso hatte man immer die Vorstellung, dass einem etwas in die Finger beißt, nur weil man die Hand in eine unbekannte Finsternis steckt, dachte sie. Das ist doch irrational, oder?

Ihre Fingerkuppen glitten über etwas Schleimiges. „Nur Moos", flüsterte Johanne sich selbst Mut zu. Inzwischen war ihr Arm bis zum Ellenbogen in dem Loch verschwunden und sie hatte nichts gefunden, außer dem kalten Marmor der Statue.

Sie versuchte, mit der Linken ihren Ärmel noch weiter hochzuziehen und streckte den Arm weiter hinein. Als sie ihren Arm fast bis zur Schulter hineingesteckt hatte, erreichte sie endlich das Ende des kleinen Tunnels. Ihre Finger tasteten sich an der Wand entlang.

„Ein Zahnrad", sagte Johanne leise und gedankenversunken. Und ein zweites spürte sie ebenfalls. Sie konnte beide nicht bewegen, spürte aber, dass sie einander nicht berührten. „Da fehlt etwas", dachte sie. Vorsichtig zog Johanne den Arm wieder hinaus.

Die Göttin der Toten erhört nur die Drab-Masi. Nur die Sonne der Drab-Masi findet den Weg in die ewige Dunkelheit. Das Sprüchlein, das Nantucket ihr gesagt hatte, schwirrte durch ihre Gedanken. Wie passte das alles zusammen?

Sie öffnete ihre Handtasche, um sich an einem Taschentuch die Hände abzuwischen, die voller Moos waren. Da fiel ihr der Ring der Isambard heraus und vor die Füße.

Die Sonne der Drab-Masi, dachte Johanne. Schnell kniete sie sich hin und steckte erneut die Hand in das Loch im Ohr. Natürlich, dachte sie. Nur ein Angehöriger der Drab-Masi konnte das Grab betreten. Wahrscheinlich passt nur ein solcher Familienring genau in die Lücke zwischen den zwei Zahnrädern.

Sie kniff die Augen zusammen, als sie versuchte, ohne es sehen zu können, mit zwei spitzen Fingern den Ring auf den Stift am Ende des Tunnels zu stecken. Beim ersten Versuch jedoch rutschte er ab und entglitt ihren Fingern. Johannes Herz setzte einen Schlag aus. Bitte, bitte lass ihn nicht verschwunden sein, schickte sie ein Stoßgebet zum Himmel. Sie tastete mit den Fingern nach dem Ring. Zuerst fand sie nur ein paar Hasenköttel, doch dann, am Rand des Tunnels, nur Zentimeter von der Spalte entfernt, in der die Zahnräder verschwanden, fand sie ihn wieder. Sie zwang sich zur Ruhe. Vorsichtig drehte sie den Ring so lange, bis er endlich auf den Stift passte. Sorgsam drückte sie ihn weiter, die kleinen Flammen passten haargenau zwischen die größeren Zähne der beiden Zahnräder. Kaum hatte sie den Ring in seine endgültige Position gebracht, hörte sie ein Klicken. Als habe ein Mechanismus im Kopf des Grabmals nur darauf gewartet, spürte sie, wie sich die Zahnräder bewegten. Johanne zog schnell die Hand aus der Öffnung. Kurz fragte sie sich, wie sie den Ring nun wieder herausbekommen sollte, doch vergaß dieses Problem, als sie sah, was nun passierte.

Der Kopf bewegte sich! Langsam regte sich der Strahlenkranz, das Zahnrad am Hinterkopf drehte sich, von einem Gegengewicht gezogen, langsam um sich selbst. Der Kopf des Grabmals schob sich mit einem gewaltigen Knirschen in die Höhe, zuerst langsam, dann immer schneller. Nach und nach wurde der gesamte Mund sichtbar, doch statt einer Unterlippe, erschien ein finsterer Zugang. Je höher der Kopf aufstieg, desto mehr wurde davon sichtbar, bis am Ende ein mannshohes Loch in Form eines aufgerissenen Mundes zu sehen war. Sie hatte es geschafft! Sie hatte den Zugang zur Gruft der Drab-Masi gefunden.

Wie recht Nantucket doch mit dem Sprüchlein gehabt hatte, dachte Johanne. Vorsichtig trat sie über die Unterlippe in den weit geöffneten Mund des Kopfes.

Glatte Steinstufen führten hinab in die Dunkelheit. Johanne nahm ihren Mut zusammen und stieg hinab. Irgendwo musste Miao sein. Sie nahm ihren Schirm, drehte am Griff und schob ihn auseinander. Sie erinnerte sich daran, eine Fackelfunktion eingebaut zu haben. Die kleine Gaskartusche am unteren Ende war gut gefüllt. Sie entzündete das Gas mit dem kleinen Feuerstein, der am seitlichen oberen Ende angebracht war. Eine grüne Flamme flackerte auf und zauberte dunkle Schatten auf die Wände. Immerhin konnte Johanne jetzt den Boden der Gruft erkennen. Weiße, viereckige Platten. Sie stieg die restlichen Stufen hinab, bis sie einen engen vollgestellten Raum erreichte. In den Wänden links und rechts von ihr waren jeweils vier Nischen, vom Boden bis zur Decke, und in fünf der acht Nischen stand je ein Sarg. Eine Nische am Kopfende des Raums war ebenfalls noch leer. Wahrscheinlich der Platz für Isambard, dachte Johanne. Sie sah sich weiter um. Unter jedem Sarg war eine kleine Metallplatte angebracht worden. „Joren, Juaqin, Johann, Jiebit, Jesse." Die fünf Söhne, die bereits gestorben waren. Johanne erinnerte sich daran, dass Isambard das erzählt hatte. Sie ging zu der Nische, in der Joren lag und strich über die Plakette. Joren, dachte sie. Bist du mein Bruder gewesen? Sie konnte immer noch nicht glauben, was Isambard ihr über sich und ihren Vater erzählt hatte. Aber wenn es stimmte, dann konnte Joren, der älteste der Söhne, ihr Bruder, ihr Halbbruder gewesen sein. So wie Jessamyn ihre Halbschwester war.

Ich hätte dich gerne kennengelernt, dachte sie. Dann schüttelte sie den Kopf. Sie musste Miao finden! Sie zuckte kurz zusammen. Hatte sie da etwas gehört? Hatte sie da Schritte gehört? Hatte da jemand gehustet? Das würde ihr jetzt noch fehlen, vor der Polizei in einer fremden Gruft überrascht zu werden. Sie lauschte kurz, aber es rührte sich nichts mehr.

Sie schaute sich um. Ob in einem dieser Särge Miao lag? „Miao?", flüsterte sie, laut genug, um ihre Stimme von allen Wänden widerhallen zu lassen. „Miao?", wiederholte sie lauter und begann, an Jorens Sarg zu klopfen. Wer weiß, dachte sie. Vielleicht hatten sie Miao ja in einen leeren Sarg gelegt. Oder zu einem ihrer Toten? Aber das konnte nicht stimmen, dachte sie. Wieso standen hier überhaupt Särge? Joseph hatte doch erzählt, dass wenige Tage oder Stunden nach dem Begräbnis der vollautomatische Abtransport einsetzt. Eigentlich dürften hier gar keine Toten mehr sein! Oder galt das nur für die Särge, die in die Erde beigesetzt wurden und nicht für eine Gruft, in der die Toten ja in luftdichten Zinksärgen für die Ewigkeit aufbewahrt wurden?

Sie sah sich um und schaute sich im Licht der Fackel die Särge noch einmal genauer an. Alle Särge waren mit einer dicken Schweißnaht verschlossen worden. Der Boden um die Särge wurde langsam grün, Moos setzte sich an. Diese Grabstätten waren seit langem so, wie Johanne sie vorgefunden hatte. Hier war nichts verändert worden. Miao musste woanders sein. Aber wo? Sie schaute sich in der Gruft um. Draußen auf dem Friedhof raschelte etwas.

Johanne erstarrte, aber als nichts weiter geschah, atmete sie wieder aus. Ein Kaninchen wahrscheinlich, dachte sie, und erinnerte sich an die ganzen Hasenköttel auf dem Rasen um die Gruft herum.

Johanne inspizierte die leeren Nischen, konnte aber nichts entdecken. Schließlich ließ sie sich auf die Knie nieder und strich mit den Fingern über die Steinplatten. Als sie sich wieder erhob, waren ihre Handflächen dreckig.

Frische Erde, dachte sie erstaunt. Sie sah sich die Fugen zwischen den Platten genauer an. Die meisten waren glatt und passten genau an die anderen Platten. Kein Haar hätte zwischen zwei Platten gepasst. Und doch fand sie überall Erde, obwohl in der ganzen Gruft keine einzige offene Stelle zum Erdreich war. Im Schein der Fackel suchte sie weiter und wurde schließlich fündig. Genau am Rand zu Isambards Nische fand sie die Löcher, die sie gesucht hatte. Am Rand einer Platte waren kreisrunde Löcher eingelassen, ihre Ränder waren abgesplittert. Genau richtig für eine Brechstange, dachte Johanne. Oder als Ansatzpunkt für einen Seilzug. Sie versuchte, die Platte anzuheben. Mit einem Ruck zog sie an der Platte, doch diese bewegte sich nicht.

Miao würde die Platte sicherlich heben können, dachte Johanne verzweifelt. Oder Joseph. Oder wenigstens Hauptmann Esser. Doch ich bin ganz alleine. Sie hielt die Fackel noch einmal an die Fuge, konnte aber nichts entdecken, das ihr weiterhalf. Ob die Drab-Masi jedes Mal eine Brechstange mitbrachten, wenn sie einen lebenden Toten hier begruben? Das musste doch Aufmerksamkeit erzeugen, oder? Auf der anderen Seite trugen sie ja auch einen Sarg mit sich rum, da fiel die Brechstange wahrscheinlich nicht mehr auf. Erst recht nicht, wenn sie bei Nacht und Nebel über die Luftbojenleitung kamen.

Das Licht der Fackel flackerte. War da ein Luftzug? Hatte sie da Schritte gehört? Hatte da jemand gehustet?

Da kam Johanne endlich die rettende Idee. Der Schirm! Ob er das aushalten würde? Es war ja schließlich kein normaler Schirm, sondern ein als Alltagsgegenstand getarntes Allzweckwerkzeug mit Metallkern. Sie wusste nicht, ob es funktionieren würde, aber versuchen musste sie es. Sie stand auf und löschte die Flamme. Kurz wartete sie, bis sich ihre Augen an die Dunkelheit in der Gruft gewöhnt hatte. Etwas Licht fiel noch durch die Öffnung hinein, daher dauerte es nur kurz, bis sie sich an die Arbeit machen konnte. Johanne rammte das untere Ende des Schirms in das Loch in der Platte. Dann streckte sie sich wieder. Sie stützte sich mit dem Rücken an der Wand ab und setzte den Fuß gegen das obere Ende des Zepters. Nun stemmte sie sich gegen die Wand und drückte den Fuß gegen den improvisierten Hebel des Schirms.

Die Platte hob sich. Es knirschte, die Platte hob sich weiter und plötzlich kippte der Schirm, die Platte machte einen Sprung und fiel krachend wieder zurück.

Vorsichtig entzündete sie die Flamme am Schirm erneut und schaute sich an, was geschehen war. Die Platte war zurückgefallen, beim Aufprall aber auf eine andere Platte gefallen und an einer Stelle zerbrochen. Mit letzter Kraft schob Johanne die Platte zur Seite. Das Erdreich darunter war lose und wie frisch umgegraben. Sie war auf der richtige Spur!

„Miao", rief sie in die Erde. „Miao, halt durch! Ich komme." Mit beiden Händen grub sie die lockere Erde zur Seite, immer größere Haufen des lockeren Erdreichs schob sie hinaus, bis sie vornüber gebeugt nicht mehr weiter kam. Also sprang sie kurzentschlossen in die Grube, um von dort weiter zu graben. Sie kümmerte sich nicht darum, ob sie dreckig wurde oder wie sie später aussehen würde. Hand um Hand holte sie die Erde heraus, es war mühsam, dauerte lange, aber es funktionierte. Schließlich kratzte ihr Fingernagel über Holz. Sie hatte den Sarg gefunden! Schnell klopfte sie auf den Deckel. Zuerst geschah nichts, doch dann begann der Deckel zu vibrieren, wurde von unten dagegen geschlagen. Die ersten Schläge waren kräftig, doch danach wurden sie schnell schwächer.

„Miao", flüsterte Johanne. „Ich helfe dir."

Johanne konnte den ganzen Sarg noch nicht erkennen, denn sie hatte nur eine kleine Fläche freigelegt. Jetzt musste sie sich beeilen, dachte sie. Vielleicht kriege ich die Ränder besser frei, wenn ich den Schirm als Werkzeug benutze. Oder ich schlage damit direkt den Deckel ein. Sie stand auf und griff aus dem Grab, um die Schirmfackel, die sie am Rand hatte liegen gelassen, zu nehmen.

„Also seid Ihr doch ein Grabräuber!", erklang eine Stimme vom Eingang der Gruft. Johanne hob den Kopf, konnte aber nur einen Schatten erkennen.

„Ich wusste es." In der Stimme schwang unendliche Befriedigung mit. „Jetzt wird abgerechnet. Hände hoch, du Abschaum, du bist verhaftet!"

Grabräuber

Langsam stieg Johanne aus dem Grab. Hinter sich hörte sie die verzweifelten Schreie von Miao, doch sie hatte keine Wahl Der Mann vor ihr hatte eine Waffe auf sei gerichtet.

„Hauptmann Schleicher", sagte Johanne verzweifelt. „Es ist nicht so, wie es aussieht. Helfen Sie mir, wir müssen sie retten! Sie ist lebendig begraben!"

Hauptmann Schleicher grinste nur. Johanne konnte seinen fauligen Atem riechen. „Ihr könnt mich nicht ablenken. Die Blamage, die ich wegen Euch einstecken musste, werde ich nicht noch einmal auf mich nehmen. Ich habe Euch auf frischer Tat ertappt. Diesmal ist es nicht zu übersehen, Ihr habt ja noch die Erde unter den Fingernägeln und überall auf Eurem Kleid."

Johanne sah an sich herunter. Sie war vollkommen mit Erde verschmiert. „Aber, meine Freundin stirbt! Sie erstickt dort in dem Sarg, wir müssen ihr helfen." Johanne stürzte in ihrer Verzweiflung auf Hauptmann Schleicher zu, als ein Schuss durch den Raum peitschte und neben Johanne im Erdreich auftraf.

„Stehengeblieben! Keinen Schritt weiter sage ich." Sein Blick war hart geworden. „Es ist mir egal, wer in diesem Sarg liegt. Wenn überhaupt wirklich jemand drin liegt, wird er es verdient haben. Hier liegen nur die, die von den Drab-Masi vergessen werden sollen."

„Sie wissen davon?", fragte Johanne überrascht. „Die Kaiserliche Geheimpolizei kennt dieses Grab und tut nichts dagegen?"

„Ich weiß nicht, was die anderen wissen", sagte Hauptmann Schleicher. „Aber ich kenne es. Natürlich kenne ich es, sonst wäre ich ein schlechter Bulle, oder? Warum sonst sollten die Drab-Masi mich dafür bezahlen, dass ich still halte?"

„Es ist mir egal, wenn Sie sich bestechen lassen. Aber helfen Sie mir, meine Freundin aus dem Sarg zu holen."

Schleicher schüttelte den Kopf. „Nein, wir gehen jetzt zum Präsidium. Dort wird man Euch endlich in Haft nehmen. Ich werde befördert und Hauptmann Esser, der nicht nur den Prozess gegen Euren Vater vermasselt, sondern auch noch Eure Exekution verhindert hat, wird degradiert und hoffentlich gänzlich seines Amtes enthoben."

„Meine Exekution? Sie wollten mich in dem Käfig wirklich umbringen?"

„Aber natürlich. Auch dafür werde ich bezahlt. Ihr seid zu vielen wichtigen Leuten auf die Füße getreten."

Johannes Gedanken rasten. Wer könnte ein Interesse daran haben, sie umzubringen? Doch wohl nur der, der auch versucht hatte, ihren Vater zu Fall zu bringen. Seit dem Besuch bei Isambard wusste sie, dass Heinrich Kretzer mit ihrem Vater bekannt war. Er hatte für ihn gearbeitet und war während der Jahre, in denen Johanne in der Welt unterwegs gewesen war, sein Assistent gewesen. Sie musste mit ihm reden. Aber ob er auch versucht hatte, Julius umzubringen? Wieso sollte er das tun? Und jetzt auch noch Hauptmann Schleicher und vielleicht sogar Alset auf sie anzusetzen?

Johanne tappte immer noch im Dunkeln. Graf Eyth und der Club der Rosenwegler? Oder Julius ewiger Konkurrent Oppenhoff? Ob er so skrupellos war?

„Wie haben Sie mich eigentlich hier gefunden?"

„Ich habe Euch beobachtet. Und als Ihr die Fliegende Festung zu zweit betreten aber nicht mehr verlassen habt, war mir klar, dass Ihr früher oder später hier landen würdet. Ich habe natürlich noch Kollegen an anderer Stelle platziert."

Die Drab-Masi, schoss es Johanne durch den Kopf. Sie hatte wahrscheinlich zu viel erfahren und sollte nun beseitigt werden. Jessamyn hatte ihre Vereinbarung eingehalten, und sie zu Isambard geschafft. Der Handel war abgeschlossen und nun konnte sie Johanne umbringen lassen. Aber das konnte nicht sein. Beim ersten Anschlag auf ihr Leben war sie der kriminellen Vereinigung noch gar nicht in die Quere gekommen. Vielleicht waren aber auch mehrere Personen hinter ihr her. Aus unterschiedlichen Gründen.

Johanne schluckte. „Wieso wollen mich die Drab-Masi tot sehen?", fragte sie trotzdem. Sie wollte Zeit gewinnen. Aus den Augenwinkeln suchte sie nach etwas, womit sie sich wehren konnte. Das einzige, was sie sah, war ihr Schirm.

„Die Drab-Masi bezahlen mich nicht dafür, Euch zu töten. Ich habe mehrere Eisen im Feuer. Und jetzt kommt Ihr her und öffnet Euer Kleid."

Johanne war wie erstarrt. Wollte Schleicher sie vergewaltigen? Niemand würde sie hören. Vielleicht würde er sie auch einfach danach in das Grab werfen und sie töten. Aber er hatte doch gesagt, dass er sie festnehmen und ins Präsidium bringen wollte.

„Aber ...", stammelte sie und machte ein paar Schritte zurück. Sie schob ihren Arm über ihre Brust, wie um sich zu schützen, aber mit jedem Schritt kam sie näher an den Schirm.

Schleichers Gesicht verdunkelte sich. „Los, aufmachen", brüllte er jetzt und kam mit einem Satz näher. Johanne schrie auf und ließ sich fallen. Sie griff nach dem Schirm mitsamt der noch immer brennenden Fackel und schwang ihn in Schleichers Richtung. Der wich aus und packte Johanne am Handgelenk. Gleichzeit drückte er so fest zu, dass ihre Knochen knirschten und Johanne das Gefühl hatte, er würde ihre Hand zermalmen. Mit einem Schrei ließ sie ihre Waffe fallen. Die Fackel fiel auf den Boden, flackerte kurz, ging aber nicht aus.

Schleicher war ihr nun ganz nah, das Licht der Fackel warf gespenstische Schatten auf sein Gesicht. Er kniff die Augen zusammen, als er ihren Arm nach unten drückte. Dann ließ er sie los und riss mit beiden Händen ihre hochgeschlossene Bluse auf.

Er starrte auf ihren Hals. Dann lächelte er. „Diesmal legst du mich nicht rein. Wo ist der Rosenquarz? Glaubst du, ich blamiere mich noch einmal? Wo ist das Amulett?"

Johanne atmete erleichtert aus. „Ich habe es verloren", sagte sie leichthin. Unmöglich konnte sie Nantucket verraten, der sie im Austausch für den Rosenquarz zu dieser Gruft geführt hatte. Sie ahnte, was mit ihm geschehen würde, wenn Jessamyn hinter dieses Geheimnis käme. Und Johanne hatte das Gefühl, genug Menschenleben auf dem Gewissen zu haben.

Schleicher wurde wütend. Er schlug Johanne mit voller Kraft ins Gesicht. Dann packte er sie am Kragen und zog sie mit einer Leichtigkeit zu sich heran, als wäre sie nicht mehr als eine Puppe.

„Keine Mätzchen. Wo ist das Amulett? Ich habe nie gesagt, dass ich dich an einem Stück ins Präsidium zurückbringe. Niemand wird bei einer Grabschänderin fragen, woher die ganzen Verletzungen kommen, wenn sie sich der Verhaftung widersetzt hat." Er schob Johannes Kleid nach oben, bis ihr nackter Oberschenkel zu sehen war. Er grinste lüstern. Dann drückte er Johanne auf den Boden, packte die Fackel und hielt die Flamme an ihr weißes Fleisch.

„Ich habe es nicht mehr", schrie Johanne panisch und versuchte sich freizustrampeln. Doch Schleicher drückte sie nur noch fester runter, verlagerte sein gesamtes Gewicht auf ihren Körper, so dass sie sich nicht mehr rühren konnte.

Johanne schrie auf, als die Flamme ihre Haare auf dem Bein versengte.

„Sag es!", keuchte Schleicher.

„Ich hab es nicht mehr."

Schleicher nahm die Fackel und führte sie an Johannes Gesicht.

„Schade eigentlich, du bist ganz hübsch. Aber auch blind wird man dich nicht begnadigen. Widerstand gegen die Staatsgewalt, auf der Flucht auf einen Stein aufgeschlagen ... es gibt viele Begründungen für Verletzungen und Verlust des Augenlichts. Glaub mir, normalerweise bin ich nicht so zimperlich. Wo ist das Amulett?"

Johanne schluckte. War es das wert? Wenn sie im Gefängnis saß, konnte man ihr sicher helfen. Graf Eyth, Esser, wer auch immer, man würde sie da schon rausholen. Und wenn nicht, wollte sie wenigstens nicht blind sein.

„Ich habe es verschenkt. Eingetauscht ..."

„Ach, und an wen?"

„Es ... es war ..."

„Sag schon!" Er hielt die Fackel an ihr Gesicht und Johanne konnte spüren, wie ihre Haare knisterten.

„Es war über den Wolken ..."

Plötzlich krachte es. Ein Schlag ließ Johannes Welt schwarz werden und presste ihr die Luft aus den Lungen. Zuerst dachte sie, Schleicher hätte sie wieder geschlagen. Doch dann spürte sie sein Gewicht auf ihr. Erst hart und unbarmherzig, dann plötzlich wurde sein Körper weich und willenlos.

„Fräulein Johanne, seid Ihr verwundet?"

Mit einem Mal wurde es wieder hell um Johanne, als Schleichers Körper von ihr herunter gezogen wurde. Die Gruft war viel heller und zuerst erkannte sie nicht, wer sie da gerettet hatte. „Wer ist da?", fragte sie geblendet. Doch dann erkannte sie die Stimme.

„Joseph? Bist du das?"

„Ja, Fräulein. Und gerade rechtzeitig, wie ich sehe. Das bestätigt meine Meinung, dass die meisten Menschen ohne einen vernünftigen Diener hilflos sind."

„Aber was ist mit Marianne?"

„Um Marianne wird sich gekümmert. Früher oder später. Sie ist in der Obhut der Kaiserlichen. Sie wird verhört. Aber man wird nicht viel aus ihr herauskriegen. Sie ist total verwirrt und spricht nicht. Eigentlich ist sie nicht mehr als eine nackte Hülle." Er lachte bitter über sein Wortspiel. „Es hat den Anschein, als ob irgendetwas über ihren Körper die Kontrolle übernommen hat." Ein kurzer Seufzer entfloh seinen Lippen. „Ich befürchte, den Ausdruck in ihren Augen werde ich so schnell nicht vergessen. Er war, als ob sie tief aus dem Gefängnis ihres Körpers zu mir herausschaute und um Hilfe flehte. Wenn doch nur Euer Herr Vater noch leben würde. Mit den Dunklen Künsten hätten wir ihr sicherlich helfen können."

Johanne ging zu Joseph und nahm ihn in den Arm. Joseph drückte sie kurz, dann löste er sich aus der Umarmung. „Und da ich ihr nicht helfen konnte, folgte ich Euch, Fräulein. Hier scheine ich ja wenigstens helfen zu können. Dieser Lump wird nie wieder Polizeidienst schieben. Dafür werde ich sorgen." Er kicherte sein heiseres Lachen und Johanne wurde wieder Angst und Bange. Manchmal fürchtete sie sich vor Joseph.

„Was ist mit Eurer Freundin? Habt Ihr sie gefunden?"

Plötzlich wurde Johanne heiß. Miao! Die hatte sie in der Aufregung vergessen. Sie stürzte zur Grube und sah hinunter. Ihr Atem stockte, als sie nur noch ein dunkles Loch sah. Der Sarg war verschwunden.

Unter den Straßen von Wilhelmstadt

Johanne warf ihre Fackel hinunter in die Dunkelheit. Dort, wo vorher der Sarg gewesen war, befand sich nur noch ein Loch in der Erde, das sich in der Schwärze der Tiefe verlor. Als die Fackel auf dem Boden aufkam, war Johanne nicht überrascht: Im Schein der kleinen Flamme sah sie Stahlstützen und einzelne Rohre.

„Es sind höchstens fünf Meter, oder?", fragte Johanne.

„Ja."

„Ist das der Untergrund von Wilhelmstadt?"

„So ist es, Fräulein Johanne."

„Wo mag der Sarg hin sein?", fragte Johanne, aber sie wusste die Antwort bereits, bevor Joseph sie gab.

„Er ist auf dem Weg zum Kraftwerk, um dort verbrannt zu werden."

„Schaffen wir es, mit der Kutsche rechtzeitig dort zu sein?"

Joseph schüttelte den Kopf. „Wir haben nur diese eine Möglichkeit. Die Kette fährt nicht den direkten Weg zum Kraftwerk. Wenn wir laufen …"

„Dann los."

Ohne weiter auf ihr Kleid zu achten, ließ sich Johanne in das Grab hinab. Zuerst hielt sie sich am Rand fest, dann rutschte sie auf dem Rücken den steilen Hang hinab, bis das Erdreich endete. Sie stieß mit ihren Ellenbogen gegen eine dicke Stahlplatte, rutschte daran vorbei und fiel. Der Boden kam schnell näher. Bevor Johanne sich auf den Aufprall vorbereiten konnte, knallte sie auf die Erde, stürzte vornüber und rollte sich ab, um den Sturz abzufedern. In diesem Moment war sie froh, während des Studiums das Sportabzeichen gemacht zu haben. Die Anhänger von Turnvater Jahn erschienen ihr damals noch verrückt, aber heute waren ihr diese Kenntnisse nützlich.

Sie stand kaum wieder aufrecht, als Joseph neben ihr landete. Er fiel nicht, er stolperte nicht, sondern landete leichtfüßig neben ihr, als ob er sein ganzes langes Leben nichts anderes getan hätte, als aus mehreren Metern Höhe zu springen und ohne Verletzung zu landen.

„Manchmal bist du mir unheimlich, Joseph", sagte Johanne, doch Joseph kicherte nur heiser. „Ihr braucht keine Angst zu haben, Fräulein Johanne. Ich stehe auf Eurer Seite." Er kicherte wieder und sein Gesicht verzog sich zu tausend kleinen Lachfältchen, die sein Gesicht im Schein der Fackel noch gruseliger erscheinen ließen. Johanne sah sich um. Der Boden unter Wilhelmstadt war ein scheinbar undurchdringliches Labyrinth aus Röhren und Leitungen. Hin und wieder trat Dampf aus undichten Schweißnähten aus, oder es tropfte. In der Finsternis war Johannes Fackel das einzige Licht, das die Szene beleuchtete. Über ihr sah Hanne den Unterboden von Wilhelmstadt. Der Friedhof wurde durch ein mehrlagiges Stahlgeflecht gehalten. Dazwischen, in den regelmäßigen Abständen der Gräber, gab es Klappen, durch die die Särge hinabgezogen werden konnten. Johanne ließ den Blick schweifen.

„Dort hinten!", schrie sie, als sie den Automaten entdeckte. Er hing wie eine Spinne am Stahlnetz. Seine acht dünnen, glänzenden Beine kletterten flink über die Decke, sein Körper schien aus einem einzigen langen Zylinder zu bestehen. In seinen gewaltigen, kräftigen und gelenkigen sechs Armen hielt er den hellen Kiefernsarg, den er vor Minuten aus dem Erdreich der Gruft gegraben hatte. An seinem hinteren Ende hing, wie ein giftiger Stachel, der Sensor, den er zuvor in das Grab gebohrt hatte, um den Zustand des Inhalts zu prüfen. Miao ist tot, fuhr es Johanne durch den Kopf. Sonst hätte die Spinne sie nicht mitgenommen, oder?

„Hinterher", sagte sie zu Joseph, der sich bereits in Bewegung gesetzt hatte. Johanne lief, so schnell sie konnte, durch die Dunkelheit hinter der Spinne her. Der Leichensammler kletterte zügig, doch Johanne war schneller. Immer näher kam sie dem fliegenden Sarg. Es waren nur noch zwanzig Meter, zehn, fünf, noch ein paar Schritte, dann wäre sie genau unter der Spinne. Johanne hielt den Blick auf den Sarg gerichtet, als sie zum Sprung ansetzte. Sie hörte Josephs Warnung zwar, aber es war zu spät. Mit voller Wucht prallte sie auf die Rohre, die plötzlich vor ihr aus der Finsternis aufgetaucht waren. Johanne ging zu Boden und ihr wurde schwarz vor Augen.

Das sollte nicht zur Gewohnheit werden, dachte sie. So oft, wie sie heute bereits solche Schläge eingesteckt hatte, hatte sie in ihrem ganzen Leben noch nicht Prügel bezogen. Schließlich war sie eine Dame. Auch wenn sie gerade weder so aussah noch sich so fühlte.

„Aufstehen, mein Fräulein. Geschlafen wird nach dem Abenteuer." Joseph kicherte sein geheimnisvolles Kichern. „Das habe ich Eurem Vater auch immer gesagt, wenn er über den Dunklen Künsten, denen wir gemeinsam im Keller nachgegangen sind, eingeschlafen ist. Oft im kritischsten Moment. Er hatte einfach nicht das richtige Gespür für die wirklich wichtigen Dinge. Viel zu verspielt."

Als Johanne wieder stand, sah sie sich um. „Wo ist die Spinne?"

„Fort."

„Das sehe ich auch. Wohin ist sie? Wir müssen Miao retten, Mensch!"

„Ich gehe davon aus, dass der Sarg zur Verbrennungsstation gebracht wird, wo die erzeugte Energie ins Ferndampfnetz eingespeist wird. Wenn der Sarg nicht vorher geplündert wird." Er kicherte und Johanne verdrehte nur die Augen.

„Verschone mich mit deinem Humor. Wo ist die Station?"

„Folgt mir, mein Fräulein."

Johanne lief hinter Joseph an den Leitungen entlang. Der alte Diener schien sich auch ohne eigene Lichtquelle unter dem Friedhof wie in seiner eigenen Westentasche auszukennen. Nicht einmal blieb er stehen, um zu überlegen, oder sich zu orientieren. Mit seinen kleinen, kräftigen Schritten lief er über den feuchten, matschigen Boden, Johanne immer auf seinen Fersen.

„Woher kennst du dich hier so gut aus?", fragte Johanne.

„Das wollt Ihr doch nicht wirklich wissen, Fräulein Johanne, oder?"

„Sonst würde ich nicht fragen, oder?"

Joseph lief ein paar weitere Schritte, bevor er antwortete. „Ich war im Auftrag Eures Vaters hier unten. Er wusste von der Verbrennungsanlage und den Vorgängen unter dem Friedhof. Schließlich hatte er sie ja mit entwickelt."

„Ich glaube, ich will es gar nicht wissen."

„... und Euer Herr Vater hatte mich beauftragt ..."

„Ich will es nicht wissen!"

„... seine aktuellen Forschungen waren einfach bahnbrechend. Aber wie immer, wenn etwas Neues entwickelt wird, stößt man andere Menschen damit vor den Kopf oder muss sich mit überholten moralischen Vorstellungen rumplagen."

„Ich will es nicht wissen!"

„Der Tod muss nicht das Ende sein. Auch ein toter Körper kann noch nützlich sein, wenn er früh genug geborgen wird."

„ICH WILL ES NICHT WISSEN!"

„Es kommt nicht darauf an, was man macht, wisst Ihr, Fräulein Johanne. Es kommt auf die richtige Einstellung an. Und Euer Vater hatte die richtige Einstellung. Er war durchdrungen von dem Gedanken, der Welt und den Menschen zu helfen. Das rechtfertigte für ihn alles. Für mich auch. An der Einstellung seines Assistenten hat er auch nie gezweifelt, selbst als er anfing, den Zweck der Experimente zu verfremden."

Johanne blieb stehen.

„Der Assistent meines Vaters?"

„Wir sind da."

„Was war mit dem Assistent meines Vaters?"

„Fräulein Johanne, vor uns ist die Verbrennungsanlage."

Vor ihnen war die Dunkelheit einem roten Glühen gewichen. Sie waren an einer Art Platz angekommen. Die Rohre und Leitungen wanden sich hier an der Decke. Sie kamen aus allen Richtungen und liefen an diesem zentralen Punkt auf den Platz zu, wo sich die Verbrennungsanlage befand. Ein riesiger Kessel, größer noch als die Anlage in der fliegenden Festung *Wilhelms Abenteuer*. Wie eine gewaltige Kröte hockte dieser Behälter auf der Erde unter Wilhelmstadt und wartete. Ein Einlassschacht streckte sich nach vorne wie ein hungriges Maul, im Moment verschlossen durch einen stählernen Deckel, durch dessen Sichtgitter die heißen Feuer ihre Schatten warfen.

Johanne hörte die Flammen rauschen, fühlte förmlich, wie das Wasser, das durch die endlosen Rohre angeschossen kam, in diesem Kessel schlagartig erhitzt wurde, um dann durch die druckfesten Leitungen als Dampfenergie in die Stadt geblasen zu werden. Als sich das feurige Maul des Verbrennungskessels öffnete, sah Johanne auch den Sarg.

„Neeeeiiiiiiiiinnnnnnnn!"

Die Spinne hatte sich dem Verbrennungskessel genähert. Johanne sah im Schein der Feuer nur noch den Schatten des Sargs, doch sie wusste, dass sie zu spät kam. Wie eine Zunge fuhr eine Rampe aus dem Maul des Kessels heraus. Als Johanne zu laufen begann, lösten sich die Arme der Spinne um den Sarg. Johanne sprintete die letzten Meter, als der Sarg auf die Rampe krachte und langsam in die feurige Glut rutschte.

Johanne sprang ab, als sich die Rampe ins Maul zurückzog. Mit ihren Fingerspitzen berührte sie den Sarg, wild entschlossen, ihm ins Maul hinterher zu klettern. Sie würde Miao da rausholen und wenn sie dabei drauf ginge, dann wäre das eben so. Sie hatte es Miao versprochen! Sie packte die metallene Klappe, um sie weiter aufzuhalten. Das Maul begann, sich zu schließen. Dann rutschte sie ab und knallte auf den Boden. Als sich Johanne über ihre verbrannten Finger krümmte, schloss sich die Luke des Verbrennungsofens und sie konnte hören, wie die Flammen auffauchten, als der Sarg ihnen neue Nahrung gab.

Johanne wusste nicht mehr, wie lange sie auf dem Boden unter Wilhelmstadt gelegen und geweint hatte. Irgendwann war Joseph zu ihr gekommen und hatte sie in den Arm genommen und sie sanft geschaukelt, getröstet wie ein Baby. Schließlich nahm er ihre Hände in seine und betrachtete die Finger.

„Das ist nichts, Fräulein Johanne. In einer halben Stunde spürt Ihr davon nichts mehr. Da wird keine Narbe übrig bleiben." Noch nicht mal diesen Trost hatte sie, dachte Johanne. Sie hatte Miao im Stich gelassen. Sie hatte versagt. Und nicht einmal eine Narbe würde sie davon behalten, um immer daran erinnert zu werden. Die Narbe in ihrem Herzen würde keiner sehen können.

„Herrin? Warum liegt Ihr hier im Dreck?"

Jetzt war es mit ihr vorbei, dachte Johanne. Sie hörte Stimmen. War sie jetzt endgültig verrückt geworden?

„Herrin?"

„Jetzt höre ich schon Stimmen, Joseph. Es geht bergab mit mir."

„Fräulein Johanne, Ihr könnt wieder aufstehen." Joseph kicherte. „Es gibt keinen Grund mehr für Selbstmitleid."

Johanne hob ruckartig den Kopf. Vor ihr stand Miao, noch wackelig und unsicher auf den Beinen. Ihr Gesicht war bleich und verschwitzt, ihre Kleider zerrissen und matschig, als hätte sie sich auf dem Boden gewälzt. Mit jeder Hand hielt sie einen bewusstlosen Mann am Kragen und ihr Dampfbein war wieder beschädigt.

Das Labor

Kalter Nebel zog noch durch die enge Seitengasse. Der beißende Gestank von Urin, Kot und Abwasser mischte sich mit den ewigen Abgasen der Stadt. Es würde noch etwas dauern, bevor es wieder hell werden würde. Die Gasse lag nicht weit von Nummer Acht entfernt und ging von der Hafenstraße ab, die direkt zum Rhein hinunter führte. Die Häuser in dieser Gegend waren zwar mehr als reine Holzbaracken, doch der Besitzer des Bezirks war mehr darauf bedacht gewesen, mit minimalem finanziellen Aufwand möglichst viele Mieter beherbergen zu können, um damit auch ein Maximum an Miete zu erwirtschaften. Die Zimmer waren regelmäßig überbelegt, die Dächer undicht und die Wände feucht, da den meisten Mietern nicht genug Geld blieb, um die Zimmer zu heizen. Die Kindersterblichkeit in diesem Viertel der modernsten deutschen Stadt war genauso hoch wie in den ärmsten Vierteln Berlins, Hamburgs oder Wiens. Schlimmer war es nur im Ruhrgebiet oder in den ärmsten Gegenden im Osten.

Armut gibt es überall, dachte Johanne bitter. Im deutschen Kaiserreich genauso wie im restlichen Europa oder im Orient, wo sie sich nach dem Studium kurz aufgehalten hatte. Der Kommunismus versprach Besserung. Aus Russland kamen immer mehr Einfälle, wie man die Armut bekämpfen könnte. Im britischen Königreich, der Geburtsstätte des Kommunismus und in einigen elitären Kreisen des Kaiserreichs keimten zunehmend Ideen auf, wie eine Alternative zur aktuellen Gesellschaftsstruktur und wie ein Umverteilen des Reichtums aussehen könnte. Schöne Gedanken, dachte Johanne, als sie die Gasse entlang schlich. Aber nicht umzusetzen. Die Ideen würden am Menschen selbst scheitern. Der Mensch ist nicht für den Kommunismus geschaffen, dachte sie. Er steht sich selbst im Weg.

Endlich war sie an der Tür angekommen, die Hauptmann Esser ihr gewiesen hatte. Sie schaute sich um. Miao stand direkt hinter ihr, das Bein hatte Johanne notdürftig repariert. Die Luftnomadin hatte sich kurz beschwert, dass Johanne die scharfe Kante über dem Knie noch nicht beseitigt hatte, musste dann aber zugeben, dass sie im Moment keine Strumpfhosen tragen mochte und es somit noch ein wenig warten konnte. Joseph hatten sie bei Marianne gelassen, dafür hatte sich Hauptmann Esser spontan bereit erklärt, sie zu begleiten, allerdings nicht ohne seinen vollautomatischen Samowar. Um diese Zeit in der Nacht brauchte er einfach hin und wieder eine kleine Erfrischung.

„Vielleicht bin ich doch kein ganz schlechter Leibwächter", murmelte Miao hinter Johanne. „Schließlich habe ich die beiden Männer ganz alleine und mit einem gut gezielten Schlag ausgeknockt."

Johanne lachte leise. „Ich denke, die beiden Grabräuber waren so überrascht, als du ihnen aus dem Sarg entgegen gesprungen bist, dass sie von alleine in Ohnmacht gefallen sind." Sie kicherte und kam sich dabei vor wie Joseph. Miao schmollte und trat mit ihrem Dampfbein gegen einen Stein, der die Straße runterkullerte.

„Willst du wohl still sein!", fuhr Johanne sie an. „Oder sollen wir uns direkt verraten?"

„Ach, im Moment ist doch sowieso niemand wach hier. Und die, die noch auf sind, sind vermutlich betrunken", versuchte Hauptmann Esser zu schlichten. „Sollen wir vielleicht vorher noch ein Tässchen Tee trinken? Das soll ja die Nerven stärken."

Der vollautomatische Samowar watschelte leise fiepend hinter ihnen her.

„Finden Sie wirklich, dass Sie einen Teeautomaten mit auf eine Hausdurchsuchung nehmen sollten?"

„Man weiß nie, wann man eine Tasse Tee braucht."

„Ich kann Sie manchmal nicht ernst nehmen, Hauptmann Esser."

„Im Präsidium habt Ihr doch noch von meinem Tee geschwärmt."

„Da stand ich auch noch unter dem Einfluss der *Glocke*, nachdem Sie die beiden Grabräuber den Künsten von Leutnant Kundt überlassen haben."

Die Männer hatten ziemlich schnell gestanden und ihnen den Namen ihres Auftraggebers verraten, als man sie der automatischen Folterbank vorgeführt hatte. Johanne glaubte, dass der Anblick der wütenden Miao mit ihrem stählernen Bein und der automatische Samowar genauso viel Eindruck gemacht hatten, wie die Aussicht auf eine Haftverschonung bei einem zügigen Geständnis, das dazu führen könnte, ein weiteres Verbrechen zu verhindern.

Die beiden Männer hatten gestanden, waren aber trotzdem vorläufig im Kerker gelandet. Zu ihrer eigenen Sicherheit, wie Hauptmann Esser betonte. Außerdem sei er gar nicht dazu befugt, eine Haftverschonung zu versprechen, doch das sagte er den beiden erst nach dem Verhör. Die Gerechtigkeit stand nun mal immer auf der Seite des Gesetzes.

So waren nach kurzer Zeit alle zufrieden, außer Joseph. Er hatte Miao immer wieder gemustert. Als sie ihn darauf ansprach, hatte er geantwortet: „Sind Sie sicher, dass Sie wieder ganz lebendig sind?"

„Ja, ich fühle mich gut."

„Schade." Joseph hatte ein düsteres Gesicht gemacht. „Ich hätte gerne an Ihnen die Dunklen Künste ausprobiert, um Sie wieder ins Leben zurückzuholen. Es ist einfach so lange her. Hätte gern gewusst, ob ich es noch kann."

„Danke nein. Aber wer weiß, wenn das so weitergeht, wird der Tag vielleicht noch kommen, an dem wir Ihre Künste brauchen."

Nun standen sie hier im Morgengrauen in einer Seitengasse und warteten darauf, dass sie es wagten, in das kleine Haus einzudringen.

„Ich habe Euch von Anfang an gesagt, dass man ihm nicht trauen kann, Fräulein Johanne." Hauptmann Esser hatte sich neben sie gestellt. Über seine Uniform hatte er einen langen Lodenmantel gezogen, der ihn vor der morgendlichen Kälte schützen sollte. „Wenn wir zuschlagen wollen, dann müssen wir uns beeilen. Um elf Uhr trifft der Kaiser ein, bis dahin muss ich zurück sein und mit meinen Männern für die Sicherheit der Veranstaltung sorgen. Seid Ihr sicher, dass ich nicht doch mehr Unterstützung beschaffen soll? Nichts gegen Euch als Frau, aber … wir sind nur zu dritt und der Mann hinter dieser Tür ist ein Wahnsinniger, der Leichen vom Friedhof stehlen lässt. Und, wenn ich Euch recht verstanden habe, auch den Tod Eures Vaters zu verantworten hat."

Johanne legte ihm die Hand auf den Arm. „Ich bin für Eure Unterstützung sehr dankbar. Aber ich fühle mich in Eurer Gegenwart wunderbar sicher und geschützt. Ich bin vollkommen davon überzeugt, dass es mehr als einen Wahnsinnigen braucht, um einen Hauptmann der Kaiserlichen Geheimpolizei vor ein Problem zu stellen, nicht wahr?" Sie lächelte ihn an, als er seine Brust rausdrückte und in seiner Uniform zu wachsen schien.

„Natürlich habt Ihr da recht. *Ich* brauche keine Unterstützung. Ich wollte Euch nur das Gefühl größtmöglicher Sicherheit vermitteln. Nicht dass das wirklich nötig wäre …"

Und ich möchte am liebsten mit unserem Verdächtigen alleine reden, dachte Johanne. Zu viele Zeugen würden wahrscheinlich die einzige Möglichkeit zerstören, aus diesem Verrückten die Wahrheit herauszubekommen. Vor allem, wenn man das Labor mit einem Dutzend schießwütiger Polizisten stürmte. Aber sie musste wissen, warum er ihren Vater umbringen wollte.

Sie stellten sich vor die kleine und schmale Holztür. Das zweigeschossige Steinhaus war in den wenigen Jahren seit der Erbauung bereits krumm und schief geworden. Im Untergeschoss gab es nach vorne ein einzelnes Fenster neben der Tür, das war allerdings von innen mit dicken Vorhängen verdunkelt. Im oberen Geschoss drängte sich eine kleine Reihe von winzigen Fenstern nebeneinander, dahinter die mit Bewohnern vollgestopften Zimmer.

„Los jetzt", sagte Johanne leise. Hauptmann Esser drückte den einfachen, eisernen Türgriff hinunter und schob die Tür auf. Die Angeln quietschten. Aus dem Haus wehte ihnen ein furchtbarer Gestank entgegen, der Johanne den Atem nahm.

„Meine Güte", flüsterte sie entsetzt. „Was ist das?"

Hauptmann Esser sah sie überrascht an. „Was denn?"

„Der Gestank! Verfault hier etwas?"

„Nein, das ist der normale Geruch in einem Mietshaus. Ich schätze, in diesem kleinen Haus leben an die vierzig Personen. Und keiner von ihnen hat Zugang zu warmen Wasser, geschweige denn Seife. Die Nachttöpfe werden auf der Straße entleert oder in den Hof gekippt, obwohl das Haus Anschluss an die Kanalisation hat. Die einzige Toilette im Hinterhaus dürfte allerdings entweder verstopft oder besetzt sein. Wenn so viele Menschen auf engem Raum leben, dann stinkt das nun mal gewaltig."

„Das ist ja noch schlimmer als in der Straße, in der ich hausen muss. Wem gehört dieses Haus?"

„Die ganze Kachel gehört Oppenhoff."

Sie schlichen in das Haus hinein. Hauptmann Esser entzündete ein kleines Gaslicht, das er mitgenommen hatte, Johanne nutzte das Licht ihres Schirms. Der Hausflur zeigte drei Zimmertüren, einen Ausgang zum Hof und eine Treppe in den Keller. Eine weitere Treppe führte in das Obergeschoß.

„Stellt Euch an die Treppe", sagte Hauptmann Esser. „Miao in den Hof. Wenn er bemerkt, dass wir hier sind, will er vielleicht fliehen. So können wir ihn auf jeden Fall bemerken und aufhalten."

Als sich alle positioniert hatten, öffnete Hauptmann Esser mit einem Ruck die erste Zimmertür und leuchtete mit dem Licht in das Zimmer. „Kaiserliche Geheimpolizei!", brüllte er in das Zimmer. „Saladin Sansibar! Kommen Sie heraus!"

Johanne sah sechs erschrockene Gesichter in dem spärlich erleuchteten Zimmer. Ein Baby fing an zu schreien. Esser leuchtete jedes Gesicht an, schaute in die Ecken und warf eine Matratze um.

„Saladin Sansibar?", fragte er die Bewohner des Zimmers. Doch die schüttelten nur den Kopf. Fluchend verließ er das Zimmer und riss die nächste Tür auf. Hier folgte das gleiche Spiel. Johanne konnte nichts sehen, aber an den Fragen, die sie hörte, konnte sie erkennen, dass der Hauptmann auch hier nicht fündig geworden war. Als er das Zimmer verließ, öffnete sich die Tür zum letzten Zimmer auf der Etage und ein Mann stürmte heraus. Johanne sah nur ein weißes Unterhemd und eine wütende Fratze, bevor sie hörte, wie Hauptmann Esser mit einem Knall zu Boden ging. Sie stürmte ihm zu Hilfe.

Doch bevor sie etwas tun konnte, hatte Hauptmann Esser sich schon von dem Schreck erholt. Er saß auf dem Boden und hielt sich den geröteten Kiefer. Über ihm stand ein halbnackter Mann, dessen muskulösen Arme immer wieder zuckten, so als könne er sich kaum zurückhalten, noch einmal zuzuschlagen. Hinter ihm stand eine Frau in der Tür. „Lass es doch sein, Heinz. Das ist doch die Polizei!"

„Wenn man noch nicht mal in seiner eigenen Wohnung in Ruhe schlafen kann … Ich muss morgen wieder arbeiten. Jeden Tag vierzehn Stunden in dieser verdammten Höllenmaschine. Noch nicht mal Zeit zum Essen hat man. Und dann kommt da so ein Knirps und weckt mich mitten in der Nacht! Wenn ich gerade mal seit ein paar Minuten die Augen zugemacht habe."

Er zog Hauptmann Esser an seinem Uniformkragen in die Höhe und starrte ihm in die Augen.

Johanne stellte sich vor den Wüterich und legte so viel Autorität in ihre Stimme, wie sie nur konnte. „Lassen Sie den Mann los, sonst setzt es was!"

Der Mann starrte sie ungläubig an, doch Johanne ließ sich nicht aus der Ruhe bringen. Sie hasste gewalttätige Männer. Auch wenn sie nur wütend waren, weil sie aus ihrem wohlverdienten Schlaf gerissen worden waren.

„Wenn Sie den Hauptmann nicht sofort loslassen, wird das für Sie Konsequenzen haben. Sie werden verhaftet und können morgen nicht zur Arbeit. Wie Sie wissen, warten jeden Morgen für jeden, der nicht zur Arbeit erscheint, zwei neue, die ihn ersetzen können. Und dann? Ohne Arbeit werden Sie auch noch dieses Loch verlieren, das Sie „zuhause" nennen. Ihre Frau wird mit den Kindern alleine sein. Sie wird betteln oder an der Hafenmauer anschaffen gehen müssen. Wenn sie Glück hat. Wenn es sie schlimm erwischt, wird sie für die Drab-Masi arbeiten. Und von dort gibt es kein Entrinnen. Ihre Kinder kommen ins Heim, wo sie sehr wahrscheinlich entweder an Bergwerke verkauft oder an der blutigen Ruhr sterben werden. Und das alles nur, weil Sie einmal geweckt worden sind?"

Der Kerl starrte Johanne immer noch an, als schien er ihre Worte nur langsam zu begreifen. Seine Frau begann, von hinten an seinem Unterhemd zu zerren. „Komm, Heinz, sie hat recht." Das schien seine Starre zu lösen. Er ließ Hauptmann Esser los und stellte ihn auf den Boden.

„Wir suchen Saladin Sansibar", fuhr Johanne fort, als hätte sie keine andere Reaktion erwartet. Der Mann schluckte, dann zeigte er auf die Kellertreppe.

„Der wohnt nicht hier oben im Haus. Er verlässt seinen Keller kaum. Wenn er da ist, dann ist er dort unten."

Johanne ging zur Kellertreppe und rüttelte am Griff.

„Sie ist abgeschlossen."

„Er schließt immer ab, wenn er geht. Und wenn er da ist auch. Er will nicht gestört werden. Niemand war jemals unten, seit … dem Unfall."

Johanne nickte. Sie musste gar nicht wissen, was damals geschehen war. Leute, die etwas zu verbergen hatten, sorgten meist dafür, dass man sie in Ruhe ließ. Und wenn es einen Unfall gab, der allen Angst machte …

„Sie hatten doch eben Kraft zuviel", sagte sie zu dem Wüterich. „Dann zeigen Sie mal, wie stark Sie sind."

„Aber, das ist doch Einbruch", zierte er sich, doch Johanne fuhr ihm über den Mund.

„Wir sind von der Polizei. Schon die Konsequenzen vergessen? Knast? Prostitution? Waisenhaus?"

Der Raufbold sah sie an, machte auf dem Absatz kehrt und verschwand in seinem Zimmer. Kurz darauf kam er mit einem riesigen Vorschlaghammer in der Hand zurück, den Johanne wahrscheinlich noch nicht mal mit beiden Händen hätte tragen können.

„Gehen Sie zur Seite", sagte er, dann holte er mit Schwung aus und ließ den Hammer auf die Tür niederkrachen. Das Holz splitterte, aber die Tür blieb geschlossen. Er holte erneut aus und schlug wieder zu. Auch diesmal widerstand die Tür dem Angriff, doch das Holz war überall gesplittert.

„Neben das Schloss", sagte Johanne. Der Mann nickte und platzierte den Schlag direkt neben den Griff. Mit einem Kreischen flog die Tür auf und krachte gegen die Wand. Dann packte er seine Frau, ging in sein Zimmer und schloss wortlos die Tür. Hauptmann Esser und Miao stellten sich neben Johanne, die in den Keller hinunterblickte.

„Das wäre nicht nötig gewesen", sagte Hauptmann Esser. „Ich hatte die Situation zu jeder Zeit unter Kontrolle."

„Ich weiß, Hauptmann", sagte Johanne freundlich. „Es tut mir leid, ich konnte nicht an mich halten. Ich mag nun mal keine Männer, die das Leben ihrer Familie aufs Spiel setzen. Vielleicht habe ich da schlechte Erfahrungen gemacht."

„Nun gut, das verstehe ich", sagte der Hauptmann. „Vielleicht sollten wir kurz auf den Schrecken eine Tasse Tee trinken? Samowar, komm her!"

Ein paar Schlucke später nahm Hauptmann Esser sein Gaslicht und stieg die Treppe hinab. Auch Johanne nahm ihren Schirm und entzündete erneut ihre Fackel, die inzwischen ausgegangen war. Dann folgte sie ihm. Zuletzt kam Miao, deren Bein sich zischend und dampfend bewegte. Gemeinsam stiegen sie hinab in das Reich des Saladin Sansibar.

Der gemauerte Keller war nicht sehr hoch. Johanne musste den Kopf einziehen, um nicht an die gewölbte Decke zu stoßen. Im Schein der Fackel entblößte Saladins Labor seine schreckliche Wahrheit. An der einen Wand stand ein Regal mit Maschinenbauteilen, Zahnrädern, Pumpen und Ventilen, aber auch kleinste Pendel, haarfeine Drähte und schmalste Röhrchen. An der zweiten Seite des Raums stand ein Bett, mit einer einfachen Decke und einem Haufen Bücher daneben. Mitten im Raum stand eine große metallene Arbeitsfläche, blutverschmiert und mit einem Ablauf in Kopfhöhe, darunter ein Eimer, der die Flüssigkeiten auffing. Ein kleiner Ofen bollerte in der Ecke neben dem Bett, schien aber kaum Wärme abzugeben. In einem Kessel darüber wurde Wasser erwärmt, das über lange Röhren in das Regal an der letzten Wand geleitet wurde. Auf diesem Regal standen dutzende, breite Glasflaschen, die alle mit den Röhren verbunden waren. In ihnen schwammen Gehirne.

Angeekelt und gleichzeitig neugierig ging Johanne näher und leuchtete mit der Fackel. Die Organe waren alle intakt und scheinbar von fachkundiger Hand entnommen worden. An einigen klebten Etiketten mit Namen, auf anderen Etiketten mit Nummern. Einige Glasbehälter waren leer. Auf einem Regalbrett darunter fand Johanne handtellergroße Glasscheiben, jeweils zwei waren zusammengefügt worden, dazwischen lagen hauchdünne Querschnittsscheiben von weiteren Gehirnen. Entsetzt wandte sich Johanne ab. Wenn sie daran dachte, dass sie diesen Wahnsinnigen in die Nähe ihres Vaters gelassen hatte, wurde ihr übel. Wer weiß, was er mit ihm angestellt hätte. Oder mit ihr, wenn sie mit ihm alleine geblieben wäre oder seine Dienste anders in Anspruch genommen hätte.

Was hatte er nur mit diesen ganzen Gehirnen vorgehabt? Welche furchtbare Forschung hatte er betrieben? Joseph hätte wahrscheinlich seine helle Freude gehabt. Ob ihr Vater auch so geforscht hatte? Ob er, seitdem er aus Afrika zurückgekommen war, ebenfalls dieser

Form der geheimen Wissenschaft gefrönt hatte? Oder ob Saladin Sansibar seine Kunst gar von ihrem Vater erlernt hatte? Sie erschauderte und wagte nicht, weiter zu denken. Sie ging zum Bett und sah sich die Papiere an, die auf der Decke lagen.

„Ein Grundriss", sagte Miao. „Oder eher gesagt, mehrere."

Johanne betrachtete die Linien, die Saladin Sansibar mit Kreuzchen und kleinen Buchstaben übersät hatte. Neben einem Kreuz stand KW, neben einem anderen GKO.

„Das kommt mir bekannt vor", sagte Johanne. „Ich glaube, ich kenne dieses Gebäude. Was wohl KW heißen mag? Und wo ist Saladin Sansibar?"

„Nun, jedenfalls nicht hier", sagte Hauptmann Esser. Er war bleich und man sah ihm an, dass er sich hier unten überhaupt nicht wohl fühlte. „Ich werde dieses Haus von meinen Leuten sichern und auf den Kopf stellen lassen, dann muss ich mich um den Kaiser kümmern. Zum Glück habe ich den Samowar bei mir, auf Schloß Eyth gibt es nie vernünftigen Tee."

Plötzlich fügte sich alles zusammen. Schloss Eyth! Das Gebäude auf dem Plan war das Schloss des Grafen! Johanne wurde es ganz flau im Magen, als ihr klar wurde, was KW bedeutete. Und sie wusste auch, wo Saladin Sansibar war.

„Ein Anschlag!", rief Johanne entsetzt. „KW! Das Kreuzchen! Er will Kaiser Wilhelm II. töten."

Willems Wölfe

„Verdammt", rief Hauptmann Esser und nahm zur Stärkung noch einen Schluck Tee. „Der *Adler* ist gelandet. Unser Kaiser ist bereits in Wilhelmstadt angekommen."

Gemeinsam sahen sie aus dem Fenster der Kutsche hinauf auf den Berg, auf dem Schloß Eyth thronte. Über dem großen Turm hing das gigantische Luftschiff des Kaisers, der *Adler*. Es war Wilhelms ganzer Stolz. Die in der Mitte hängende Passagierkapsel wurde an beiden Seiten von großen Gasbehältern getragen, die an ausgebreitete Schwingen erinnerten. Diese waren mit Wilhelmstädter Hælium gefüllt, das weit über das Deutsche Kaiserreich hinaus einen vortrefflichen Ruf genoss. Am vorderen Ende der Pilotenkabine war ein schweres Geschütz angebracht, was diesem Teil des Schiffs das Aussehen eines Kopfes mit Schnabel verlieh. Am hinteren Ende ragten zwei separate Geschützeinheiten heraus, die in alle Himmelsrichtungen zugleich feuern konnten. Diese ‚Krallen' durften nur von speziell ausgebildeten Schützen bedient werden.

Hauptmann Esser fluchte. „Sie ist viel zu früh angekommen. Der Ball sollte doch erst in ein paar Stunden beginnen."

„Was ist daran so schlimm? Dann haben wir mehr Zeit, Saladin Sansibar aufzuhalten."

„Wir dürften Schwierigkeiten haben, überhaupt noch ins Schloss hineingelassen zu werden. Die Palastwache hat bestimmt schon alles abgeriegelt."

„Aber Sie werden doch hineinkommen. Sie sind doch Polizist!"

Hauptmann Esser zuckte mit den Schultern. „Ich vielleicht. Aber ich weiß nicht, wie ich Euch, Fräulein Johanne, mit hineinschleusen soll. Für den Kaiserball gab es spezielle Sicherheitsüberprüfungen. Nur ausgewählte Personen stehen auf der Liste. Mit einem speziell dafür entwickelten Optoskopen der Marke Oppenhoff wurden Bilder der geladenen Gäste gemacht und an die Wachen verteilt. Niemand darf dem Kaiser zu nahe kommen. Und Euren Namen finde ich eher auf der Liste ‚Sicherheitsrisiko'."

Johanne nahm seine Hand. „Aber ich muss hinein! Sie werden das schon schaffen, oder?"

Hauptmann Esser sah angespannt auf das Schloss, dem sie nun immer näher kamen. „Ich weiß es nicht."

Als die Kutsche den Besitz von Graf Eyth erreichte, hatte sich das Areal gewandelt. Der Garten, der vorher eher einem Park glich, der zu stundenlangem Müßiggang einlud, war jetzt eingezäunt mit großen Eisenkreuzen, an denen Stacheldraht um das Gelände gezogen war. Alle zehn Meter stand ein Elitesoldate. Es waren alles große, blonde Männer, kräftig und jung. Die persönliche Kaisergarde, im Volksmund auch *Willems Wölfe* genannt, hatte den ganzen Komplex unter ihre Kontrolle gebracht. Die Mitglieder der Kaiserlichen Geheimpolizei, die sonst in Wilhelmstadt für Recht und Ordnung sorgte, wirkten dagegen wie ein Hobbyschützenverein. Alle Wölfe waren als Kinder aus den Waisehäusern rekrutiert worden. Keine Familie, keine Verwandten, nur die Einheit und das Leben des Kaisers zählten. Was sie besaßen, steckte in dem Rucksack, den sie auf dem Rücken trugen. Sie waren immer und überall einsatzbereit. Und sie war nur auf den Kaiser eingeschworen.

Miao stoppte die Kutsche vor dem großen Tor. Einer der Wölfe sprang an die Tür und riss sie auf.

„Rauskommen! Ausweisen!"

Sie kletterten aus dem Wagen und wollten gerade auf das Tor zugehen, als der Soldat sie aufhielt.

„Ausweisen!", knurrte er. Johanne sah sich den Soldat an. Er war groß, bestimmt über zwei Meter, hatte unter seiner Pickelhaube kurzgeschorenes blondes Haar.

„Das ist Hauptmann Esser von der Kaiserlichen Geheimpolizei! Wir müssen zu Graf Eyth."

Der Wolf sah den Hauptmann an und nickte.

„Er kann durch."

„Und ich?"

„Wer sind Sie?"

„Ich bin Johanne deJonker und ich muss …"

„deJonker? Auf keinen Fall. Sie bleiben draußen." Er hob die Hand und schob sie vom Eingang weg. „Ich erteile Ihnen Platzverbot. Sie dürfen sich diesem Gelände nicht mehr näher als 500 Meter nähern. Bei Zuwiderhandlung werden Sie ohne Angabe von Gründen und ohne weitere Verwarnung erschossen."

Johanne blieb vor Erstaunen der Mund offen stehen. „Warum?", fragte sie entsetzt.

Jetzt sah der Wolf überrascht drein. „Na ... deJonker? Johanne deJonker? Tochter von Julius deJonker? Des Mannes, der den Lieblingsneffen des Kaisers auf dem Gewissen hat und der das Vertrauen des Kaisers erschlichen hatte, nur um es dann so zu missbrauchen? Enteignet, geächtet, Sippenbann. Noch Fragen? Glauben Sie, dass ich so eine Person in die Nähe meines Kaisers lasse?"

Johanne sagte nichts mehr.

„Na, sehen Sie. Seien Sie vernünftig. Gehen Sie jetzt, oder ich muss Gewalt anwenden."

Johanne fand die Sprache wieder. Sie musste an das Gewissen des Soldaten appellieren. Er konnte doch nicht zulassen, dass seinem Herrn etwas geschah.

„Aber es ist ein Anschlag auf den Kaiser geplant! Ich muss da rein! Wir können es noch verhindern!" Johanne stand vor dem großen Soldaten und starrte ihm ins Gesicht.

„Es tut mir leid, mein Fräulein, ich habe Ihnen meine Gründe erläutert."

„Hören Sie schlecht, das Leben des Kaisers ist in Gefahr!"

„Nicht, wenn wir alle unsere Arbeit tun. Darum darf ich Sie nicht durchlassen. Gehen Sie bitte."

„Aber ich will ihm doch nichts tun, im Gegenteil, ich will ihm helfen, ihn retten! Ich bin das Patenkind des Gastgebers. Rufen Sie bitte Graf Eyth."

Der Soldat schüttelte den Kopf und schob Johanne nun noch weiter zurück, bis sie mit dem Rücken an der Kutsche stand.

„Sie gehen jetzt, ich werde Graf Eyth nicht rufen."

„Das wird nicht nötig sein, ich bin bereits hier. Was ist los?" Die Stimme des Grafen dröhnte hinter dem breiten Rücken des Soldaten. Johanne sank erleichtert in sich zusammen.

„Gott sei dank, dass Ihr da seid, Graf Eyth. Es geht um Leben und Tod." Sie wollte auf den Graf zulaufen, doch der Soldat hielt sie mit einer Hand auf. Johanne blieb stehen und funkelte den Wolf wütend an. Graf Eyth trat an dem Soldaten vorbei und auf sie zu. Dann legte er seine Hände auf ihre Schultern und sah sie mit ernstem Blick an. Plötzlich fühlte sich Johanne, als würde ihre Magengrube ins Bodenlose fallen. Es war etwas passiert. Graf Eyths Augen waren gerötet, die Falten in seinem Gesicht tiefer als gewöhnlich.

„Was ist los, Graf?"

„Mein tiefempfundenes Beileid, mein Kind."

„Was ist los?" Johanne schluckte. Die Geräusche um sie herum drangen nur noch dumpf zu ihr durch, das Blut rauschte in ihren Ohren, als wären sie mit Watte verstopft. Sie spürte, wie ihre Knie weich wurden.

„Dein Vater ist heute früh verstorben."

Johanne knickte ein. Doch bevor Graf Eyth sie auffangen konnte, hatte Miao sie bereits in die Arme genommen und hielt sie aufrecht. Die unerwartete Wärme ihrer Freundin gab ihr Kraft. Sie starrte kurz in die Ferne, wo sie Wilhelmstadt sehen konnte. Sie dachte an die Hölle, in der ihr Vater bis gestern gelebt hatte. Und sie dachte an früher, an den lebenslustigen Mann, der ihr Vater einmal gewesen war. Dieser hatte mit dem Wrack, das sie in dem Kloster gesehen hatte, nicht mehr viel zu tun gehabt. Vielleicht war es besser so. Trotzdem verkrampfte sich ihr Herz und Tränen stiegen ihr in die Augen. Nicht jetzt, dachte sie. Keine Schwäche zeigen, nicht hier.

„Es war zu erwarten", sagte sie so kühl wie möglich und straffte sich. „Aber ich schwöre, ich werde den Mörder meines Vaters zur Strecke bringen. Koste es, was es wolle."

„Kind, dein Vater ist nicht ermordet worden. Er ist im Schlaf gestorben. So friedlich, wie man es sich nur wünschen kann."

Johanne sah Graf Eyth tief in die Augen. „Er ist ermordet worden. Sein Körper mag heute Morgen gestorben sein. Sein Geist ist an dem Tag von uns gegangen, als die *Juggernauth* untergegangen ist. Und das war kein Unfall. Das war Mord. Und der gleiche Mann, der meinen Vater auf dem Gewissen hat, will heute den Kaiser töten."

Graf Eyth sah den Soldaten an. „Sie sehen doch, das junge Fräulein steht unter Schock. Lassen Sie uns bitte kurz allein."

Der Wolf schüttelte den Kopf. „Nein, das Fräulein verlässt sofort das Gelände."

„Sie sind ein Unmensch."

„Ich befolge nur meine Befehle. Ich kann nicht zulassen, dass Sie mit dem Kaiser in direkten Kontakt treten, alleine mit einer Geächteten bleiben."

„Ich bin keine Geächtete!", rief Johanne wütend aus.

„Ihr Vater war es. Das reicht mir."

Graf Eyth seufzte, als er sich Johanne zuwendete. „Es tut mir so leid. Ich kann heute nichts für dich tun. Komm doch morgen wieder, wenn der Kaiser fort ist. Dann reden wir über alles. Ich werde noch einmal ein Wort für dich und deine Situation einlegen."

Johanne schwirrte der Kopf, das wurde langsam alles zu viel für sie. Wieso hörte ihr denn niemand zu? „Ein Anschlag! Auf den Kaiser! Ich muss hinein!"

Gray Eyth schüttelte jetzt energisch den Kopf.

„Hör mir genau zu, Johanne. Heute kommen nur geladene Gäste hinein. Geladen sind alle wichtigen Familien von Wilhelmstadt. Zum Beispiel mein alter Freund Oberst a.D. Zitzewitz und seine Gattin." Er schob Johanne in Richtung Kutsche.

Johanne erinnerte sich an den alten Griesgram. Graf Eyth hatte ihr immer erzählt, dass der Oberst Menschenansammlungen und Feste mied wie der Teufel das Weihwasser, was seine Frau sehr bedaure.

„Aber Ihr sagtet doch, Oberst Zitzewitz sei …"

„… ein alter Freund der Familie Eyth. Genau." Er drückte sie in die Kutsche. „Was hältst du davon, wenn du auf deinem Heimweg dort vorbei fährst? Sie werden sich über deinen Besuch sehr freuen." Er schloss die Tür der Kutsche.

„Robert-Koch-Gasse 23, Bezirk 13, nahe der 5. Straße", sagte er zu Miao, dann gab er den dampfenden Pferden einen Klaps auf den Hinterlauf. Die Maschinen heulten auf und setzte sich in Bewegung.

„Kommen Sie, Hauptmann Esser", hörte Johanne ihn noch sagen, als die Kutsche sich in Bewegung setzte. „Kommen Sie mit, man erwartet Ihren Dienstantritt."

Es wurde bereits wieder dunkel, als Johanne und Miao sich dem Schloss wieder näherten. Ein Wolf trat an die Kutsche der Familie Zitzewitz heran und öffnete die Kutschentür. Johanne streckte galant ihren behandschuhten Arm hinaus. Der Wolf reichte ihr seine Hand und half ihr hinaus.

„Herzlich Willkommen auf dem Kaiserball, gnädige Frau." Er wartete bis Miao aus der Kutsche geklettert war, dann fragte er: „Wen darf ich melden?"

„Oberst Zitzewitz nebst Gattin", schnarrte Miao. Sie steckte in einem dunklen Smoking, die weiten Hosen verdeckten das Dampfbein. Ihre sonst so dunklen und störrischen Haare waren grau gefärbt und mit Pomade an den Kopf geklebt. Ein schwarzer Zylinder, ein Monokel und ein grauer Backenbart vervollständigten das Bild. Sie hielt sich gebückt, auf ihren Spazierstock gestützt. Unter der Smokingjacke hatten sie ihr die Schultern mit kleinen Kissen ausgestopft, damit der Buckel des Oberst Zitzewitz auch zur Geltung kam. Dass die tiefen Furchen und die Altersflecken im Gesicht nur aufgemalt waren, konnte man im Zwielicht des Gartens, der nur noch durch Fackeln erhellt war, nicht erkennen.

„Was ist jetzt?", schnarrte Miao mit der tiefen, ungeduldigen Stimme eines alten Soldaten. Sie zeigte auf die Orden, die sie an die Jacke geklemmt hatte. „Ich habe zwar den Krieg überlebt, aber so viel Zeit habe ich nicht mehr, dass ich hier stundenlang warten kann. Ich bin ein alter Mann, beeilen Sie sich gefälligst."

Johanne musste sich ein Lachen verkneifen. So dominant hatte sie Miao noch nie erlebt. Aber es war überlebenswichtig, dass sie sich so benahm. Oberst Zitzewitz war ein herrischer, ungeduldiger Mann, der für seine Launen in der ganzen Stadt bekannt war. Und er hatte mit Miao geübt.

„Einen Moment, bitte, Herr Oberst, ich muss Sie nur kurz auf der Liste finden und Ihre Optoskopien abgleichen."

Johanne hängte sich bei Miao ein und drückte ihre Hand. Von diesem Moment hing alles ab. Sie war sicher, wenn sie erst ins Gelände vordringen konnten, dann würde sie Saladin Sansibar, den Mörder ihres Vaters finden und zur Strecke bringen. Sie würde das Attentat auf den Kaiser vereiteln und zumindest die Ehre ihrer Familie wieder herstellen. Wenn sie aber jetzt scheitern würden … ein schneller Tod wäre ihnen zumindest gewiss. Entweder würde man sie direkt auf der Flucht erschießen oder nach einem hochnotpeinlichen Verhör schnurstracks an den Galgen bringen. Schließlich war sie die Tochter eines Verräters, hatte die Handtasche vollgestopft mit der *Krötenquackbox*, deren Gegenstück sie am Morgen bereits Hauptmann Esser in die Hand gedrückt hatte, einer Druckluftpistole und in der Hand den als Schirm getarnten Alleskönner. Allein Waffen in die Nähe des Kaisers zu schmuggeln, würde ausreichen, um sie des Hochverrats anzuklagen.

„Nun, Oberst, ich habe Sie auf der Liste gefunden", sagte der Wolf und lächelte Johanne an. „Die Optoskopien scheinen auch zu stimmen, auch wenn Sie, meine Dame, in Natura sehr viel jünger wirken als auf dem Bild. Meine Verehrung."

Johanne errötete wie auf Befehl und nickte, das Kompliment stumm entgegennehmend. Sie hatten es geschafft! Und es war viel einfacher gewesen, als sie es sich vorgestellt hatte.

„Jetzt muss ich nur doch das Schwingungsmuster vergleichen."

Johanne sackte das Herz in die Hose. Miao fuhr auf.

„Was?", herrschte sie ihn in der dunklen Stimme des Oberst an.

„Den Schwingungsabgleich, Herr Oberst. Das geht ganz schnell." Er holte aus dem Kasten, der neben dem Eingang stand, eine große Brille heraus, die über ein Kabel mit dem Kasten verbunden war.

„Optoskopien können einen schnell täuschen", sagte der Wolf. „Sie sehen doch selbst, Ihre gnädige Gattin wirkt wie eine junge Frau, auf dem Foto jedoch … Der Schwingungsabgleich überprüft, ob Sie wirklich die Person sind, für die die Eintrittsberechtigung erteilt wurde. Jeder Mensch hat eine eigene Schwingung, die bei der Aufnahme der Optoskopie erfasst wurde und nun durch die Brille dargestellt wird."

Wir sind geliefert, dachte Johanne. Bei dieser Kontrolle würden Sie niemals, niemals als das Ehepaar Zitzewitz durchgehen. Langsam ließ sie ihre Hand zur Handtasche gleiten, wo ihre Pistole versteckt war. Sie würde nicht kampflos aufgeben.

„Schwingung?", dröhnte Miao wütend. „Schwingung? Wollen Sie mich auf den Arm nehmen? Sehen Sie diese Orden an meiner Brust? Meinen Sie, die hätte ich bekommen, wenn ich nicht Oberst VON Zitzewitz wäre? Schwingung? Ich brauche keine Schwingung, um irgendwo reinzukommen. Wo waren Sie, als wir in Buzenval die

Festung stürmten? Wo waren Sie 1871, als Paris endgültig in unsere Hände fiel? Der Franzose donnerte mit seinen Geschützen, aber wir sind nicht gewichen. Wo waren Sie da? Wo waren Sie mit Ihrer Schwingung? Glauben Sie, die Franzosen hätten unsere Schwingung überprüft, bevor sie sich uns ergeben haben?" Miao hob ihren Stock und begann, damit vor der Nase des Wolfs herumzufuchteln. „So wie Sie aussehen, waren Sie noch nicht einmal geboren, als ich mein Leben schon dem Kaiser Wilhelm, Gott habe ihn selig, zu opfern bereit war. Ach, es gibt keine richtigen Kriege mehr." Miao stach wieder nach dem Wolf, der geschickt und geduldig auswich. „Der Kaiser ist viel zu zimperlich. Waren Sie im Krieg, Soldat? Nein? Wie auch. Es gibt ja keine *richtigen* Kriege mehr. Wie wollen Sie dann ein *richtiger* Soldat sein? Indem Sie vor einem Tanzpalast stehen und alte Leute erschrecken? Ist das heute die Vorstellung eines Soldaten? Ist es das? Soll das ein Soldat sein?"

„Ist ja gut", sagte der Wolf und ließ die Brille sinken. „Geh schon rein, Opa", sagte er angesäuert und ging zur Seite.

„Opa? OPA?" Miao griff an ihre Seite und zog den Degen. Die Menschen um sie herum hielten erschocken die Luft an. Johanne glaubte, sterben zu müssen. „Das ist ja wohl eine Unverschämtheit. Wo ist Ihr Offizier?"

Die anderen Gäste am Eingang warfen sich fragende Blicke zu. Vom anderen Ende des Gartens blickte ein Offizier auf und kam langsam auf sie zu. Wenn ein Offizier sie überprüfte, würde ihre ganze Maskerade auffliegen. Einer genaueren Betrachtung hielt ihre Verkleidung auf keinen Fall stand.

„Komm schon", zischte Johanne. „Lass es gut sein, wir gehen rein."

Die Miene des Wolfs wurde steinhart. „So nicht, Opa." Er packte mit einem Griff die Hand von Miao und entwendete ihr den Degen. Dann warf er ihn hinter sich.

„So, und jetzt gehst du da rein und bist still. Sonst war es das heute für dich."

„Unverschämtheit", fluchte Miao ihm noch entgegen, doch Johanne zog sie bereits in Richtung Schloss. Sie sah, wie der Offizier zu dem Soldaten ging und leise mit ihm sprach.

„Komm, wir müssen rein, bevor wir *noch mehr* auffallen", zischte sie Miao zu.

„Stop!", erschallte hinter ihnen eine Stimme. Johanne drehte sich um und sah den Offizier auf sich zukommen. An seiner Seite folgten ihm zwei Wölfe im Stechschritt.

„Wir müssen rennen", flüsterte Miao, doch Johanne hielt sie zurück. „Zu spät", zischte sie, von der Hoffnung getragen, doch noch irgendwie aus der Sache herauszukommen. Ihre Hand fuhr in die Handtasche und entsicherte die Luftdruckpistole. Sie sah, wie Miao mit einer Hand einen Knopf der Uniformjacke löste, um das darunter verborgene Messer schneller greifen zu können. Der Offizier stand nun vor ihnen, die Soldaten stellten sich neben Johanne und Miao.

„Oberst von Zitzewitz?"

Miao nickte nur knapp.

„Bitte entschuldigen Sie die Unannehmlichkeiten. Mein Vater hat unter Ihnen gedient. 1871, die Schlacht von Buzenval. Oft hat er davon erzählt. Er sprach von Ihnen immer nur in den höchsten Tönen. Es ist mir eine Ehre, Sie kennenlernen zu dürfen. Erinnern Sie sich vielleicht an meinen Vater?"

Johanne brach der Schweiß aus. Alles stand auf Messers Schneide, vielleicht wollte dieser Offizier sie auch nur in eine Falle locken. Wenn Miao jetzt etwas Falsches sagte …

Miao räusperte sich, dann herrschte sie den Offizier an: „Wenn Sie mir mal Ihren Namen verraten würden, dann könnte ich auch was Gescheites dazu sagen. Wenn Ihnen Ihr Vater noch nicht mal beigebracht hat, sich richtig vorzustellen, dann wir er wohl kaum unter meinem Kommando gewesen sein."

Der Offizier wurde bleich und Johanne fluchte innerlich. Wieso hatte sie sich auch nur darauf eingelassen, Miao den Oberst spielen zu lassen.

Der Offizier straffte sich und legte zackig die Hand an die Pickelhaube. „Hauptmann Backow, Kaiserliches Leibregiment, Herr Oberst. Bitte mein Benehmen zu entschuldigen. Wenn Sie erlauben …" Er hielt die Hand auf und einer der Soldaten legte den Degen, den der Wolf Miao abgenommen hatte, darauf.

„Kann es nicht zulassen, dass Sie ohne Ihre Ehrenwaffe vor den Kaiser treten. Bei aller Vorsicht, wem soll man denn noch vertrauen, wenn nicht den eigenen Veteranen." Er verbeugte sich kurz, als Miao den Degen wieder zurück in die Scheide schob.

„Danke, Hauptmann. Weggetreten!"

Johanne konnte sich erneut ein Lächeln nicht verkneifen, als die Soldaten auf dem Absatz kehrt machten und im Garten verschwanden. Sie nahm Miaos Arm und hängte sich ein.

„Ich wäre beinahe gestorben, Miao", sagte sie leise.

„Und ich erst, Herrin", antwortete sie. „Wie finden wir jetzt Saladin Sansibar?"

„Ich weiß es noch nicht. Aber irgendwie müssen wir einen Weg in den Keller des Schlosses suchen. Dort, irgendwo in den alten Gewölben wird er sein. Er wird sich verstecken und zuschlagen, wenn der Kaiser im Ballsaal ist. Die Maschine wird also ziemlich genau unter dem Ballsaal sein."

Johanne zog ihren Oberst zum Eingang des Schlosses, wo ein Lakai sie erwartete und ins Innere begleitete. Es waren bereits viele andere Gäste angekommen, die sich erregt über die neuen Sicherheitsmaßnahmen unterhielten. In der Ferne sah sie Hauptmann Esser. Er nickte kurz. Sein Verhalten deutete Johanne so, dass er noch nichts gefunden hatte.

„Oberst Zitzewitz, welche Freude, dass Sie es geschafft haben."

Nicht schon wieder, dachte Johanne, als sie sich mit eisigem Lächeln umdrehte. Hinter ihnen stand die Gräfin Eyth und grinste sie an.

Kaiserball

Gräfin Eyth hakte sich mit ihrem rechten Arm bei Johanne, mit ihrem linken Arm bei Miao unter und zog sie langsam aber bestimmt durch die Menge. Heute hatte sie wieder ein Reformkleid angezogen, um sich gegen die Unterdrückung der Frau in der Mode öffentlich zu wehren. Doch heute bestand ihr Kleid nicht aus Leinen oder Wolle, sondern aus glänzender, fließender schwarzer Seide. Es sah zwar immer noch so aus, als ob sich die Gräfin in einen Sack gekleidet hätte, aber immerhin in einen sehr eleganten Sack. In ihrem Haar steckte ein Diadem aus feinstem Silber, mit afrikanischen Diamanten durchwirkt.

„Ich freue mich, dass Sie es geschafft haben, *Oberst*", flüsterte sie leise, doch ihr Lächeln war wie eingefroren. „Ich dachte schon, Sie wären verhindert."

Miao schüttelte stumm den Kopf und Johanne sagte mir gesenkter Stimme: „Wir müssen ihn aufhalten!"

Die Gräfin atmete tief durch und schwieg, während sie sie durch die Menschenmenge geleitete, wie ein Lotse einen Tanker durch den überfüllten Hafen. Hin und wieder nickte sie jemandem zu, während sie durch die große Halle schlenderten.

„Weißt du, wo Saladin Sansibar ist? Versteckt er sich?", fragte Johanne aufgeregt. Gräfin Eyth lachte kurz und spitz auf. „Natürlich ist er hier. Er wird auftreten, sobald der Kaiser den Ball eröffnet hat. Im Moment ruht Wilhelm aber noch."

„Sie müssen uns zu ihm bringen", zischte Johanne.

„Zu Wilhelm?", fragte die Gräfin erschrocken. „Unmöglich. Selbst ich könnte das nicht. Und ich bin … nun … er mag mich sehr. Wir haben uns ein paar Mal in Berlin getroffen. Im Hotel Adlon …" Die Gräfin verstummte, als sie merkte, dass sie vielleicht zu viel gesagt hatte.

„Nein, nicht zum Kaiser. Bloß nicht zum Kaiser. Man würde uns sofort festnehmen. Nein, wir müssen zu Sansibar. Er wird uns alle umbringen. Oder alle verwirren, unsere Bewusstsein zerstören, was auch immer."

„Das hört sich ja haarsträubend an, mein liebes Kind. Wie kommst du denn darauf?"

Sie hatten das Ende der Halle erreicht und bogen nun ab in ein etwas ruhigeres Zimmer, das offensichtlich ein Ausläufer der Bibliothek war. Auch hier standen noch einige Gäste. Die Herren im dunklen Anzug, die Haare nach der neuesten Mode mit Pomade an den Kopf geklebt. Die Damen versuchten, in ihren engen und teuren Kleidern nicht zu ersticken oder in Ohnmacht zu fallen.

„So ein Unsinn, Kind. Warum sollte Herr Saladin so etwas tun?"

„Wo ist er, Tante? Wenn er nichts zu verbergen hat, dann kannst du uns doch zu ihm bringen. Wir wollen nur mit ihm reden."

„Ich weiß nicht, wo er sich vorbereitet." Sie packte Johanne und Miao fester am Arm und zog sie mit sich mit. „Und ihr beide müsst hier sofort verschwinden. Wenn Euch einer der Wölfe hier im Licht der Kronleuchter genauer ansieht, dann seid ihr geliefert. Ich bringe euch nun nach hinten und ihr verschwindet hier."

Johanne versuchte, sich loszureißen, doch der Griff der Gräfin war eisern. Sie grinste. „Meine Selbstverteidigungsübungen haben kräftige Nebenwirkungen, was?"

„Tante", unternahm Johanne einen letzten Versuch. „Es geht um die Zukunft des Reichs! Das Leben des Kaisers steht auf dem Spiel."

Sie waren in der Ecke des Raums angekommen. Die Wände waren mit Bücherregalen vollgestellt. In gläsernen Vitrinen ruhten Exponate aus der gesamten Welt. Lange, geschwungene Büffelhörner, in die mystische Runen hineingraviert worden waren. Seltsame irdene Gefäße, die aussahen wie Totenköpfe und schmale Dolche mit Griffen aus dunkelrotem Elfenbein. Die Gräfin beachtete all das nicht, sondern zog Johanne und Miao in den Schatten der Ecke.

„Ich werde nicht zulassen", sagte die Gräfin plötzlich, „dass ihr alles kaputt macht. Herr Saladin hat ein wunderbares Programm vorbereitet, mit dem er den Kaiser überraschen will."

„Wenn's doch nur so wäre", sagte Johanne. „Ich habe aber Grund zu der Annahme, dass er dem Kaiser ein Leid antun will."

„Unsinn, Johanne! Herr Saladin ist ein Visionär und ein Künstler. Ich durfte ihn bereits bei einer Privatvorstellung beobachten. Alles, was er will, ist, diese Welt etwas besser machen. Stell dir doch nur mal vor, wie schön es wäre, wenn wir die Grenzen in den Köpfen der Menschen endlich wegblasen könnten. Ihre Ängste, ihre Vorurteile, ihre schlechten Gedanken. Was könnte das alles für die Frauenbewegung bedeuten! Männer, die endlich einsehen, dass wir gleichwertige Geschöpfe sind. Johanne, gerade du müsstest das doch einsehen!"

„Aber doch nicht gegen ihren Willen!"

„Manche Menschen wissen eben nicht, was gut für sie ist. Der Kaiser wird es verstehen." Die Gräfin holte mit dem Fuß aus und trat mit voller Wucht gegen das Bücherregal. Es knackte und die Wand kam ihnen entgegen.

Johanne wurde durch die versteckte Tür geschubst und landete mitten in der Schlossküche.

Hier regierte ein heilloses Durcheinander. An zahllosen Feuerstellen standen Frauen und kochten, rührten, buken und garnierten. Ihre weiße Tracht war fleckig von Essensresten und Schweiß. Zwischen ihnen liefen Küchenmädchen hin und her und fügten sich den gebrüllten Anweisungen der Köchinnen. Livrierte Diener standen steif am Rand des Geschehens, traten einzeln vor und begannen, große Platten mit Hors-D'œuvres hinauszutragen. Plötzlich wurde es dunkel und ein Mann stand vor ihnen und nahm ihnen die Sicht.

„Friedrich", sagte die Gräfin zu dem Diener „Sie haben mich erschreckt. Was gibt es? Sie sollten nicht hier sein!"

„Herr Sansibar hat sich in der Kapelle vorbereitet und wartet nun auf den Auftritt des Kaisers. Er hatte keine Verwendung für mich und mich somit zu Ihnen geschickt."

Die Kapelle! Johannes Herz machte einen Sprung. Jetzt wusste sie, wo sie Sansibar suchen musste. Sie warf Miao einen Blick zu und die nickte kaum merklich.

Die Gräfin war außer sich. „Friedrich, ich habe Ihnen ausdrücklich befohlen, bei ihm zu …"

In diesem Moment entriss sich Johanne ihrem Griff. Miao rammte ihre Schulter in die Seite der Gräfin, die überrascht aufschrie, sich in ihrem Reformkleid verhedderte und sich auf den Hosenboden setzte. Johanne trat Friedrich gegen das Schienbein und begann, zu laufen. Sie sah nicht zurück, denn sie hörte Miaos mechanisches Bein direkt hinter ihr bei jedem Schritt schnaufen.

Am Ende der Küche griff sie in die Handtasche und holte den kleinen Messingfrosch, die Krötenquackbox, heraus, über den sie mit Hauptmann Esser in Verbindung stand. Johanne hatte sich die Messingfrösche, die ihr bereits im Varieté aufgefallen waren, aus Saladins Labor mitgenommen und untersucht. Auf Handtaschengröße geschrumpft hatte sie einen für sich behalten, den anderen dem Hauptmann gegeben. Nun drückte sie dem Frosch auf ein Auge und rief in das geöffnete Maul: „Ich weiß, wo er ist, aber halten Sie uns verdammt noch mal meine Tante vom Leib. Beeilen Sie sich!"

Die Maschine des Salabin Sansibar

Die Tür zur Kapelle war von innen verschlossen. Miao war auf der Treppe stehen geblieben, um nach Verfolgern Ausschau zu halten, doch der Hauptmann schien seine Sache gut zu machen.

„Wie soll ich sie öffnen?", fragte Johanne ihre Leibwächterin.

„Der Schirm?", antwortete Miao.

„Du meinst mit den Blitzen?" Sie hatte sich Alsets Blitzpistole angeeignet und in den Schirm integriert. Jetzt konnte sie über einen versteckten Knopf im Griff Energieladungen aus der Schirmspitze schießen. Sie hob den Schirm an und legte ihn an das Schloss. Doch dann ließ sie ihn wieder sinken.

„Wer sagt, dass die Tür dann nicht schmilzt? Oder die Blitze reflektiert und wir davon getroffen werden? Ich möchte hier nicht ohnmächtig auf den Fliesen liegen, während Sansibar den Kaiser umbringt. Dafür ist es viel zu kalt auf diesem Boden."

Miao kam zur Tür. „Lasst mich mal schauen, Herrin." Sie kniete sich hin, ihr Dampfbein zischte unter der ungewohnten Beugung, und hielt ihr Auge an das Schlüsselloch. Dann grinste sie und streckte ihre Hand nach Johanne aus. Diese zog ihre Freundin hoch. Miao strich Johanne durchs Haar. Der jungen Frau schoss das Blut in den Kopf und ihr Magen begann, zu hüpfen. Ihr Herz schien kurz auszusetzen, als sie eine Gänsehaut bekam.

„Miao", flüsterte sie. „Ist das der richtige Augenblick?", doch die Luftnomadin zog ihr eine Haarklammer aus den Strähnen. Sie lächelte verschmitzt.

„Das habe ich bei den Drab-Masi gelernt." Sie drehte sich zur Tür und verdeckte Johanne die Sicht. Dann schien sie kurz am Schloss zu rütteln … und die Tür sprang auf. Miao grinste noch breiter. „Diese alten Schlösser …"

Die Kapelle sah genauso aus, wie Johanne sie in Erinnerung hatte. Das fahle Næon-Licht schien durch die kleinen bunten Fenster. Die Sessel standen noch genauso dort, als ob Johanne vor wenigen Minuten mit Graf Eyth dort gesessen hätte. Kurz befürchtete Johanne, sie hätte sich furchtbar geirrt.

Doch dann sah sie Saladin Sansibar. Er stand neben der Stimmungsorgel, als hätte er sie erwartet. So still stand er da, dass sie ihn zuerst übersehen hatte. Und er lächelte.

„Fräulein Johanne, schön, Euch wiederzusehen. Und wie immer in der Begleitung Eurer reizenden Leibwächterin." Er verbeugte sich kurz.

„Es ist vorbei", fauchte Johanne ihn an. „Sparen Sie sich das Gesülze, Sansibar. Oder sollte ich sagen, Heinrich Kretzer Junior?"

Saladins Lippen kräuselten sich zu einem Lächeln.

„Euch kann man nichts vormachen, nicht wahr? Wie ein Bluthund bleibt Ihr so lange an einem dran, bis Ihr Euer Ziel erreicht habt. Respekt. Wie seid Ihr darauf gekommen?"

„Das Bild bei Isambard. Sie sind Ihrem Vater wie aus dem Gesicht geschnitten. Und der Bart hat mich nur kurz ablenken können."

„Man nimmt seine Vergangenheit immer mit sich, nicht wahr? Egal wie weit man reist, man kann sich nicht vor sich selbst verstecken. Das mit dem Bart ist interessant. Bei den meisten Menschen funktioniert es! Kaum trägt man einen Bart, eine elegantere Kleidung und stellt sich auf eine Bühne, schon sehen die Menschen in einem nicht mehr den Laborgehilfen, sondern einen Meister der Magie. Ich bin sicher, die Polizei hat nach Heinrich Kretzer Junior gesucht. Aber alles, was sie gefunden haben, war Saladin Sansibar. Und den wollten sie nicht." Er lachte laut auf.

Johanne spürte Zorn in sich aufsteigen. Dieser selbstgerechte Mensch vor ihr brachte sie zur Weißglut. „Es reicht, Kretzer. Ihre Zeit ist abgelaufen. Ich weiß, was Sie vorhaben, die Polizei ist informiert und wird gleich hier sein." Johanne hob die Krötenquackbox, um Hauptmann Esser zu rufen, doch dann ließ sie sie wieder sinken. Zuerst musste sie etwas wissen. „Warum haben Sie meinen Vater umgebracht?"

Kretzers Mundwinkel fielen nach unten und er sah tatsächlich etwas unsicher aus.

„Mein Fräulein, das war ein Unfall."

„Ein Unfall?" Johanne glaubte, ihren Ohren nicht zu trauen. „Der Neffe des Kaisers ist tot, mein Vater ist heute Morgen gestorben, die *Juggernauth* ist gesunken. Die Seite des Schiffs ist durch eine Explosion auseinander gerissen worden. Wie kann das ein Unfall gewesen sein? Das war ein Anschlag!"

Kretzer setzte sich auf den Hocker vor der Stimmungsorgel und lies die Beine baumeln.

„Seht, Fräulein deJonker, Euer Vater war ein genialer Erfinder. Ich habe viel bei ihm gelernt."

„Und zum Dank haben Sie ihn umgebracht."

Jetzt wurde Kretzers Gesicht rot vor Zorn. „Ich habe es nicht beabsichtigt, aber ich bereue es auch nicht. Hat er es denn nicht verdient? Wie viele Menschenleben hat er auf dem Gewissen?" Er sprang wieder auf. „Alles musste seinem Willen und seinem Geltungsdrang untergeordnet werden. Mehr als ein Mensch hat das mit seinem Leben bezahlt."

„Wovon reden Sie überhaupt?"

„Wenn Ihr bei Isambard ward, wisst Ihr es doch schon. *Mein* Vater ist in Belgien bei einem Grubenunfall ums Leben gekommen."

„Das war doch ein Unglück! Was kann *mein* Vater dafür?"

„Ach, das war ein Unglück? Und der Untergang der *Juggernauth* war keins? Wo ist der Unterschied zwischen einem Unglück und einem Anschlag? Euer Vater hat in Belgien damals Maschinen und Techniken eingesetzt, die nicht erprobt waren. Prototypen, die er sich ausgedacht hatte, um die Rendite der Grubenbesitzer zu verbessern."

„Der Bergbau ist ein gefährliches Handwerk. Täglich sterben dort Menschen", hörte Johanne sich sagen. „Durch den Einsatz von Maschinen wird das Leid der Menschen verringert."

„Das sagt Ihr. Ich sage, dahinter steckte reinste kapitalistische Ausbeutung. Die Maschinen wurden entwickelt, um die Menschen noch mehr zu knechten, um ihre Arbeitsweise zu automatisieren, um auch den Bergarbeiter zu einem Roboter zu machen. Nein, Fräulein deJonker, Euer Vater hat hundertfünfzig Bergleute auf dem Gewissen. Wären sie nicht im Stollen gestorben, als sich der Bohrkopf selbstständig machte, so wären sie in ihren Hütten verrottet, weil die Maschinen sie arbeitslos gemacht hätten."

„Sind Sie ein Luddith? Oder ein Kommunist?"

„Nun, ich bin kein Maschinenstürmer, wenn Ihr das meint. Erfindungen haben schon ihren Sinn. Aber in den falschen Händen, sind sie nur der Nagel im Sarg des kleinen Mannes. Wir leben in aufregenden Zeiten, vieles ändert sich. Aber man muss diese Änderung auch in die richtige Richtung lenken, sonst richtet man mehr Schaden an, als einem lieb sein kann. Sonst hat man am Ende nicht nur ein paar Bergleute auf dem Gewissen, sondern ganze Völker, vielleicht sogar die gesamte Menschheit. Und das werde ich verhindern!"

Johanne sah Kretzer einen Moment sprachlos an. Er war scheinbar vollkommen verrückt geworden. „Sie sind größenwahnsinnig", sagte sie schließlich.

„Ach, bin ich das? Ich glaube, Ihr seht das falsch. Schließlich habe ich, Heinrich Kretzer Junior, endlich die Maschine entwickelt, mit der ich den Lauf der Welt ändern kann. Ich hätte es so leicht am Neffen des Kaisers beweisen können, wenn Euer Vater nicht wieder mit seinen unnatürlichen Experimenten dazwischen gefunkt hätte. Versteht Ihr jetzt, Fräulein deJonker?"

„Ich muss zugeben, es fällt mir noch etwas schwer, zu folgen."

„Es ist doch eigentlich ganz einfach." Er zeigte auf die Seelenorgel und Johanne bemerkte, dass er ein paar Änderungen vorgenommen hatte. An der einen Seite stand sein dunkler Koffer, der mit der Orgel verbunden worden war. Die Lautsprecher, die wie riesige Trichter aussahen, waren nicht mehr auf den Raum, sondern auf die Decke ausgerichtet worden. Saladin zog ein Tuch von einem Apparat, der neben der Orgel aufgebaut worden war. Es war eine riesige Glaskugel, in der weiße und rote Blitze hin und her zuckten.

„Es ist ganz einfach. Ich werde die Welt verändern. Sie wird ein besserer Platz werden, dank der Maschine, die ich entwickelt habe. Der Egoismus, der die Geschichte der Menschheit bislang geprägt hat, wird verschwinden. Wir stehen an der Schwelle des 20. Jahrhunderts, Fräulein deJonker. Und mit meiner Hilfe wird es ein Jahrhundert des Friedens und des gemeinsamen Fortschritts. Kriege und Ausbeutung gehören der Vergangenheit an."

„Das hört sich schön an, aber wie wollen Sie das bewerkstelligen?"

„Ihr habt selbst gesehen, wie ich mit meiner Maschine das Bewusstsein des Herrn Hauptmann Essers manipulieren konnte. Ich habe ihn von seinem Laster des Rauchens befreit."

„Gegen seinen Willen." Johanne musste beim Gedanken daran schmunzeln.

„Gegen seinen Willen, genau. Und doch wissen wir beide, dass es besser für ihn ist. Warum also nicht mit der Menschheit genauso verfahren? Ich hatte alles vorbereitet. Lange experimentiert. Dann war es soweit. Als der Neffe des Kaisers kam, war ich bereit. Ich dachte, wenn ich jemanden aus der Familie des Kaisers überzeugen könnte ... Ich war einer der wenigen, die überhaupt wussten, dass sich Carl Anton von Sachsen-Meiningen die neueste Entwicklung Eures Vaters ansehen wollte ..."

„Was haben Sie denn jetzt eigentlich getan?", fragte Johanne ungeduldig.

„Eigentlich wollte ich mit dem Neffen des Kaisers reden und ihn überzeugen. Doch Euer Vater hat mich von ihm ferngehalten. Also musste ich andere Maßnahmen ergreifen. Ich wusste, wann er in Wilhelmstadt sein würde und ich wusste, wann Euer Vater mit der *Juggernauth* aufbrechen würde. Ich habe den Strahl der Maschine also auf die *Juggernauth* gerichtet. Jeder, der davon getroffen werden sollte, würde sich zu einem aufrichtigen Kommunisten entwickeln und der Sache der Menschheit aufgeschlossen gegenüberstehen. Als Neffe des Kaisers hätte Carl Anton genug Macht gehabt, um den Kaiser positiv zu beeinflussen oder zumindest meine Ideen in den Palast zu tragen. Leider gab es dann dieses Unglück."

„Warum?"

„Seht, Fräulein deJonker, um ein neues Bewusstsein einzupflanzen, muss man einen ganz bestimmten Weg einhalten. Um es laienhaft auszudrücken, ich musste zuerst das alte Bewusstsein befreien, von einschränkenden Gedanken lösen, bevor ich die neuen Ideen einspielen konnte. Das ist ein Vorgang, der normalerweise nur wenige Sekunden in Anspruch nimmt."

„Haben Sie deshalb mit den vielen armen Frauen im Hafenviertel experimentiert? Die, die danach nackt auf den Dächern leben mussten?"

„Experimentiert?" Kretzer fuhr auf. „Experimentiert? Ich habe nicht experimentiert, Fräulein deJonker. Diese Damen kamen alle freiwillig zu mir. Sie alle hatten ihr Leben satt. Und diese Frauen haben alle eine wichtige Sache erkannt: Der Grund, warum sie in einer so unbefriedigenden Lebenssituation steckten, waren sie selbst. Ihre Gedanken, ihre Glaubenssätze, all die Vorurteile und einengenden Schranken, die ihnen ihre Männer, ihre Mütter, ihre Väter eingeredet hatten, so lange, bis sie selbst daran glaubten, dass sie nicht zu mehr taugten, als Kinder zu gebären und ihren besoffenen Mann ins Bett zu tragen. All das wollten sie hinter sich lassen, wieder in ihren Urzustand versetzt werden, um ein freies Leben zu führen. Sie wollten sich ändern! Ich habe ihnen diese Freiheit gegeben."

Johanne schnaubte ungläubig. „Das war sicherlich nicht die Freiheit, die sie sich vorgestellt haben."

„Ich habe nicht behauptet, dass meine Methode von Anfang an nicht eventuell hin und wieder ein paar ... Nebenwirkungen hätte. Aber nicht jede Dame, die zu mir kam, landete nackt auf den Dächern und lebte ein primitives, aber freies Leben. Bei manchen, ja sogar bei vielen, hatte ich noch größeren Erfolg. Diese Frauen waren gut vorbereitet und wussten, womit sie ihr befreites Bewusstsein neu füttern wollten. Es ist ein starker Geist vonnöten, um sich selbst zu ändern, Fräulein deJonker. Nur die, die etwas loswerden wollten, aber nicht wussten, wohin sie danach der Weg führen sollte, die fielen in eine Art Urzustand zurück. Das tut mir leid, ist aber nicht zu ändern. Sie sind glücklicher jetzt."

„Und die Grundlagen für diese Methode haben Sie bei meinem Vater erlernt? Warum mussten Sie ihn denn umbringen?"

Er seufzte. „Eigentlich ist Euer Vater selbst Schuld. Wenn er mich mehr ins Vertrauen gezogen hätte, wäre das Ganze nicht passiert. Er hat mir zwar gesagt, dass er die neue Unterwasserschwingungsorientierung demonstrieren wollte, hatte mir aber verschwiegen, dass er dabei seine in Afrika erworbenen Fähigkeiten einsetzen wollte, um das Schiff zu kontrollieren. Das war ja auch Wahnsinn! Ich war nicht auf der *Juggernauth*, also kann ich nur Mutmaßungen anstellen. Aber er muss das Schiff ganz alleine mit Hilfe seiner Gedanken gelenkt haben. Er hatte sich, wie die Minenarbeiter in Afrika, mit der Maschine verbunden, das Bewusstsein verzahnt. Als ich dann vom Ufer alles Bewusstsein ausgelöscht habe, muss es in der Maschine zu einer Fehlfunktion gekommen sein. Euer Vater und die Maschine waren zu eng miteinander verbunden. Als ich das Bewusstsein Eures Vaters überschrieben habe, hat auch die Maschine ihre Funktion vergessen. Sie haben beide die Kontrolle verloren. Ich schätze mal, dass ein Kessel sehr schnell viel zu viel Druck aufgebaut hat. Dann ist die Dampfmaschine einfach in die Luft geflogen."

„Das erklärt das Loch in der Seite der *Juggernauth*. Aber warum ist das Ganze vertuscht worden?"

„Weil niemand wirklich weiß, was geschehen ist. Außerdem ... ich bin nicht der einzige, der die Welt ändern möchte. Hinter mir stehen eine ganze Reihe mächtiger Menschen. Und wir haben das gleiche Ziel! Sie haben die Untersuchungen beeinflusst."

„Und haben mich um meine Familie, mein Vermögen und meinen Namen gebracht." Johanne schüttelte fassungslos den Kopf. „Waren es auch diese mächtigen Menschen, die versucht haben, mich bei meinem Tauchgang umzubringen?"

Kretzer grinste. „Das war die hervorragende Zusammenarbeit mehrerer gut ausgebildeter Personen, mit einem gemeinsamen Ziel, Fräulein deJonker. Wenn Ihr Euch, als trauernde Tochter, darauf beschränkt hättet, Eure Würde zusammenzukratzen und das Unternehmen an Oppenhoff zu verkaufen, dann wäre das alles nicht passiert. Aber Ihr könnt Euch vorstellen, dass weder ich noch meine Auftraggeber ein gesteigertes Interesse daran hatten, Euch zu dem Schiff tauchen zu lassen."

„Haben Sie mich etwa k.o. geschlagen?", fragte Miao zerknirscht. Sie fühlte immer noch ihre Ehre als Leibwächterin angekratzt.

„Nein, mein Fräulein aus der Luft, so brutal waren wir dann doch nicht."

Er schnippte mit dem Finger und aus dem Schatten hinter der Schwingungsorgel lösten sich zwei Gestalten. Johanne sank das Herz, als sie erkannte, wer vor nun ihnen stand.

„Hauptmann Schleicher hier", Kretzer wies auf den Vertreter der Kaiserlichen Geheimpolizei, „war so freundlich und hat die Menschen kurz abgelenkt. Seine Uniform und sein Auftreten sorgen gerade im Hafen oft für Irritationen. Dieser kurze Augenblick reichte. Ich hatte mich, mit einem als Optoskop getarnten mobilen Mento-Kraft-Osziliator unter die Menge gemischt, angeblich, um Aufnahmen für die neueste Ausgabe der Wilhelmstädter Zeitung zu machen. Doch dabei habe ich langsam und stetig, das Bewusstsein Eurer Luftnomadin gekitzelt. Vorsichtig, damit sie es nicht merkt, aber mit einem finalen Schub, als Hauptmann Schleicher die Aktion einleitete. Sie, Fräulein Miao, haben sich dann das Bein selbst abgerissen."

„Niemals, Sie lügen!", rief Miao und wollte sich auf Kretzer stürzen. Da sprang die zweite Gestalt nach vorne und Johanne erkannte Alset, den ehemaligen Pfleger ihres Vaters. Er packte Miao, rang kurz mit ihr und hatte ihr kurz darauf die Arme auf den Rücken gedreht.

„Ruhig! Es stimmt, ich habe es gesehen. Kurz bevor ich den Schlauch zerschnitten habe, hast du dein Dampfbein genommen und es mit einem Ruck aus deiner Hüfte gerissen."

„Niemals", keuchte Miao matt, aber es dämmerte ihr wohl, dass es so gewesen sein musste.

„Das Bein fesselt Sie, Fräulein Miao. Sie sind eine Luftnomadin. Sie lieben die Leichtigkeit, das Fliegen, die Wolken. Ein stählernes Bein zieht einen zu Boden. Auch wenn Ihr Verstand das nicht wahrhaben will, Ihr Herz, Ihr Unterbewusstsein nagt ununterbrochen an Ihnen."

Miao sah zu Boden. „Sie Schwein", sagte sie leise. „Dafür bring' ich Sie um."

„Ach was", sagte Heinrich Kretzer.

„Hat sie bleibende Schäden?", fragte Johanne besorgt.

„Nein, ihr Verstand ist zu stark, um durch diese Behandlung dauerhafte Veränderungen herbeizuführen. Sie will ja so leben, wie sie es tut. Nun, jedenfalls ein Teil von ihr. Darum wurde meine Bewusstseinslöschung schnell wieder überschrieben. Schade, Miao, Sie haben da eine Chance vertan. Vielleicht würden Sie dann heute nicht sterben müssen. Naja, trösten Sie sich. Dafür sind Sie heute in erster Reihe dabei, wenn ich die Geschichte ändere."

Johanne dämmerte, was Kretzer vorhatte. „Sie wollen doch wohl nicht …"

„Doch, das will ich. Heute Abend, in wenigen Minuten, wird mir der Kaiser so nah sein, wie nie zuvor. In dem Raum über mir werden der Kaiser, die wichtigsten Repräsentanten des Reichs sowie der

Stadt mit den Würdenträgern und Industriekapitänen versammelt sein. Ich werde zuerst ihr Bewusstsein befreien und ihnen dann die Ideen des größten Genies, das die Welt in diesem Jahrhundert zu Gesicht bekommen hat, einpflanzen. Eine Minute Schwingungsbestrahlung werden reichen."

„Sie sind nicht das größte Genie dieses Jahrhunderts!", brauste Johanne auf.

Sansibar lachte laut auf. „Nein, nicht ich. Obwohl ich meine Erfindung faszinierend finde. Nein, ich bin nur das Werkzeug. Das größte Genie ist wohl …"

„Das ist ja Wahnsinn!", unterbrach Johanne ihn. „Das wird Krieg geben! Glauben Sie, die anderen Staaten werden das einfach so hinnehmen, wenn das Kaiserreich plötzlich kommunistisch und arbeiterfreundlich wird?"

„Das ist nur der Anfang. Anfänge sind oft holprig, manchmal beschwerlich. Aber das ist kein Grund, nicht den ersten Schritt zu wagen, sonst erreicht man nie sein Ziel."

„Der Kaiser ist im Ballsaal angekommen", tönte Hauptmann Essers Stimme aus der Quackbox. „Wenn Sie ihn nicht bald finden, ist es zu spät! Ich bin sicher, der Anschlag wird gleich geschehen."

Johanne nahm die Box wieder vor ihren Mund. Sie hatte Esser vollkommen vergessen. Sie musste ihn hier herunter rufen. „Hauptmann?" sprach sie in die Box, doch eine Hand griff über ihre Schulter und entriss ihr die Box. Johanne fuhr herum und sah Hauptmann Schleicher ins grinsende Gesicht.

„Ihr braucht die Polizei nicht mehr zu rufen, sie ist bereits eingetroffen." Auf seinem Hinterkopf prangte weiß ein dicker Verband, dort wo Joseph ihn getroffen hatte. Neben ihm stand Alset, der Miao mit der linken Hand fest im Griff hielt, in der rechten hielt er eine neue Blitzwaffe.

Schleicher legte die Quackbox auf den Teetisch zwischen den beiden Sesseln.

„Wir wollen doch nicht, dass etwas Hauptmann Esser von seinen Beobachtungen abhält, nicht wahr?"

Alset und Schleicher drückten die beiden Frauen auf die Sessel und entwaffneten sie. Miao wurde der Säbel genommen, Johanne musste ihre Tasche mit der Pistole abgeben.

„Auch den Schirm, bitte", sagte Schleicher und legte ihn auf den Tisch, außerhalb von Johannes Reichweite. Heinrich Kretzer ging zur Orgel.

„Damit werden Sie nicht durchkommen!", schrie Johanne. „Sie verdammter Irrer. Ich werde Sie aufhalten!"

„Ach ja? Dann seid bitte bis dahin ruhig, ich möchte mich konzentrieren."

Fassungslos starrte Johanne Kretzer an. Er stand vor der Orgel und betätigte einen Hebel an der Seite. Die Blitze in der Glaskugel begannen zu zucken und stärker hin und her zu springen. Tief im Inneren der Seelenorgel begann ein teuflisches Konzert. Johanne hörte, wie Luft durch die Kanäle gepumpt wurde, Räder setzten sich in Bewegung und die ungeheure Kraft der Maschine begann, zu brodeln

Aus der Orgel kamen langsame, tiefe Töne. Johanne begann, sich zu winden. Die Töne wurden lauter, heller.

„Ihr braucht keine Angst zu haben, Fräulein", flüsterte Schleicher ihr ins Ohr. „Die Schallwellen sind nach oben gerichtet. Wir hören zwar die Töne, aber die Wirkung wird sich nur im Ballsaal ausbreiten." Er lachte hämisch. „Und dann werden wir die Welt ändern."

Die Töne wechselten jetzt zwischen tiefen und hellen, Johanne erkannte eine Melodie, einen Marsch, den sie oft bei Wilhelmstädter Militärparaden gehört hatte. Plötzlich knackte es auf dem Tisch.

„Aber was geschieht hier?" Hauptmann Essers Stimme aus der Quackbox klang leicht verzerrt. „Die ... die Damen beginnen, ihre Kleider zu öffnen! Die Herren entledigen sich ihrer Schuhe und der Krawatte. Das ist skandalös. Der Kaiser ..."

Die Verbindung brach ab.

„Hah Es funktioniert", rief Kretzer enthusiastisch. „Es funktioniert, es funktioniert!" Er tanzte auf Zehenspitzen um die Maschine und freute sich. „Alset, Schleicher, ihr Kleingeister, ich habe euch gesagt, dass es funktioniert. Es wird Zeit für den zweiten Teil! Der große Schritt, der große Schritt hin zu einer neuen Menschheit."

Kretzer beugte sich und holte aus dem Koffer eine große Glasscheibe hervor. Johanne erkannte sofort, was er in der Hand hatte. Dieselben Scheiben hatte sie auch im Keller des Saladin Sansibar gesehen.

„Wessen Gehirn ist das?", fragte Johanne.

Kretzer hielt die Scheibe gegen das Licht. Zu sehen war der Querschnitt eines Hirns, eine dünne Scheibe zwischen zwei Glasplatten, die es hermetisch abriegelten.

„Der größte Visionär unseres Jahrhunderts. Der Menschenfreund, so es je einen gegeben hat. Seine Ideen werden unsere Vorstellungen endgültig ändern."

„Wer ist es?"

„Es ist das Gehirn von Karl Marx."

Johanne schwieg einen Moment, um den Namen richtig einzuordnen. „Der Kommunist? Der, der ‚Das Kapital' geschrieben hat? War der nicht mit einem Fabrikbesitzer in London befreundet? Hat er sich nicht sogar von diesem Engels aushalten lassen, ewig pleite wie er war? Hört sich für mich eher nicht nach einem Menschen an, der die vorherrschenden Ideen angreift, wenn er doch vom Leid der arbeitenden Menschen profitiert hat."

„Was wisst Ihr denn schon, Fräulein Johanne? Es kommt nicht darauf an, wie er gelebt hat, sondern wie seine Ideen die Welt verändern werden. Er hat verstanden, dass es der Mensch ist, der einem weltweiten friedlichen System im Wege steht. Der Egoismus, der Selbsterhaltungstrieb, der vielleicht auch ihn geplagt hat, das alles kann man ausschalten, wenn man nur *versteht*! Und der Kaiser sowie alle oben anwesenden Industriekapitäne, Fabrikanten, Militärs und Geheimbündler, all die Weltenlenker, die in unserem Ballsaal versammelt sind, sie werden es gleich verstehen – und danach beginnen, unser aller Leben umzugestalten! Die Schwingungen, die ich durch dieses Gehirn schicke, werden seine Ideen aufnehmen und hinauftragen, um dort in den vorbereiteten, gereinigten Bewusstseinen auf fruchtbaren Boden zu fallen."

„Sie sind ja wahnsinnig!"

„Hah! Das ist nur Eure Sicht der Dinge. Aber wartet nur ein Weilchen, dann werdet auch Ihr verstehen."

Hauptmann Essers Stimme knackte im Messingfrosch.

„Oh, meine Güte, die sind ja nackt!"

Kretzer beugte sich vor, um die Glasscheibe mit dem Ausschnitt aus Karl Marx Gehirn in die Maschine zu schieben. Er kicherte.

„Jetzt!", rief Schleicher.

Alset zog seinen Blitzer und schoss. Der blauweiße Strahl flackerte durch den Raum und fuhr, wie von unsichtbarer Hand geführt, in Kretzers Rücken. Dieser fiel um wie ein gefällter Baum und regte sich nicht mehr.

Schleicher lief zu ihm und drehte ihn mit dem Fuß um. „Volltreffer. Der ist hinüber."

Johanne konnte es nicht glauben. Die Männer, die mehrmals versucht hatten, sie umzubringen, hatten nun den Kaiser gerettet? Und sie selbst?

Schleicher ging zur Orgel und entnahm ihr die Scheibe mir Marx' Gehirn, die Kretzer noch nicht ganz in den dafür vorgesehenen Schlitz geschoben hatte. Mit Schwung warf er sie gegen die Wand, wo die Platte zerbrach und in tausend Scherben zu Boden fiel.

Dann griff er unter seinen langen, dunklen Mantel und holte eine ähnliche Platte hervor, mit einer Scheibe von einem anderen Gehirn. Johanne wurde es mulmig zumute. Warum wurde sie nicht befreit? Und was sollte dieses andere Gehirn? Ihr schwante furchtbares. Sie musste sich sofort befreien! Aber wie? Die Waffen lagen alle vor ihr auf dem Tisch außer Reichweite. Selbst wenn sie sie erreichen würde, wäre sie immer noch zu scharf bewacht. Einer der beiden hatte sie immer im Auge.

„Ich hoffe, du weißt, was du tust", raunte Alset. „Ist die Platte auch unbeschädigt? Woher wollt ihr wissen, dass das auch wirklich funktioniert?"

Schleicher lachte. „Dr. Schneider hat alles vorbereitet. Joachim Babel, dem Menschen, der das Gehirn bereitgestellt hat, hat es in seinem späten Leben an nichts gefehlt. Er hatte Erfolg, er hatte Arbeit und eine schöne Frau. Sie konnten sich alle Produkte leisten, die sie haben wollten. Er ist das optimale Objekt gewesen, dafür hatte der Doktor rechtzeitig gesorgt."

„Er hat wahrscheinlich den ganzen Tag über Oppenhoff-Bier gesoffen ..."

„Sei still!", fuhr ihm der andere über den Mund mit einem Blick auf die beiden Frauen. „Obwohl ... wir werden sie sowieso entsorgen müssen. Soweit ich weiß, hat man dafür gesorgt, dass dieser Mensch regelrecht zu einem Oppenhoff-Fanatiker gezüchtet wurde. Für ihn gab es nichts anderes mehr auf der Welt außer Oppenhoff-Produkten. Kretzer hat hervorragende Vorarbeit geleistet. Die Leute dort oben sind alle rein und für jede neue Schwingung empfänglich. Wenn wir ihnen nun die Ideale, Wünsche und Hoffnungen unseres Herrn Babels einflößen ..."

„Dann werden der Kaiser und alle Verantwortlichen nur noch Oppenhoff-Produkte kaufen und bevorzugen. Ein teuflischer Plan!"

„Oh je", krächzte Hauptmann Esser. „Der Kaiser beginnt ebenfalls, sich die Stiefel aufzuschnüren. Wir müssen etwas unternehmen! Die Staatsräson ist in Gefahr!"

Schleicher lachte, dann drehte er sich der Orgel zu, die weiterhin mal leise, mal laute Töne spielte, aber insgesamt eine recht monotone Weise von sich gab.

„Jetzt ist es soweit", sagte Schleicher triumphierend. Er hatte die Scheibe komplett in die Orgel geschoben und drückte einen Hebel herunter, um die Schwingung zu erhöhen.

Die Orgel jaulte auf, die Töne kamen nun schnell und hart hintereinander, wurden lauter und die Melodie wurde dissonant. Schleicher trat einen Schritt zurück und lachte, auch Alset schien in der Betrachtung der Orgel gefangen.

„Funktioniert es?", fragte er aufgeregt.

Die Töne wurden immer lauter, immer schneller und immer abgehackter. Johanne wusste, wenn die Melodie ihren Höhepunkt erreicht hätte, wäre es für alle zu spät und der Kaiser und seine Gäste wären für immer mit dem Wunsch geimpft, Oppenhoff-Produkte zu bevorzugen.

Schleicher lachte, Alset stand mit offenem Mund vor der Orgel und die Melodie wurde wilder. Johanne konnte sich geradezu vorstellen, wie die Schwingung langsam aber stetig, zusammen mit der

Melodie, zur Decke hinauf stieg. Sie musste etwas tun! Doch was? Nur noch wenige Sekunden …

Dann brach die Orgel einfach ab. Mit einem letzten, ächzenden Ton entwich die Luft aus den Orgeln, dann herrschte Stille. Schleicher und Alset sahen sich entsetzt an. An der Seite der Orgel öffnete sich die kleine Tür und der Dampffaffe kam herausgestiegen.

„Sie haben ihn nicht aufgeladen!", prustete Johanne los. Schleicher gab vor lauter Wut dem auf dem Boden liegenden Kretzer einen festen Tritt, dann brüllte er Alset an. „Los, mach was!"

Alset jagte hinter dem Affen her und versuchte, ihn zurückzuziehen, doch der kleine Automat ließ sich nicht von seiner programmierten Bahn abbringen. So stürmte auch Schleicher hinzu und gemeinsam zogen und zerrten sie an dem kleinen Affen.

„Los, Miao! Dein Bein", flüsterte Johanne.

Die Luftnomadin starrte sie an.

„Dein Bein, verdammt noch mal. Streck es zu mir aus!"

Da dämmerte es der Leibwächterin. Sie regte sich, drehte sich, bis sie mit einem leisen Zischen ihrer Herrin das Bein zustrecken konnte. Johanne streckte die gefesselten Hände aus.

„Wie gut, dass ich die scharfe Kante immer noch nicht beseitigt habe, was?"

„Ich hoffe, dass du es auch für immer sein lässt", lächelte Miao.

Kurz darauf hatten beide ihre Hände befreit, ohne dass die Männer etwas bemerkt hätten. Diese standen fassungslos vor dem Affen, der sich inzwischen auf die Druckluftleitung gesetzt hatte. Johanne schnappte sich die Pistole, gab Miao den Schirm und legte warnend einen Finger auf die Lippen. So schlichen sie sich an die beiden Männer heran, die die Welt um sich herum vollkommen vergessen hatten.

„Oh mein Gott, diese Frau steht hier vollkommen nackt auf der Tanzfläche und versucht, mit dem Kaiser zu tanzen! Und Wilhelm läuft barfuss hinter ihr her!"

Als Hauptmann Essers Stimme aus der Quackbox schallte, drehten sich Schleicher und Alset erschrocken um – und starrten in die Gesichter der beiden Frauen, die nun direkt hinter ihnen standen.

Miao, in den Hosen des alten Offiziers, grinste. Johanne, im Ballkleid der Baronin, grinste nicht. Dann schlugen die beiden Frauen zu.

„Das wäre geschafft", sagte Miao trocken, als sie auf die beiden am Boden liegenden Männer herabsahen. Dann grinsten sie sich an. In diesem Moment erhob sich der Affe von der Druckluftleitung und begann, auf die Orgel zuzulaufen.

„Die Maschine!", rief Johanne entsetzt. Miao sprintete bereits auf den Affen zu, doch der mechanische Diener war schneller. Krachend flog die Klappe in der Orgel zu und langsam begannen die Pfeifen und Räder in der Maschine wieder ihr Werk, als der Affe in ihrem Inneren seine Kurbel drehte. Johanne lief hinüber und versuchte, die Gehirnplatte aus der Orgel zu ziehen. Doch sie glitt ab und brach sich einen Fingernagel ab.

„Herrin! Beeil dich! Die Musik beginnt wieder", rief Miao. Die Töne der Orgel wurden wieder lauter und schneller. Die Melodie wurde dissonant und tat Johanne in den Ohren weh, ihre Augen begannen zu tränen. Sie war so weit gekommen, jetzt würde sie nicht scheitern.

„Du sollst mich nicht Herrin nennen, wenn wir alleine sind", sagte sie. Dann holte sie mit ihrem Schirm aus und schlug zu. Sie traf die Glaskugel der Maschine des Saladin Sansibar mit dem ersten Hieb. Das Glas knackte und zerbrach. Die Blitze entwichen aus ihrem Gefängnis, zuckten hin und her, als könnten sie ihre neu gewonnene Freiheit noch nicht wahrhaben wollen. Dann machten sie einen Satz, schlugen in die Orgel ein und waren verschwunden. Mit einem Knall verpuffte der Druck aus der Seelenorgel, Dampf stieg aus den Trichtern auf und mit einem qualvollen Jammern ging dem Blasebalg die Luft aus. Ein paar letzte Töne quietschten noch durch die Bibliothek, dann blieb die Maschine stehen und alles war ruhig.

„Es ist vorbei", sagte Johanne, als sie sich kurz darauf aus Miaos Umarmung löste. „Mit den beiden Zeugen hier, können wir beweisen, was Oppenhoff vorhatte. Kretzer war nur ein Spielball. Oppenhoff hat meinen Vater wirklich auf dem Gewissen, weil seine Mittelsmänner Kretzer die richtigen Sachen eingeflüstert haben. Wenn die Polizei Schleicher und Alset erst einmal befragt hat, werden wir auch den mysteriösen Dr. Schneider finden. Und darüber auch schließlich und endlich an Oppenhoff herankommen. Komm, verpacken wir die beiden Typen mal, damit wie sie mitnehmen können. Hauptmann Esser wird jeden Moment hier sein."

Als sich Johanne umdrehte, waren die beiden Gefangenen verschwunden.

Nabelspitzengespräche

Der Geheime Kommerzienrat Oppenhoff stand am Fenster und schaute auf Wilhelmstadt herab, als sich hinter ihm der Aufzug öffnete und ein Sarg hereingerollt kam. Er drehte sich nicht um, sondern starrte weiter auf seine Fabriken und Maschinenhallen. Er wusste genau, welches Dach, welches Haus und welche Menschen ihm gehörten. Es waren noch viel zu wenige. Aber das würde sich bald ändern.

„Es ist erledigt", schnarrte es aus dem fahrenden Sarg.

Oppenhoff nickte. „Ich will keine Details wissen."

„Man wird die Leichen des Hauptmanns und von Alset wahrscheinlich an den Ufern des Rheins finden. Ertrunken. Selbstmord, ein Unfall, was auch immer. Es werden keine Zeichen auf ein Fremdverschulden hindeuten."

Oppenhoff nickte und ballte eine Faust. „Es ist nur ein Rückschlag. Wir gehen den Weg weiter. Wenn sich eine Tür schließt, öffnet sich eine andere. Wilhelmstadt wird mir gehören. Und das Kaiserreich als Beigabe noch oben drauf." Jetzt drehte er sich doch um. „Immerhin, Julius ist tot. Das macht vieles einfacher."

„Aber wir haben nicht all seine Patente finden können. Wir haben das ganze Haus auf den Kopf gestellt. Und ..."

„Und?"

„Seine Tochter. Sie wird uns Ärger machen."

„Nicht allzu lange, hoffe ich. Kümmere dich darum."

„Ich bin nicht dein Sklave für die schmutzigen Arbeiten", empörte sich der Sarg.

„Nein? Dann lass es bleiben. Warte, bis sie dir auf die Schliche kommt. Du bist am Tod ihres Vaters nicht unschuldig und das weiß sie inzwischen sicher."

Dr. Schneider schwieg lange. Dann sagte er: „Das weiß ich alles. Aber du solltest daran denken, wenn sie mich findet, wird sie auch dich finden."

Als Oppenhoff nichts darauf erwiderte, fuhr er fort.

„Manchmal frage ich mich, ob ich nicht doch besser gestorben wäre."

„Aber sicher." Oppenhoff grinste kalt. „Bist du aber nicht, ich habe dich an meiner Leine. Kümmere dich jetzt darum. Finde ihre Schwachstelle. Wie heißt sie noch? Miao? Jeder ist käuflich. Bringe sie auf unsere Seite oder Johanne deJonker muss sterben."

Beerdigung

Die Sonne beschien die kleine Prozession, die über den Friedhof von Wilhelmstadt schlich. Vorneweg gingen zwei der Dampfpferde, die Julius entworfen hatte, und zogen die schwarze Kutsche, in der sein Leichnam in einem schwarzen Sarg lag. Dahinter ging, mit gesenktem Kopf Johanne deJonker. Sie trug ein neues, schwarzes Kleid, ihr Gesicht unter dem Hut war mit einem dunklen Schleier verhüllt. In der linken Hand hielt sie ihren Schirm, mit dem rechten Arm hatte sie sich bei Miao eingehakt. Die Luftnomadin hatte sich nach der Sitte ihres Volkes ihr Haar mit bunten Bändern geschmückt und eine hosenanzugähnliche Uniform angezogen, die extra für diesen Anlass geschneidert worden war. Hinter ihnen gingen, Arm in Arm, Graf Eyth mit seiner Gemahlin, die ein dunkles Reformkleid mit besetzter Spitze trug. Die Gräfin hatte sich bei Johanne für ihr Verhalten auf dem Kaiserball entschuldigt und Johanne hatte ihr sofort verziehen. Sie wusste, wie es war, wenn man von einer Idee besessen war. Ihre Patentante war eine herzensgute Frau, die niemandem absichtlich Leid zufügen würde. Sie hatten sich in die Arme geschlossen und alles zwischen ihnen war vergessen.

Das Ende des Zuges bildeten Joseph, Marianne und die Dampfkatze, die immer wieder mal im Gebüsch verschwand, um Vögel zu jagen. Ihnen folgte Hauptmann Esser in Paradeuniform. Er hatte sich den Tag freigenommen.

Die Prozession überquerte den gesamten Friedhof und passierte ein frisches Grab, das ein einfaches Holzkreuz mit dem Namen „Heinrich Kretzer Junior. 1870 bis 1899" zierte. Johanne warf einen kurzen Blick hinüber, wandte dann aber den Blick ab. Ob er schon verbrannt war? Sie konnte für Heinrich keinen Hass empfinden. Viel zu sehr hatte sie sich selbst in seine Gedankenwelt verstricken lassen. Was war richtig und was war falsch? Wofür darf man töten und wofür darf man Opfer bringen?

Sie selbst war immer noch gewillt, ihren Vater zu rächen und würde dabei jeden aus dem Weg räumen, der sich schützend vor Schneider und Oppenhoff stellte. Sie nahm in Kauf, dass diese Menschen vielleicht sogar starben. Konnte sie also Kretzer einen Vorwurf machen, der doch viel größere, reinere und edlere Ziele gehabt hatte? Als Saladin Sansibar wollte er der Menschheit dienen und sie befreien.

Etwas ganz anderes war da die Gier des Geheimen Kommerzienrates Oppenhoff. Johanne ballte die Fäuste. In der Ferne sah sie das riesige Grabmal der Drab-Masi zwischen den Bäumen. Sie wusste immer noch nicht, was sie von ihnen halten sollte. Aber manche Dinge sind eben weder schwarz noch weiß. Und sie werden solange bestehen, wie es die Menschheit gibt.

Sie sah sich den kleinen Trauerzug an. Es waren nicht viele Menschen gekommen. Um einen Geächteten zu beerdigen, brauchte man nicht viel Aufmerksamkeit. Kaum jemand wollte sich öffentlich zu den deJonkers bekennen. Graf Eyth war da eine große Ausnahme. Obwohl Johanne den Kaiser gerettet hatte, blieb ihr Status unverändert. Wenigstens habe ich Marianne wieder, dachte sie und lächelte ihrer Haushälterin zu. Diese strahlte sie an. Sie war zwar noch schwach, die Wochen auf den Dächern und in den Gassen der Stadt hatten ihren Tribut gezollt, doch war sie von einer unverwüstlichen Gesundheit. Anhand der Aufzeichnungen, die Heinrich Kretzer hinterlassen hatte, konnte Johanne mit seiner Maschine Mariannes Bewusstseinszustand wieder herstellen. Es hatte sich herausgestellt, dass er ihren Geist nicht gelöscht, sondern durch animalische Gleichgültigkeit unterdrückt hatte. Offensichtliche waren seine Methoden doch nicht so ausgereift gewesen, wie er gedacht hatte. Johanne wollte nicht daran denken, was geschehen wäre, wenn er seinen Plan durchgesetzt hätte.

„Ich schäme mich", hatte Marianne ihr gestanden, als sie alleine in der Küche gesessen hatten.

„Warum, Marianne? Warum bist du zu Saladin Sansibar gegangen?"

Die Haushälterin hatte traurig auf den Boden geschaut. Sie war nicht in der Lage gewesen, Johanne in die Augen zu schauen. „Ich hatte Heimweh."

„Und?"

„Ich wollte das nicht. Ich schäme mich dafür. Ich bin so schwach, während Ihr so stark seid. Ich wollte mir die Gedanken an meine

Heimat löschen lassen, damit ich mich mit ganzem Herzen hier in Wilhelmstadt bei Euch wohlfühlen kann. Ich kann nichts dafür, aber manchmal vermisse ich eben die weiten Wälder meiner Heimat. Die tiefen Seen, die gelben Kornfelder. Und die Pferde. Echte Pferde, keine Dampfrösser."

Johanne hatte Marianne in den Arm genommen und sie hatten das Thema seitdem nicht mehr angesprochen. Die Haushälterin war dem Hause deJonker seitdem noch mehr ergeben. Wenn das überhaupt möglich war. Sogar Miao hatte sie inzwischen ins Herz geschlossen, vielleicht auch nur, um Johanne einen Gefallen zu tun.

Als sie das Grab erreichten, wartete kein Priester auf sie, nur ein Mechaniker, der mit einem großen, silbernen Lastkraftarm neben der Grube stand. Die Kutsche hielt an, Johanne öffnete selbst die Tür und zog den Sarg, der auf einer beweglichen Platte abgelegt worden war, ein Stück hinaus. Der Mechaniker dirigierte den Kran über den Sarg, ließ die gewaltige Klaue so sanft zugreifen, wie es eine stählerne Hand vermag, und hob ihn hervor. Langsam drehte er den Arm und der Sarg senkte sich in das Grab.

Johanne hatte sich vorgenommen, nicht zu weinen. Sie war stark. Sie war die letzte der deJonker und sie würde sich nicht die Blöße einer Schwäche geben. Doch als sie sah, wie sich die Kiste in den Untergrund absenkte, schnürte es ihr die Kehle zu.

Miao drückte ihren Arm, ohne, dass es jemand sah.

„Haltung, Herrin", ermahnte sie sie.

Johanne nickte und dachte daran, was mit dem Sarg geschehen würde. Dachte an die große Verfeuerungsanlage, die auf ihren Vater wartete. Er würde zu Energie werden und Wilhelmstadt voranbringen, ein Teil dieser Stadt werden. Das würde ihm gefallen, dachte sie und fühlte sich etwas getröstet. Sie warf eine Rose in das Grab, und trat zur Seite, wartete, bis auch die anderen sich verabschiedet hatten. Dann wandte sie sich ab und ging zum Ausgang.

„Mein Beileid", sagte eine Stimme neben ihr.

Sie wandte den Kopf. Sie kannte den Mann neben sich nicht. Ein bulliger Mann, bestimmt über sechzig, wie seine runzelige Haut und seine Glatze andeuteten. Sein grauer, akkurater Schnauzbart ging in einen buschigen Backenbart über, das Kinn war glatt rasiert. Obwohl er in einem braunen Anzug steckte, wirkte der Körper überaus muskulös. Am rechten Oberarm trug er einen schwarzen Trauerflor.

„Danke", sagte Johanne höflich. „Wer sind Sie?"

„Gestatten, Major von Brause, Kaiserlicher Geheimdienst."

„Was kann ich für Sie tun, Herr Major? Sie sehen, ich trage meinen Vater zu Grabe und bin in Trauer. Sie werden verstehen, dass ich auf den Kaiser im Moment nicht gut zu sprechen bin."

Miao sog erschrocken die Luft ein, doch von Brause hob beschwichtigend die Hand.

„Der Kaiser höchstpersönlich hat mich gebeten, Euch, gnädiges Fräulein, sein herzlichstes Beileid zu Eurem Verlust auszusprechen."

Johanne nickte. „Danke".

„Für Euren selbstlosen Einsatz um das Leben des Kaisers sowie das Wohl des deutschen Volkes wird sich Kaiser Wilhelm II. erkenntlich zeigen. Er hebt das Urteil gegen Euren Vater auf und gewährt Eurer Familie alle Vermögensgegenstände, alle Immobilien und Rechte zurück, die er Euch vorher genommen hatte. Fräulein deJonker, der Name Eurer Familie ist wieder reingewaschen."

Johanne wusste nicht, ob sie sich freuen oder von Brause fauchend an die Kehle springen sollte.

„Das macht weder meinen Vater noch meine Mutter wieder lebendig. Letztere ist vollkommen unschuldig an einem gebrochenem Herzen gestorben, weil sie es nicht ertragen hat, wie ihr Name öffentlich in den Schmutz gezogen wurde."

Der Major schlug die Hacken zusammen und verbeugte sich erneut. „Auch das ist dem Kaiser bewusst. Dem Kaiser waren die Hände gebunden, aber er war immer davon überzeugt, dass Julius deJonker unschuldig ist. Aus diesem Grund und als Honorierung Eurer und Eures Vaters Leistungen, gewährt Wilhelm II. Euch, Fräulein deJonker, eine jährliche Apanage von 5000 Mark sowie den Titel eines Technologierats des Deutschen Reiches."

Jetzt war Johanne doch überrascht. 5000 Mark, dachte sie. Da konnte sie mehr als bequem von leben und weiterhin ihr Haus unterhalten. Mit allen Bediensteten und Freunden. Sie würde sich keine Sorgen mehr machen müssen. Trotzdem blieb ein schaler Geschmack zurück, denn sie hatte das Gefühl, das Geld mit dem Tod so vieler Menschen erkauft zu haben. Sie dachte an die ganzen armen Menschen im Hafenviertel, die nie über zehn oder zwanzig Mark im Monat hinaus kamen und gerade genug Geld hatten, um ihre Arbeitsfähigkeit zu behalten. Oft noch nicht einmal das. Sie konnte Heinrich Kretzer immer besser verstehen. Sie würde das Leben in Wilhelmstadt verbessern helfen, das wurde ihr nun schlagartig bewusst.

Von Brause griff in die Tasche seines Anzugs und zog eine kleine Schachtel heraus. Als er sie öffnete, sah Johanne einen kleinen Orden in Form eines Zahnrades mit Flügeln. Der Major nahm den Orden und heftete ihn Johanne an.

„Warum hat die Schwingung nicht auf den Kaiser gewirkt?", fragte Johanne direkt heraus. „Dass er sich die Schuhe ausgezogen und getanzt hat … das war doch nur ein Ablenkungsmanöver, oder?"

„Er trug einen Rosenquarz unter dem Helm."

„Sie meinen, er war vorbereitet?"

„Ja, er wusste es. Er war zu jedem Zeitpunkt sicher."

„Aber ich …"

„Wir haben auf Euch und Eure Geschicklichkeit gesetzt, Fräulein deJonker. Es war unsere einzige Chance, sie auf frischer Tat zu ertappen. Leider ist dieser Teil des Plans gescheitert. Auch wenn wir nun dank Euch wissen, wer dahinter steckte. Wir können nichts beweisen, aber wir wissen es."

Danach verbeugte er sich knapp, murmelte ein „Meine Empfehlung" und ließ die verdatterte Gesellschaft auf dem Friedhof zurück.

Als sie sich etwas gefangen hatten, fragte Miao: „Und was machen wir jetzt?"

Johanne legte ihren Arm um die Schultern der Luftnomadin.

„Jetzt fahren wir erstmal nach Hause. Und ab morgen suchen wir den nächsten Mörder meines Vaters."

Epilog

Das Labor unter dem Haus Schamal war dunkel. An den Wänden hingen Skizzen, auf dem großen Schreibtisch lagen Pläne und Zeichengerät. In langen Regalen stapelte sich das wildeste Durcheinander, das Johanne seit langem gesehen hatte. Tiegel und Stößel, Bücher, Glaskolben, Ventile und Zahnräder, Insektenexponate und ausgestopfte Vögel mischten sich mit Metallen, Mineralien und Fotografien von nackten und angezogenen Menschen. Zeitungsausschnitte über die Leistungen der Pioniere und der Verrückten dieser Welt teilten sich den Platz mit Zahlentabellen und okkulten Tafeln.

Johanne, im Schein einer einzelnen Kerze tief in die Betrachtung dieser Hinterlassenschaften ihres Vaters versunken, spielte mit dem Ring der Drab-Masi an ihrem Finger. Eine mechanische Taube hatte ihn ihr gebracht, an dem Tag, an dem sie in das Haus Schamal zurückgekehrt waren. „Willkommen daheim", lautete die kurze Nachricht, die Isambard ihr zusammen mit dem Ring zukommen ließ. Sie würde wohl nie verstehen, was ihr Vater an Isambard gefunden hatte. Immerhin, sie hatte nun eine Familie. Ob sie sie wollte oder nicht. Seine Verwandten kann man sich nicht aussuchen, hatte Joseph gesagt und gekichert, als Johanne daraufhin das Gesicht verzogen hatte.

Nun saß sie am Arbeitsplatz ihres Vaters und dachte nach. Was für ein Mensch war Julius eigentlich gewesen?, fragte sie sich. Sie hatte ihn nie wirklich kennenlernen dürfen. Natürlich war er ein liebevoller Vater gewesen, aber was hatte ihn angetrieben? Welche innersten Gedanken hatten ihm schlaflose Nächte bereitet? Was war seine Vision seiner Arbeit gewesen? Sie wusste es nicht. Aber sie würde es herausfinden.

Die Tür zum Labor öffnete sich und es wurde mit einem Schlag taghell, als Miao mit einem Handgriff das Gaslicht einschaltete, bevor sie hereinkam. Hinter ihr keuchte Joseph in den Raum, seine Arme um ein mit Tuch verhülltes Paket geschlungen.

„Gab es Probleme?", fragte Johanne.

„Nein, keine", antwortete Miao.

„Seitdem die Grabräuber von Saladin Sansibar hinter Gittern sind, sind kaum noch Polypen unterwegs." Joseph kicherte.

Miao nahm ihm das Paket ab und setzte vorsichtig den Leinenbeutel auf den Tisch. Darin schien sich eine große Kugel zu befinden.

„Geht nach oben", sagte Johanne. „Marianne erwartet euch bereits und hat etwas Warmes zu essen und eine Flasche Wein vorbereitet. Die habt ihr euch verdient. Aber geht jetzt, ich muss alleine sein."

Joseph sträubte sich. „Wenn Ihr mich braucht, Fräulein Johanne …"

„Ich weiß, ich weiß, die Dunklen Künste. Später Joseph, später."

Als sich die Tür hinter den beiden geschlossen hatte, erhob Johanne sich. Sie ging zum Tisch und starrte auf den Leinenbeutel. Sie seufzte. Sollte sie wirklich?

„Was für eine Frage", lachte sie. Sie würde alle Fragen mit ihrem Vater klären. Und dann würde sie ihn rächen.

Sie öffnete den Beutel und holte das große Glas heraus, das bis oben hin mit einer Nährflüssigkeit gefüllt war. Und mit einem Gehirn.

„Willkommen zu Hause, Vater."

Danksagung

Ein Buch ist nie eine Einzelleistung des Autors, sondern immer eine Gemeinschaftsproduktion vieler Hände und Köpfe. Daher gilt mein Dank dem gesamten Team des ACABUS Verlags, das mit seinem Engagement das Buch erst möglich gemacht hat, allen voran Daniela Sechtig und Juri Bender, die mich beim Schaffensprozess so engagiert unterstützt haben. Vor allem aber danke ich meiner Lektorin Roxanne König, die sich mit mir durch den Text gearbeitet hat und nicht vor meinen sonderbaren Ideen und Zeichnungen zurückgeschreckt ist. Im Besonderen schulde ich Annika Bauer meinen Dank, die *Wilhelmstadt* von der ersten Zeile an begleitet und mit ihrer Motivation und unerschöpflichen Lesezeit weit vorangetrieben hat. Mein spezieller Dank gilt natürlich meinen Testlesern für ihr unermüdliches Interesse, sodass sie selbst Rohfassungen nicht von der Lektüre abhalten konnten, Carola, Katrin, Marion, Marco und natürlich allen voran Uli. Meinen größten Dank schulde ich allerdings meinen Lesern, die dieses Buch gekauft und es bis zu dieser Seite geschafft haben.

Der Autor

Andreas Dresen, Jahrgang 1975, lebt und arbeitet in seiner Heimatstadt Aachen. Schon immer war er von fremden Welten fasziniert – von der wilden Atlantik-Küste Südirlands genauso wie von den Sagen und Legenden seiner Heimat. Bereits in seinen Debütromanen „Ava und die STADT des schwarzen Engels" und „Samson und die STADT des bleichen Teufels – ebenfalls im ACABUS Verlag erschienen – findet sich eine fesselnde, gleichsam skurrile und charmante Mischung aus Fantasy-Elementen, klassischer Mythologie und einem scharfen Blick für die Kuriositäten der Gesellschaft und des Alltags.

In seinem Roman „Das Buch des Hüters" entwirft Andreas Dresen eine post-apokalyptische Welt zwischen seelenloser Industrialisierung und „Ökofaschismus", in der sich neben Menschen auch Mutanten und gefährliche „Viecher" tummeln. Ein fantastischer Roman über den verantwortungsvollen Umgang miteinander – spannend, unterhaltsam und außergewöhnlich erzählt.

Mit den Abenteuern der Johanne deJonker folgt nun ein mehrteiliges Steampunk-Werk.

www.andreas-dresen.de
www.epospresse-verlag.de
http://stadtroman.wordpress.com/